TEODORA KOSTOVA

Antes, agora e sempre

Copyright© 2013 Teodora Kostova
Copyright da tradução 2017© Editora Charme

Todos os direitos reservados. Nenhuma reprodução, cópia ou transmissão desta publicação pode ser feita sem a permissão por escrito da autora. Nenhum parágrafo desta publicação pode ser reproduzido, copiado ou transmitido sem a permissão por escrito da Editora Charme.

1ª Impressão 2017

Produção Editorial - Editora Charme
Tradução - Ingrid Lopes
Edição e adaptação de texto - Luizyana Polleto
Revisão - Janda Montenegro e Jamille Freitas
Foto - Depositphotos
Criação e produção Gráfica - Verônica Góes

Este livro segue as regras da Nova Ortografia da Língua Portuguesa.

CIP-BRASIL, CATALOGAÇÃO NA PUBLICAÇÃO
SINDICATO NACIONAL DE EDITORES DE LIVROS, RJ

Kostova, Teodora
Antes, agora e Sempre / Teodora Kostova
Titulo Original - Then, Now, Forever
Editora Charme, 2017.

ISBN: 978-85-68056-44-8
1. Romance Estrangeiro

CDD 813
CDU 821.111(73)3

---

www.editoracharme.com.br

TEODORA KOSTOVA

Antes, agora e sempre

Tradução: Ingrid Lopes

Editora
Charme

Teodora Kostova

"O amor é uma amizade em chamas."

Jeremy Taylor

Antes
Parte 1

Teodora Kostova

Capítulo Um

Giuseppe sentou-se na calçada e olhou para seu joelho machucado, que sangrava e doía. Ele sabia que precisava limpá-lo e fazer um curativo, mas não se atreveu a ir para casa. Era *sua* culpa não ter prestado atenção e caído. Agora, ele só precisava encontrar uma forma de cuidar da ferida antes que seu pai a visse.

— Ei. Por que você está sangrando? — Uma menina sentou ao lado dele na calçada, olhando para o joelho com as sobrancelhas franzidas.

Giuseppe olhou rapidamente para a menina bonita e depois voltou a baixar o olhar.

— Eu caí — murmurou Giuseppe, mais do que um pouco envergonhado que a menina pudesse pensar que ele era um desastrado.

— Eu não te conheço. Você mora por aqui? — perguntou a menina, com seus enormes olhos castanhos olhando para ele.

— Nós nos mudamos há poucos dias. Para lá. — Ele apontou para uma casa à esquerda deles.

— Ah, nós moramos duas casas depois da sua. — A menina apontou para a casa dela antes de se concentrar novamente na ferida, demonstrando preocupação. — Sua mãe não está em casa? Você deveria limpar isso.

— Sim, ela está em casa. Meu pai também. Eles vão ficar com muita raiva porque eu caí e me machuquei. — Giuseppe olhou nos olhos da garota e corou. Ele não tinha certeza do por que tinha contado isso a esta garota que ele nem conhecia.

Ele nunca contara a ninguém como o pai o tratava. Ou como sua mãe ficava parada e apenas assistia, sem intervir.

— Fique aqui. Vou te trazer um band-aid. — Sem esperar por uma resposta, ela se levantou e correu para sua casa. Giuseppe pensou que ela iria rir da sua cara ou, pior ainda, iria olhar para ele com pena e sem entender nada. Mas ela não o fez.

Ao voltar, a garota estendeu a mão para seu joelho.

Antes, agora e Sempre   9

— Vamos, deixe-me limpar o machucado. — Ela trouxe um copo de plástico cheio de água, algumas bolas de algodão e um band-aid. A menina começou a limpar a sujeira e pequenas pedrinhas que estavam presas à ferida.

— Qual é o seu nome?

— Giuseppe Orsino.

— Prazer em conhecê-lo, Giuseppe. Meu nome é Gianna. Você pode me chamar de Gia. — Ela fez uma pausa. — Acho que vou chamá-lo de Beppe. Gosto mais. — Gia sorriu para ele, mostrando as covinhas.

Ele devolveu o sorriso timidamente.

— Tudo bem. — Ele também gostava mais. Ninguém jamais o tinha chamado de Beppe.

— Quantos anos você tem? — perguntou ela.

— Seis.

— Eu tenho oito. — Gia continuou a limpar o machucado. — Meu irmão, Max, tem seis anos. Você tem que conhecê-lo. Se acabou de se mudar para cá, significa que não tem muitos amigos, não é?

— Não. — Ele nunca teve muitos amigos, mas ela não precisava saber disso.

— Ok, terminei — disse Gia quando cuidadosamente colocou o band-aid sobre o arranhão. O band-aid era rosa com pontos alaranjados.

— Sua bermuda vai até abaixo do joelho, não é?

Giuseppe assentiu e se levantou. A bermuda cobriu o curativo e, com todo o sangue agora limpo, ninguém notaria seu joelho machucado. Ele olhou em direção à sua casa.

Imaginou o que encontraria lá dentro se fosse para casa agora: seu pai jogado no sofá, com garrafas de cerveja vazias espalhadas na mesinha de centro, e a mãe dormindo no quarto.

Gia deve ter percebido a relutância dele porque disse:

— Quer ir jantar na minha casa? Você pode aproveitar para conhecer o Max.

Ela não precisou perguntar duas vezes.

Nove anos depois

Era um dia agradável para um funeral.

O sol estava brilhando e havia uma brisa leve, suficiente para amenizar o calor, mas não tão forte a ponto de fazer com que as pessoas que foram ao funeral de Luca Selvaggio ficassem desconfortáveis. As árvores, as flores e os arbustos floresciam em abundância no início da primavera. O cheiro forte de grama recém-cortada e das flores atingiu Gia, sufocando-a. Ela não conseguia sentir o cheiro de qualquer outra coisa, apenas das malditas flores! E elas estavam por toda parte! Gia não tinha certeza de quanto tempo mais poderia aguentar.

O padre ainda estava divagando sobre quão bom e honrado seu pai tinha sido.

Ele morrera tão jovem; deixara a família para trás; sentiriam saudade dele todos os dias. Blá, blá, blá. Pra que diabos tudo isso?! O pai dela estava morto. Ele se foi para sempre. Por que eles tinham que ficar sentados ali e sofrer enquanto as pessoas falavam sobre ele? E assistir impotentes enquanto o caixão estava sendo baixado e enterrado naquele buraco profundo e escuro sob uma pilha de terra? O pai dela não estava naquele caixão, apenas o corpo fraco, inútil e com câncer dele. O homem que Luca Selvaggio tinha sido se foi há muito tempo. Tinha ido embora muito antes de morrer.

E agora Gia tinha que ficar sentada ali, ouvindo a ladainha do padre, olhando para todas as pessoas que choravam, fungavam e assuavam os narizes, sentindo o cheiro das malditas flores. Qual era a razão para aquilo? Dizer adeus? Besteira! Como você pode dizer adeus a um corpo sem vida? Ela, sua mãe e Max tinham se despedido antes do pai morrer nos braços de Max. Quando ele ainda estava se agarrando ao restinho de vida que tinha. Quando ele ainda podia falar e dizer a eles o quanto os amava, e quando eles ainda podiam abraçar seu corpo quente e sussurrar palavras gentis em troca. Agora não mais. Não do jeito que fizeram.

Agora aquilo era para os outros. Sua mãe não deveria ter que passar por isso, nem Gia ou Max. Eles estavam tentando ser fortes para os amigos e familiares, quando tudo o que queriam fazer era ficar em posição fetal e chorar até não sobrar nada. Contudo, esperava-se que todos fossem a casa deles para comer e beber, como se fosse algum tipo de festa. Sua mãe teria que passar por isso também, cumprimentando as pessoas, agradecendo-lhes por terem vindo e oferecendo-lhes refrescos.

Max se moveu um pouquinho ao lado de Gia e a arrancou de seus pensamentos.

Ele não havia se mexido nem uma vez desde que se sentaram; nem mesmo uma ligeira flexão dos dedos. Seu irmão de quinze anos estava olhando diretamente para frente, sem, no entanto, enxergar nada. Gia se perguntou se os pensamentos dele eram parecidos com os seus. Será que ele estava odiando estar ali? Teria ele se dado conta de que o pai já tinha ido embora há muito tempo e não havia nenhuma razão para aquele funeral? Será que ele podia sentir o cheiro das malditas flores? Olhando com mais atenção, Gia percebeu quão pálida estava a pele de Max e os lábios dele pareciam desprovidos de sangue, puxados contra os dentes.

Seu irmão era quem tinha cuidado do pai durante o último ano, quando Luca já não podia mais cuidar de si mesmo. Max tinha acabado de fazer catorze anos quando ficou um ano fora da escola para conseguir estar disponível em tempo integral para cuidar do pai. Sua mãe trabalhara sem parar para sustentá-los e ficava fora de casa por dias inteiros enquanto Gia fugira, afastando todo mundo. Ela se escondera atrás de uma necessidade de conseguir boas notas para que pudesse entrar no Instituto de Artes Culinárias, de forma que não tivesse que encarar a dor. Max nunca reclamou, nunca acusou Gia de não ajudar, nunca pediu uma explicação para qualquer um deles. Max sabia que não havia nada que ele pudesse fazer para impedir o inevitável: o pai deles estava morrendo de leucemia. Não havia nenhuma maneira de salvá-lo. Então, Max fez o que pôde para se certificar de que Luca se sentisse confortável e amado.

Tinha sido algo difícil de aceitar, principalmente para alguém como Max. Não ser capaz de fazer nada para salvar e proteger as pessoas que amava, mesmo tão novo, quase o matou.

Gia sabia disso. Mesmo assim, não conseguia lidar com a responsabilidade e a dor. Luca tinha sido um homem muito forte e poderoso, sempre cheio de vida e carisma. A porra do câncer o tinha reduzido a uma mera sombra do que ele fora um dia. Toda vez que Gia o via, tinha vontade de chorar, gritar e bater em alguma coisa.

Por quê? Por que ele?

A vida não era justa, esta era a razão. Se fosse, Luca Selvaggio teria vivido uma vida longa e feliz, porque não havia outra pessoa na Terra que merecia mais.

Ao lado dela, Max estremeceu. Era um dia muito quente e ele estava de terno, então Gia sabia que não podia ser de frio. Ela virou para olhar o irmão mais uma vez e notou que a pele do rosto dele estava úmida e ainda mais pálida do que antes, se é que era possível. Ele devia estar entrando em choque ou algo assim. Gia colocou a mão sobre a dele e a apertou de leve para chamar sua atenção. Ele virou a cabeça para olhá-la, e ela engasgou involuntariamente. Seus olhos castanhos normalmente expressivos estavam escurecidos com a tristeza.

Ele parecia um maldito zumbi.

Foda-se.

— Max — ela sussurrou —, você não parece bem. Vamos sair daqui.

Max balançou um pouco a cabeça e voltou sua atenção para o padre. Gia sabia que ela não seria capaz de fazê-lo sair, mesmo que tentasse. Eles acabariam fazendo uma cena e entristecendo a mãe deles ainda mais. Ela suspirou.

Dane-se. A escolha era dele. Se ele queria ficar sentado ali ouvindo essa porcaria, tudo bem. Mas ela não podia aguentar nem mais um segundo.

Gia ficou de pé, e, sem se desculpar ou até mesmo olhar para a mãe, correu para longe do cemitério.

Sentado algumas fileiras atrás de Gia, Beppe observou-a se levantar e fugir. Claro que ele tinha reparado quão zangada e perturbada ela estava, mesmo que Gia tentasse esconder isso. Ela nunca fôra boa em esconder suas emoções.

Beppe se levantou, tentando atrair o mínimo de atenção possível — mas ainda ganhando um olhar de desaprovação do seu pai —, e saiu atrás dela. Ele pagaria por isso mais tarde, estava bem ciente disso. Mas, naquele exato momento, Gia precisava dele, e ele, com certeza, não a decepcionaria.

Ele a alcançou no momento em que ela entrou atrás de um Toyota Prius

Antes, agora e Sempre   13

preto e caiu no chão, escondendo o rosto nas mãos. Um soluço torturado escapou de seus lábios, abafado por suas mãos, porém alto o suficiente para partir o coração de Beppe. Mesmo que Gia o tivesse visto chorar inúmeras vezes — tantas que ele nem se envergonhava mais —, ela nunca havia chorado na frente dele. Beppe sabia que ela se escondia no banheiro e chorava quando a visão do corpo espancado dele era demais para ela — ele já tinha visto os olhos inchados e vermelhos dela muitas vezes. Mas ela nunca tinha desmoronado na frente dele antes, e vê-la se partir em pedaços agora era insuportável.

Ele deslizou para o chão ao lado dela e envolveu seus ombros com o braço. Gia enrijeceu por um momento até reconhecer que era Beppe. A dor pura nos olhos dela o teria feito cair no chão se ele já não estivesse sentado. Ele precisava ser forte por ela. Só uma vez *ele* precisava ser forte para *ela*.

— Está tudo bem. Eu estou aqui — sussurrou ele, e ela escondeu o rosto molhado em seu ombro, chorando baixinho.

Beppe sabia que Gia havia fugido do funeral porque não queria desmoronar na frente de todos. Ele sabia que ninguém pensaria menos dela se ela chorasse no funeral do pai, mas Gia não faria isso. Muitas vezes, o orgulho dela a fez parecer egoísta, sem compaixão e dura.

Mas Beppe sabia que não era assim. Ele conhecia a verdadeira Gia que estava por trás da fortaleza que ela tinha construído em torno da sua alma.

Sua Gia.

Sua Gia o havia deixado entrar na vida dela com facilidade, como se fosse a coisa mais natural do mundo. Sua Gia o havia segurado quando ele se sentiu tão machucado que pensou que poderia morrer. Sua Gia o tinha acalmado quando ele ficou tão irritado que pensou em fazer algo de que se arrependeria para o resto da vida.

Sua Gia tinha salvado sua vida.

— Vamos sair daqui — Beppe sussurrou no cabelo dela quando se virou e beijou o topo da sua cabeça. Ela assentiu e permitiu que ele a ajudasse a se levantar. Ele entregou-lhe um lenço de papel que tirou do bolso e esperou-a assuar o nariz e enxugar as lágrimas. Beppe enviou uma mensagem para Max para que ele soubesse que estava cuidando da sua irmã — uma coisa a menos para seu amigo se preocupar hoje. Por um momento, Beppe pensou em convidar Max para ir com eles, mas sabia que Max jamais deixaria a mãe sozinha em meio a tudo o que estava acontecendo, mesmo que aquilo o matasse por dentro. Ele ficaria ao lado dela, receberia os pêsames, ofereceria refrescos de "estimo melhoras", esperaria todo mundo ir embora, a ajudaria a ir para a cama e a abraçaria até que ela caísse em um sono exausto. Então, e só então, ele desmoronaria em seu próprio quarto.

Suspirando e colocando o telefone de volta no bolso, Beppe pegou a mão de Gia e levou-a à sua Vespa, ofereceu-lhe o capacete extra. Ela o pegou e o colocou, sem a reclamação habitual de que o capacete arruinaria seu cabelo. Sentada atrás de Beppe, ela o abraçou pela cintura e descansou a bochecha entre as omoplatas dele, segurando-o como se sua vida dependesse disso, enquanto eles aceleravam.

Como de costume, levou cerca de meia hora para chegarem. Beppe estava certo de que Gia sabia aonde ele estava levando-a e entendeu sua falta de protesto como um sinal de concordância.

Dois anos atrás, antes de Luca Selvaggio ser diagnosticado com leucemia, ele convidou a família de Beppe para passar um dia no *Parco delle Mura*. Elsa e Luca não tinham ideia de que o pai de Beppe, o respeitável contador Marco Orsino, se transformava em um monstro atrás de portas fechadas. Como todas as outras pessoas, eles ficaram encantados com sua personalidade descontraída e conversa interessante. Eles fizeram uma pausa para um piquenique depois de uma longa caminhada e, logo depois de comerem, Beppe começou a ficar inquieto. Gia e Max perceberam imediatamente porque sabiam quão desconfortável Beppe se sentia, mesmo quando Marco fingia ser uma pessoa normal.

Max sugerira que os três dessem uma volta enquanto os adultos descansavam depois do almoço. Beppe aproveitara a chance para ficar longe da família. Foi assim que eles encontraram a pequena clareira escondida no meio da floresta de pinheiros. Tinha uma área para fogueira e um lugar para dormir que pareciam não terem sido utilizados por anos. Gia tinha se apaixonado imediatamente pelo lugar e pela privacidade. Aquele se tornara o lugar deles, eles iam para lá sempre que precisavam se afastar por um tempo. Nenhuma outra pessoa parecia ir lá, e eles sempre encontravam tudo exatamente como haviam deixado.

O banco da área para dormir era vazado embaixo e eles tinham começado a usá-lo como dispensa. Max e Beppe fizeram uma porta para ela de madeira

Antes, agora e Sempre   15

compensada, para que as coisas não estragassem com o clima ou fossem pegas por animais selvagens à procura de comida.

Beppe estacionou a Vespa atrás da área para dormir e ajudou Gia a descer. Deixou-a tirar o capacete, e — provavelmente —, arrumar o cabelo sozinha, e foi à dispensa sob o banco pegar alguns cobertores e uma garrafa de água. Beppe esticou os cobertores na grama e acenou em silêncio para Gia se juntar a ele, na grama alta.

O sol estava brilhando impiedosamente, porém, enquanto ele estava escaldante na cidade, aqui nas montanhas, o ar estava fresco e agradavelmente morno. Beppe inspirou o aroma inebriante de grama e pinheiros, e, pela primeira vez naquele dia, sentiu seu corpo relaxar.

— Odeio o cheiro de flores — disse Gia. Sua voz estava baixa e tranquila.

— Desde quando?

— Desde hoje. Tudo o que senti hoje foi o cheiro de flores.

Beppe virou a cabeça para olhá-la, sem saber do que ela estava falando, porque realmente não fazia sentido algum. Gia estava olhando para o céu sem piscar, e uma lágrima rolou pelo seu rosto. Ela virou a cabeça para encará-lo e sussurrou:

— Por favor, nunca me dê flores.

Os grandes olhos cor de avelã dela pareciam verdes sob as lágrimas, como algas marinhas debaixo d'água.

Beppe jamais poderia, jamais *diria* 'não' a estes olhos.

Ele a pegou em seus braços e se deitou. Gia enterrou o rosto na curva do pescoço dele e, aos poucos, sua respiração se estabilizou quando ela adormeceu de exaustão.

Capítulo Dois

Quando Beppe acordou, o sol já estava se pondo atrás das árvores, mas Gia ainda estava dormindo profundamente em seus braços. Ele pegou o celular no bolso de trás com o máximo de cuidado possível, sem querer perturbar o sono tranquilo dela. Ao retirá-lo, viu que tinha uma mensagem de Max.

Max: Como ela está? Levei mamãe para casa, todo mundo já foi embora.

Beppe: Estamos no Parco delle Mura, e ela está dormindo há horas. Ainda estou preocupado. Ela está muito quieta. Vamos voltar quando ela acordar, não se preocupe. Como você está?

Max: Eu não sei. Pergunte-me daqui a alguns dias. Obrigado por cuidar da minha irmã, você é a única pessoa em quem ela confia assim.

Beppe: Ei, Max, estou aqui para você também. Sabe disso, né?

Max: Eu sei.

Beppe deixou o celular ao seu lado no cobertor quando sentiu Gia começar a se mexer.

Erguendo a cabeça, ela o olhou com olhos suaves e sonolentos. Levou um momento para que a realidade desabasse sobre ela, a tristeza e a dor florescendo mais uma vez em seu rosto.

Beppe a analisou.

— Ei. Está se sentindo melhor?

— Na verdade, não. — Ela escondeu o rosto no pescoço dele novamente, sentindo o seu cheiro como se estivesse tentando fugir da realidade. Ou, pelo menos, tentando esquecê-la por um tempo.

Beppe sentiu os lábios suaves de Gia sussurrarem sobre a pele do seu pescoço, seguidos pela ponta da língua quente e úmida. Ele inspirou, surpreso, quando arrepios irromperam por toda a sua pele, e prendeu a respiração e esperou, com medo de que, se expirasse, ele a assustaria a ponto de ela parar de fazer aquilo, que era tão bom.

Antes, agora e Sempre

Deveria fazê-la parar? Gia nunca tinha feito isso antes. Claro que eles se abraçavam, se tocavam e se beijavam o tempo todo, mas apenas como amigos. Ele sempre quis mais, desejou mais, queria que ela sentisse mais. Mas nunca tinha sido assim entre eles. Ele nunca quis forçá-la — a amizade dela e tê-la em sua vida eram mais importantes para ele. Ele estava feliz com o que poderia ter.

Por que ela estava fazendo isso agora? Por que estava fazendo todo o corpo dele formigar com o toque íntimo de seus lábios no pescoço dele? O que ele deveria fazer?

— Beppe. — A voz rouca de Gia o tirou de seus pensamentos. — Respire.

Ele expirou ruidosamente. Era bom encher os pulmões com ar novamente. Tremendo, ele perguntou:

— O que você está fazendo, Gia?

Por um segundo, os olhos dela se encheram de dúvida. Ela abriu a boca para dizer alguma coisa, mas nada saiu. Um rubor percorreu suas bochechas e, em vez de responder, ela o beijou. No início, parecia familiar — eles haviam feito isso muitas vezes. Mas, desta vez, ela não se afastou depois de apenas um segundo. Os lábios dela separaram os dele, e Gia lentamente acariciou o lábio inferior dele com a língua antes de escorregá-la para dentro da boca dele e uni-la à dela.

A mente de Beppe ficou extasiada.

Tantos sentimentos explodiram dentro dele que ele achou que podia entrar em combustão. Isso estava realmente acontecendo. Gia estava beijando-o. Gia, a garota que ele amara desde o momento em que ela cuidou do seu joelho ferido, estava beijando-o. A *ele*. Sua Gia, a quem ele tinha pensado que seria apenas sua amiga e nada mais.

Beppe não conseguiria se conter mesmo se quisesse. Aprofundando o beijo, ele apertou os braços em volta dela e gemeu profundamente.

Se isso é um sonho, por favor, por favor, não me deixe acordar.

Gia raspou os dentes pelo lábio inferior dele e Beppe choramingou de necessidade. Ela o saboreou lentamente antes de libertá-lo por completo e se afastar. Gia descansou a testa contra a dele, e ambos estavam ofegantes.

— Beppe — ela sussurrou, com os olhos fechados e a respiração saindo em

suspiros irregulares. Ele conseguiu responder um fraco "sim", e ela continuou:
— Eu quero que você faça amor comigo.

A respiração de Beppe ficou presa. Seu corpo estava completamente imóvel. Gia levantou a cabeça e olhou em seus olhos arregalados. Agora que o sol havia se posto e ela não estava mais chorando, a cor de avelã estava mais marrom do que verde. Ainda havia uma pitada de tristeza neles, mas não a tristeza agonizante que tinha estado lá há poucos minutos.

— Gia, eu... — ele começou, tentando reunir coragem para dizer "não". Ela estava vulnerável, de luto e confusa, e ele não queria tirar nenhum proveito disso. Mas, ao mesmo tempo, estas palavras eram o que ele vinha desejando ouvir por muito tempo. Como poderia realmente dizer não agora?

— Por favor, Beppe. Eu preciso ter algumas lembranças boas hoje. Eu preciso... — Ela lutou para encontrar palavras para terminar a frase e desviou o olhar. Um momento depois, seus olhos voltaram para os dele e Beppe viu algo neles que nunca tinha visto antes. Ele estava tentando descobrir o que era quando ela falou de novo: — Eu preciso de *você*.

Os lábios dela encontraram os dele novamente e ela o beijou com tanto fogo e desespero que Beppe se perdeu nela. Em sua Gia. Ele a amava e sempre lhe daria o que ela precisasse.

— Eu nunca fiz isso antes — Gia sussurrou contra seus lábios. Beppe sentiu como se o tempo tivesse congelado.

— Não fez? E os seus namorados?

— Eu nunca confiei ou desejei qualquer um deles o suficiente para ir tão longe. — Ela desviou o olhar novamente e até mesmo na luz suave do início da noite ele podia ver as bochechas dela corarem. — Confio em você. Eu te quero. Sempre foi você, Beppe. Você é o meu melhor amigo, não há nada que a gente não saiba um sobre o outro. Nós estivemos ao lado um do outro nos momentos bons e ruins. Nada pode nos separar.

Beppe assentiu. Ela estava certa. Ele não podia imaginar qualquer coisa que os separasse.

— Vai ser a minha primeira vez também — ele admitiu. Os olhos dela se arregalaram de surpresa. Mesmo aos quinze anos, Beppe era bonito e muito popular com as meninas, que flertavam com ele abertamente.

Antes, agora e Sempre   19

Ele nunca tinha dormido com nenhuma delas?

— Sério? — ela perguntou, incrédula, e Beppe assentiu, a boca formando um sorriso lento. — Por quê? As meninas estão sempre se jogando em cima de você. Você vai a muitos encontros, e o seu celular está sempre vibrando com mensagens... Eu não entendo.

— Nenhuma delas é você.

Gia fechou os olhos como se a confissão dele a machucasse de alguma forma e balançou a cabeça lentamente.

Beppe levantou a cabeça e levou os lábios aos dela. Ela se derreteu nele, exalando em sua boca e se rendendo completamente a ele. Beppe não sabia o que iria acontecer amanhã, mas não se importava mais. Hoje à noite, ele teria tudo o que sempre quis.

Gia se moveu sobre ele, colocando os joelhos de cada lado de seu quadril, sem interromper o beijo. O cabelo macio dela roçou no rosto e no pescoço dele, fazendo cócegas em sua pele e adicionando mais um nível de sensação aos beijos. Beppe enterrou as mãos nos cabelos dela, deleitando-se com a maciez deles em seus dedos. Lentamente, ele deslizou as palmas das mãos para baixo e acariciou as costas, o tórax, a cintura e os quadris dela, e segurou seu traseiro gostoso, apertando-o sobre o tecido do vestido. Gia engasgou e estremeceu de desejo. Seus lábios se moveram pelo queixo de Beppe e desceram para o pescoço, depositando pequenos beijos carinhosos por todo o caminho.

Sem aviso, Gia endireitou a parte superior do corpo e começou a puxar a bainha da camisa de Beppe, puxando-a para cima e tentando tirá-la pela cabeça dele. O rapaz riu de seus movimentos apressados e se mexeu para ajudá-la a tirar. Sua pele exposta vibrou de expectativa sob o olhar de Gia. Ela passou as pontas dos dedos sobre cada cicatriz, cada machucado e cada imperfeição no peito de Beppe. Ele teve que refrear o desejo de detê-la. Isto, aquele momento, era deles. Pertencia a eles. Nada mais importava.

— Venha aqui — disse Beppe suavemente, pegando as mãos que o exploravam e puxando-a de volta para cima dele. Ela se apoiou nos cotovelos e manteve o rosto a poucos centímetros de distância do de Beppe. — Não pense, baby. Esqueça tudo. Apenas sinta. — Gia fechou os olhos, e seu rosto se contorceu como se ela estivesse com dor. — Ei, olhe para mim — disse Beppe baixinho, acariciando as bochechas dela com os polegares. Gia abriu os olhos e a luta que viu neles apertou o coração do rapaz. — Somos só nós agora. Sempre fomos só nós. Você e eu, ok?

— Você e eu — Gia repetiu, e um pouco da dor em seus olhos desapareceu. Ela sorriu timidamente e apertou os lábios contra os dele novamente, abrindo-os mais com a ponta da língua molhada.

Beppe gemeu e pressionou os quadris contra os dela, incapaz de resistir à necessidade de sentir cada centímetro do corpo de Gia derretendo no seu. Isso pareceu instigá-la, porque ela deixou os lábios dele e mais uma vez lambeu, beliscou e beijou sua pele por todo o caminho até o peito. Ela passou a língua sobre o mamilo dele e Beppe usou cada porção da sua força de vontade para não assumir o controle da situação. Seu corpo gritava por isso. Para *tomá-la*. Mas ele não o faria. Isto era para ela. Ela podia fazer o que quisesse com ele. Podia fazer tão rápido ou devagar quanto quisesse, e ele permitiria. Ele era dela para fazer como quisesse.

Gia se moveu um pouco mais para baixo, deslizando a língua sobre o abdômen dele enquanto esticava a mão e sentia a protuberância na calça jeans dele. O corpo de Beppe se sacudiu como se tivesse levado um choque. Seu autocontrole desapareceu e ele agarrou Gia, arrastando-a para cima do seu corpo e alternando as posições em um movimento rápido. Ela arfou quando ficou debaixo dele, seus belos olhos castanhos surpresos, mas cheios de necessidade. Beppe levou a boca à dela, beijando-a brusca e possessivamente, suas mãos explorando cada centímetro do corpo dela até que Gia começou a tremer debaixo dele.

— Você está com frio? — perguntou contra seus lábios.

— Não — ela disse, passando a língua pela boca dele, convidando-o a entrar novamente.

Seus corpos deslizaram um contra o outro, e Beppe teve a necessidade de sentir a pele nua de Gia em contato com a sua. Ele queria envolvê-la e fazê-la esquecer de tudo, exceto aquele momento.

A julgar pelo olhar vidrado e apaixonado dela, Beppe estava quase conseguindo.

Ele ficou de pé e tirou o jeans, a cueca boxer, as meias e os sapatos sem quebrar o contato visual com Gia. Ela seguiu seu exemplo e tirou o vestido, deitando novamente no cobertor vestindo apenas o sutiã e a calcinha. O sol já

Antes, agora e Sempre

tinha se posto, mas era uma noite clara de primavera, com lua cheia e estrelas polvilhando o céu. Os olhos de Gia brilhavam à luz da lua, e seu peito arfava enquanto olhava para Beppe, nu em toda a sua glória. Ela estendeu os braços na direção dele e o convidou a se deitar. Beppe cobriu o corpo dela com o dele e a sensação da pele quente e nua de Gia era tão irresistível e tão *boa* que ele quase se esqueceu de respirar. Ele passou os dedos sobre os ombros dela e puxou as alças do sutiã para baixo.

Gia arqueou as costas, e ele deslizou a mão para soltar o sutiã, afastando-o dos seios dela. Ele se abaixou e chupou o mamilo rosado e entumecido até que Gia se contorceu, silenciosamente implorando por mais. Beppe enfiou os dedos nas laterais da calcinha dela, olhando para Gia e esperando a confirmação de que estava tudo bem. Ela assentiu e ele puxou a peça pelas pernas, acariciando as coxas dela no processo.

— Eu não tenho camisinha — disse Gia quando Beppe voltou para cima e deu um beijinho em seu nariz.

— Eu tenho.

— Você tem?

— Sou um garoto de quinze anos, Gia. É claro que tenho uma camisinha. — Ele sorriu presunçoso e pegou a calça jeans, vasculhando nos bolsos até encontrar o preservativo. Ele o colocou e se posicionou em cima de Gia novamente, apoiando o peso nos cotovelos. Os olhos dos dois se encontraram e, pela primeira vez, Beppe disse o que sempre esteve em seu coração.

— Eu te amo, Gia.

Ela inspirou profundamente e prendeu a respiração, sem dizer nada, mas seus olhos a traíram. Seus olhos sempre refletiam o que se passava em seu coração, e Beppe tinha aprendido a lê-los muito bem. Ao perceber que ela se sentia da mesma maneira, ele não conseguiu conter um sorriso bobo.

— Você me ama também — disse ele, e se abaixou para reivindicar a boca dela em um beijo terno e cheio de amor.

— Amo — falou Gia quando ele se afastou.

Beppe queria correr pela floresta e gritar a plenos pulmões "ela me ama, ela me ama" até cansar. Mas não neste momento. Agora era a hora de mostrar à sua Gia o quanto ele a amava. Ele queria fazer com que toda a tensão, dor, tristeza e luto a deixassem e tudo o que restasse fosse o amor que fluía entre eles em um vínculo inquebrável para sempre.

Teodora Kostova

Capítulo Três

— O que diabos está errado com você? — Beppe irrompeu pela porta que a amiga de Gia, Anna, abriu para ele.

Gia olhou para o rosto lívido de Beppe do outro lado da sala.

— Anna, você pode nos dar licença? Acho que o Beppe quer falar comigo. — Gia abriu o sorriso falso que já estava tão acostumada a usar ultimamente e que quase parecia natural. Anna assentiu e saiu da sala rapidamente.

— Como você se atreve a se esconder aqui por todo esse tempo quando o seu irmão, seu irmãozinho de quatorze anos de idade, está sozinho cuidando do seu pai? — Os olhos escuros de Beppe estavam em chamas com uma raiva mal contida.

— Eu não estou me escondendo. Tenho que estudar. Meu futuro depende das minhas provas finais. — Gia permaneceu calma. Ela sabia que era assim que se lidava com o Beppe. Se ficasse chateada e começasse a gritar também, ele se aproveitaria disso e usaria contra ela.

— E o futuro do Max? Ele abandonou a escola. Você pensou nele, Gia? Você pensou em mais alguém além de si mesma?

Gia não respondeu. Ela não confiava em si mesma para falar sem desmoronar. É claro que ela havia pensado em Max. Ela pensava nele, no seu pai e na sua mãe todos os dias.

Isso doía.

A família dela estava se despedaçando. Seu pai estava morrendo, era apenas uma questão de tempo agora. Sua mãe provavelmente nunca se recuperaria disso. Era quase certeza que ela iria mergulhar no trabalho e ficaria de luto para o resto da vida. E Max... Max fazia com que ela se lembrasse do pai em muitas formas. Gia não suportava olhar para ele. Seu irmão era a pessoa mais corajosa, altruísta e naturalmente boa que ela já conheceu, e a simples presença dele no mesmo cômodo que ela a lembrava do quão fraca e egoísta ela, de fato, era.

Por isso ela estava lidando com tudo aquilo da única maneira que sabia: fugindo.

Beppe andava de um lado para o outro na frente dela com a respiração pesada.

Antes, agora e Sempre   25

— Você é uma covarde, Gia. Uma droga de uma covarde. Max torceu o pulso hoje tentando ajudar o pai de vocês na banheira. Tive que arrastá-lo para a emergência porque ele não queria ir e deixar o pai de vocês sozinho. Amanhã ele vai ter que ajudar o seu pai no banheiro de novo, bem como também vai ter que ajudá-lo a se vestir e comer, com o pulso machucado, enquanto você se esconde aqui, na casa da Anna, fingindo que nada disso te diz respeito.

Os olhos de Gia se encheram de lágrimas, apesar do seu esforço para se manter calma e distante.

Se ela não fosse assim tão fraca, iria para casa e ajudaria Max, colocaria seus planos de lado e apoiaria a sua família enquanto eles precisassem dela.

Beppe parou e a olhou, derrotado.

— Você não é mais a garota que costumava ser, Gia. Eu não te conheço mais. Nem o Max conhece. — Beppe balançou a cabeça, se virou e saiu, fechando a porta atrás de si.

Gia acordou sobressaltada. Ela estava ofegante, e o travesseiro, encharcado de lágrimas. De repente, o quarto lhe pareceu muito pequeno e sufocante. Ela jogou as cobertas de lado e se levantou para abrir a janela. O ar fresco que irrompeu no ambiente foi como uma tábua de salvação, e ela foi capaz de respirar lentamente de novo.

Será que esses pesadelos nunca acabariam? Será que ela nunca pararia de reviver os momentos mais terríveis da sua vida? Seria muito melhor se os seus pesadelos fossem fictícios, como monstros míticos perseguindo-a ou o bom e velho cair de um prédio alto. Sonhar com coisas que realmente aconteceram a impedia de conseguir algum dia deixar tudo aquilo para trás e seguir em frente. Era um lembrete constante do quão fraca, egoísta e assustada ela tinha sido, e da culpa com a qual ela convivia todos os dias.

Este sonho, em especial, era particularmente incômodo por causa de Beppe. Gia se lembrava perfeitamente da decepção que irradiava por todo o corpo, de cada palavra e gesto dele. Claro que ele a tinha perdoado alguns dias depois, e até pedira desculpas. Beppe nunca conseguia ficar bravo com ela por muito tempo. Ele sempre fôra uma constante na vida dela, desde o momento em que se conheceram, dez anos atrás. Ele podia gritar, acusá-la, bater a porta na cara dela, porém, uma vez que esfriasse a cabeça, voltaria implorando perdão. A verdade era que ele não precisava ser perdoado, tudo o que Beppe havia dito era verdade.

Como ele poderia amar uma pessoa como ela? Alguém que jogou a responsabilidade de cuidar do pai doente em cima um menino de quatorze anos. Alguém que se jogou em um plano egoísta de estudar no Instituto de Artes Culinárias enquanto o Max quase não conseguiu concluir o ensino médio. Alguém que sequer oferecera apoio emocional à mãe porque não podia suportar olhar em seus olhos e se afogar em tristeza. Alguém que construíra paredes tão altas e grossas em torno de seu verdadeiro eu que nem mesmo sua família conseguia ter acesso.

Gia havia conseguido entrar no IAC e dedicara todo o seu tempo livre para estudar. Ela estava atrás de um estágio que era oferecido apenas para alguns dos melhores estudantes e estava determinada a terminar o primeiro ano como a melhor da classe. Beppe estava mais próximo, pois a situação em sua própria casa estava chegando ao limite. O pai estava ficando cada vez mais agressivo e imprudente. Ele gritava e jogava coisas na parede, sem se importar se os vizinhos ouviriam. A bebida estava se tornando algo quase constante, e ele estava à beira de perder o emprego. A mãe de Beppe havia entrado em uma depressão profunda e se medicava com remédios tarja preta para que pudesse passar a vida dormindo.

E Max... Ele tinha voltado para a escola, mas, em vez de se concentrar em recuperar o tempo perdido e se formar com boas notas, estava fora de controle, indo a festas todas as noites, dormindo com qualquer uma, e Deus sabe o que mais. Gia tentou conversar, mas ele não quis ouvi-la. Mesmo que nunca tivesse dito aquilo, ela estava convencida de que ele a culpava por virar as costas quando ele mais precisou dela. Como ela poderia compensar isso?

Beppe cuidou dele tanto quanto pôde, seguindo-o quando Max saía, certificando-se de que ele não estava se metendo em encrencas demais e constantemente tentando fazê-lo criar juízo. Gia sentia-se agradecida, mas queria saber quanto tempo aquilo iria durar. Quanto tempo até que Beppe se cansasse de bancar a babá ou até que seus próprios problemas se tornassem tão insuportáveis que ele simplesmente desistiria? O que aconteceria depois?

A mãe deles quase nunca estava por perto; era incapaz de passar longos

Antes, agora e Sempre   27

períodos em casa sem que, em suas próprias palavras, se sentisse como se estivesse sendo estrangulada de dentro para fora. Ela vivia e respirava trabalho, e ganhava dinheiro suficiente para que eles pudessem continuar a viver com conforto, e Gia não teria que recorrer a empréstimos estudantis.

Suspirando, Gia se afastou da janela, deixando-a entreaberta, e voltou para a cama. Ela deveria tentar dormir mais um pouco. Sabia que se sentiria um lixo o dia todo e não conseguiria se concentrar em nada se não dormisse, mas nunca dormia bem quando Beppe não estava ao seu lado. Sua presença a acalmava e a ancorava. Sem ele, sentia-se nervosa e tensa, com uma sensação de pavor constantemente pairando sobre si.

Beppe tinha feito amor com ela pela primeira vez há pouco mais de um ano. Desde então, ele tinha passado quase todas as noites na cama de Gia. Eles encontraram conforto e apoio um no outro, um entendimento mútuo que ninguém mais poderia lhes dar. Foi uma liberação emocional, bem como física, e Gia não sabia se ela teria sido capaz de sobreviver ao último ano sem isso, sem *ele*.

Ela precisava mais de Beppe do que ela jamais admitiria.

Gia relaxou nos travesseiros e se aconchegou mais à cama. Só o fato de pensar em Beppe já a acalmava o suficiente para que, quando fechasse os olhos, ela adormecesse e sonhasse com os profundos olhos cor de chocolate dele.

O toque agudo do telefone a acordou. Ela olhou para o relógio na parede e viu que eram quatro e meia da manhã. Cedo demais para alguém estar ligando. O terror tomou conta dela e congelou o sangue em suas veias.

— Alô? — Gia atendeu com as mãos trêmulas, sem sequer olhar para o visor.

— Abra a porta para mim, por favor.

Era Beppe. Sua voz não soava muito boa. Gia derrubou o telefone no chão e correu para a porta da frente. Ela estava sozinha em casa — Max tinha saído e ela não o tinha ouvido voltar, e sua mãe estava fora, trabalhando —, então não se preocupou com o barulho enquanto descia as escadas.

Ao abrir a porta, Gia viu Beppe tentando aguentar o peso de um Max quase inconsciente. Ela estava sem palavras. Sua cabeça estava girando com medo, raiva e confusão. Beppe vacilou ao passar por ela e soltou Max no sofá. A cabeça dele tombou para trás sobre as almofadas, e ele gemeu. Seu rosto estava inchado, o lábio, cortado, e ele tinha um olho roxo e sujeira sobre si. Estava todo bagunçado.

— O que diabos aconteceu? — perguntou Gia, sua voz saindo mais alta do que pretendia.

— Pelo amor de Deus, você pode se controlar, irmã? Minha cabeça está doendo — resmungou Max, afundando mais no sofá.

— Me controlar? *Me controlar*? Você está brincando comigo? Você é um...

— Gia! — Beppe a repreendeu, voltando da cozinha. Gia não tinha notado que ele havia saído.

Ele segurava um pacote de legumes congelados e uma toalha e os entregou a Max, que os aceitou sem dizer uma palavra.

— Vamos conversar na cozinha — disse Beppe, com a voz mais baixa do que antes.

— Não. Eu quero que ele explique por que você teve que carregá-lo para casa no meio da noite e por que ele levou porrada. Quero que ele cresça e que pela primeira vez na vida...

— Sério? Você quer que *eu* cresça? — Max gritou, deixando cair o pacote congelado no chão. Ele encarou a irmã com um olhar surpreendentemente sóbrio.

— Sim!

— Pessoal! Calem a boca vocês dois! — gritou Beppe para eles, que obedeceram. Gia o fuzilou com o olhar e saiu pisando duro para a cozinha.

— Coloque o saco de volta no rosto, idiota — ele vociferou para Max antes de segui-la.

Quando entrou, Gia tinha ligado a cafeteira e olhava fixamente para o líquido escuro que enchia o bule.

— Gritar com ele não vai ajudar. Você sabe disso — disse Beppe com calma, inclinando-se ao lado dela no balcão.

— Então o que devo fazer, Beppe? Já tentei de tudo. Minha única opção é contar para mamãe, mas não vejo como isso vai ajudar, uma vez que, além

Antes, agora e Sempre   29

de nunca estar aqui, ela não tem forças para lidar com a situação. Ela mal tem reagido a tudo isso. — Gia tirou os olhos do bule de café e se virou para Beppe. — Um dia, você não vai estar lá para salvá-lo. — Os olhos dela se encheram de lágrimas, imaginando o irmão mais novo espancado, apodrecendo em uma vala, bebendo até morrer, ou tendo uma overdose de alguma droga.

— Vou falar com ele. — Beppe suspirou e puxou-a para seus braços. Gia retribuiu o abraço, soltando um soluço quando o agarrou com mais força. — Ei. Não vou desistir dele. — Beppe afastou a cabeça dela de seu ombro e olhou em seus olhos lacrimejantes, enxugando as lágrimas com os polegares. — Prometo. — Gia assentiu e se recompôs, virando-se para colocar o café em duas canecas.

— Será que eu quero saber o que aconteceu esta noite? — ela perguntou, sem se virar para encará-lo.

— Não.

Gia assentiu, entregou a Beppe uma das canecas de café e foi para seu quarto, no andar de cima, sem olhar novamente para o irmão, que já estava roncando suavemente no sofá.

Capítulo Quatro

Gia terminou seu primeiro ano no IAC como a primeira da turma. Os professores ficaram tão impressionados com sua dedicação e talento que fizeram questão de parabenizá-la pessoalmente. Ela ficou espantada quando Alfredo Simone, um dos melhores chefs do país, autor de vários livros de culinária e tutor honorário na IAC, não só sabia seu nome, como também a convidou para tomar um café e falou com ela de igual para igual. Ele deu-lhe muitos conselhos úteis para sua futura carreira e lhe disse para ficar à vontade para entrar em contato com ele caso precisasse de alguma coisa.

A oferta de um estágio de verão no restaurante mais luxuoso em Gênova não foi nenhuma surpresa. Gia mal podia conter sua excitação quando pôs os pés no *Il Scapolo* pela primeira vez. Era tudo que ela mais queria. Mal podia esperar para ver como tal estabelecimento funcionava nos bastidores. Gia sempre soube que tinha talento para cozinhar — seu pai tinha sido um incrível chef e havia passado seu amor pela boa comida para ambos os filhos —, mas ela também estava interessada no lado empresarial do funcionamento de um restaurante. Gerenciar o caos organizado de preparar, cozinhar, servir, pedir suprimentos e atingir as metas, bem como manter os clientes e funcionários felizes, a fascinava. Ela mal podia esperar para terminar o período de treinamento e provar a todos que podia nadar sozinha.

— Que porra é essa? — o pai de Beppe rugiu quando irrompeu pela porta do banheiro destrancado sem bater. Beppe continuou a fazer a barba calmamente, sem nem pestanejar. — Eu lhe fiz uma pergunta! — Marco gritou atrás do filho, fixando os olhos vermelhos e cruéis nele através do espelho.

— É uma tatuagem — Beppe respondeu tranquilo, deslizando a lâmina pela bochecha.

— Sei que é uma tatuagem, seu merdinha! Não tente bancar o espertinho, você sabe muito bem que não é. — Beppe olhou para o pai pelo espelho, mas não respondeu. Ele lavou a lâmina na água corrente antes de levá-la de volta ao rosto. Há uma semana, ele tinha feito uma tatuagem na parte de trás do ombro direito. Era um dragão rugindo, em traços pretos simples. Ele tinha visto o desenho na janela do estúdio de tatuagem e imediatamente se sentiu atraído por ele. Duas horas mais tarde, Beppe havia imortalizado o dragão em seu corpo.

— Olhe para mim quando eu falar com você! — Marco trovejou, agarrando-o pelo braço e virando-o para encará-lo. Marco deu um tapa no filho com as costas da mão e imediatamente brotou sangue no canto da boca do rapaz. — Eu sempre soube que você se tornaria um lixo. Você é igual à sua mãe — ele rosnou na cara do filho. Beppe não se mexeu para se proteger quando o pai o golpeou novamente e ele caiu no chão. Apenas amorteceu a queda com as mãos, evitando, assim, bater a testa nos azulejos.

Beppe olhou para cima e viu o pai abrindo e fechando as portas do armário com raiva, obviamente à procura de algo. O pânico brotou nele enquanto esperava para ver o que aconteceria em seguida. Ele estava paralisado de medo. Será que Marco estava procurando alguma coisa afiada para esfaqueá-lo? Ou algo pesado para bater nele? Seria este o dia em que seu pai finalmente levaria as coisas longe demais?

— Vou arrancar esse carimbo de merda mesmo que eu tenha que arrancar sua pele junto, tá me ouvindo? — Marco gritou, enfiando o joelho entre as omoplatas de Beppe, forçando-o a se deitar. Ele espirrou água sanitária sobre a tatuagem e começou a esfregar violentamente com uma escova de limpeza. Beppe sentiu a pele do ombro queimar e empolar, e a raiva cresceu dentro dele.

Ele nunca havia batido no pai, nem mesmo agora, que eles tinham quase a mesma altura. Ele sempre aceitou as surras e as humilhações como uma parte da sua vida — ele nunca conhecera qualquer outra coisa diferente disso. Mas hoje, ao sentir a queimadura da água sanitária enquanto ela corroía a pele do seu ombro, enquanto seu pai destruía o primeiro símbolo de força, o primeiro ato de rebelião que Beppe já se permitiu ter, algo dentro dele explodiu. Ele teve uma vontade súbita e irresistível de lutar.

Usando toda a força dos braços para se levantar, Beppe conseguiu tirar Marco de suas costas. O pai caiu de bunda a meio metro de distância. Quando Beppe tentou se levantar, ele viu a confusão nos olhos do pai, que, porém, foi rapidamente substituída pela raiva. Marco se levantou do chão e pegou o filho pelo pescoço, apertando-o com força e encurralando-o contra o box. O homem era alto e forte, e Beppe não tinha nenhuma chance de lutar com ele estando naquela posição vulnerável.

— Você vai me enfrentar, rapaz? Você acha que poderia alguma vez ganhar essa luta? — O olhar perturbado nos olhos de Marco era ainda mais assustador do que os dedos que apertavam a garganta de Beppe. Lentamente, Marco restringia o suprimento de ar e Beppe não podia fazer nada. Algumas manchas começaram a nublar a visão do rapaz, e ele estava ficando tonto. Reunindo toda a força que lhe restava, Beppe chutou o pai na canela. O aperto em sua garganta afrouxou apenas o suficiente para permitir que o rapaz conseguisse respirar um pouco.

— Puta merda! — gritou Marco, e sua raiva explodiu. Ele se afastou e rugiu, se lançando para o filho com tamanha força que Beppe voou pelo box de vidro do chuveiro, que se quebrou em milhares de pedaços. Beppe caiu na banheira, coberto de sangue e vidro.

Nenhum dos dois se moveu por alguns momentos. Marco estava aturdido, provavelmente mais espantado com sua própria força do que com qualquer outra coisa, e Beppe não ousou se mover para não provocar outro ataque.

O pai pareceu despertar do transe quando olhou para o filho com repugnância.

— Olha o que você me fez fazer! Quem vai consertar isso agora, hein? Se você acha que eu vou pagar para consertar a sua bagunça, está muito enganado. — Então, Marco se virou e saiu do banheiro sem olhar para trás.

Beppe esperou alguns segundos antes de tentar se levantar. Seu corpo inteiro estava zumbindo de agonia, mas foi um milagre ele não ter batido a cabeça. Suas costas sofreram toda a força do ataque e ele podia sentir que estavam cheias de cacos de vidro. Ele conseguiu sair da banheira e caminhar com cuidado até o espelho.

Havia sangue aglomerando-se em seus lábios, mas o maior dano tinha sido nas costas e nos braços. Ele virou-se um pouco, fazendo uma careta de dor ao ver o ombro, que estava vermelho, severamente ralado, e um pouco empolado, mas ele não achava que sua pele realmente tinha sido arrancada. O dragão não estava completamente arruinado. Quando sua pele curasse, ele voltaria ao estúdio para consertar o desenho. Este dragão ficaria em seu ombro nem que fosse a última coisa que ele faria.

Tirando alguns cacos de vidro do corpo e do cabelo, Beppe saiu do

Antes, agora e Sempre

banheiro e foi para o seu quarto, vestiu uma calça de moletom e uma camiseta folgada, e pegou o celular.

Fazia dois meses que Gia havia começado o estágio no *Il Scapolo* e ela estava amando cada minuto, mesmo que não fosse nada mais do que uma escrava. Ela estava fazendo todos os trabalhos chatos que ninguém mais queria fazer: empilhar a louça, descascar batatas, picar cebola, encher as lavadoras e secadoras com as toalhas sujas e ajudar na organização da entrega de alimentos.

Ela nunca reclamava e sempre aceitava até mesmo as tarefas mais tediosas com um sorriso. Era uma das primeiras pessoas a chegar de manhã e uma das últimas a sair à noite.

Logo o gerente, Angelo Sonori, tomou conhecimento da sua dedicação e promoveu-a para trabalhar apenas na cozinha, ajudando os chefs.

— Continue trabalhando bem — ele disse — e você terá um emprego aqui depois de se formar. — Gia estava em êxtase.

Ela estava levando o lixo para fora quando seu bolso vibrou. Gia largou o saco preto na lixeira enorme e pegou o celular. O nome de Beppe piscou na tela. Seu dedo congelou no botão verde. Ele nunca havia telefonado para ela enquanto estava no trabalho, pois sabia quão ocupada ela ficava. Algo estava errado.

Ela atendeu a chamada.

— Ei, Beppe. Está tudo bem?

— Não. Preciso que você venha me pegar.

— Onde você está?

— Em casa.

Sua voz tremia e ele mal conseguiu pronunciar as palavras. O peito de Gia se contraiu de medo. Ela começou a tremer, mas não pediu mais detalhes.

— Vá para a minha casa e espere lá. Vou assim que puder.

— Rápido.

Ela desligou a ligação e se encostou na parede mais próxima. Suas pernas ameaçavam desabar, mas ela necessitava se recompor. Beppe precisava dela; algo horrível tinha acontecido. Ela pôde ouvir em sua voz. De alguma forma, ela sabia que o pai dele estava envolvido. Sempre estava.

Gia havia implorado que Beppe fosse morar com ela mais vezes do que poderia contar. Ela estava tão cansada de vê-lo ser física e emocionalmente abusado, que teve que implorar, gritar e chorar, mas ele sempre recusou. Pelo menos ele tinha aceitado uma chave da casa dela para que pudesse ir para lá quando precisasse escapar por um tempo.

Gia voltou rapidamente para dentro para procurar seu chefe. Angelo Sonori tinha acabado de entrar pela porta da frente quando Gia o alcançou. Ela deve ter parecido bastante nervosa porque ele a deixou ir embora e disse que tirasse o resto do dia de folga sem exigir muita explicação.

Uma vez do lado de fora, Gia chamou um táxi e entrou nele, falando seu endereço para o motorista.

Os quinze minutos que levou para chegar em casa pareceram durar anos, e Gia não conseguia parar o fluxo de memórias terríveis que inundavam seu cérebro, fazendo-a tremer de raiva, desespero e desamparo.

A batida ritmada na janela assustou Gia. Ela sabia que era Beppe mesmo sem olhar, mas estava tão absorta na lição de casa que não o ouviu escalar, como ela costumava ouvir. Com um suspiro, ela se levantou da mesa e foi abrir a janela.

Beppe balançou as pernas no peitoril da janela e pulou para dentro do quarto.

— Oh, meu Deus! — A mão de Gia voou para a boca instintivamente quando ela olhou para ele. O olho direito de Beppe estava inchado a ponto de nem abrir, o lábio inferior estava rachado e havia pequenas gotas de sangue em sua camiseta. — O que diabos aconteceu? — ela perguntou quando se recuperou do choque. A última coisa de que Beppe precisava agora era que ela surtasse e o julgasse.

— Ele descobriu sobre a maconha. Não sei como. Talvez tenha sentido o cheiro nas minhas roupas. Quem se importa, porra? — Beppe passou por Gia e se jogou na cama dela.

— *O que está acontecendo?* — *Max irrompeu pela porta sem bater, depois de ouvir os gritos de Gia. Graças a Deus seus pais não estavam em casa no momento, ou tudo teria ficado feio muito rápido.*

Max olhou para Beppe na cama e arregalou os olhos quando viu os machucados no rosto do amigo.

— *O que aconteceu com você, cara?* — *Max sentou-se ao seu lado na cama de Gia.*

— *Meu pai.* — *Beppe fechou os olhos e cobriu-os com o braço.*

— *Eu te disse que fumar maconha era uma péssima ideia, Gia. Olha o que aconteceu!* — *Eles haviam fumado um baseado no dia anterior, curiosos para saber como seria a sensação de ficar chapado.*

Foi a ideia mais estúpida de todos os tempos.

— *Precisamos chamar a polícia.* — *Gia ignorou a acusação de Max. Ela já se sentia culpada o suficiente. Foi ela quem tinha arranjado o baseado e teve a brilhante ideia de fumá-lo.*

O rosto todo arrebentado de Beppe era sua culpa.

— *Não* — *disse Beppe, tão baixinho que Gia não tinha certeza se ele havia realmente falado.*

— *Beppe...* — *ela começou, sentando do outro lado dele e olhando para Max, nervosa. Eles eram os únicos que sabiam do que o pai do Beppe era capaz. Até agora, Marco tinha sido sempre cuidadoso para não acertar o rosto dele. O respeitável contador não queria nenhum rumor circulando que pudesse arruinar sua reputação de homem de família perfeito.*

— *Eu disse que não, Gia. Esqueça isso. Eu fumei a maconha. Meu pai me puniu por isso. É assim que funciona.*

— *Não, não é assim que funciona, Beppe, e você sabe disso. Por que está arrumando desculpas para ele? Você não é tão burro para pensar que a forma como ele trata você e a sua mãe está certa.*

— *Ele é meu pai. Mamãe e eu não temos mais ninguém.*

— *Isso não significa que você seja propriedade dele, e que ele pode te espancar toda vez que desejar!* — *Max interveio ao pular da cama e passar as mãos pelos cabelos, descansando-as na parte de trás do pescoço.*

Gia olhou para Beppe com preocupação. O que poderia fazer para ajudá-lo? Deus sabia que eles o tinham escondido da ira do pai inúmeras vezes. Mas não era o suficiente. Não mais.

Quando ela estava prestes a dizer algo para apoiar o argumento de Max de que essa loucura tinha que parar, ela viu uma lágrima solitária deslizar do olho inchado de Beppe. Gia olhou para o irmão e balançou a cabeça. Max suspirou, passou as mãos sobre o rosto em sinal de frustração, mas não discutiu. Ele se virou e saiu, batendo a porta atrás de si. Por um momento, Gia se perguntou se Max iria fazer algo estúpido ou imprudente, mas pensou melhor. Ele sempre foi impulsivo, mas também adorava Beppe como um irmão e sabia que confrontar o pai dele não iria ajudar.

— Você pode ficar aqui no fim de semana. Mamãe e papai estão viajando, comemorando o aniversário de casamento. Eles não vão voltar até domingo à noite. Tecnicamente, eu estou no comando da casa. Então, fique aqui.

Beppe tirou o braço do rosto e olhou para Gia. A visão do seu olho bom cheio de tristeza e desespero partia o coração dela.

Não era a primeira vez que ele passava a noite no quarto dela ou de Max, e provavelmente não seria a última, mas toda vez ele parecia se surpreender com a oferta. Balançando a cabeça, Beppe se levantou para tirar os sapatos e as roupas sujas. Em seguida, voltou para a cama, deitou em posição fetal e fechou os olhos.

Quando Gia o cobriu com um cobertor macio, os olhos dela caíram sobre as cicatrizes antigas nas costas dele. Então, ela apagou a luz e saiu do quarto em silêncio.

O táxi parou abruptamente em frente à casa de Gia, e a parada repentina a tirou de seus pensamentos. Ao perceber que estava chorando, Gia enxugou as lágrimas às pressas com o dorso das mãos, pagou o motorista e saiu do carro. Ela voou pela porta da frente e encontrou Beppe empoleirado num banquinho, com os cotovelos sobre os joelhos e a cabeça inclinada para baixo entre as mãos. Gia parou, e então lentamente caminhou até ele, ajoelhando-se à sua frente.

— O que aconteceu?

Ele levantou a cabeça para olhá-la, e ela ofegou quando viu seu lábio cortado. Gia estendeu a mão para abraçá-lo, mas ele se afastou.

— Não faça isso. Minhas costas estão uma bagunça. Eu preciso ir para o hospital, mas sou menor de idade. Preciso de um adulto comigo.

Não importava quão ruim tinham sido seus ferimentos antes, Beppe nunca pedira para ir ao hospital. Ela e Max tinham conseguido forçá-lo a ir algumas vezes quando tinha sido realmente grave, mas ele nunca de fato tinha pedido.

— Venha, vamos embora. — Gia pegou sua mão e o ajudou a se levantar. Ele estremeceu quando se moveu, mas não se queixou.

Eles conseguiram remover todos os cacos de vidro de suas costas e dos seus braços usando apenas anestesia local.

Foi um milagre Beppe não ter sofrido ferimentos piores, considerando a força do impacto. Enquanto o médico o atendia, Gia preencheu os formulários. Graças a Deus ela tinha dezenove anos, ou eles teriam tido um problema muito maior, tentando encontrar alguém para vir com eles e explicar os ferimentos de Beppe.

Ele foi liberado três horas depois, sem cacos de vidro, cheio de antibióticos e analgésicos. Gia levou-o para sua casa, preparou o jantar para eles e se recusou a deixá-lo voltar para casa. Ela o ajudou a se limpar sem encostar muito nas bandagens e, em seguida, enfiou-o na cama dela.

— Aonde você vai? — perguntou Beppe quando Gia o cobriu com um cobertor macio e se virou para sair.

— Vou dormir no quarto da mamãe.

— O quê? Por quê?

— Não quero te incomodar durante a noite. Você precisa descansar e suas costas doem, não quero machucá-lo acidentalmente...

— Pare. Você não vai me machucar. A cama é grande o suficiente. Venha aqui.

Ela olhou para ele, hesitante. Não era só o fato de não querer perturbá-lo.

Ela estava sentindo a necessidade de chorar, de gritar e de jogar coisas, mas não queria desmoronar na frente dele.

— Gia, por favor. Eu preciso que você fique.

Lentamente, ela balançou a cabeça e caminhou até seu guarda-roupa para pegar roupas limpas.

— Ok. Só preciso tomar um banho.

Entrando no banheiro de sua suíte, Gia fechou a porta atrás de si e ligou o chuveiro, na expectativa de que o som da água abafasse seus soluços.

Quando terminou o banho, ela encontrou Beppe na mesma posição que o tinha deixado — deitado de bruços, a cabeça virada para ela, os olhos abertos, mas pesados de sono e analgésicos. Gia hesitou novamente, pensando que poderia ser melhor ir dormir no quarto de sua mãe, mas, em vez disso, ela foi para o lado da cama. Beppe puxou o cobertor de lado e deu um tapinha no colchão, seu sorriso habitual tentando aparecer em seus lábios. Ela deitou ao lado dele e se virou para encará-lo.

— Você chorou no chuveiro — ele declarou. Não havia motivo para negar. Se ele realmente não a tivesse ouvido, seus olhos vermelhos e inchados a entregavam, por isso ela balançou a cabeça e suspirou.

— Não faça isso. Por favor, não chore por mim. Eu não suporto te ver chorar.

— Como não chorar? Tenho visto esse *monstro* te bater repetidamente e você não me deixa nem mesmo te ajudar.

— Você está ajudando. Todas as vezes.

— Sim. Depois. Eu quero ajudar para que isso nunca mais aconteça. Eu não quero curar suas feridas e te segurar enquanto você chora. Eu quero que ele pare.

Beppe fechou os olhos por um momento antes de falar.

— Quando minha mãe se casou com ele, os pais dela lhe viraram as costas, sabia? Ela não teve permissão nem mesmo para ir ao funeral da mãe. Meu pai é órfão, então não tem família. Somos só nós três. O que eu deveria fazer? Minha mãe não era forte o suficiente para deixá-lo quando eu era criança. E agora ela definitivamente não tem condição alguma de fazer isso. Eu não tenho escolha,

Antes, agora e Sempre   39

Gia. Até que eu tenha dezoito anos, legalmente, não posso deixar aquela casa maldita. Se eu fizer isso agora, ele vai chamar a polícia. Ele nunca vai me deixar sair.

— Você pode denunciá-lo, ele vai ser preso...

— E o quê? Ele vai ser liberado no dia seguinte. Seria a minha palavra contra a dele. Minha mãe nunca vai ficar contra ele. E, acredite em mim, se alguma vez eu fizesse isso, as coisas ficariam muito piores depois.

— Então, pelo menos, reaja. Você não é mais uma criança, Beppe, você pode se defender...

Beppe começou a balançar a cabeça antes que Gia pudesse terminar a frase. Ela ouviu a porta do quarto de Max abrir e fechar e registrou que aquilo era uma coisa a menos para se preocupar naquela noite.

— Eu não posso bater nele. Tive medo do homem a vida toda. Não posso simplesmente virar uma chave no cérebro e começar a reagir. Toda vez que o vejo, eu simplesmente congelo. Ele é... ele pode... — Beppe engoliu em seco, incapaz de falar qualquer outra palavra quando seus olhos se encheram de lágrimas. Gia sentiu seus próprios olhos marejarem mais uma vez, e estendeu a mão, segurando o rosto dele. Beppe virou o rosto em direção à palma, esfregando a pele contra ela, em busca de conforto.

Faltavam quatorze meses até Beppe completar dezoito anos e poder se mudar. E então, tudo ficaria bem.

Três meses depois, Gia percebeu quão errada ela estava.

Capítulo Cinco

Gia levantou-se uma hora antes de seu alarme tocar. Ela não conseguia dormir. Beppe não tinha aparecido ontem à noite, e não tinha ligado. O trabalho no restaurante tinha sido uma loucura no dia anterior — um dos chefs arrumou confusão e saiu no meio do turno, deixando tudo um caos. Quando Gia finalmente chegou em casa, apenas tomou um banho rápido antes de se jogar na cama e adormecer. O sono feliz não durou muito tempo. Ela acordou três horas mais tarde, e ficou se virando de um lado para o outro, incapaz de parar a velocidade dos seus pensamentos. Por que seu cérebro não podia desligar e lhe dar uma pausa?

Ela verificou seu celular — nenhuma mensagem de Beppe. Isso não era a cara dele. Ele passou quase todas as noites na casa dela e, se por algum motivo não fosse, ligava para avisá-la. Gia tinha a incômoda sensação de que algo estava terrivelmente errado. Ela resistiu ao impulso de ligar para Beppe — eram cinco horas da manhã e ela não queria arriscar acordá-lo só porque estava se sentindo ansiosa.

Gia colocou o celular em cima da mesa de cabeceira e decidiu que podia muito bem se levantar. Vestiu uma blusinha branca e um par de calças azuis de ioga e saiu na ponta dos pés pelo corredor até o quarto de Max. Sua mãe estava em casa, dormindo, e ela não queria acordá-la, mas queria se certificar de que seu irmão tinha voltado para casa na noite anterior. Gia abriu a porta devagar, espiou dentro e encontrou a cama vazia. Xingando baixinho, desceu as escadas para a cozinha e ligou a cafeteira.

Encostada ao balcão, ela mais uma vez ficou perdida em pensamentos.

Max estava ficando fora de controle. Antes, ele pelo menos tentava se comportar quando a mãe estava em casa. Agora, não estava nem mesmo tentando.

Entre seu trabalho, Beppe, e cuidar de tudo em casa, Gia mal viu o irmão estes dias, e, quando o fez, ele estava bêbado, chapado ou espancado. Isso estava partindo seu coração. A pior parte era que ela se sentia responsável — ela era a irmã mais velha. Com a mãe trabalhando fora de casa o tempo todo e o pai falecido, ela deveria estar cuidando dele. Mas como? Ele não queria ouvir nada

Antes, agora e Sempre

do que ela dizia; não queria sequer ouvir Beppe, que era seu melhor amigo. Gia sentia-se impotente e fraca, mas tinha que agir como se fosse madura, responsável e forte.

A verdade era que ela desejava ter alguém mais forte do que ela para vir e assumir o controle da situação. Ela queria, não, *precisava* de uma pausa.

Gia encheu sua caneca com café e percebeu que tinha mais de uma hora para matar antes de sair para o trabalho, então decidiu ligar a TV e descobrir o que mais estava acontecendo no mundo. Ela tinha estado tão absorta em sua própria vida que não conseguia se lembrar da última vez que tinha visto as notícias. Ou qualquer programa de TV.

Um repórter, parecendo muito triste e sério, apareceu na tela, e a chamada NOTÍCIAS DE ÚLTIMA HORA em vermelho piscou embaixo. Gia aumentou o volume para ouvir o que ele estava dizendo.

— Ambos morreram na cena — disse ele. Um sentimento de medo subiu pela espinha de Gia. Seus olhos grudaram na tela e, de repente, ela pensou que a cena atrás do repórter parecia muito familiar. — Nós não conseguimos encontrar ninguém para comentar neste momento, mas vamos trazer mais informações sobre o que os vizinhos pensavam de Marco Orsino e sua família, bem como o estado de saúde de Giuseppe Orsino, assim que soubermos. Meu palpite é que ninguém previu esta terrível tragédia...

Gia já não conseguia mais ouvir a TV porque seus ouvidos zumbiam. A caneca escorregou de seus dedos dormentes e caiu no chão. O café queimou seus pés descalços, mas ela nem percebeu.

Eles estavam fazendo a reportagem no jardim da frente da casa do Beppe.

Havia fita da polícia em todos os lugares.

Algo terrível tinha acontecido.

Beppe!

Esse pensamento a tirou do seu transe e ela correu para a porta da frente. Sem parar para colocar sapatos, Gia correu os poucos metros que separavam a casa dela da de Beppe. Ela rezou que fosse tudo um grande mal-entendido e nada tivesse acontecido na noite passada. Infelizmente, os repórteres estavam lá, bem na frente da casa de Beppe, falando diante de câmeras, requentando os mesmos detalhes enquanto esperavam por algum fato novo para informar. Gia sentiu-se mal. Ela correu para o repórter mais próximo e puxou-o para longe de sua câmera.

— Que diabos aconteceu aqui? — ela exigiu saber, segurando o homem pelos braços. Ele olhava para ela com uma expressão assustada, incapaz de formar palavras. — Me diga! — Ela o sacudiu e o homem pareceu se recompor. Gia estava vagamente consciente de que todos os repórteres tinham parado de falar e todos os olhos e câmeras haviam se virado para ela.

— Hum, quem é você? — perguntou o repórter. A raiva tomou conta dela e Gia sacudiu o homem novamente, o mais forte que pôde, mesmo que ele fosse pelo menos trinta centímetros mais alto do que ela.

— Me diga agora!

— Ok, ok, acalme-se! O homem que vive aqui, Marco Orsino, esfaqueou a esposa e o filho na noite passada e depois se matou com a faca.

As mãos de Gia caíram do homem e ela tropeçou para trás.

O mundo ficou fora de foco. Isso não estava acontecendo. Não, isso tinha que ser um pesadelo. Não podia ser real.

— Senhorita? Senhorita? Você está bem? — o repórter estava perguntando a ela, mas sua voz parecia distante. — Você conhece a família? — A pergunta a trouxe de volta à realidade. Claro! Ele estava procurando por um furo de reportagem. Gia era ouro puro para qualquer um desses repórteres agora. Eles não tinham conseguido entrevistar ninguém ainda, mas agora ela estava lá e estava claramente abalada, então, por que não explorá-la?

Ignorando seu questionamento, ela perguntou:

— Giuseppe? O filho de Marco? Onde ele está? Você disse antes que informaria sobre o estado de saúde dele.

— Ele está no hospital.

— Qual hospital? — Gia conseguiu manter a voz calma, embora realmente quisesse gritar e arrancar os olhos daquele idiota.

— *Ospedali Galliera* — ele respondeu, dando um pequeno passo para trás ao sentir a necessidade de Gia de libertar violentamente sua raiva e dor.

Gia balançou a cabeça e se virou para sair quando o repórter agarrou seu braço.

— Espere. Quem é você? Você é a namorada de Giuseppe?

Gia puxou o braço para fora do alcance dele e lançou um último olhar furioso na direção do repórter, em seguida, correu para longe sem dizer mais nada. Ela não tinha dúvidas de que sua pequena proeza sairia em todos os canais, sendo reproduzida centenas de vezes antes de os abutres encontrarem uma nova tragédia para se refestelarem.

Ela não se importava. Ela tinha que ir para o hospital.

Beppe!

Beppe passou seis horas em cirurgia e estava agora na unidade de terapia intensiva. Gia implorou a todos, garantindo à equipe médica que Beppe não tinha família, exceto ela, e recusou-se a sair do hospital até que o visse. A enfermeira-chefe teve pena e prometeu pedir ao médico que o operou para falar com ela. Sua única condição era que Gia se acalmasse, tomasse um chá e se sentasse calmamente na sala de espera.

Gia saiu para buscar o chá, e depois foi para a sala de espera. Ela faria qualquer coisa para poder ver Beppe.

Enquanto esperava, Gia ligou para Angelo Sonori e explicou a situação e o porquê de ela não ir ao trabalho. Ele tinha visto a notícia, mas não sabia que as vítimas eram amigos próximos de Gia. Ele assegurou que ela poderia ter o tempo que precisasse e lhe pediu para mantê-lo atualizado, desejando a Beppe uma recuperação rápida. Em seguida, ligou para a mãe. Elsa atendeu no terceiro toque, soando nervosa. Ela estava assistindo ao jornal e não conseguia acreditar no que via. Ela queria cancelar seu próximo trabalho e ficar com Gia no hospital, mas a filha a convenceu a não fazê-lo. Não havia nada que ela pudesse fazer. Além disso, sua mãe já era um desastre emocional. Gia não conseguiria lidar com isso agora. Relutante, Elsa concordou e fez Gia prometer que iria telefonar para ela todos os dias com atualizações sobre o estado de Beppe. Depois que desligou, tentou ligar para Max, mas ele continuava não atendendo, então ela desistiu após a terceira tentativa. Deus, ela esperava que seu irmão estivesse bem. Será que deveria ligar para a polícia e relatar o desaparecimento dele? Sua mãe estava tão abalada com a notícia que provavelmente nem tinha notado que o filho não estava em casa.

A vibração da chegada de uma mensagem de texto a assustou e ela quase deixou cair o telefone.

Max: Me deixa em paz.

Bem, se ele podia digitar, pelo menos estava bem. Ele conseguia ler e escrever, o que significava que estava inteiro.

Gia: Onde diabos você está?

Max: Na casa de um amigo.

Gia: Ah, é? Qual amigo?

Max: Não enche, irmã.

Graças a Deus ele não estava na frente dela agora ou ela o teria estrangulado. Ela estava muito cansada e de saco cheio das merdas dele! Sim, ele tinha cuidado do pai sozinho, mas muitas pessoas já passaram por isso e até pior, e não estavam bebendo e se drogando até morrer! Sim, o pai deles estava morto e a mãe nunca estava por perto, mas eles eram os pais de Gia também. Ela também sentia falta deles, mas não estava fora de controle nem jogando sua vida fora. Ele não tinha nenhuma desculpa, nenhuma droga de desculpa. Tão logo Beppe melhorasse, ela cuidaria de Max. Ela o forçaria a ir à reabilitação, o denunciaria à polícia todos os dias, se fosse necessário, e tornaria a vida dele um inferno até que ele entrasse nos eixos. Ela falaria disso com a mãe e não se preocuparia com o estado emocional de mais ninguém. Essa loucura tinha que parar.

— Gianna Selvaggio? — A voz profunda assustou Gia, tirando-a de seus pensamentos mórbidos. O médico estava de pé ao lado de sua cadeira, olhando para ela. Ele tinha cinquenta e poucos anos, era alto, com cabelos escuros e olhos sérios e escuros. Ele a deixou nervosa.

— Sim? — ela disse, levantando-se para apertar sua mão. Ele parecia ser um homem que gostava que apertassem sua mão.

— Eu sou o Dr. Allessi. Fiquei sabendo que você está aqui para obter informações sobre o estado de Giuseppe Orsino. — Gia assentiu. As lágrimas encheram seus olhos antes mesmo que o médico falasse. — Temo não poder lhe dar quaisquer respostas definitivas agora, senhorita Selvaggio. Giuseppe perdeu muito sangue antes de chegar aqui. Ele também teve um sangramento interno e uma concussão... Você está bem, senhorita?

Antes, agora e Sempre   45

Gia nem percebera que havia caído de volta na cadeira, em busca de apoio. Tudo o que ela sabia era que seus ouvidos começaram a zumbir novamente no momento em que o médico disse que não poderia lhe dar quaisquer respostas definitivas. Isso significava que Beppe poderia não melhorar. Isso significava que Beppe poderia não sobreviver.

Beppe poderia morrer.

A visão de Gia turvou e ela sentiu a náusea subindo pela garganta. Essa foi a última coisa de que ela lembrou antes de tudo ficar preto.

Gia acordou em um quarto de hospital. O que ela estava fazendo ali? Por que estava em um hospital? Piscando algumas vezes para clarear a visão, tentou se sentar, mas sua cabeça doía tanto que ela deitou novamente no travesseiro.

E então todos os acontecimentos das últimas vinte e quatro horas a atingiram novamente, fazendo sua cabeça doer ainda mais.

Oh, Deus, Beppe. Ela precisava ver Beppe.

A adrenalina inundou suas veias e, reunindo toda a força que conseguiu, Gia se sentou e colocou as pernas para fora da cama. Ela estava gemendo e fazendo uma careta dolorosa quando uma voz feminina perguntou:

— O que você pensa que está fazendo?

Gia pulou e quase caiu da cama. Ela virou a cabeça na direção da voz e viu que ela pertencia à enfermeira-chefe com quem tinha falado anteriormente. A jovem lançou um olhar suplicante para ela e implorou:

— Eu tenho que ver o Beppe. Por favor. Preciso vê-lo... — Ela parou de falar porque mãos surpreendentemente fortes a encaminharam de volta para a cama.

— Você vai vê-lo. Amanhã. Agora, descanse. Você está em estado de choque, está esgotada e os seus níveis de açúcar no sangue estão perigosamente baixos. Deite-se e descanse. São ordens médicas.

— Mas... — Gia protestou e tentou se levantar novamente.

— Ouça, querida, deite-se e nos deixe cuidar de você. O estado de saúde de Beppe é estável. Não há nada que você possa fazer por ele agora. Você vai vê-lo amanhã, eu prometo.

A voz dela era tão calma e tranquilizadora que Gia não pôde evitar acreditar nela. Ela deitou e adormeceu.

Ela não tinha certeza de quanto tempo tinha dormido, mas, quando acordou, já estava escuro lá fora. Porém, sentia-se muito melhor, descansada e não tão nervosa como antes.

Uau, eles devem ter me dado umas drogas poderosas!

Gia se levantou sem muita dificuldade, ao contrário de algumas horas atrás, e usou o banheiro para se refrescar, evitando o espelho a qualquer custo. Espirrou água no rosto e se sentiu imediatamente melhor. Então, saiu do quarto em busca de alguém com quem pudesse falar para levá-la para ver Beppe. Um relógio na parede mostrava que eram quatro da manhã, então, a enfermeira dela provavelmente já havia ido embora. Gia precisava encontrar alguém que pudesse ajudá-la. Uma jovem mulher com uniforme de enfermeira estava atrás do balcão quando Gia chegou à área da recepção.

— Oi. Eu sou Gianna Selvaggio, sou... — ela começou.

— Sim, eu sei. Verifiquei você cerca de uma hora atrás — disse a enfermeira, sorrindo calorosamente para ela.

— Obrigada.

— O que posso fazer por você, querida?

— Eu preciso ver o Be... Giuseppe Orsino. Por favor. Eu sei que ele está na UTI, mas a outra enfermeira prometeu que eu poderia vê-lo e eu...

— Querida, relaxe antes que tenhamos que te levantar do chão novamente. — A enfermeira colocou a mão sobre a de Gia e lhe deu um sorriso tranquilizador. — A Mariana me falou de você. A enfermeira-chefe no comando ontem — ela esclareceu, ao ver a expressão confusa de Gia. — Ela disse para levá-la ao Beppe quando você acordasse. — Um alívio tomou conta de Gia de forma tão intensa que ela quase perdeu o equilíbrio.

— Obrigada. Muito obrigada...

— Você é a namorada dele? Irmã?

Gia pensou a respeito. Ela era a coisa mais próxima que Beppe já teve de

Antes, agora e Sempre   47

uma namorada ou de uma irmã.

— Eu sou tudo o que restou a ele.

A jovem enfermeira assentiu com compreensão e fez um gesto para que Gia a seguisse.

Capítulo Seis

A enfermeira, que se apresentou como Lina enquanto elas caminhavam para a unidade terapia intensiva, advertiu Gia de que ela teria apenas cinco minutos com Beppe. Quando chegaram, Lina parou na porta, dizendo que esperaria do lado de fora e a chamaria quando o tempo acabasse.

Gia hesitou apenas por um momento antes de entrar. Ela se encostou na porta quando a fechou atrás de si. Então respirou fundo, olhou para cima e encontrou um estranho deitado na cama. Um estranho que parecia vagamente com o seu Beppe. Ele estava tão pálido! Parecia tão vulnerável e frágil, ligado a todos os tipos de máquinas. Gia correu para o lado dele.

Pelo menos ele estava respirando por conta própria e não havia um tubo em sua garganta. Ela se ajoelhou ao lado da cama e apertou a mão dele. Estava quente, mas pareceu mole e sem vida. Determinada a não chorar, Gia engoliu o nó na garganta e falou, tentando manter a voz normal, caso ele pudesse ouvi-la.

— Beppe. Estou aqui, querido. Você vai ficar bem. Eu sei que vai. Você não pode me deixar. Eu preciso de você, Beppe. Nós vamos passar por isso juntos. Nós temos muita coisa pela frente, *amore*.

Não vou chorar! Não vou chorar!

Ela continuou dizendo isso a si mesma, mas estava à beira de soltar soluços desesperados. Gia estendeu a mão e acariciou o rosto bonito de Beppe com a ponta dos dedos.

Gia queria lembrá-lo de todos os seus planos, de tudo o que haviam falado que queriam fazer com as suas vidas, mas não conseguia encontrar forças para fazê-lo sem desmoronar. Beppe parecia muito, muito mal. Ela podia sentir como o corpo dele estava fraco e conseguia sentir, em seus ossos, o quanto ele queria desistir.

Ela não estava disposta a deixá-lo desistir. Gia se inclinou e apertou a mão dele um pouco mais forte.

— Beppe, eu sei que você pode me ouvir. Sei que quer desistir, se afastar e esquecer de tudo. Mas não posso deixar você fazer isso. Pode ser egoísta da

Antes, agora e Sempre 49

minha parte, mas eu preciso de você. Eu não consigo sozinha, querido, eu simplesmente não consigo. Você é tudo para mim. Não ouse desistir! — Ela sentiu as lágrimas escorrendo pelo rosto e não havia nada que pudesse fazer para parar os soluços agora. Apertou a mão dele no rosto dela, salpicando beijos e lágrimas sobre ela. Gia chorou até que a enfermeira Lina entrou para levá-la embora.

Beppe deve tê-la ouvido, porque começou a fazer progressos. Em três dias, recuperou a consciência e foi transferido da unidade de terapia intensiva. Gia saía do hospital apenas para ir para casa tomar banho e mudar de roupa, antes de correr de volta para o lado dele. Beppe dormiu bastante enquanto seu corpo se curava, porém, assim que foi capaz de falar, perguntou o que aconteceu. Por que ele estava no hospital e onde estavam seus pais? Era óbvio que não se lembrava muito daquela noite, porque, quando Gia explicou o pouco que sabia, os olhos dele se arregalaram, chocados. Depois, ele pareceu apenas se desligar. Não mostrou nenhuma outra reação. Quando Gia terminou de falar, ele simplesmente assentiu e fechou os olhos, adormecendo em seguida.

Por um momento, Gia se perguntou se ele iria se lembrar de qualquer coisa que ela disse.

O olhar vazio de Beppe a assustou. Ela nunca o tinha visto assim. Mesmo depois das piores agressões do pai, havia muitos sentimentos nos olhos de Beppe: medo, arrependimento, dor, raiva, tristeza.

Por fim, Marco Orsino tinha conseguido machucar a alma do seu filho.

Mas não matá-lo.

Beppe estava vivo. Ele iria melhorar. Ela se certificaria disso.

Beppe acordou sentindo como se algo estivesse errado. Estava muito quieto ali. O número de máquinas conectados ao seu corpo havia diminuído. A TV estava desligada e, a julgar pela luz suave vinda da janela à sua esquerda, era início da noite.

Mas foi o fato de Gia não estar lá que lhe pareceu diferente. Toda vez que ele abria os olhos, ela estava lá. Quando estava prestes a entrar em pânico e pressionar o botão para perguntar à enfermeira onde Gia estava e se algo tinha acontecido, a porta se abriu. Acreditando que era Gia voltando, Beppe relaxou e sorriu ao olhar para a porta.

Ele não estava esperando ver Max.

Ele estava largado no batente da porta, mal dentro do quarto, e parecia uma merda. Suas roupas estavam vincadas e imundas; seu cabelo, bagunçado e oleoso; a pele, pastosa; e seus olhos sem brilho pareciam ter afundado no crânio. Beppe olhou para ele, incrédulo. Ele não podia acreditar no quanto seu amigo havia mudado em um espaço tão curto de tempo. Duas semanas? Três? Ele não tinha certeza de há quanto tempo estava no hospital, mas tinha visto Max alguns dias antes... de tudo acontecer.

Deus, isso era uma droga. Max precisava da ajuda dele e ele não podia fazer nada.

Beppe estava drenado, tanto física quanto emocionalmente. Ele não tinha nada para dar.

Uma lágrima rolou pela lateral do seu rosto quando ele se deu conta do quão impotente ele era agora.

Eles se olharam por um momento antes de Max estremecer. Ele bateu a cabeça no lado do batente da porta e seus olhos se abriram como se, de repente, ele fosse trazido de volta à realidade. Sem dizer uma única palavra, passou pela porta e fugiu.

Quando Beppe foi transferido para a unidade de recuperação, um médico veio falar com Gia. Eles se sentaram nas cadeiras estofadas da sala de espera para discutir o que aconteceria com Beppe quando ele recebesse alta. O rapaz tinha acabado de completar dezessete anos no mês anterior e precisava de um tutor legal. Se não houvesse nenhum familiar imediato, ele teria que ir para o sistema de adoção. Beppe ainda precisava dar seu depoimento à polícia, mas o médico lhe assegurou que eles não tinham sido autorizados a falar com ele ainda.

Pelas três semanas seguintes, Gia foi incapaz de pensar em qualquer outra coisa.

Se Beppe entrasse no sistema de adoção, eles poderiam mandá-lo para qualquer lugar do país. Deixar Gênova, deixar *Gia*, não era uma opção. O primeiro pensamento dela foi pedir para sua mãe ser a tutora dele. Mas eles provavelmente não aprovariam — uma mãe solteira, que ficou viúva recentemente, viajando a negócios o tempo todo —, mas isso poderia lhes dar algum tempo até que uma decisão pudesse ser tomada. Então, se o pedido fosse rejeitado, Gia poderia pedir para ser a tutora dele, afinal, ela tinha dezenove anos.

Esse pedido podia lhes dar tempo suficiente, uma vez que, quando passasse pela burocracia, Beppe já teria dezoito anos. Se eles pudessem apenas paralisar o sistema por cerca de dez meses, tudo ficaria bem.

Gia passeou pelo corredor em frente ao quarto de Beppe porque precisava de espaço para pensar em um plano sem perturbar o descanso dele. Por fim, decidiu que a melhor opção seria consultar um advogado. Gia não sabia todos os meios, as regras e as legislações aplicáveis em relação à tutela legal, mas nunca se perdoaria se sua falta de experiência e de conhecimento enviassem Beppe para o outro lado do país.

Imersa em seus pensamentos, Gia quase não percebeu a enfermeira, que era seguida por um homem alto de cabelos escuros, passando direto por ela e indo para o quarto de Beppe. O pânico brotou no coração de Gia e ela correu para eles, alcançando-os e impedindo a entrada deles no quarto.

— Desculpe-me — ela começou, encarando o homem que devia ter quase setenta anos. Ela deu um passo involuntário para trás quando o reconhecimento brilhou nos seus olhos, porque o homem à sua frente parecia exatamente como Beppe dali a cerca de quarenta anos. Os olhos de Gia devem ter entregado sua reação, junto com sua boca aberta, porque o homem se virou para agradecer à enfermeira por lhe mostrar o quarto de seu *neto*. Entendendo a dica, a enfermeira foi embora.

— Eu sou Paolo Salvatore, o avô de Giuseppe. Você deve ser a Gia. A equipe médica me informou que você está cuidando do Giuseppe enquanto ele está se recuperando — disse o homem, educadamente, estendendo a mão para Gia.

Imediatamente, a raiva consumiu suas boas maneiras e seu bom senso, e Gia cruzou os braços sobre o peito, olhando para ele.

— Enquanto ele está se recuperando? Eu venho cuidando do Beppe desde que ele tinha seis anos de idade! Era eu quem cuidava dos machucados quando o pai batia nele, era eu quem o levava para o hospital quando o ferimento era muito grave para ser tratado em casa. Eu era a pessoa que segurava a mão dele quando ele chorava. Eu fui a pessoa que o convenceu de que nada disso era culpa dele — Gia desabafou, tremendo com uma raiva mal contida.

O homem ficou tão pálido quanto um lençol, e Gia achou que ele fosse desmaiar. As mãos dele tremiam quando ele as correu por suas têmporas grisalhas.

— Oh, meu Deus — ele sussurrou, e seus olhos procuraram por algo. Ele viu as poucas cadeiras na pequena sala de espera nas proximidades, se dirigiu a elas, alcançou uma e deixou-se afundar pesadamente. Gia o seguiu e sentou-se ao lado dele; ela estava longe de terminar.

— Se você acha que só porque não sabia que isso estava acontecendo é desculpa para abandonar a própria filha e o próprio neto nas mãos de um *monstro*, você está muito enganado.

— Eu não sabia... — disse ele e focou seus olhos suplicantes e escuros em Gia.

— Não dou a mínima. Como eu disse, isso não é desculpa. Você não pode simplesmente aparecer aqui e dizer que é o avô do Beppe que veio resgatá-lo, quando você esteve ausente por toda a vida dele. — Gia sabia que estava sendo cruel, mesmo para seus próprios ouvidos, mas não podia evitar. Como este homem poderia aparecer depois de todo esse tempo e fingir que se preocupava com Beppe?

— Giuseppe é o meu neto. Eu sou o único parente vivo dele — disse Paolo, e seus olhos se tornaram determinados e muito parecidos com os de Beppe. — Eu respeito o fato de que você está tentando proteger Giuseppe e sou mais do que grato por tudo que você fez por ele ao longo dos anos. Mas quando vi no noticiário o que tinha acontecido... Eu não pude ficar afastado por mais tempo. Perdi a minha filha. Vim para reclamar o corpo dela. Mas

Antes, agora e Sempre   53

também vim para reivindicar o meu neto, Giuseppe, que não tem dezoito anos ainda e precisa de um guardião.

— De jeito nenhum! Você não vai levar Beppe embora! Eu e minha família vamos cuidar dele, como sempre fizemos. — Gia pulou da cadeira e, instintivamente, deu um passo atrás, na direção do quarto de Beppe.

— Por que não o deixamos decidir? Eu não vou arrastá-lo chutando e gritando. Mas quero falar com ele e tentar convencê-lo a vir comigo de bom grado.

— Ele nunca irá com você.

— Veremos.

Paolo levantou e se dirigiu para o quarto de Beppe. Entrou e fechou a porta atrás de si.

Capítulo Sete

Beppe estava cansado de se sentir tonto e desorientado toda vez que acordava. Ele não sabia que dia era, há quanto tempo estava no hospital ou quando tinha acordado pela última vez. Ele não tinha certeza nem de quanto tempo fazia que seu melhor amigo Max tinha aparecido na porta. Deus, ele estava horroroso. Beppe realmente desejava ter dito algo para fazê-lo ficar...

A porta se escancarou e um homem que ele não conhecia entrou em seu quarto. Ele tinha, provavelmente, uns sessenta anos, mas parecia forte e intimidador. Seu cabelo estava grisalho nas têmporas, mas era grosso e bem conservado. Ele era alto, com ombros largos e tinha os mais inteligentes e penetrantes olhos escuros.

Beppe estreitou os olhos, examinando o homem com curiosidade, tentando descobrir por que ele parecia tão familiar. Tinha certeza de que nunca o tinha visto antes. A compreensão repentina deixou todos os seus sentidos totalmente despertos.

Beppe era a cara do homem diante dele, que o observava com olhos escuros e emotivos.

O homem caminhou até o lado da cama de Beppe, seus olhos vagueando sobre ele, observando-o atentamente.

— Olá, Giuseppe. Eu sou Paolo Salvatore, seu avô — disse ele e se sentou em uma cadeira ao lado da cama.

Beppe só conseguia olhar com admiração para este homem que era seu avô. Por que sua mãe nunca lhe disse que ele se parecia com o pai dela? Como ela pôde mantê-lo longe de seus avós? Um milhão de pensamentos deslizaram em sua mente, mas o que mal o esmagou foi que este homem era o seu *nonno*. Beppe não estava sozinho no mundo, afinal de contas.

Ele nunca havia conhecido qualquer parente de sua mãe. Eles a deserdaram quando ela escolheu se casar com seu pai e, fiéis à sua palavra, nenhum deles fez qualquer contato.

Pode ser que sua mãe tenha percebido seu erro na escolha de Marco logo após o casamento, mas Nerina tinha sido uma mulher orgulhosa. Ela nunca

Antes, agora e Sempre 55

se queixou, mesmo depois que sucumbiu à depressão e ao abuso doméstico. Nunca fez as malas e fugiu para a casa dos pais. Beppe sempre quis saber como seus avós eram. Teriam intervindo e ajudado Nerina se soubessem o que Marco estava fazendo?

Acho que agora eu tenho a chance de descobrir.

— Olá — Beppe respondeu com cautela, e os olhos de Paolo suavizaram.

— Sinto muito pelo que aconteceu, Beppe. Nós nunca soubemos que o Marco estava machucando a sua mãe. Nós sabíamos que ele era um ignorante filho da puta, preguiçoso e egoísta, sim, mas nunca sequer imaginamos... — Ele respirou profundamente para fazer com que sua voz parasse de tremer. Era óbvio que Paolo não estava confortável em demonstrar muita emoção. Beppe esperou pacientemente que ele se recompusesse.

— Nós pensávamos que ele a amava. Podemos não ter achado que ele era bom o suficiente para a nossa única filha, mas achávamos que ele a amava. Ela desistiu de tudo por ele... — Ele parou e olhou para longe.

— Está tudo bem. Não é sua culpa.

— Em parte, é culpa nossa. Nosso orgulho ficou no caminho do nosso amor. Nós deserdamos nossa filha, nem sequer encontramos amor em nossos corações para perdoá-la quando ela nos enviou uma foto sua quando você nasceu. Nós não respondemos e ela nunca nos enviou outra. Minha esposa nunca superou a perda de Nerina. Mas nós sempre achamos que ela estava feliz e encontramos nisso algum consolo.

Beppe olhou para o teto antes de responder.

— Isso é passado agora. Não há por que procurar culpados. Muitas coisas poderiam ter sido diferentes, mas não podemos mudar nada agora.

Paolo concordou, parecendo um pouco surpreso. Beppe percebeu que seu avô devia ter imaginado uma reação muito diferente dele — raiva, negação, culpa. Uma calma aceitação da situação trágica, maldição, a *vida* trágica que Beppe tinha vivido, definitivamente não era o que o homem estava esperando.

— Você está certo. Não podemos mudar o passado. Mas podemos compensá-lo. — Paolo fez uma pausa, e toda a incerteza deixou seus olhos escuros quando eles se concentraram em Beppe. Havia determinação brilhando neles. — Eu gostaria que você viesse viver comigo na Toscana.

Beppe estava sem palavras. De todos os pensamentos passando por sua cabeça, seu avô sugerir que ele fosse viver com ele nunca foi um deles. Ele não sabia o que dizer. Seria isso algo que ele queria?

— Eu... eu não posso ir embora... — Beppe falou, quando seus olhos desviaram do avô. Ele estava tentando encontrar algo para argumentar, ou mesmo para se importar.

É claro que ele não queria deixar Gia, ou Max, especialmente depois que o viu. Ambos precisavam dele, mas Beppe estava muito cansado. Ele não tinha forças para lutar agora; não havia nada que ele pudesse fazer por eles.

— Sim, você pode. Eu sei que não quer deixar seus amigos, mas não há mais nada para você aqui, filho.

Filho.

Seu pai nunca o tinha chamado assim. Nem uma vez em sua vida.

Beppe sentiu seus olhos se encherem de lágrimas. Ele estava com vergonha de chorar na frente do avô, principalmente tendo-o conhecido há apenas dez minutos. Ele virou a cabeça e tentou controlar suas emoções.

A mão quente sobre a sua o assustou, e Beppe sacudiu a cabeça para olhar para ele. Foi quando a primeira lágrima caiu, rapidamente seguida por outra.

— Está tudo bem chorar, Giuseppe. Isso não faz de você menos forte — disse o avô, suavemente.

Beppe assentiu enquanto outra lágrima escorria por sua bochecha, e tirou os olhos da mão que apertava a sua para o rosto do seu avô. Os olhos de Paolo estavam vidrados, mas Beppe não tinha dúvidas de que seu avô era muito melhor em refrear as emoções.

— Acredito que esta é a minha chance de me redimir por tudo que eu fiz. Deixe-me cuidar de você, filho. Deixe-me ajudá-lo. Nunca é tarde demais para colocar nossas vidas de volta no caminho certo, mas às vezes só precisamos de tempo para nos curarmos.

Beppe não disse nada, apenas fechou os olhos e balançou a cabeça. Ele sabia que Paolo estava certo, mas não podia evitar a pontada de culpa que sentia ao pensar em deixar Gia e Max para trás.

Antes, agora e Sempre 57

— Como assim você vai com ele? Você sequer o conhece! — Gia tentou manter a voz firme, mas a declaração de Beppe de que ele estava indo embora com o avô quando recebesse alta a deixou fora de equilíbrio. Ela se levantou da cadeira na qual estava sentada e andou nervosamente pelo quarto.

— Eu vou viver com ele na Toscana por um tempo. Vou ter a chance de conhecê-lo.

— Mas... Você não pode ir embora! — Ela tentou pensar em um argumento mais construtivo, uma razão para ele ficar.

Eu te amo tanto! Eu não posso deixar você ir embora.

— Eu tenho que ir, Gia. Não posso ficar aqui. Estou cansado e... Eu me sinto vazio. Sei que você precisa de mim, mas eu não tenho mais nada para dar agora. — Beppe engoliu em seco, como se dizer isso fisicamente lhe doesse. — Eu preciso de um tempo longe daqui. Eu preciso me curar. — Beppe olhou para Gia, impotente.

— Eu sou egoísta, confesso, mas, Beppe... Não posso viver sem você. Eu não sei como. Você sempre esteve lá por mim... — Gia se sentou na beirada da cama de Beppe e o olhou suplicante.

— Você pode e vai. Você tem a escola, o seu estágio e seus objetivos. Tem um irmão que precisa de você. Você vai ficar bem. Estou sempre a apenas um telefonema de distância, Gia. E você pode me visitar. Não é como se eu estivesse me mudando para a Nova Zelândia, sabe?

Gia conseguiu dar um sorriso triste antes de seus lábios tremerem e ela começar a chorar. Beppe estendeu a mão para puxá-la suavemente para seu peito, colocando a cabeça dela debaixo do seu queixo. Seus dedos brincaram com as mechas do cabelo dela enquanto ela chorava.

Ela sabia que ele estava certo. Ele precisava ir embora para o mais longe dali possível. Precisava descansar, se curar e viver algo bom, para variar. Precisava de uma família que se preocupasse com ele e uma casa para a qual não tivesse medo de voltar. Precisava pensar em si mesmo em primeiro lugar, pela primeira vez.

Gia precisava se concentrar em sua própria vida bagunçada agora. Ela poderia lidar com isso sozinha. Não precisava de ninguém, não mais.

Ela precisava deixar Beppe ir embora.

As primeiras semanas após Beppe ir para a Toscana foram as piores. Os olhos de Gia se enchiam de lágrimas inesperadamente e sem qualquer motivo. Seu coração estava tão cheio de tristeza que procurava por qualquer tipo de alívio.

Mas o alívio nunca veio. Mesmo depois de chorar até não ter mais lágrimas, o aperto em seu peito não diminuiu.

O estágio de Gia no *Il Scapolo* terminou logo depois que ela voltou a trabalhar. Então, ela começou seu segundo ano na IAC e direcionou toda a sua energia e foco para as aulas e em tirar boas notas. Mas isso não ajudou. Ela falava com Beppe ao telefone quase todas as noites, mas isso não fez o vazio de sua ausência diminuir. Toda vez que se falavam, ela tentava se controlar e não deixar que suas emoções a vencessem, mesmo que ouvir a voz dele e não poder tocá-lo, beijá-lo, sussurrar o quanto ela o amava estivesse acabando com ela.

Durante muitas noites, ela acordou tão abalada pela necessidade de sentir Beppe perto dela que cada terminação nervosa vibrava com a dor. Ela ansiava pelo toque dele como um viciado em drogas em abstinência. Gia ia freneticamente para o telefone e discava o número de Beppe com as mãos trêmulas. O toque sempre parecia durar uma eternidade enquanto ela o esperava atender.

— Gia? Está tudo bem? — Ela ouvia sua voz sonolenta e isso era tudo o que precisava para fazê-la desmoronar. — Querida, você está me assustando. Por favor, diga algo.

— Eu sinto tanto a sua falta que dói para respirar.

— *Amore...* — Beppe soltava uma respiração pesada, e Gia tinha certeza de que ele estava chorando também.

Eles não precisavam dizer mais nada, e Gia nunca tinha certeza de como ela voltava a dormir, mas, quando acordava na manhã seguinte, sempre tinha o telefone na mão.

Beppe a convidou para visitá-lo toda vez que eles se falaram, porém, ela recusou todas as vezes. Se era muito difícil desligar o telefone e encerrar a conexão que tinha com a voz dele, como ela poderia ir embora quando realmente o visse, tocasse e beijasse? Seria impossível e ela sabia disso — ela já o tinha deixado ir embora uma vez, não havia como conseguir fazê-lo novamente.

Beppe ligou para Gia cerca de uma semana antes do aniversário de dezoito anos dele. Era um domingo e ela estava deitada no sofá, zapeando nos canais da TV, quando olhou para o visor do celular e sorriu antes de atender.

— Você já fez suas malas? — Gia mal podia esperar para ter Beppe de volta. Ela estava tão animada! Os últimos dez meses tinham sido os mais difíceis de sua vida. O que a fez prosseguir foi saber que a sua separação chegaria ao fim em poucos meses e ela teria seu Beppe volta.

Talvez, quando ela o tocasse novamente, quando passasse os dedos pelo cabelo dele, quando ele sorrisse para ela e a beijasse, o aperto estrangulando em seu coração fosse finalmente aliviado e ela seria capaz de respirar novamente.

— Não. É justamente por isso que estou ligando — disse Beppe. A voz dele estava sombria e Gia sentiu seu sangue gelar. Ela sabia o que ele ia dizer antes que ele pronunciasse as palavras. Lentamente, ela se sentou, segurando o telefone com as mãos repentinamente úmidas.

— Há algo que eu venho tentando lhe dizer há um tempo, mas nunca encontrei o momento certo. Eu acho que o momento certo nunca virá, então, vou dizer agora.

Ela ouviu Beppe respirar fundo antes de dizer:

— Eu não vou voltar para Gênova depois do meu aniversário, Gia.

Gia nunca havia recebido um tiro no peito antes, mas estava certa de que devia ser como ela se sentia. Como se alguém tivesse esvaziado uma rodada inteira de munição direto em seu coração.

— O quê? — ela finalmente conseguiu sussurrar.

— Paolo precisa de mim. A saúde dele não tem estado boa e ele quer voltar para a Sicília, onde sua família mora. Ele precisa colocar todos os seus assuntos em ordem — vender tudo o que tem aqui na Toscana, cuidar dos vinhedos —, e não tem certeza se quer vendê-los ou arrendá-los...

Beppe continuou falando, mas Gia não ouviu mais nenhuma palavra por causa do barulho ensurdecedor do sangue correndo em suas veias.

Ele não vai voltar.

Beppe tinha escolhido Paolo ao invés dela. Ele sabia o quanto ela lutou para viver sem ele. O quanto ela precisava dele. O quanto ela o amava.

Eu pensei que ele me amava.

Bem, ele não amava. Ou, pelo menos, não o suficiente para voltar para casa.

— Gia? Você ainda está aí? — A voz de Beppe a trouxe de volta.

— Sim, estou aqui. Bem, obrigada por me avisar. Tchau.

— Espere! — ele gritou antes que ela pudesse desligar. Gia trouxe o telefone de volta para a orelha.

— O quê?

— Como assim o quê? Isso é tudo o que você vai dizer? Tchau?

Gia soltou um suspiro quando se deitou novamente no sofá. Fechou os olhos e disse, desanimada:

— O que você quer que eu diga, Beppe? Você quer que eu implore para voltar para casa? Porque acho que fiz isso tantas vezes que já perdi a conta. Também lhe disse o quanto te amo, mas acho que isso também não é o suficiente para você. Se me ouvir chorando no meio da noite, tanto que nem consigo tomar fôlego para falar, não é o suficiente para provar o quanto preciso de você e o quanto eu sinto sua falta, então nada mais será.

A voz suave de Beppe soou através da linha.

— Eu não disse que eu nunca voltarei para casa, querida. Eu disse que preciso ficar um pouco mais. Nós conseguimos chegar até aqui, o que são mais alguns meses?

— Aparentemente não muito para você.

— O que isso quer dizer? Não tem sido fácil para mim também! Eu tenho lidado com um monte de merda, Gia. Estive tentando superar o quanto eu sinto sua falta e o quanto preciso de você para lidar com a vida todos os dias...

— Me poupe, Beppe. Você está escolhendo ficar com Paolo em vez de voltar para casa para juntar os *meus* pedaços que você deixou para trás. Isso já fala por si só. Boa sorte com tudo. Adeus.

Gia encerrou a ligação e desligou o celular antes que Beppe pudesse tentar impedi-la de desligar novamente. Um soluço terrível escapou quando ela se curvou de agonia. Gia não conseguiu impedir este soluço ou as dezenas que vieram depois dele.

Era isso. Beppe tinha ido embora.

Ela não se importava se ele nunca mais voltasse. Ele havia escolhido o avô ao invés dela.

Depois de tudo o que tinham passado, depois de todos esses anos, depois de todas as confissões de amor sussurradas e planos para uma futura vida a dois, ele tinha escolhido outra pessoa ao invés dela.

Como ele poderia dizer que mais alguns meses não eram nada? Gia mal estava conseguindo funcionar do jeito que as coisas estavam. Mais alguns meses era demais — era um vasto oceano que ela não era fisicamente forte o suficiente para nadar. Pelo menos agora ela teve um encerramento. Ela podia começar a se curar. Ela podia começar a reconstruir seu coração partido e, quando ela colasse os pedaços novamente, teria construído muros tão altos e grossos ao redor dele que ninguém *jamais* iria parti-lo novamente.

Ninguém.

Gia se recusou a atender as chamadas de Beppe ou a responder seus textos e e-mails por três semanas. Esse tinha sido o tempo mais longo que haviam ficado sem se falar. Depois de três semanas, Gia sentiu que era forte o bastante para ouvir a voz dele sem desmoronar. Eles conversaram por um tempo e, depois de desligar, Gia estava orgulhosa de si mesma. Não sentiu necessidade de chorar nenhuma vez. Também não chorou depois que desligou.

Na verdade, foi bom falar com Beppe sem esperar que ele preenchesse todo o seu mundo.

Em pouco tempo, eles caíram em uma brincadeira suave, deslizando por anos de amizade. Beppe seguiu o exemplo de Gia, e eles nunca mais falaram sobre o relacionamento, e certamente nunca disseram a palavra com A novamente.

Teodora Kostova

Agora
Parte II

66   Teodora Kostova

Capítulo Oito

Quatro anos depois

— Apresse-se, Gia! Precisamos sair em dez minutos. Eu prometi ao Beppe que iríamos buscá-lo — Max gritou quando passou pelo quarto de Gia e bateu na porta com o punho algumas vezes para dar ênfase. Ela revirou os olhos. Às vezes, seu irmão era um pirralho.

— Ele não sabe onde a Lisa mora? Ou estamos agora oferecendo serviço gratuito de táxi? — ela gritou de volta, mas Max já tinha ido embora e a pergunta ficou sem resposta. Gia suspirou e foi ao banheiro escovar os dentes.

Max podia ser irritante, insensível, grosseiro e chato pra cacete, mas ele havia conseguido sair do buraco no qual quase se enterrara cinco anos atrás. Isso diz muito. Alguma coisa havia acontecido enquanto Beppe estava no hospital após o ataque do seu pai. Gia não tinha certeza do quê, porque Max nunca falou sobre isso, mas deve ter sido muito grave. Fosse o que fosse, mudou-o completamente. Ele parou de beber, de usar drogas, de sair com seus amigos festeiros e começou a ir em um grupo de apoio. Ele ia lá três vezes por semana e nunca faltava a uma reunião. O mais importante era que Max tinha feito tudo isso por conta própria. A mãe deles não tinha ideia do quanto seu filho havia se afundado, e Gia tinha ficado muito abalada com o esfaqueamento de Beppe e com a partida dele para a Toscana com o avô para oferecer apoio ao irmão.

Max teve sorte por ter um núcleo emocional sólido antes de ficar totalmente fora de controle. Ele sabia, lá no fundo, o que era certo e o que era errado, e que precisava se livrar de tudo durante sua recuperação e encontrar seu caminho novamente. Se ele não tivesse tido essa base inflexível que o segurou por completo, poderia nunca ter conseguido ir para o outro lado.

Gia estava extremamente orgulhosa do seu irmão mais novo.

Ela lhe disse isso, logo depois que ele se juntou ao grupo de apoio. Embora tenham conversado bastante naquela noite, muito também não foi dito. Apesar disso, eles conseguiram consertar sua relação e estavam certamente em melhores condições agora do que há muito tempo.

Gia ficou extremamente feliz quando Max a apresentou a Lisa, uma amiga

Antes, agora e Sempre   67

do grupo. Lisa tinha acabado de se mudar para a Itália, vinda de Londres, e estava lidando com a morte recente do pai, assim como também estava começando uma nova vida em um país estrangeiro. Ela e Max eram muito próximos e constantemente passavam o tempo juntos. Gia torcia para que se tornassem mais do que amigos. Depois de uma sequência interminável de garotas de uma só noite, faria muito bem a Max ter uma boa namorada firme, especialmente se esse alguém fosse Lisa. Ela era artista e uma garota muito inteligente, calma e com os pés no chão — exatamente o que Max precisava. Porém, até então, eles não tinham cruzado a linha de amizade. Mesmo assim, Lisa ajudou muito ao Max como amiga. Gia se lembrava de ter ouvido conversas sussurradas durante a noite e de Max correr para a casa de Lisa quando precisava de um santuário.

As pessoas entram em nossas vidas por uma razão e no momento exato em que precisamos delas. Não era isso que o avô de Beppe costumava dizer?

Gia estava começando a acreditar que era verdade. Paolo Salvatore tinha entrado na vida de Beppe quando ele mais precisava dele. Mesmo que tivesse levado Beppe embora para a Toscana, ele efetivamente salvou sua vida. Gia tinha levado muito tempo para finalmente admitir isso. Ela tinha odiado Paolo por bastante tempo por levar Beppe embora, e depois o odiou ainda mais por mantê-lo lá por mais tempo.

Só que Paolo não o fez ficar. Beppe tinha permanecido na Toscana por vontade própria. Ele se sentiu na obrigação de ajudar o avô a colocar as coisas em ordem antes de ele ir para a Sicília. Beppe achou que era o mínimo que podia por tudo o que Paolo tinha feito por ele. Gia sempre se perguntou se isso era apenas uma desculpa. Muitas vezes, ela pensou que a verdadeira razão de Beppe não querer voltar era que ele não estava pronto para encarar o mundo real, ou a ela. Mas, se esse era o caso, por que ele não apenas lhe disse a verdade?

Quaisquer que fossem as razões, elas não mudavam o fato de que Paolo tinha sido uma grande influência para Beppe. Gia não tinha certeza de como ele conseguiu isso, mas, com a sua orientação e apoio, Beppe superou tudo o que tinha acontecido em sua vida e seguiu em frente.

Olhando para trás, Gia agora podia dizer que era grata a Paolo por ter estado ao lado de Beppe.

Só pensar nos dois anos que Beppe estava longe já enviava pequenas pontadas de dor ao coração de Gia. No entanto, isso não era nada em comparação com a agonia completa que sentiu quando ele se foi.

Em Paolo, Beppe finalmente encontrou a figura paterna que ele tinha desejado por toda a vida, e, mesmo que a separação tivesse mudado o relacionamento deles completamente, valeu a pena. Ver Beppe feliz, calmo e contente fez Gia perceber que ela faria o sacrifício de novo se fosse preciso.

Beppe ainda era o melhor amigo de Gia, mas eles nunca seriam nada mais do que isso. Lembrar a sensação de ter a pessoa que você mais ama no mundo arrancada para longe de você ainda doía. Gia estava determinada a não ser colocada nessa posição novamente.

Além disso, Beppe estava tentando começar sua vida no mundo real novamente, ele não precisava ter que lidar com uma namorada. Ele precisava de uma amiga, e isso era o suficiente para Gia.

Oh, a quem diabos ela estava querendo enganar? Gia nunca amou ninguém, exceto Beppe. Sim, teve mais alguns namorados, relacionamentos casuais, mas nunca sentiu por eles o que sentia por Beppe. Nem mesmo perto disso. A força dos seus sentimentos pelo seu melhor amigo a assustava pra cacete, porque a tornava vulnerável. Se havia algo que Gia odiava no mundo era se sentir vulnerável. Fraca. Desamparada. Precisando de alguém até para respirar.

Pior: Beppe não tinha perdido nem um segundo correndo atrás de Gia. Ele mergulhou de cabeça em sua nova vida e nunca olhou para trás. Ele flertou como se isso fosse um esporte olímpico e tinha uma nova garota em sua cama a cada semana. Gia tentou entender que ele tinha muito para compensar. Ele nunca tinha estado com alguém, exceto ela, antes de ir para a Toscana, e ela duvidava de verdade que ele tivesse tido alguma namorada lá. Ela não estava com ciúmes. Nenhuma das meninas significou nada para Beppe, exceto um passatempo. Era a ela que ele recorria quando precisava de conselhos e apoio, ou quando queria assistir a um filme em um silêncio confortável. Ele vinha para a cama dela quando ansiava dormir ao lado de alguém com quem realmente se preocupava. Gia ainda era a família dele e isso era o suficiente.

Financeiramente, Beppe estava amparado pelo resto de sua vida. Ele vendeu a casa dos pais e comprou uma enorme cobertura em um novo empreendimento nos arredores da *Piazza de Ferrari*. Seu avô tinha vendido tudo o que possuía, exceto a casa na Toscana, deu a maior parte do dinheiro para Beppe e se mudou de volta para a Sicília, de onde ele era. Paolo havia trabalhado duro durante toda a sua vida e possuía vários vinhedos, adegas e propriedades, mas não precisa de nada disso mais. Sua esposa e filha haviam falecido, seu neto queria voltar para Gênova e recomeçar a vida. Paolo estava cansado e sua saúde não era mais a mesma, logo, a coisa lógica a fazer era vender tudo e se aposentar.

Levou dois anos de festas constantes e uma infindável variedade de garotas até Beppe se cansar de tudo isso e começar a pensar no que queria fazer com sua vida. Graças à generosidade do seu avô, Beppe não teve que procurar emprego imediatamente para se sustentar e isso lhe deu a liberdade para escolher algo pelo qual fosse realmente apaixonado, sem ter que se preocupar com o aspecto financeiro.

Beppe escolheu estudar Direito na Universidade de Gênova. Ele queria se especializar no trabalho com crianças desfavorecidas e casos de violência doméstica. Realmente surpreendeu a Gia vê-lo tão apaixonado por isso. Era um vislumbre do rapaz que ela conhecia antes do pai dele arruinar o seu ser. Gia podia ver que ele estava falando sério e sabia que Beppe seria bem-sucedido. Ele ia ser um advogado incrível.

Uma coisa que Beppe não tinha conseguido superar por completo era a ideia ridícula de que ele se tornaria igual ao pai. Intelectualmente, ele percebeu que isso não era possível — as pessoas não se transformam magicamente em monstros abusivos instáveis da noite para o dia. Gia tentara convencê-lo de que não havia um osso em seu corpo que combinasse com o de seu pai, apesar de terem o mesmo DNA, mas ela podia sentir que o medo estava constantemente presente em sua mente. Então, para lembrar a si mesmo de que ele *não* era Marco Orsino e nunca seria, Beppe fez inúmeras tatuagens, colocou piercing na língua, no mamilo e na sobrancelha e dançava como se tivesse nascido na pista de dança.

Ele consertou o dragão do ombro logo que a pele se curou e até hoje era sua tatuagem preferida. A tatuagem seguinte ele fez quando voltou da Toscana. Era uma fênix, na costela direita, e as asas se estendiam pelas suas costas. Tal como o dragão, ela foi feita em linhas simples e sensuais na cor de ébano. Beppe também tatuou "Não é o fim que eu temo a cada respiração, é a vida que me assusta", parte da letra de *Rumors of my demise have been greatly exaggerated*, do Rise Against, no interior do braço direito. A tatuagem deixou Gia preocupada quando ela a viu e a fez pensar que talvez Beppe não tivesse superado o passado, como ela pensava. Mas ela descartou seus medos dizendo que era apenas um lembrete de que a morte não é o pior que pode acontecer a uma pessoa e não se deve considerar nada como garantido. A vida podia ser assustadora, mas valia a pena viver e tentar aproveitá-la o melhor possível.

No ano anterior, ele passara um mês fazendo um desenho incrivelmente elaborado no ombro esquerdo, que se espalhava pela parte de cima do braço e do ombro. Era bonito, grandes traços tribais se transformando em um sol, uma estrela cadente e uma chama ardente, tudo misturado de maneira abstrata em uma arte extravagante. Como todas as suas tatuagens, esta também era preta, mas o artista tinha conseguido brincar com tons de preto e cinza e criar algo realmente incrível.

Gia amava todas elas, mas se preocupada que talvez não o levassem a sério na universidade quando ele aparecesse todo tatuado e perfurado. Ele tinha rido e disse que sempre tirava os piercings visíveis e cobria suas tatuagens com camisas de manga longa antes de ir para a aula.

— Acabou o tempo, irmã. Se quer uma carona, é melhor descer agora! — Max gritou quando passou pelo quarto de Gia. Merda. Já tinham se passado dez minutos?

— Estou indo! Não se atreva a sair sem mim! — Gia gritou enquanto rapidamente passou um controlador de volume no cabelo e aplicou um pouco de brilho labial.

— Não prometo nada. — A voz de Max soou bastante distante e Gia não tinha dúvidas de que seu irmão iria deixá-la se ela não se apressasse.

Ela pegou sua bolsa e seus sapatos, correu escada abaixo, passou pela porta e o encontrou dando a partida no carro. Ele sorriu quando ela pulou de uma perna para a outra, tentando colocar os sapatos, manter o equilíbrio e segurar a bolsa.

— Eu odeio você. — Ela bufou quando deslizou para o banco do passageiro ao lado dele e deliberadamente bateu a porta.

— Não, não odeia — disse Max e plantou um beijo molhado na bochecha dela.

— Oi — disse Beppe quando Gia abriu a porta. A boca dela se abriu por uns bons dez segundos antes de ela conseguir fechá-la. Ela engoliu em seco, fechando os olhos por um segundo a mais antes de abri-los para cumprimentá-lo.

Fazia exatamente um ano, dez meses e dez dias desde a última vez que a tinha visto e ela estava linda pra caralho. As maçãs do rosto estavam mais delineadas, o cabelo, mais longo e sua pele tinha um lindo bronzeado de verão. Seus olhos... seus olhos castanhos expressivos eram tão familiares e, mesmo assim, tão estranhos. A menina, não, a mulher que estava diante de Beppe, ainda era a sua Gia e ele a amava desesperadamente. Mas ele sabia que ia ter que conhecê-la novamente. Ela havia mudado. Assim como ele.

Gia passou pelo limiar da porta e colocou os braços em volta do pescoço dele, enterrando o rosto na curva de seu ombro. Beppe tomou-a em seus braços, puxando-a o mais perto possível. Gia tremeu em seus braços e ele começou a fazer círculos suaves em suas costas, murmurando palavras de conforto em seu ouvido.

Rápido demais, ela se afastou, mas manteve as mãos em seus ombros. Ela olhou para ele com olhos marejados, mas não estava chorando. Parecia feliz em vê-lo.

— Não consigo acreditar que você está aqui — disse ela, e sorriu tão profundamente que mostrou suas covinhas.

Beppe não conseguia se lembrar da última vez que tinha visto o sorriso dela tão amplo.

— Eu também não. Imaginei este momento tantas vezes que parece meio surreal.

Beppe se inclinou para beijá-la, incapaz de resistir por mais tempo à vontade de beijá-la. Ele tinha imaginado aqueles lábios nos seus todos os dias em que esteve longe. No entanto, antes que tivesse a chance de prová-los, Gia virou a cabeça para o lado e a boca dele pousou no rosto dela. Beppe beijou a pele macia que cheirava e era exatamente como ele se lembrava. Ele esfregou o nariz ali e depois encostou a testa contra sua têmpora.

Beppe não era idiota. Ele sabia que Gia tinha se afastado quando ele lhe disse que ia ficar mais tempo do que havia previsto inicialmente. Porém, no fundo, ele esperava que, no momento em que se vissem, tudo se encaixaria novamente. Para *ele, isso tinha acontecido. Infelizmente, para ela não foi assim.*

— Eu sempre serei sua amiga, Beppe. Mas... Não posso lhe dar mais que isso. Sinto muito — ela sussurrou, e Beppe suspirou alto. Ele concordou, encostado à têmpora dela, se afastou e a puxou pela mão.

— Vamos, eu tenho muita coisa para te contar — disse ele, enquanto caminhavam para dentro.

— Nós conversamos pelo telefone todos os dias, Beppe — Gia o lembrou.

Beppe riu e não soltou a mão dela, mesmo quando eles entraram na sala e se sentaram no sofá. Ele falou sobre tudo. Buscou em sua mente qualquer coisa que pudesse não ter lhe contado. Ele divagava porque tinha medo de que, no momento em que parasse de falar, ela ouviria seu coração se partindo.

Beppe deu uma última olhada no espelho antes de sair. Fazia exatamente três anos desde que tinha voltado da Toscana e Gia o havia rejeitado. Deus, isso ainda doía.

Ele ainda se lembrava da primeira garota com quem tinha trepado para aliviar a dor. Não muito, no entanto. Tinha sido apenas duas semanas depois que ele voltou. Ela era bonita e tinha sido insistente na paquera. Ela o levara para seu apartamento e eles transaram durante a maior parte da noite. De manhã, Beppe saiu sem dizer adeus.

Beppe balançou a cabeça em uma tentativa de se livrar dos pensamentos que o atormentavam todos os anos neste dia. Paolo havia lhe ensinado a não olhar para trás, e sim para a frente, com a cabeça erguida. Beppe instintivamente levantou o queixo e deu uma piscadinha para seu reflexo. Bem melhor.

Ele não tinha feito nada de especial para esta noite, eles iam para a casa de Lisa, então ele poderia ir de moletom, se quisesse. Ninguém se importaria. Ao contrário de outros, seus amigos não davam a mínima para como ele se vestia. Porém, a prima de Lisa estaria lá e ele queria fazer uma boa primeira impressão, então, o visual desgrenhado estava fora de cogitação. Ele colocou o seu jeans favorito — folgado e desgastado de muitas lavagens, mas que se agarrava a seus quadris e parecia sexy. Para manter o visual não-fiz-nenhum-esforço-para-parecer-tão-bem, ele vestiu uma camiseta vintage que não escondia seu corpo magro nem as tatuagens que espreitavam das mangas curtas. Se ele levantasse os braços casualmente acima da cabeça, alguns centímetros de abdômen perfeitamente tonificado apareceriam.

Beppe sabia que menos era mais e que um pequeno pedaço de pele à mostra era mais sexy do que uma nudez frontal completa.

Não que ele estivesse pensando em ser sexy esta noite, mas não custava nada.

Ele sabia que era bonito e as mulheres achavam seu charme e sua aparência muito atraentes, então, ele tinha aprendido a usá-los. Era como uma segunda natureza agora. Ele passou o piercing da língua na parte de trás dos dentes da frente e arrumou casualmente a franja longa antes de sair do quarto. Ele sabia que Gia amava seu piercing na língua, mesmo que ela preferisse morrer antes de admitir isso. Eles não tinham se beijado, propriamente dito, desde que ele voltou, então ela não sabia a extensão do prazer que tal acessório poderia dar. Porém, ele ainda podia ver o piercing causar uma invasão de luxúria nos olhos dela toda vez que Gia tinha um vislumbre dele. Beppe gostava de atormentá-la e o fazia toda vez que eles estavam juntos.

Enquanto caminhava pela cobertura, seus pensamentos se voltaram para o avô. O tempo que passou na Toscana com ele tinha sido mais eficaz do que qualquer terapia. Paolo lhe ensinara mais nesses dois anos do que seus pais em dezessete anos. Seu avô o tinha feito trabalhar duro, ensinou-lhe a apreciar as pequenas coisas da vida, e, o mais importante: lhe mostrou que a sua vida era sua e ninguém tinha o poder de controlá-lo, principalmente o inútil do seu pai morto. Seu avô lhe avisara que, se deixasse sua vida ser afetada pelo que Marco tinha feito, isso significava que seu pai tinha vencido no final. De acordo com Paolo, Marco teve o que merecia. Cabia a Beppe abrir mão da dor e da tristeza, enfrentar as memórias de abuso e negligência e seguir em frente. Era verdade que Beppe ainda trancava a porta do banheiro quando estava sozinho, mas isso era um hábito difícil de largar e, além disso, lhe dava paz de espírito. Beppe trabalhou arduamente todos os dias para manter seus demônios sob controle e não deixá-los governar a sua vida, por isso, se um simples giro da fechadura conseguia fazer isso, ele não iria ficar preocupado.

Paolo estava certo sobre tudo e Beppe jamais conseguiria agradecê-lo o suficiente. Ele tinha salvado a vida dele. Sua presença calma, sua compaixão discreta e seu carisma haviam influenciado muito Beppe.

A única coisa que Beppe nunca poderia, nunca *deixaria* de ter, era o seu amor por Gia. Ela era a única mulher que ele já tinha amado e ainda estava muito *apaixonado* por ela. No entanto, a separação deles a tinha afetado de uma maneira muito diferente. Ela havia se fechado para tudo e todos. Nem mesmo Beppe conseguia penetrar as paredes que ela tinha construído em torno de si mesma. Ele costumava ser permitido dentro delas, a única pessoa que o era, mas não mais.

Beppe entendia o porquê. Enquanto ele tinha Paolo para guiá-lo no pior momento de sua vida e ajudá-lo a se tornar uma pessoa mais forte, Gia não teve ninguém em quem pudesse se apoiar, exceto ela mesma. Ela tinha conquistado muita coisa — havia ajudado Max em seu calvário de ficar longe das drogas e do álcool, se formou com honras, e recebeu ofertas de emprego nos melhores restaurantes de Gênova. Por fim, Gia escolheu o *Orchidea Nera* e, devagar, porém constantemente, foi galgando seu caminho para o topo. Ela estava construindo uma carreira muito bem sucedida em uma profissão dominada pelos homens. Eles ainda estavam muito próximos, mas não tanto quanto haviam sido. Beppe percebia que ambos tinham mudado muito e nada poderia ser como antes, mas ele estava determinado a romper as muralhas de Gia. Ele estava determinado a vê-la por completo uma vez mais e ser o único homem do mundo para quem ela se abrisse.

Beppe iria ter sua Gia de volta e, uma vez que a tivesse, não a deixaria novamente.

76   Teodora Kostova

Capítulo Nove

— Ei — disse Beppe quando entrou no banco de trás do BMW de Max. O amigo se virou para trás e eles fizeram o aperto de mão de homens: muitas batidas na palma e punhos batendo. Gia revirou os olhos para eles no momento em que Beppe se concentrou nela. Ele passou os braços em volta dos seus ombros e a puxou para um beijo desleixado na bochecha.

— Como você está, *bellissima*? Feliz por me ver? — Ela o empurrou com uma zombaria de desgosto, e ele sorriu provocativamente. Max balançou a cabeça e riu, dando partida no carro.

— Eufórica. — Gia virou-se para Beppe quando ele se recostou no banco, dando-lhe seu sedutor meio-sorriso, que era sua marca registrada. Graças a Deus ela era imune a isso agora. — Você não podia ter se dado pelo menos *algum* trabalho? — questionou Gia, gesticulando para suas roupas. — A prima de Lisa vai estar lá.

— Ei! Ele está vestindo calça jeans e camiseta. — Beppe apontou na direção de Max.

— Pelo menos os jeans dele não têm buracos. E a camiseta está relativamente limpa — comentou Gia, e se virou para esconder o sorriso.

— Saiba que esses são jeans de designer. São para parecerem desgastados. E esta camiseta está bastante limpa. Pode cheirar. — Ele se inclinou entre os assentos e pressionou o corpo no de Gia.

Ela fechou os olhos por um momento e respirou profundamente. Ele cheirava tão bem! O estômago de Gia vibrou de forma perigosa quando ela foi pressionada contra Beppe e sentiu o calor de sua pele, mesmo através da camiseta.

Desejo.

Isso foi tudo o que ela sentiu.

Ela queria encostar os lábios no ponto pulsante da pele dele abaixo do queixo. Queria lamber seu pescoço e sentir o seu gosto. Queria esquecer o quanto ele a tinha machucado quando foi embora e permitir-se perder-se nele

Antes, agora e Sempre   77

novamente.

Gia fez um som involuntário vindo da garganta que soava muito parecido com um gemido. Quando percebeu o que havia feito, seus olhos se abriram e viram que Beppe não estava mais sorrindo. Seus olhos cor de chocolate haviam se escurecido com o mesmo desejo intenso que Gia estava sentindo. Ela imaginou se ele podia ver através dela e ler sua mente.

— Tá bom. Você não está fedendo. Que seja — falou ela, quando encontrou a voz. Reunindo toda a sua capacidade de atuação, ela tentou soar e parecer desinteressada. — Sai pra lá. — Ela empurrou Beppe e ele caiu para trás no banco. Ele não disse nada. A curiosidade de Gia venceu sua teimosia e ela se virou ligeiramente para olhá-lo. Ele estava esperando isso e olhava diretamente para ela. O sorriso confiante no rosto e os cliques sugestivos de seu piercing na língua sobre os dentes apagaram qualquer esperança de que ele não tivesse notado a reação dela.

Gia suspirou de alívio quando Max estacionou na garagem de Lisa. Uma casa grande, com muito espaço, parecia o paraíso depois de estar confinada no carro com Beppe e sentindo seu olhar quente sobre si durante todo o percurso. Ela saiu correndo do carro e tocou a campainha, louca para colocar alguma distância entre eles. Lisa demorou para abrir a porta e, quando o fez, os meninos já estavam ao lado de Gia. A presença de Beppe a deixava nervosa de uma maneira que ela não tinha experimentado em um longo tempo, especialmente com alguém que não fosse ele. Max foi o primeiro a cumprimentar Lisa e a entrar. Eles o seguiram, trocando beijos com a amiga e entregando-lhe uma garrafa de Prosecco que tinham trazido.

— Vou colocar isso na geladeira. Entrem — disse Lisa e foi para a cozinha. Gia quis segui-la, mas Beppe a prendeu pelos braços e puxou-a para seu peito.

— O que eu tenho que fazer para conseguir que você faça aquele som de novo? — ele sussurrou. O hálito quente dele acariciou a orelha de Gia e ela sentiu sua pele traidora entrar em uma erupção de arrepios ao mesmo tempo em que estremecia.

— Que som? — ela perguntou, sua voz saindo rouca, apesar de seus esforços para soar normal.

— O gemidinho sexy que você deu no carro — respondeu Beppe, sua voz baixa e paciente.

Gia não tinha dúvida de que ele sabia que ela estava se fazendo de boba, mas ele estava disposto a jogar aquele jogo. A raiva a invadiu, não tanto pelas palavras de Beppe, mas por suas próprias ações. Como ela poderia ter perdido o controle daquela maneira?

— Vai se foder — disse ela, saindo de seu aperto e virando-se para encará-lo. Com os olhos brilhando, ela deu um passo para trás.

O ar entre eles crepitava com carga elétrica como que alimentada pela raiva intensa e o desejo que Gia estava sentindo.

— Oh, nós vamos chegar lá, *dolcissima* — respondeu ele, sorrindo de maneira arrogante. Ele ignorou os olhos brilhantes dela e deu um tapinha na bunda dela quando passou por ela. Gia ficou com a boca aberta enquanto ele se afastava. O que tinha acontecido? Beppe tinha voltado há três anos e, embora eles flertassem de vez em quando, tinha sido muito mais como uma brincadeira amigável do que qualquer outra coisa. Agora, de repente, em um único passeio de carro, toda a dinâmica havia mudado. Gia foi jogada fora de guarda e, pela primeira vez desde que conheceu Beppe, não tinha certeza de como lidar com a situação.

Nós vamos chegar lá, dolcissima.

O que isso significava? Será que ele ainda gostava dela? Ou ele estava cansado de tentar lembrar de todos os nomes das garotas e de acordar em uma cama diferente todas as manhãs? Gia não tinha certeza de qual era o plano de Beppe, mas, se ele achava que ela seria uma de suas transas sem importância, ele iria se dar mal.

— O que você está fazendo? — A voz de Lisa a arrancou de seus pensamentos. — Por que está aqui de pé sozinha? Gia? Está tudo bem?

— O quê? Oh! Sim, sim, estou bem, eu só estava pensando em uma coisa. Venha, vamos. Eu quero conhecer a Stella.

Quando elas foram para fora, Max e Beppe estavam em cima de Stella, cada um tentando chamar sua atenção. Ao que parecia, Max tinha mais chances: Stella estava olhando para ele como se quisesse lambê-lo todo. Ela riu das piadas do Beppe e foi educada com ele, mas não havia dúvida de quem ela queria. E a maneira como seu irmão estava olhando para Stella, como se ele quisesse jogá-la por cima do ombro e levá-la em algum lugar mais privado, mostrava que ele estava tão encantado com ela quanto ela por ele.

Antes, agora e Sempre   79

Interessante. Será que Max tinha finalmente encontrado alguém com quem realmente se preocuparia?

Stella balançou as pernas sobre a espreguiçadeira na qual estava sentada e Gia notou que seu pé estava enfaixado. Quando ela colocou todo o seu peso sobre ele, tentando se levantar, perdeu o equilíbrio. Max estava bem ao lado dela, e envolveu os braços em volta da sua cintura para estabilizá-la. Ele sussurrou algo no ouvido da moça e Stella corou, mas não se afastou dele. Beppe franziu o cenho, mas, antes que tivesse a chance de dizer algo para constrangê-los, Gia veio em socorro de Stella.

— Não se preocupe com eles, Stella. São dois idiotas — disse Gia, aproximando-se dela e beijando-a em ambas as bochechas, cumprimentando-a. — Eu sou Gia, irmã do idiota número um — ela disse e apontou para Max, que ainda estava segurando Stella. — Venha, deixe-os fazendo o churrasco. Vamos pegar uma bebida. — Relutante, Max a soltou e Gia passou o próprio braço ao redor da cintura de Stella, levando-a para longe deles.

O resto da noite fluiu sem problemas. Todos passaram um tempo agradável juntos, como sempre faziam quando se reuniam. Era raro conseguirem por causa de compromissos de trabalho e de estudo de todos. Mas isso só os fazia agradecerem ainda mais estarem juntos. Gia relaxou e empurrou todos os pensamentos sobre Beppe e o que tinha acontecido mais cedo para o fundo de sua mente. Ela iria pensar nisso mais tarde. Em vez disso, conversou com Lisa e ficou por dentro do que estava acontecendo na vida dela. Lisa falava sem parar sobre seu estágio em uma galeria de arte e seu emprego de verão como assistente de ensino na aula de arte. Gia não tinha dúvidas de que a amiga era ótima em ambos, pois tinha visto algumas de suas pinturas e ela era uma artista incrivelmente talentosa e apaixonada pelo que fazia. Por sua vez, Gia contou sobre o trabalho no *Orchidea Nera* e quão inspirador era. Ela elogiou o chefe, Francesco Naldo, que era um homem de negócios e proprietário de restaurantes bem conhecido em Gênova. Ela olhou para cima a tempo de ver Beppe revirar os olhos, mas não fez nenhum comentário. Estranho, Beppe normalmente não se mostrava contrariado assim. Normalmente, ele expressava sua opinião queriam as pessoas ouvi-la ou não. Algo definitivamente estava acontecendo e mais tarde Gia teria que descobrir o que era.

Stella parecia se dar bem com eles, conseguindo acompanhar suas brincadeiras e entender a mudança constante entre inglês e italiano. Ela não falou muito, mas sorriu bastante; seus olhos cinza pareciam calorosos e sua postura, relaxada. Seu cabelo longo cor de mel ficava caindo no seu rosto enquanto ela comia ou ria de uma das piadas de Beppe, e ela tentou domá-lo em um coque bagunçado. Max observava cada movimento dela, com os olhos brilhando de malícia. Quando Stella juntou o cabelo no topo da cabeça e tentou prender tudo com um elástico de cabelo, a respiração do Max parou. Os lábios dele se separaram e ele os lambeu, os olhos fixos no pescoço exposto de Stella.

Gia nunca tinha visto seu irmão reagir assim a uma garota. Ele não era galinha como Beppe, mas definitivamente não passava despercebido ao sexo feminino e muito frequentemente tirava o máximo proveito disso. Mas Gia nunca tinha testemunhado ele tão a fim de uma garota. Ele seguia cada movimento de Stella, e Gia não tinha dúvidas de que ele estava calculando suas chances com ela e a melhor maneira de atacar. Pobre garota, não tinha ideia do que Max era capaz quando colocava algo na cabeça.

Stella finalmente conseguiu domar seu cabelo e descansou novamente em sua cadeira, tomando um gole de limonada. Max continuou a observá-la, hipnotizado, e Gia sentiu que era hora de intervir.

— Então, Stella, você tem algum plano? Alguma coisa que queira fazer enquanto estiver aqui?

— Não, eu não fiz nenhum plano em particular. Acho que estou pronta para qualquer coisa. — Stella voltou seus olhos cinzentos para Gia e sorriu, completamente inconsciente da atenção de Max. A voz dela o trouxe de volta do seu transe e ele direcionou seu olhar para longe de Stella para tomar um gole de sua cerveja.

— Bom. Nós vamos cuidar bem de você, então.

— Você vem com a gente para o jogo de futebol no sábado? — perguntou Beppe.

— Uma partida? A temporada já não acabou?

— Acabou. Mas é uma partida beneficente entre Sampdoria e Gênova. A cidade inteira provavelmente vai. — Os olhos de Beppe se iluminaram assim que ele começou a falar sobre futebol, sua grande paixão, além das mulheres.

— Eu não perderia um clássico por nada. Conte comigo. — Stella deu-lhe um sorriso largo e eles começaram uma discussão sobre futebol. Nesse ponto, Gia se desligou deles, porque, por mais que gostasse de ir aos jogos ou assistir a um jogo na TV de vez em quando, ela não era tão interessada em falar sobre futebol.

Quando a discussão ficou mais aquecida, Gia se levantou e começou a recolher os pratos vazios. Lisa se juntou a ela e as duas conversaram um pouco mais na cozinha enquanto terminavam o vinho.

— Ei, está tudo bem? — quis saber Gia, notando em Lisa um sorriso irônico e expressão pensativa.

— Sim, eu acho. Provavelmente estou exagerando, como de costume, mas não acho que estou muito confortável com a ideia de Max e Stella... Seja lá o que isso for.

— Eles acabaram de se conhecer. Tenho certeza de que não é nada. — Gia se perguntou se Lisa também havia notado os olhares que seu irmão dava para Stella ou se havia algo mais do que isso.

— Aí é que está. Eles não acabaram de se conhecer. — Lisa olhou nervosamente para Gia ao vê-la morder o lábio.

— O que você quer dizer? — perguntou Gia suavemente, encorajando-a a continuar. Lisa suspirou ao se encostar no balcão, brincando com seu copo de vinho distraidamente.

— Ontem, quando Stella chegou, eu não havia chegado do trabalho ainda e ela foi caminhar na praia. Ela viu um salva-vidas e não conseguia parar de falar nele, sobre quão sexy ele era. — Lisa tropeçou em suas palavras como se estivesse tentando colocar tudo para fora antes que mudasse de ideia. — Então, hoje de manhã, ela foi correr na praia e machucou o pé, enquanto olhava para o salva-vidas, que, por alguma estranha reviravolta do destino, estava correndo em sua direção. Ele prestou os primeiros socorros no pé dela e depois foi embora. Quando cheguei em casa, Stella me contou o que tinha acontecido e eu poderia dizer que ela estava encantada por ele. Falou quão atraída estava e como desejava poder ter um romance de verão com ele. — Gia tinha quase certeza de como a história terminava, mas não disse nada, com medo de que, se interrompesse o monólogo de Lisa, elas não chegariam ao que estava incomodando a amiga nisso tudo. — O salva-vidas é o Max, Gia. O Max. O meu melhor amigo Max. E a Stella... Eu a amo, ela é minha prima e uma das minhas amigas mais próximas, mas ela vive em Londres. Relacionamentos a longa distância não funcionam. Eu sei que vou soar como uma pessoa cruel por dizer isso, mas não quero ser forçada a escolher um deles quando tudo terminar.

Lisa respirou fundo depois de ter colocado para fora sua preocupação. Gia tinha uma sensação esquisita de que ela não estava dizendo tudo, que havia mais na história, mas decidiu não pressionar.

Gia contemplou sua própria taça de vinho antes de a colocar no balcão e olhar para Lisa.

— Bem, eu sei que o que vou dizer provavelmente não vai ajudar muito, mas eu vi como o Max estava olhando para a Stella hoje à noite. Ele a quer, Lisa. Você sabe como ele fica quando coloca algo na cabeça. — Os ombros de Lisa caíram em sinal de derrota e ela balançou a cabeça. — Mas, olha, não se preocupe com isso, ok? Eu não sei quanto a Stella, mas nós duas conhecemos o Max. Mesmo que tentássemos falar com ele, ainda assim ele vai fazer o que quer. Então, por que se preocupar? Deixe-os descobrir isso sozinhos. — Lisa assentiu novamente, mas não pareceu menos preocupada quando deu a Gia um sorriso triste. Gia abraçou a amiga e, ao voltarem, viu Beppe sair tempestuosamente pela sala em direção à porta da frente, o que a lembrou de que ela tinha seus próprios problemas para lidar.

Ela deixou Lisa terminar de colocar a louça na máquina de lavar e o seguiu. Ele estava ao lado da porta, com um pé apoiado na parede, segurando um cigarro entre os dedos. Gia sabia que o havia repreendido por suas roupas, mas ela tinha que admitir que ele estava muito bonito. Na verdade, Beppe parecia bem com qualquer roupa. Ele tinha essa energia nele, este ar de confiança e este charme irresistível que ninguém poderia ignorar. Até Gia era afetada. Mas ela também sabia o que estava por baixo de toda aquela bravata e boa aparência. Ela conhecia todas as falhas de Beppe, seus medos e suas peculiaridades, seus sonhos e seus pesadelos. Ela havia traçado todas as cicatrizes no corpo dele e beijado cada uma, e sabia como seus olhos escuros ficavam como ônix em forma líquida quando ele chorava.

Não! Pare de pensar assim! Você deveria estar brava com ele, lembra?

Ele virou a cabeça ligeiramente na direção dela, mas não fez nenhuma menção de nada. Gia andou para ficar ao lado dele, recostando-se na parede e

Antes, agora e Sempre 83

cruzando os braços sobre o peito.

— O que é que está pegando? — ela perguntou em voz baixa.

— Eu e Stella tivemos uma pequena discussão bem-humorada sobre futebol e eu fingi estar chateado para poder fugir e fumar um cigarro.

— Isso não. Antes. Entre nós.

Beppe levou o cigarro aos lábios e tragou profundamente. Ele exalou a fumaça antes de falar.

— Eu não sei.

— Você não sabe? — Gia jogou as mãos para cima, aborrecida. Ela estava esperando poder esclarecer isso, mas Beppe parecia estar em uma de suas alterações de humor. Pena que ela não se importava.

— Não, eu não sei. Tudo o que sei é que no carro você olhou para mim diferente, como costumava fazer, antes... — Ele parou e deu uma tragada no cigarro novamente, olhando para baixo.

— Antes de você ir embora — Gia desabafou, e imediatamente se arrependeu. Considerando as circunstâncias, ele não teve escolha.

— Sim — Beppe concordou, ainda sem olhar para ela. Ele deu uma última tragada no cigarro e o jogou no chão, pisando nele. Erguendo os olhos para encontrar os dela, ele continuou: — E então você fez aquele som sexy e tudo que eu conseguia pensar era em como eu queria ouvir você fazer aquele som vezes seguidas.

De repente, a raiva floresceu no peito de Gia. Ela tinha um desejo forte de socá-lo.

— Escuta aqui, seu idiota — disse com os dentes cerrados, aproximando-se de Beppe. — Você passou três anos sendo um galinha e o quê? Agora, de repente, está cansado disso? Você acha que pode estalar os dedos e eu virei correndo?

— Não é... — ele tentou interrompê-la, mas ela não lhe deu oportunidade.

— O que, então? Você já comeu todas as mulheres de Gênova? Eu sou a única que sobrou?

— Como você pode dizer isso? — perguntou Beppe, ficando com raiva.

— Com a minha boca! — Gia gritou. Ela estava tão zangada com ele que seu peito arfava de dor. Como ele pôde fazer isso com ela? Depois de ter passado todos esses anos tentando superá-lo, agora ele decidiu jogar esses joguinhos com *ela*? — Ou você vai esquecer que isso aconteceu e agir como meu *amigo*, porque isso é o que você é, um amigo, nada mais, ou nós não teremos mais nada.

— Por quê? — Beppe se afastou da parede. Seus olhos perfuraram os dela quando ele encurtou a pequena distância restante entre eles e pairou sobre a pequena figura de Gia.

— Porque eu prefiro morrer a ser um dos seus casos de uma noite.

Beppe travou o maxilar como se estivesse tentando se conter para não dizer nada de que se arrependeria. Quando não negou que sexo era tudo o que estava procurando, a raiva de Gia foi substituída por uma dor surda em seu peito. Gia sentiu-se oca quando ele balançou a cabeça, concordando silenciosamente com seus termos. Afastando-se, Gia entrou tempestuosamente na casa antes que ele pudesse ver as primeiras lágrimas escorrendo por seu rosto.

Teodora Kostova

Capítulo Dez

Beppe foi ao café na esquina do seu prédio e comprou dois grandes lattes com uma dose extra de expresso. Era assim que Gia gostava e, uma vez que era uma oferta de paz, ele queria ter certeza de que estava fazendo tudo certo. Ele chamou um táxi, deu o endereço de Gia ao motorista e esperou que, no final das contas, não acabasse acordando-a. Se o fizesse, sua chance de ser perdoado seria reduzida drasticamente.

O *Orchidea Nera* abria às cinco da tarde e fechava bem depois da meia-noite, o que se ajustava ao relógio biológico natural de Gia. Ela não era uma pessoa agradável no período da manhã. Beppe olhou para o relógio: dez e meia da manhã. Como ela tinha ido embora para casa logo após a briga deles na noite passada, ele achava que ela tinha ido dormir cedo e já estaria acordada agora.

Pensar no que ela havia dito na noite anterior o fez estremecer por dentro. Sim, ele tinha agido por impulso. Foi um completo idiota e egoísta ao dizer aquilo a ela quando entraram na casa de Lisa. Ele não sabia o que tinha dado nele. Beppe precisou usar todo o seu autocontrole para não beijá-la ali mesmo, no carro, na frente de Max. A verdade era que ele nunca havia se recuperado da rejeição dela quando retornou da Toscana, mas aprendera a viver com isso. No entanto, quando viu a reação física dela a ele no carro, tudo mudou. Gia ainda o desejava e não como um amigo. Ela ainda o queria e isso era tudo o que importava.

Ele pediria desculpas hoje e a faria acreditar que nada havia mudado. Então, quando ela relaxasse e baixasse a guarda, ele agarraria a primeira oportunidade para lembrá-la quão bons eles eram juntos.

Eles pertenciam um ao outro e, por mais que não quisesse, ele iria dar-lhe espaço e tempo para perceber isso por si mesma. Ela estava certa — não era justo que ele desaparecesse por dois anos e depois esperasse que tudo fosse o mesmo quando voltasse. Mas já era o suficiente. Ele estava cansado de desperdiçar seu tempo. Gia era a única mulher que ele já tinha amado e ela iria ser sua de novo, quer ela gostasse ou não.

Quando o táxi parou, Beppe reuniu seus pensamentos, deu uma gorjeta generosa ao motorista e saiu. Ele percorreu a calçada com várias grandes passadas, tocou a campainha e esperou. Ele tinha uma chave, mas hoje tinha a sensação de que esperar alguém abrir a porta seria a escolha mais sábia.

A porta se abriu e a surpresa no rosto de Gia foi inestimável. Ela não esperava vê-lo em sua porta, principalmente logo depois do desentendimento entre eles. Beppe reparou em seus olhos sonolentos, no cabelo desgrenhado e nas pernas nuas. Ela estava vestindo uma camiseta que ele tinha deixado em sua casa em algum momento e que batia no meio das coxas, e nada mais. A ideia de Gia dormir com sua camiseta, mesmo após a briga que tiveram na noite anterior, fez a tensão deixar seu corpo e seu coração começar a bater forte.

— Eu estou vindo em paz. E trouxe café — disse ele, dando-lhe um sorriso irresistível. Ela olhou para a bebida e, em seguida, para ele.

Suspirando, Gia entrou de volta em casa, deixando a porta aberta para ele. Beppe a seguiu até a cozinha e, pela falta de cheiro de café na casa, ele veio na hora certa. Gia se sentou sobre as pernas cruzadas em uma das cadeiras ao redor da grande mesa da cozinha. Beppe colocou o copo de café na frente dela e pegou a cadeira em frente para que pudesse vê-la plenamente enquanto ele falava.

— Gia, sinto muito sobre ontem. Eu passei dos limites. — Gia o olhou, checando sua expressão para ver se ele estava sendo sincero. Satisfeita com o que viu, ela fez que sim com a cabeça e tomou um longo gole do café. — Eu gostaria que pudéssemos esquecer o que aconteceu e seguir em frente. Não quero que nada atrapalhe a nossa amizade. Você e Max são as duas pessoas mais importantes da minha vida.

Gia olhou para ele e sustentou seu olhar por um longo momento. Um sorriso começou a surgir em seus lábios.

— Estou perdoado? — perguntou Beppe, sorrindo também.

— Você se humilhou muito bem.

— O que é estranho, porque eu não faço isso com frequência.

— Ah, não sei não, eu posso citar algumas vezes que você se humilhou por mim — brincou Gia e bebeu de seu copo de café para esconder seu sorriso largo.

88   *Teodora Kostova*

— Você é basicamente a única pessoa por quem eu faria isso.

Gia assentiu sem dizer nada. Depois de um bom tempo, ela se levantou e foi até a geladeira.

— Eu ia fazer algo para o café da manhã. Você já comeu?

— Ainda não.

— Deixe-me ver o que temos. Que tal ovos mexidos com torradas?

— Você é uma chef e isso é o melhor que pode fazer? Ovos mexidos?

Ela se virou para olhar para ele por cima do ombro.

— Sim, isso é o melhor que posso fazer, considerando que ninguém se preocupou em fazer compras nas últimas duas semanas. Mas eu acho que você provavelmente não está com tanta fome, já que está sendo tão exigente.

Beppe riu e levantou as mãos em sinal de rendição.

— Ovos está ótimo.

— Ótimo. — Gia fechou a geladeira com o quadril, foi até a pia segurando alguns ovos e começou a preparar o café da manhã.

— Que horas você tem que estar no restaurante hoje? — Beppe perguntou quando foi para o lado dela e se encostou no balcão.

— Estou de folga hoje.

— Duas noites em uma semana? Isso é incomum. Está tudo bem?

— Sim, recebi um telefonema ontem à noite de que haverá uma festa privada hoje à noite e eles levarão seus próprios funcionários. Ninguém vai trabalhar hoje.

Beppe sorriu com alegria; ele teria Gia para si o dia todo.

— Ótimo. Podemos passar o dia juntos.

— Você não acha que seria melhor darmos um ao outro espaço por alguns dias? Esfriar os ânimos um pouco? — Por um segundo, ela olhou para ele com incerteza. Gia ficava nervosa perto dele agora?

Isso era novo! Talvez o comportamento "inadequado" dele na noite anterior a tenha afetado mais do que ele havia imaginado.

Perfeito.

— Não — ele disse, e cruzou os braços sobre o peito.

— Não? Não depende só de você, sabe. Talvez eu precise...

— Foda-se — ele a interrompeu. — Eu te conheço há dezessete anos, Gia. Você não precisa se esconder de mim ou esfriar a cabeça ou o que for. Eu estraguei tudo ontem à noite. Eu pedi desculpas. Não vai acontecer novamente. Agora, vamos comer para irmos ao supermercado comprar comida.

Beppe não ia dar-lhe tempo para reparar nas rachaduras nos muros dela que ele tinha feito na noite passada. Na verdade, ele planejava deixar essas fissuras ainda maiores até que houvesse um buraco em forma de Beppe pelo qual ele pudesse passar.

Eles acabaram tendo um ótimo dia depois que Gia relaxou. Após comprar mantimentos suficientes para alimentar uma pequena vila por uma semana, eles deixaram as sacolas na casa da Gia e foram almoçar no café favorito de Beppe.

— Acabamos de comprar metade do supermercado e ainda assim estamos comendo fora — disse Gia, antes de morder seu panini quatro queijos.

— Você sente vontade de cozinhar agora?

Não, ela não tinha. Era um dia lindo e, depois de se cansar correndo atrás de Beppe no supermercado, tirando metade das coisas que ele colocava no carrinho, ela não queria nada mais do que sair, relaxar sob um guarda-sol, comer um sanduíche e tomar um copo gelado de limonada fresca. Beppe sabia disso, por isso não havia sugerido comerem em casa. Ele podia lê-la como um livro, às vezes, e Gia odiava isso.

O som de uma nova mensagem de texto no celular de Beppe tirou Gia de seus pensamentos e a trouxe de volta ao presente. Beppe pegou o aparelho, leu o texto e sorriu. Então, digitou algo de volta, o sorriso confiante nunca deixando seus lábios.

— Encontro quente hoje à noite? — Gia riu e chutou-se mentalmente.

— Na verdade, sim — disse Beppe e piscou para ela, antes de enrolar o tagliatelle em torno de seu garfo e o colocar na boca.

Um sentimento de possessividade floresceu em seu peito. Gia sabia que não deveria ficar com ciúmes, mas não conseguia evitar os tentáculos de ciúme entranhando-se em sua mente e em seu corpo, seguido de perto pela raiva. Por que ela estava se sentindo assim? Ela sobreviveu à partida dele, sobreviveu à volta, sobreviveu até mesmo a observá-lo foder tudo que se movia por muito tempo. Por que de repente estava se sentindo possessiva e ciumenta?

O que diabos aconteceu?

— Com você — disse Beppe, mastigando o tagliatelle.

— O quê? — perguntou Gia, confusa, porque ela tinha voltado a divagar e não tinha certeza se tinha perdido alguma coisa.

— Meu encontro. É com você. — Ver sua expressão perplexa apenas fez Beppe rir. — Era o Max me mandando mensagem. Aparentemente, ele disse a Lisa e Stella que nós três temos planos para hoje à noite, que nós vamos jantar e, em seguida, ir em alguns clubes. Max convidou-as para virem conosco. Elas disseram sim, então agora o Max precisa que a gente realmente vá.

Aquilo não era de fato um encontro, e haveria um grupo indo, então Gia relaxou e balançou a cabeça.

— Meu irmão está realmente interessado na prima da Lisa. Eu percebi como ele estava olhando para ela ontem à noite. Aposto que este é um plano elaborado para seduzi-la.

— Bem, ele escolheu um bom dia. Você não trabalha hoje à noite e eu já tinha planejado te manter comigo o dia todo, por isso funciona perfeitamente.

— Eu queria ficar em casa, assistir a um filme, descansar... — Gia resmungou, fazendo beicinho, e afundou na cadeira.

— Ei. — Beppe alcançou a mão dela sobre a mesa, prendendo-a em seus olhos escuros. — Vamos sair daqui, ir para a minha casa, colocar um filme e talvez tirar uma soneca. Você vai conseguir descansar um pouco e estar pronta para agitar sua linda bundinha hoje à noite.

O sorriso encantador que Beppe deu deixou Gia sem outra escolha senão murmurar um 'ok' e permitir que ele a levasse para a sua cobertura.

Uma vez lá, ela tirou as sandálias e caiu no sofá macio. Beppe sentou ao seu lado e puxou-a para si. Ele ligou a TV e escolheu a opção *on demand*. Gia

Antes, agora e Sempre 91

descansou a cabeça em seu colo enquanto Beppe enterrou os dedos no cabelo dela, acariciando e massageando seu couro cabeludo.

Ela adormeceu antes de o filme começar.

Eu a amo tanto.

Sempre foi ela.

Gia é minha e eu prefiro morrer a deixá-la escapar por entre meus dedos novamente.

Capítulo Onze

Quando Gia acordou, estava mais do que um pouco desorientada. Onde ela estava? Piscando rapidamente, enquanto empurrava o cabelo dos olhos, lembrou-se de que tinha adormecido no sofá de Beppe. Ela também se lembrou de que eles iriam sair naquela noite e o relógio na parede mostrou que eram quase seis horas.

Merda! Gia colocou as pernas para fora do sofá e se levantou. Tudo estava muito quieto: a TV, desligada; as janelas, fechadas; e apenas o barulho do ar-condicionado podia ser ouvido. Isso, e o chuveiro no quarto de Beppe.

Então era lá que ele estava. Gia começava a se perguntar se ele havia saído, deixando-a sozinha em sua casa. Não seria a primeira vez. Será que ela deveria esperar por ele ou ir para casa, trocar de roupa, e encontrar todos na *Piazza de Ferrari* mais tarde?

O som da água parando efetivamente fez a escolha por Gia. Ela apenas lhe diria que iria encontrá-los depois que fosse para casa se aprontar. Ao subir as escadas para o quarto de Beppe, Gia congelou no último passo.

Beppe tinha acabado de sair do banheiro com uma toalha baixa enrolada ao redor dos quadris. Ele usava outra para secar o rosto e o cabelo. Os olhos de Gia vagaram sobre os ombros, que brilhavam com gotas de água que, eventualmente, escorreram pelo seu peito. Os olhos dela seguiam essas gotas e ela viu os músculos dos braços e do estômago dele se contraírem com cada movimento que ele fazia. Sua atenção ficou presa pela forma como a toalha estava em perigo de escorregar.

Gia lambeu os lábios e engoliu em seco. Sua garganta estava seca como lixa. Não era a primeira vez que via Beppe sem roupa, mas, de alguma forma, naquele momento, parecia diferente. Ou melhor, Gia se sentiu diferente olhando para ele. Ela estava segurando o corrimão, tentando se controlar, tentando *não* voar para tocá-lo. Gia queria traçar com os dedos os caminhos que as gotas de água faziam, e, depois, queria fazer isso com a língua. Ela queria provar a pele de Beppe novamente, sentir seus braços fortes ao redor de si, ter seus lábios nos dela, sentir seu hálito quente quando ele sussurrasse seu nome em seu ouvido enquanto ele...

Antes, agora e Sempre   93

— Oh, olá, você acordou. Eu estava me preparando para descer e te acordar. Temos que sair em cerca de meia hora.

Gia afastou seus pensamentos quando tentou focar a atenção no rosto de Beppe enquanto ele falava, mas não conseguiu. A pele dele estava começando a secar e, graças ao ar fresco no apartamento, os mamilos dele estavam duros e implorando para serem lambidos.

Espere... Havia perfurações em *ambos* os mamilos? Gia só se lembrava de ter visto um piercing antes. Ela trouxe os olhos para o rosto dele e o encontrou encarando-a com um sorriso cúmplice.

Ótimo. Ele me viu olhando-o estupidamente.

— Quando você perfurou o outro mamilo? — ela perguntou, tentando distraí-los de seus pensamentos traidores.

— Ah, isso? — Ele enganchou o dedo no aro de prata e puxou-o levemente. Seu mamilo se estendeu para a frente e Beppe mordeu o lábio inferior, olhando diretamente para ela. Gia prendeu a respiração em um suspiro. O olhar de Beppe, naquele momento, era tão incrivelmente excitante que todo o seu corpo estava zumbindo com o desejo de ficar o mais próxima possível dele. Ficar enraizada onde ela estava causou estragos em sua sanidade. Deus, ela o queria tanto! Não ir na direção dele foi uma das coisas mais difíceis que ela já fez. — Fiz há umas três semanas. Acho que você não me vê nu o suficiente, se esta é a primeira vez que o percebeu.

Beppe soltou o aro e roçou o polegar sobre seu mamilo em um gesto casual antes de deslizar a mão para baixo e enganchá-la na beirada da toalha. O pânico encheu o peito de Gia — ele ia tirá-la!

Ah, não ia não!

— O que você está fazendo? — ela perguntou, estendendo a mão em uma tentativa fútil de detê-lo.

— Vou tirar a toalha e me vestir — disse Beppe, com a voz da inocência. — Além disso, eu posso ter outro piercing que você ainda não viu. Quer verificar? — Com um movimento rápido, ele puxou a toalha, e Gia teve um vislumbre da sua bunda perfeita antes de tropeçar para trás e descer correndo as escadas.

— Ah, fala sério, até parece que você nunca me viu nu antes. — Ela ouviu Beppe dizer, mas não se virou. De volta à sala de estar, Gia procurou desesperadamente as suas sandálias e sua bolsa porque precisava ir embora. Precisava conter suas emoções fora de controle.

Infelizmente, ela ouviu Beppe descendo as escadas antes que conseguisse localizar os sapatos.

— Ei, o que há de errado, *amore*? — ele perguntou, e agarrou os braços dela para impedi-la de sair correndo. — Fale comigo. — Ele havia colocado uma calça de moletom, mas ainda estava sem camisa. Sua pele estava quente e cheirava surpreendentemente bem. Gia não conseguia pensar em nada a não ser abrir mão do seu controle e esconder o rosto no peito dele, inalando o aroma maravilhoso e único de Beppe. De alguma forma, esse pensamento arrancou-a de seus desejos primitivos e ela se balançou descontroladamente para se soltar.

— Me solta!

Beppe soltou e recuou, levantando as mãos em sinal de rendição.

— Gia, você está agindo como uma louca. O que há de errado? — ele perguntou, sua voz suavemente preocupada.

A pose arrogante e as tiradas espertinhas haviam sumido. Agora, ele só parecia preocupado. Gia passou as mãos pelos cabelos. Ela precisava se acalmar. Beppe estava certo — ela devia estar parecendo uma louca. Ela o tinha visto nu em inúmeras ocasiões, porém a visão do corpo dele agora fizera com que ela ficasse uma pilha de nervos. Ela inspirou profundamente e se concentrou em Beppe.

— Sinto muito. Eu só... — Ela tentou encontrar uma explicação para o seu comportamento, mas não conseguia pensar em uma mentira convincente o suficiente. De jeito nenhum ela iria lhe dizer o quanto ele a excitava e como estava desesperada por sentir o seu toque.

De. Jeito. Nenhum.

— Olha, não importa — ela começou, mais uma vez levantando os olhos para encontrar os dele e convocando todas as suas habilidades de atuação para parecer imperturbável diante do olhar excitante e sombrio dele sobre ela. — Eu tenho que ir para casa e me arrumar...

Se ao menos ela pudesse encontrar seus malditos sapatos e sair por aquela porta!

Antes, agora e Sempre   95

— Não, não vai. Você pode usar algo que tem aqui. — Beppe deu de ombros, como se isso fosse a coisa lógica a fazer, mas seus olhos nela permaneceram intensos.

Gia tinha uma boa quantidade de roupas ali; o quarto de hóspedes de Beppe estava cheio de coisas dela. Era muito mais conveniente ter algumas de suas coisas ali caso ela decidisse passar a noite ou o fim de semana. Não era incomum. Às vezes, ela até mesmo ficava por lá quando Beppe não estava em casa — por algum motivo, estar no apartamento dele relaxava Gia de uma forma que estar em sua própria casa não o fazia. Muitas vezes ela pensou no quão estranho seria conhecer um de seus casinhos de uma noite quando descesse para o café da manhã, mas ele nunca trouxe ninguém para casa quando ela estava lá.

— Gia? — A voz suave de Beppe a trouxe de volta ao presente. Quanto tempo ela tinha ficado ali, aérea?

— Uhm, sim, você está certo — disse ela, limpando a garganta. — Eu não tenho tempo para ir para casa e trocar de roupa. Vou encontrar algo aqui. — Ela contornou Beppe, tomando cuidado para não tocá-lo, e subiu as escadas até o quarto de hóspedes. Uma vez lá, Gia fechou a porta e encostou-se nela, exalando o ar longamente e tremendo.

Um banho. Ela precisava de um banho e talvez então fosse capaz de pensar mais claramente.

Talvez então conseguisse descobrir por que diabos ela de repente só queria saber de apertar a bunda de Beppe enquanto ele se movia dentro dela.

No momento em que Gia subiu as escadas para o quarto de hóspedes — ou, como há muito tempo Beppe tinha começado a pensar, o quarto *dela* —, ele ergueu o punho no ar e sorriu tão amplamente que suas bochechas doeram.

Sim! Ele teve a prova! Gia o queria tanto que ela mal podia esconder. Ele nunca havia dito a ela como a sua rejeição havia partido seu coração. Ele sabia que não teria sido justo lhe pedir que esperasse por ele, por isso nunca o fez. Mas, quando voltou da Toscana e viu que ela tinha realmente seguido com a vida dela, isso quase o partiu em mil pedaços. Quase o fez lamentar deixá-la para trás, para início de conversa. Quase. Mas isso era algo do qual ele nunca poderia realmente se arrepender, porque, se não tivesse ido, nunca teria se tornado o homem que era hoje.

Ele nunca teria recuperado sua sanidade.

Gia ainda estava atraída por ele. Esse tinha sido o primeiro passo. Foi tão bom tê-la olhando para ele assim de novo! Houve momentos em que ele realmente duvidou que isso aconteceria, mas, agora que tinha ocorrido, foi mais do que ele jamais teria esperado. Só pensar em como todo o seu corpo estremeceu quando ele chegou perto dela o fez ficar duro. Beppe mal podia esperar para tê-la inteira novamente, sentir seu pequeno corpo quente debaixo dele, tocar, lamber e morder cada centímetro da sua pele... Ele gemeu em voz alta com esse pensamento.

Um movimento no topo das escadas chamou sua atenção e ele viu Gia descendo-as usando um vestido marinho curto e sem mangas, com bolinhas verdes na saia e listras no corpete. Seu cabelo escuro dançava em seus ombros nus. Ela não se preocupou em se maquiar, tanto quanto ele podia ver, talvez apenas um pouco de brilho labial — seus lábios pareciam macios, brilhantes e muito tentadores. Ela era tão incrivelmente linda, que doía.

— Então, eu, a mulher nesta equação — ela começou, apontando com o dedo indicador entre eles —, consegui tomar banho e me vestir no tempo, enquanto você ainda está de pé aqui, de moletom! — Ela cruzou os braços e deu a Beppe um olhar mortal quando se aproximou do rapaz. Ele estava tão hipnotizado pelo fogo nos olhos dela que fazia o ouro e as manchas verdes brilharem, que não conseguia encontrar palavras para responder. Seria tão fácil alcançá-la, agarrá-la e beijar aqueles lábios deliciosos...

— Beppe!

Seu tom afiado despertou-o de sua fantasia.

— Ok, tudo bem! — Ele jogou os braços no ar, exasperado, e se dirigiu para as escadas. — Eu já volto. — Ele subiu dois degraus de cada vez e foi para seu quarto. Beppe pegou sua calça jeans favorita True Religion e camisa de manga curta justa da D&G e rapidamente se vestiu. No banheiro, domou seu cabelo escuro no seu estilo habitual — bagunçado e estilo você-quer-vir-comigo-para-a-cama — em três minutos cravados. Depois, borrifou um pouco de Hugo Boss Red no pescoço, pegou um par de meias e desceu as escadas

Antes, agora e Sempre   97

correndo com uma expressão triunfante no rosto.

— Viu? É preciso muito pouco tempo para ficar gostoso assim — disse ele e piscou para Gia de brincadeira.

Ela revirou os olhos e balançou a cabeça, encaminhando-se para a porta.

Max já estava esperando quando eles chegaram à *Piazza de Ferrari*. Ele trocou suas roupas casuais por estilosas calças jeans Diesel e uma camisa preta Calvin Klein. Beppe achava que Gia estava certa. Max estava atraído por Stella e tentava impressioná-la, sem ser demasiado óbvio. Sua roupa era ainda bastante casual, mas a marca e o corte a faziam parecer mais sofisticada.

Eles se abraçaram e começaram a fazer planos sobre onde ir jantar. Beppe decidiu não provocar Max com relação a Stella, porque ele já parecia nervoso. Logo, ele viu Stella e Lisa caminharem em direção a eles. As meninas estavam lindas. Lisa usava um vestido curto vermelho e azul, que combinava com sua pele pálida perfeitamente. Seu cabelo loiro estava arrumado em um rabo de cavalo elegante que caía pelas costas. Stella usava uma bermuda preta e um top de lantejoulas que caía solto em torno de seu corpo. Seu cabelo caramelo estava solto em seus ombros e suas costas e os olhos cinza foram acentuados com delineador preto e rímel. No momento em que ela os fixou em Max, seu corpo ficou rígido ao lado de Beppe. Ele desviou o olhar da direção da jovem e viu Max olhando descaradamente para Stella, com os lábios separados e a respiração irregular. Beppe nunca tinha visto seu amigo assim por uma garota. Seria fantástico se Max tivesse finalmente encontrado alguém com quem pudesse se importar de verdade, alguém com quem quisesse compartilhar seu futuro. Ele vinha estado à deriva ao longo da vida, sem rumo e perdido por bastante tempo. Seria muito bom para ele encontrar um propósito novamente. E Deus sabia que Max precisava de um propósito na sua vida! Ele precisava de alguém que precisasse *dele*, que alimentasse sua natureza superprotetora e carinhosa. Beppe viu um grande potencial em Stella para ser essa pessoa.

Algo no brilho de seus olhos cinzentos lhe disse que ela estava disposta a isso com Max, e muito mais.

Depois que todos tinham se abraçado e se beijado, Beppe conduziu as meninas para irem na frente, dando a Max e Stella um pouco privacidade.

Seu amigo estava tremendo com a necessidade de tocar a garota sem tê-los por perto, então Beppe lhe deu essa chance. Beppe adorou caminhar na frente com uma garota bonita debaixo de cada braço, aproveitando a sensação do corpo de Gia tão perto do dele novamente. A diferença foi que, desta vez, ela estava relaxada e despreocupada, conversando com Lisa e rindo das piadas de Beppe. O desconforto e a intensidade do que acontecera há apenas meia hora tinham ido embora completamente. Beppe estava feliz por seu toque não provocar qualquer tensão neste momento.

Eles escolheram o discreto restaurante *Lorenzo* porque era o favorito da Gia e tinha uma área incrível do lado de fora, com cadeiras confortáveis, guarda-sóis e mesas de madeira robustas. A noite estava agradavelmente quente, perfeita para estar com os amigos, beber alguma taças de vinho e desfrutar de uma boa comida.

Isso até Gia começar a falar novamente sobre quão *ótimo* seu chefe é. Francesco Naldo era um empresário bem conhecido e chef com estrela Michelin que possuía três restaurantes. Isso não queria dizer que ele não era um canalha. Como Gia não conseguia ver isso? Por que não podia olhar para além do rosto belo, da confiança e do encanto desse homem? Não era a primeira vez que ela tinha expressado o quanto admirava o homem — e por admirar, Beppe suspeitava que significava desejar — e isso o irritava muito. Ele estalou a língua nos dentes com mais força do que pretendia e todos os olhos se voltaram para ele. Beppe tinha ficado tão perdido em seus pensamentos venenosos sobre Francesco Naldo e o fascínio de Gia por ele que não percebeu que todo mundo havia parado de falar e estava desfrutando da refeição antes que esfriasse.

O som do piercing contra os dentes pareceu ainda mais alto na tranquilidade da mesa.

— Então, Beppe, o que você faz? — perguntou Stella, quebrando o silêncio.

— Eu estudo na Universidade de Gênova — ele respondeu, balançando a cabeça mentalmente e tentando voltar ao clima da noite. Ele deu um sorriso atrevido para Stella e se sentiu muito melhor quando ela corou ligeiramente, mas não desviou o olhar.

— O que você está estudando? — ela perguntou e pegou seu copo para tomar um gole de *San Pellegrino Aranciata*.

— Direito. — Stella quase engasgou com o suco. Beppe sorriu para ela. — Surpresa?

Ela olhou para ele de boca aberta por alguns momentos, tentando descobrir se ele estava falando sério.

— Você vai ser advogado? — perguntou ela finalmente.

— Sim. Por quê? Eu não pareço com um advogado para você? — ele disse e piscou para ela.

— Não, não mesmo. Não com todas as tatuagens, piercings e barba de cinco dias por fazer.

— Eu escondo as tatuagens sob o terno — disse ele e riu, porque Stella o olhou de cima a baixo, como se tentando imaginá-lo em um terno e não conseguisse. — E tiro todos os piercings, incluindo este. — Beppe trouxe o piercing de prata para a frente de seus dentes novamente e encarou-a com um olhar de flerte. Seus olhos focaram no piercing e ela lambeu os lábios, antes de assentir e voltar o olhar para seu prato, estudando-o atentamente. Beppe poderia ter brincado com ela um pouco mais se não fosse por Max sentado ao lado dele. Beppe podia jurar que o ouviu rosnar baixo.

Depois do jantar, eles decidiram ir a um clube. Beppe conhecia a hostess do *M.D.O.* e levou todos para lá, sabendo que entrariam sem problemas, mesmo que o clube estivesse lotado.

Eles conseguiram uma mesa VIP, o que foi perfeito porque logo depois que chegaram um grupo de amigos se juntou a eles. Beppe não via seu amigo Rico há muito tempo. Eles ficaram alguns minutos colocando o assunto em dia, gritando por cima da música alta para serem ouvidos. Beppe olhou para a pista de dança e viu Lisa, Stella e Gia dançando. Ele teve vontade de se juntar a elas, mas achou que seria uma grosseria deixar Rico. Ele percebeu que o cara ficava olhando para Stella com curiosidade nos olhos enquanto ela requebrava com a música. Beppe virou para olhar Max e ver se ele tinha notado o interesse de Rico em Stella. Com base na reação ao flerte inocente de Beppe no jantar, ele não queria que Max perdesse as estribeiras e causasse problemas no clube. Para sua surpresa, Max estava feliz conversando com Antonia, que estava sentada tão perto que estava praticamente no colo dele. O rapaz não estava prestando atenção em Stella na pista de dança. Seria possível que Beppe tivesse interpretado mal a reação de Max antes? Talvez ele só estivesse sendo superprotetor porque ela era prima de Lisa e agora era, de fato, parte de seu círculo de amigos?

Seus pensamentos foram interrompidos quando as meninas voltaram à mesa para um drinque.

Max ainda não tinha visto Stella e continuou conversando com Antonia. Stella franziu a testa e pegou a garrafa de suco.

— Ei, você pode me apresentar a essa garota, cara? — Rico gritou no ouvido de Beppe e apontou na direção de Stella. Bem, se Max não estava interessado nela — e ele, obviamente, não estava porque a mão de Antonia deslizava perigosamente na coxa de Max e ele não parecia se importar —, por que não? Ele caminhou até Stella, e em vez de tentar explicar e gritar sobre a música, simplesmente agarrou a mão dela e levou-a até Rico, deixando-os para se conhecerem sozinhos.

Sem nada para fazer, ele se virou e partiu em busca de Gia na pista de dança.

Antes, agora e Sempre   101

102   Teodora Kostova

Capítulo Doze

Beppe deslizou seus braços ao redor da cintura de Gia por trás e sentiu-a ficar tensa no meio do passo de dança. Virando a cabeça ligeiramente, ela percebeu que era ele e relaxou em seu abraço, continuando a dançar. Ela revirou os quadris no ritmo techno e levantou os braços acima da cabeça. Então, mudou seu balanço para trás, deslizando contra o corpo de Beppe.

Oh. Deus.

Beppe era apenas um homem. Não podia reprimir o desejo de vagar as mãos por todo o corpo dela, traçar as linhas de suas costelas com as palmas das mãos, deslizando-as para cima e para baixo. Gia estremeceu visivelmente, embora não pudesse ser por frio, não com o calor emanando das pessoas na pista de dança. Ela apertou sua bunda contra ele e Beppe teve mais do que certeza de que ela sentiu a crescente protuberância em sua calça jeans.

Gia não se afastou ou sequer demonstrou que isso a incomodou de alguma forma. Beppe tomou isso como um convite para explorar. Ele queria ver quão longe poderia levá-la antes que ela corresse. Puxando-a mais apertado em seu abraço, ele espalmou as mãos sobre sua barriga e enfiou os dedos no tecido de seu vestido como se quisesse destruí-lo.

Outro arrepio serpenteou pela espinha de Gia, e Beppe ficou mais ousado, baixando a cabeça e tocando os lábios na lateral do pescoço dela. Realmente esperando ser empurrado, ficou surpreso quando Gia estendeu a mão, agarrou a parte de trás da cabeça dele e empurrou o seu rosto firmemente contra sua pele. Beppe abriu os lábios e lambeu a pele dela, e o gosto Gia explodiu em sua boca. Fazia muito tempo desde que Beppe tinha sentido o gosto dela, mas nunca esqueceu quão maravilhosamente requintado era. Ele deu um gemido gutural, alto o suficiente para ela ouvir, mesmo por cima da música.

Isso era tudo o que ele sempre quis: Gia em seus braços, poder tocá-la como ele queria, saborear a pele dela, cheirar seu cabelo, sentir seu coração debaixo de suas palmas. A mesma pulsação que batia tão rápido agora. Beppe não podia segurar mais. Ele girou em torno dela e, sem lhe dar a chance de reagir, reivindicou sua boca em um beijo feroz.

Antes, agora e Sempre

Por alguns momentos mágicos, Gia respondeu, acariciando a língua dele com a dela, sugando-a em sua boca, mordendo e lambendo seu lábio inferior. Beppe estava no céu! Ele podia sentir o prazer do seu beijo doce com cada nervo do seu corpo. Ele estava surdo à música tocando em torno deles e cego para tudo e todos, exceto para Gia. Por aqueles poucos, curtos e intensos momentos, ela se tornou seu mundo e ele ficou completamente perdido nela.

Tudo terminou quando Gia engasgou contra os lábios de Beppe e ele engoliu o pequeno som e a respiração sôfrega em sua boca. Removendo as mãos de seu pescoço e colocando-as suavemente, mas com firmeza, em seus ombros, Gia se afastou e olhou diretamente para Beppe. Mesmo na penumbra do clube, ele podia ver as manchas verde e âmbar nos olhos castanhos e brilhantes dela, mas, antes que ele pudesse entender completamente os sentimentos por trás daquele brilho, Gia pegou sua mão e o levou para a porta do clube. Eles andaram através da multidão de corpos — alguns balançando ao som da música, outros dando amassos ou movendo-se — para tentar fazer o seu próprio caminho em direção ao destino deles.

Uma vez do lado de fora, Gia contornou a esquina com Beppe, fora do alcance dos olhares e dos ouvidos das pessoas esperando para entrar. Ao segui-la, Beppe não podia ver seu rosto e não tinha certeza do que esperar quando ela finalmente parou. Seu peito apertou quando ele se preparou para a reação de Gia para o que ele tinha acabado de fazer. Quando se virou, Beppe realmente esperava ver raiva em seus olhos. Ele sabia que Gia era pavio curto, e sabia como as menores coisas faziam seu temperamento inflamar, mas, quando ela focou seu intenso olhar nele, não era raiva que havia lá. Seus belos olhos castanhos estavam vivos com necessidade, luxúria e desejo. Tudo o que Beppe sentiu durante o beijo. Seu coração saltou, mas apenas por um segundo, porque Gia fechou os olhos por um longo tempo e, quando os reabriu, toda a emoção tinha ido embora — seu olhar estava agora suave e cheio de afeto. Instintivamente, Beppe sabia que o que ela estava prestes a dizer seria muito pior do que se ela tivesse ficado furiosa. Furiosa, ele poderia aguentar. Ela gritar, bater, morder, xingar, ele poderia aguentar. Mas ele não poderia lidar com o discurso eu-te-amo-como-um-irmão que ele sabia que estava por vir.

— Beppe — Gia disse suavemente, pegando em sua mão. Sentindo como se alguém o tivesse socado no estômago, Beppe tirou as mãos de seu alcance e deu um passo para trás.

A tristeza nadou nos olhos da jovem enquanto ela, com determinação, continuou:

— Eu te amo, Beppe. Eu te amei desde que te conheci. Isso nunca vai mudar. Mas não estou mais *apaixonada* por você e isso nunca vai mudar. — Ela cruzou os braços sobre o peito, os olhos cada vez mais sérios, mas ainda suaves com carinho. — Eu não sei o que aconteceu lá dentro. Por que você me beijou...

Sofrendo, Beppe atacou:

— Se bem me lembro, você sabe a resposta para essa pergunta já. Hum, o que foi? — Beppe bateu com o dedo indicador sobre os lábios, simulando concentração. — Eu sou tão galinha que comi todas as mulheres em Gênova e você é a única que sobrou. Será que eu entendi direito? — Beppe não tinha a intenção de soar tão amargo, mas foi necessário para salvar seu coração de ouvir mais do que Gia tinha a dizer. Ele queria que ela parasse de olhá-lo com a porra do amor fraternal. Ele preferia deixá-la irritada e pedir desculpas amanhã.

— Me desculpe por ter dito isso a você — ela sussurrou, desviando os olhos dele pela primeira vez desde que começou a falar. Beppe sabia quão difícil era para Gia se desculpar com alguém, e respeitava seu esforço. Sua determinação de fazê-la ficar com raiva desapareceu tão rapidamente como tinha aparecido.

— É a verdade. A parte de eu ser galinha, pelo menos — disse ele e deu um passo adiante para estar mais perto dela novamente, mas não confiava em si mesmo para poder tocá-la. — Mas não é verdade que essa é a razão pelo que fiz no outro dia na casa da Lisa ou por que beijei você esta noite. Mesmo depois de todas as mulheres com as quais já estive, nada pode se comparar a esse beijo curto com você. Senti mais neste beijo do que já senti fodendo alguém por uma noite inteira. — Por uma fração de segundo, Beppe viu um flash de mágoa e raiva nos olhos de Gia, porém, mais uma vez, ela disfarçou. — Gia... — começou ele, estendendo a mão para alcançar o rosto dela.

— Não, Beppe, por favor. Não diga mais nada. Eu não quero ouvir e isso certamente não vai mudar o que sinto por você. — Ela se afastou dele, e a mão do jovem pendeu ao seu lado. — Eu segui em frente — disse ela rapidamente, embora com calma. Ela poderia muito bem ter gritado em seu rosto, porque os ouvidos de Beppe começaram a zumbir. Ele sentiu como se a terra se movesse sob seus pés.

Antes, agora e Sempre　　105

Mesmo que não tenham sido mais do que amigos desde que ele voltou para Gênova, eles nunca realmente falaram sobre o relacionamento deles. Beppe tinha sentido a mudança em Gia no momento em que a tinha visto pela primeira vez, quando ela se afastou do seu beijo. Ela nunca gostou de falar sobre seus sentimentos com ninguém, e Beppe não a tinha forçado. Mas ele sempre acreditara que conseguiria reverter isso e eles voltariam a ficar juntos.

Eu segui em frente.

Ouvir aquelas palavras fez Beppe se sentir como se alguém o tivesse empurrado sem paraquedas para fora da porta aberta de um avião.

— Me desculpe se te fiz acreditar que eu ainda tenho sentimentos românticos por você. Não era minha intenção. Você sempre será uma das pessoas mais importantes da minha vida, Beppe. Nunca vou deixá-lo ir embora novamente. Mas também nunca vou lhe dar o poder de partir o meu coração de novo.

Beppe estremeceu com o golpe. Ele sabia o quanto Gia havia sentido sua separação, há cinco anos. Tinha sido difícil para ele também. Mas ainda doía absurdamente ouvi-la dizer isso.

Sem conseguir confiar em sua voz para falar, ele acenou com a cabeça e enfiou as mãos nos bolsos. Gia se virou e caminhou em direção à rua. Ela começou a olhar em volta, como se estivesse procurando algo.

— Não quero que o que aconteceu hoje à noite mude o nosso relacionamento. Então, vamos fingir que isso nunca aconteceu e continuar de onde paramos, ok?

Hoje à tarde, você adormeceu no meu colo e eu estava pensando no quanto eu te amo, enquanto acariciava seu cabelo.

— Sim. Eu sou bom nisso — disse Beppe, e o canto de sua boca se elevou em uma tentativa de sorriso. Gia sorriu, por sua vez, e levantou o braço para um táxi vindo em sua direção.

— O que você está fazendo?

— Estou indo para casa. É tarde e estou exausta. — O táxi parou no meio-fio ao lado deles e Gia abriu a porta do passageiro, pronta para entrar.

— Não, espere — disse Beppe, evitando que a porta se fechasse. — Eu vou com você.

— Não, está tudo bem...

— Eu não posso deixar você ir para casa sozinha no meio da noite. — Beppe olhou para ela, ainda segurando a porta.

— Você não está me *deixando* fazer qualquer coisa. Eu sou perfeitamente capaz de ir para casa sozinha — disse Gia com os dentes cerrados. A faísca de fogo em seus olhos estava de volta e Beppe regozijou-se ao perceber que o carinho tímido estava completamente desaparecido.

— Então, pelo menos, deixe-me certificar-me de que ele vai te levar para casa em segurança — disse Beppe, e soltou a porta, indo em direção à porta do motorista e dando um tapinha nos bolsos, à procura de sua carteira.

— Eu juro por Deus, se você falar com o motorista ou lhe der dinheiro para a corrida, eu vou chutar o seu traseiro, Giuseppe Orsino! — Gia chiou alto o suficiente para detê-lo no meio do caminho. Ela estava segurando a porta com tanta força que seus dedos estavam brancos. A ardente paixão raivosa nos olhos dela era a coisa mais linda que Beppe já tinha visto.

Ele levantou as mãos em sinal de rendição e deu a Gia seu sorriso mais inocente. Ela bufou e balançou a cabeça. Em seguida, voltou para a cabine e bateu a porta atrás de si. O táxi acelerou, deixando Beppe olhando-o, pensando no que seria necessário para fazer Gia se apaixonar por ele novamente.

Na quinta e na sexta-feira, Gia pegou dois turnos extralongos no restaurante. Ela queria o fim de semana livre para poder assistir ao jogo de sábado e receber os amigos no domingo. Sua mãe estava em casa por uma semana e, uma vez que isso era uma ocorrência rara, Gia queria fazer um churrasco normal e familiar, com todos os membros presentes de sua pequenina família.

Mas as longas horas de trabalho dos últimos dias não foram a única razão pela qual ela se sentia exausta. Embora amasse seu trabalho no restaurante, era física e mentalmente exigente, e a maioria das pessoas com as quais ela foi forçada a trabalhar era idiota. Havia apenas duas outras mulheres que trabalhavam na cozinha e ambas eram umas vacas, recusando-se a reconhecer a importância de qualquer pessoa, exceto dos chefs. O resto do pessoal da cozinha, todos do sexo masculino, era muito ambicioso, em busca de sucesso, para se preocupar em se envolver com conversa fiada.

Eles faziam bem o seu trabalho, perfeitamente bem, e viviam com a esperança de que os chefs, ou até mesmo o próprio Francesco Naldo, notassem seus imensos talentos e os promovessem. Apesar do ambiente ruim de trabalho, Gia ainda o amava. Era sempre muita coisa a fazer na cozinha. Gia mal teve tempo de ter uma pausa antes de seus turnos acabarem, e ela gostava que fosse assim. Isso lhe permitia fazer seu trabalho com pouca ou nenhuma distração.

A repentina mudança de comportamento de Beppe também estava esgotando-a, emocional e fisicamente. Tinha sido muito difícil olhá-lo diretamente nos olhos e dizer que não o queria como algo mais do que um amigo. Dizer que não estava apaixonada por ele e que tinha seguido em frente foi a maior mentira que ela já disse em voz alta. Gia só esperava que tivesse conseguido fazê-lo de forma convincente, porque ela duvidava que seria capaz de dizê-lo de novo.

Depois do que tinha acontecido na noite de quarta, na boate, ela precisara tirar o dia seguinte para si mesma e ficou feliz por ter um dia agitado no restaurante, pois não lhe deu oportunidade de ficar analisando o que tinha acontecido na noite anterior. Após seu longo turno, Beppe mandou uma mensagem para ela ir encontrá-lo para um drinque no *Ironia* — o bar onde o irmão dela trabalhava e que eles normalmente frequentavam. Ela aceitou, pensando que seria uma boa ideia ver Beppe mais cedo do que mais tarde. Depois do que tinha acontecido entre eles e tudo o que tinham dito, a distância não seria a melhor opção se quisessem que sua relação não fosse abalada. Por isso, ela foi ao bar e viu Stella ajudando Max atrás do balcão, mas não tinha energia para avaliar o comportamento de seu irmão. Em vez disso, pegou logo uma bebida e foi dançar com Beppe para esquecer seus problemas. Fiel à sua palavra, ele atuou como um perfeito cavalheiro e logo Gia foi capaz de relaxar e liberar a tensão.

Quando chegou em casa, exausta, caiu direto na cama, mas, antes que se rendesse a um sono feliz, seu cérebro traidor teve um último pensamento desconcertante: ela se lembrou do quão incrível tinha sido o beijo de Beppe. Como seria fácil e maravilhoso simplesmente esquecer de tudo e se permitir estar com ele de novo.

Na manhã seguinte, ela racionalizou seus pensamentos da madrugada anterior. Gia *tinha* seguido em frente de alguma maneira. Ela havia aceitado que nunca seria nada mais do que uma amiga de Beppe. Ela tinha uma série de razões válidas para tomar essa decisão e não ia permitir que alguns pequenos deslizes emocionais mudassem aquilo. Talvez fosse a hora de mostrar a si mesma, bem como a Beppe, que ela realmente estava sendo sincera.

Gia nunca esteve à procura de um namorado. Sim, ela teve alguns relacionamentos casuais, mas nunca permitiu que qualquer um desses homens chegasse perto o suficiente para sentir algo mais do que atração física por eles. Nenhum deles se importou o suficiente para tentar persuadi-la a sair de sua concha também. Não foi fácil para eles, Gia supôs. Ela riu quando se lembrou de uma das muitas ocasiões em que um cara veio buscá-la e foi saudado pelo olhar severo de Max, enquanto seu irmão olhava o pobre rapaz de cima a baixo. O sorriso dela cresceu ainda mais quando se lembrou de Beppe se juntando a ele no batente da porta: o corpo dele nem era tão imponente, mas suas palavras e autoridade, sim. Cada um desses homens tinha sido intimidado por seu irmão e seu melhor amigo até eles concluírem que não valia a pena o esforço de namorar Gia.

Por fim, ela se cansou de lidar com perdedores e parou de namorar.

Entre seu trabalho e passar um tempo com seus amigos e sua mãe, quando ela estava na cidade, Gia estava ocupada demais para ter alguém especial em sua vida, de qualquer maneira. Ela tinha uma pequena queda pelo chefe, o que deixava Beppe louco. Ele achava que Francesco Naldo era um mafioso arrogante e velho demais para ela. Mas Beppe nunca tinha aprovado qualquer homem com quem ela se envolveu, então, Gia apenas relevava seus comentários sarcásticos e continuava sonhando acordada com o bonito Francesco.

No entanto, Gia nunca, em um milhão de anos, imaginou que Francesco estava ciente de sua existência, muito menos interessado nela como mulher. Ela viu que estava errada naquela noite, quando, pouco antes de ela ir embora no final do seu turno, ele a beijou.

Teodora Kostova

Capítulo Treze

Em vez de ir para sua casa, Gia foi para a de Beppe. Embora tivesse a chave, ela bateu na porta. O medo de, um dia, acidentalmente, vê-lo fodendo alguma periguete no sofá tinha feito seu intestino se contorcer e ela sempre se certificava de que ele não estava em casa antes de usar a chave.

Beppe abriu a porta, vestindo moletom e uma camiseta velha. Quando estava indo para lá, Gia tinha certeza de que ele não estaria em casa — era sexta à noite, afinal de contas. Ela não tinha ido lá em busca de sua companhia, ela foi porque havia algo naquele apartamento que a fazia relaxar, pensar com mais clareza e lhe dava espaço para respirar.

— Oi. Está tudo bem? — perguntou Beppe quando se afastou para deixá-la entrar.

— Sim. Eu só... Eu preciso ficar aqui esta noite. Tudo bem?

— Claro. Você sabe que não tem que pedir.

Ele fechou a porta atrás dela, e Gia foi direto para as escadas, em direção ao quarto.

— Você quer algo para comer? Beber? Falar? — ele gritou, enquanto ela subia as escadas.

— Não, eu estou bem. Vou tomar um banho quente e ir para a cama — disse ela, mas parou o passo no meio do movimento e virou para encará-lo. Beppe estava em pé na base da escada, com as mãos nos bolsos, e o rosto dele se contorceu com preocupação. Ele parecia tão jovem e vulnerável, e isso a lembrou do antigo Beppe, o adolescente assustado que, apesar de seus muitos problemas, sempre conseguia cuidar dela também. — Eu falo com você de manhã — disse ela e lhe deu um sorriso encorajador, na esperança de aliviar o vinco áspero entre as sobrancelhas do amigo.

O banho quente era exatamente o que Gia precisava. No momento que entrou na banheira de água quente, sentiu seus músculos relaxarem e suspirou com satisfação. Ela usou seu sabonete líquido em vez de espuma de banho e todo o banheiro ficou cheirando a lavanda, *ylang ylang* e um toque de limão.

Antes, agora e Sempre   111

Gia adorava o cheiro e sempre comprava o mesmo sabonete líquido. Foi estranhamente gentil quando Beppe começou a comprá-lo para ela também. Exalando alto, ela fechou os olhos e repassou os acontecimentos recentes, tentando fazer sentido em tudo o que aconteceu naquela noite.

Francesco havia entrado no restaurante cedo naquela tarde e falado com ela. Ele tinha adorado como ela o tinha impressionado com seu risoto. Eles ficaram conversando enquanto Gia corria entre as diferentes estações. Depois, ele foi embora. Não era incomum ele ir na cozinha e falar com a equipe — Francesco era tão famoso pelo modo pessoal como tratava seus empregados como por sua arrogância e ambição. Mas Gia nunca tinha visto Francesco ser arrogante ao interagir com sua equipe. Na cozinha de seu restaurante, Francesco era amoroso, fácil de lidar e respeitoso. A arrogância parecia ser uma marca registrada de seu comportamento somente quando ele estava em público, dando entrevistas ou fazendo eventos de caridade de luxo.

O elogio do patrão significou muito para Gia porque ele não os dava facilmente, e ela passou o resto do dia com um largo sorriso no rosto. Ela tinha acabado de terminar seu turno e estava indo pegar um táxi para casa quando ouviu uma voz a chamar. Para seu espanto, era Francesco.

— Gianna, espere! — Ele correu em sua direção quando ela parou, no meio do caminho. Gianna. Ele sempre a chamava assim. — Ei, eu queria te perguntar uma coisa, mas não queria fazê-lo na frente de todos. — Sua sólida figura de 1,88m pairava sobre ela e Gia suprimiu o desejo instintivo de dar um passo para trás. Ela não gostava de ter pessoas em seu espaço pessoal, mas decidiu fazer uma exceção para Francesco. Gia gostava de tê-lo perto dela. Ele cheirava incrivelmente bem — uma combinação de perfume sofisticado com seu próprio cheiro masculino.

— Sim? O que foi? — perguntou ela, inclinando a cabeça para trás para olhá-lo. Seus olhos eram de um azul cristalino deslumbrante à luz do dia, mas, à noite, eles pareciam absorver a escuridão e ficar de um tom mais profundo de azul.

Francesco bagunçou os cabelos distraidamente com a mão direita, tirando do lugar o impecável corte estiloso em um gesto que o fazia parecer... nervoso? Gia não conseguia se lembrar se alguma vez já tinha visto este homem confiante aparecer tão ansioso.

— Hum... — Ele mordeu o lábio inferior e olhou para Gia com olhos nublados. De repente, ele parecia muito mais jovem do que seus trinta e oito anos. Nesse momento, ele parecia tão vulnerável como um adolescente. — Eu gostaria de levá-la para sair. Em um encontro. — Depois de ter perguntado, a confiança de Francesco retornou, e seu olhar mudou de incerto para determinado em um piscar de olhos, como se fosse algo que ele queria e sabia que tinha que ter.

Gia estava sem palavras. Francesco Naldo não só havia reparado nela, mas também estava atraído por ela? Por *ela*? De acordo com as revistas de fofocas e sites, ele nunca teve uma namorada séria antes. Claro, ele tinha sido fotografado com uma modelo, uma atriz ou uma herdeira de vez em quando, mas nunca saiu com uma mulher mais do que algumas vezes. Até onde ela sabia, nenhuma mulher havia prendido a atenção de Francesco por muito tempo. Perceber isso foi como um banho de água fria. Atraída como estava pelo homem bonito à sua frente, Gia não queria ser um de seus casos de uma noite só. Ela não colocaria em risco o seu trabalho por uma noite apenas.

— Sinto-me lisonjeada, Francesco, de verdade, mas você não acha que é impróprio sair com uma funcionária?

Francesco lhe deu um sorriso e seus olhos brilharam com malícia. Ele correu os dedos levemente pela bochecha dela. Seus olhos se fecharam quando ela estremeceu de prazer.

— Eu sou o chefe. Então, acho que posso fazer minhas próprias regras. E estou fazendo uma nova regra: não há nada de errado em sair com uma funcionária. — Ele abriu os dedos e segurou o rosto de Gia, deslizando o dedo indicador atrás da orelha dela, esfregando a pele suave. Os olhos de Gia se abriram em resposta. Ela mordeu o lábio para evitar que um suspiro escapasse.

— Especialmente se eu estive interessado na funcionária há um bom tempo e, finalmente, fui corajoso o suficiente para convidá-la para sair. — Ele sussurrou as últimas palavras e baixou a cabeça. A jovem sentiu a respiração dele acariciar seus lábios. Os olhos de Francesco estavam colados nos dela, e, mesmo que Gia quisesse recuar para longe de seu olhar intenso, ela se obrigou a sustentá-lo. Seu cérebro estava sendo sugado para um vórtice de emoções rodopiantes. Francesco Naldo tinha ficado nervoso para convidá-la para sair? Ela estava lisonjeada, mas....

— Eu não acho que... — ela começou, mas ele cortou o que mais ela

Antes, agora e Sempre

poderia ter dito ao encostar os lábios nos dela. Foi o mais gentil dos toques e, ainda assim, Gia ficou perdida nele. Ela fechou os olhos e gentilmente lambeu os lábios, tentando sentir mais do gosto dele. Francesco rosnou baixo em sua garganta e beijou-a de verdade, fundindo sua boca com a dela. Gia se abriu para ele, acolhendo sua língua quente e úmida. Francesco explorou totalmente a boca dela, provando, saboreando, mordendo o lábio inferior e sugando-o entre os seus. Ele terminou o beijo avassalador com um selinho suave nos lábios úmidos da jovem e se afastou.

— Por favor, não torne isso mais difícil para mim do que já é. Eu pensei muito se deveria lhe convidar para sair por um longo tempo *porque* você trabalha para mim, e obviamente ama seu trabalho. Eu garanto que não importa o que aconteça entre nós, isso não afetará o seu trabalho. Tudo o que estou pedindo é uma oportunidade de passar algum tempo contigo. — A sinceridade nos olhos dele finalmente ganhou Gia, e ela concordou com a cabeça, apesar de seu melhor julgamento.

Por isso, aqui estava ela agora, deitada na banheira de Beppe, tendo dúvidas sobre ter concordado com esse encontro. Sim, ela estava atraída por Francesco, e sim, se ela se imaginasse com alguém a longo prazo, seria com um homem como ele, porém, ainda assim... Havia uma sensação incômoda, algo que ela não conseguia colocar em palavras, que lhe dizia que ela tinha feito uma escolha que ia ter consequências inevitáveis.

Beppe ficaria lívido quando descobrisse. Gia não tinha dúvida de que eles brigariam quando ela lhe contasse sobre o beijo e o encontro. Instantaneamente, Gia sentiu uma raiva familiar torcer suas entranhas.

Beppe não tinha o direito de ficar chateado por ela sair com alguém. Eles eram amigos e ele deveria ser solidário com ela. Mesmo que Francesco se mostrasse um canalha egoísta — como Beppe constantemente dizia que ele era —, seu papel como amigo era estar lá para ela, para ajudá-la a juntar seus pedaços, se isso acontecesse.

Ela não devia nada a ele e estava livre para sair com quem quisesse.

Beppe era uma parte inseparável da vida de Gia, mas ela precisava de algo mais. Ela precisava de um homem que poderia fazê-la esquecer que já amou Giuseppe Orsino. Um homem para fazê-la sua.

Somente então, talvez, apenas talvez, ela fosse capaz de abrir mão de

Beppe e seguir em frente. Francesco Naldo parecia ser o homem certo para fazer isso acontecer.

Beppe acordou com alguém fazendo barulho em sua cozinha. Levou alguns segundos para que seu cérebro começasse a funcionar. Gia havia passado a noite ali, então, devia ser ela no térreo, embora fosse incomum ela acordar de boa vontade antes das dez da manhã. Era sábado e eles iriam para o estádio em cerca de três horas, de acordo com o relógio na sua mesa de cabeceira, que brilhava com os números 09:45. Hora de sair da cama e ver o que está acontecendo.

Beppe se levantou e caminhou até o banheiro. Depois de terminar sua rotina matinal, vestiu um short e, sem se preocupar em colocar uma camiseta, arrastou os pés descalços pelo piso térreo. Cara, ele teria curtido mais algumas horas de sono naquela manhã. Ele não havia dormido bem, pois a preocupação com Gia o atormentou a maior parte da noite. Sua amiga parecia tão perdida, triste e confusa quando apareceu em sua porta.

O que havia acontecido na noite passada? Ele sabia que o trabalho dela era exigente, mas era algo mais — não era mera exaustão por trabalhar longas horas. Alguma coisa estava acontecendo e ele estava determinado a chegar ao fundo da questão.

— Ei, *amore* — disse Beppe, encostando-se no batente da porta e olhando para Gia com um sorriso torto no rosto. Ela estava fazendo o café e procurava algo nos armários. Sua voz a assustou, pois ela pulou um pouco antes de se virar para encará-lo.

— Oh, oi. Desculpe, eu acordei você? — O cabelo dela estava empilhado em cima da cabeça em um coque bagunçado, com mechas caindo pelo rosto. Ela também estava usando umas das camisetas dele.

Até onde ele sabia, Gia nunca usou qualquer outra coisa para dormir. No entanto, ela tinha vestido um short, o que ela nunca fez; as camisetas da Beppe facilmente cobriam até as coxas dela.

— Eu estava procurando o ralador de queijo e não consegui encontrá-lo. Eu queria fazer o macarrão com queijo do meu pai para o café da manhã.

Tenho certeza de que você o tinha aqui em algum lugar... — ela divagava, continuando sua procura. Beppe se aproximou e sentiu seu corpo enrijecer quando ficou atrás dela. Ele nem sequer tentou tocá-la. Estendeu a mão para o armário bem acima da cabeça de Gia e pegou o ralador.

— Aqui — ele disse, quando se inclinou para mais perto dela.

Ainda sem olhar para ele, Gia murmurou:

— Obrigada.

Ela então começou a preparar o mais delicioso macarrão com queijo do mundo. A receita do pai dela não tinha nada a ver com a versão americana do prato. Ele mesmo a tinha criado, aprimorando-a e aperfeiçoando-a até que fosse como comer um pequeno pedaço do céu.

Suspirando, Beppe serviu-se de uma xícara de café e decidiu dar espaço à amiga. Era só uma questão de tempo antes que ela falasse sobre seus problemas. Gia nunca conseguiu guardar um segredo dele. Ele sempre tinha sido a primeira pessoa a quem ela chamava quando tinha uma notícia de qualquer tipo, e seu conselho era provavelmente o único que ela ouvia, cedo ou tarde.

Em menos de quinze minutos, Gia se juntou a ele no sofá, com sua própria caneca fumegante de café na mão.

— Francesco me beijou ontem à noite — ela disse e tomou um gole do líquido quente. Simples assim. Nenhuma preparação, nenhum desagravamento. Beppe sentiu como se tivesse levado um soco no plexo solar. Ele não conseguia respirar e sua visão ficou turva.

— Ele fez o quê? — Beppe conseguiu dizer depois de alguns longos segundos em silêncio.

— Ele me beijou.

A calma com que Gia falou aquilo inflamou tanta raiva em seu coração que ele não conseguia pensar direito.

— Olha, Beppe, eu só estou te dizendo isso porque você é meu melhor amigo, não porque te devo alguma explicação sobre a minha vida amorosa.

Se fosse qualquer outra pessoa, Beppe não estaria tão chateado. Ele ainda odiaria o fato de que alguém tinha tocado os lábios de Gia, mas não sentiria como se precisasse encontrar o filho da puta e matá-lo.

Francesco era diferente. Ele não era só um cara que Gia tinha conhecido em uma boate. Francesco era o cara por quem ela tinha uma queda, o cara que ela admirava e se inspirava.

Francesco era provavelmente o único cara que tinha a capacidade de tirar Gia dele.

— E, como seu amigo, eu posso dizer que ele vai te foder e depois descartá-la como faz com todos as suas vagabundas. Você vai perder o seu emprego e a sua dignidade. É isso que você quer?

Beppe se levantou e começou a andar com raiva ao redor da sala.

— Como você sabe disso? Como você sabe que ele não está realmente interessado em mim? Como você sabe que ele não quer algo mais de mim do que só sexo? — Gia colocou a caneca na mesa de café com mais força do que o necessário e seus olhos brilharam com raiva.

— Porque eu sei! Quantos anos tem esse cara? Quarenta? Ele nunca foi casado, noivo ou esteve em um relacionamento sério! Ele fode as garotas e depois as deixa, Gia. Aceite.

— Um reconhece o outro, né? — Gia baixou a voz, mas seus olhos permaneceram perigosamente acesos com raiva.

— Exatamente! Ele é tão galinha quanto eu. E não quero que você se machuque.

Beppe parou de andar e ficou na frente de Gia. Ele olhou para ela com os punhos cerrados ao lado do corpo. Ele estava tentando encontrar as palavras para convencê-la de que esta era uma ideia muito ruim.

— Eu sou uma garota crescida, Beppe. Posso tomar minhas próprias decisões e viver com as consequências. Agora, eu quero sair com o Francesco. Quero dar a ele uma chance — ela falou com calma, de forma constante, seus olhos nunca deixando os dele quando se levantou para se aproximar. Mesmo em sua fúria, o coração de Beppe começou a bater mais rápido e as palmas das mãos coçaram com o desejo de tocá-la, de reclamá-la.

— Ele não é bom o suficiente para você — ele disse simplesmente, a maior parte de sua raiva desaparecendo e sendo substituída pelo medo. Medo de perder a única mulher que já amou, medo de ela se machucar, medo de ela nunca ser a primeira coisa que ele vê pela manhã.

Antes, agora e Sempre   117

— Francesco é um homem de negócios realizado, um chef com duas estrelas Michelin e três restaurantes — ela disse, sua voz cheia de... orgulho! Deus, Beppe odiava a forma como ela disse o nome dele, como se ele significasse algo para ela.

— Isso não faz dele bom o suficiente para você, *amore*. — Beppe estava morrendo de vontade de dizer que não era possível ser um homem de negócios tão realizado sem ter conexões obscuras. Ele queria sacudi-la e dizer-lhe que, mesmo que Francesco comprasse a porra da lua, ainda não seria digno dela. Que deveria haver algum motivo oculto para seu repentino interesse em alguém que já conhecia há um *ano*. Ele poderia ter dito que quando, não se, ele machucasse Gia, Beppe teria que matar o filho da puta. Mas ele não disse nada disso, porque não mudaria nada. Gia já tinha tomado sua decisão. E isso só os faria discutir.

— E você é? — ela perguntou, desafiando-o.

— Não. Não, não sou, mas por você eu iria passar o resto da minha vida tentando ser o melhor que *pudesse*, se apenas você me permitisse — ele sussurrou entrecortado, porque realmente não confiava em sua voz para falar mais alto. Algo em sua expressão deve ter feito Gia perceber quão difícil essa conversa era para ele, porque seus olhos suavizaram e ela cortou o resto da distância entre eles.

Descansando os dedos sobre seu bíceps nu, ela disse:

— Nunca pense que você não é bom o suficiente para mim, Beppe. Ou para qualquer pessoa. Você é um homem maravilhoso. Eu admiro sua força, sua coragem e seu grande coração. — Ela o abraçou, envolvendo-o com sua estrutura pequena.

Beppe sentiu como se ela estivesse arrancando seu coração.

Ele tinha que fazer alguma coisa. Brigar com ela não iria ajudá-lo. Gia ficaria tão teimosa como uma mula se alguém tentasse puxá-la em outra direção, mas ele definitivamente precisava pensar em alguma coisa. Perdê-la não era uma opção.

Capítulo Quatorze

Por que diabos ele sugeriu ir a um bar de karaokê depois do jogo?

Tudo estava indo tão bem! Depois da briga pela manhã ter se tornado emotiva, tanto Beppe e quanto Gia estavam com humores melhores. O macarrão com queijo tinha esse efeito nas pessoas. Eles haviam comido e tomado mais café, e, em seguida, Beppe colocou AC/DC no som e eles cantaram e dançaram até a hora de se arrumarem para o jogo.

Quando Max os buscou, eles foram para a casa de Lisa e toda a atmosfera mudou, ficando só sobre futebol. Beppe e Max eram fãs de futebol desde pequenos e o pensamento de ir ao *Marassi* para apoiar seus times amados enviou uma excitação sem igual em suas veias.

Como era um jogo de caridade, os times jogaram apenas para o deleite do público e marcaram quatro gols cada. Até as garotas ficaram animadas e aproveitaram o evento. Eles tiveram um agradável jantar e o dia todo tinha sido muito perfeito, até Beppe abrir a boca grande e sugerir que fossem para o seu bar de karaokê favorito.

Ele deveria saber que coquetéis e música ao vivo, além de toda a emoção não resolvida que ele ainda carregava dentro de si, iria resultar em uma catástrofe.

E foi o que aconteceu.

Quando chegou a sua vez de subir ao palco, ele derramou seu coração com a música *If You Can't Say No*, de Lenny Kravitz. Ele olhou diretamente nos olhos de Gia, deixando-a ver tudo o que ele sentia. O rosto dela se tornou uma máscara sem emoções no momento em que Beppe cantou as primeiras palavras, mas seus olhos a traíram sobre como ela realmente se sentia.

Ela estava lívida.

Por um segundo, Beppe sentiu uma pontada de culpa por fazer isso com ela. Dizer à sua melhor amiga para pensar *nele* enquanto ela faz amor com outro homem era um golpe baixo. Mas o ressentimento e a raiva enterraram sua culpa. Sim, ela deveria pensar nele quando estivesse com Francesco! Ou

Antes, agora e Sempre

com qualquer outro cara. Beppe era o único que sabia tudo sobre Gianna Selvaggio. Ele era o único com quem ela tinha crescido, com quem riu, chorou, sofreu e comemorou. Foi ele quem a apoiou e animou e não a deixou desistir, mesmo quando essa parecia ser a única opção. Ele a tinha visto no seu melhor e no seu pior e conhecia cada pedaço da sua alma.

Ele era o único a quem ela pertencia.

Já tinha passado da hora de parar de duvidar, parar de ter medo de que ele não era suficientemente bom para ela, parar de pensar sobre suas falhas e, acima de tudo, parar de pensar que ele seria exatamente como o pai. Beppe não era nada parecido com ele — todos que o conheciam podiam ver isso e era hora de começar a acreditar em si mesmo. Ele nunca havia machucado Gia. Ele preferia morrer a deixar alguém machucá-la. Ao contrário do seu pai, Beppe nunca iria deixar a amargura e a raiva o consumirem a um ponto no qual sua alma precisasse se alimentar de dor e sofrimento para sobreviver.

Beppe era melhor do que isso. Ele tinha provado isso um milhão de vezes durante os abusos de seu pai e não iria se transformar em um monstro. Gia desempenhou um papel importante em sua sobrevivência. Se não fosse por ela, Beppe não tinha certeza se teria tido alguma coisa que lhe desse uma base, que o protegesse e o inspirasse a encontrar sua força interior, não só para sobreviver, mas para sair dessa mais forte e ser uma pessoa melhor. Gia era seu núcleo, a sua base, seu centro. *Dele.*

Ele tinha que parar de brincadeira e pegar sua mulher.

Essa maldita epifania estava muito atrasada, mas tê-la no meio de uma canção que ofendeu e irritou o objeto da referida epifania não foi realmente útil. Gia não se incomodou em esperar que Beppe terminasse de cantar. Ela o fuzilou com um último olhar — se olhares pudessem queimar, ele teria virado cinza em um instante, mas, Deus o ajudasse, ele adorava aqueles furiosos olhos castanhos —, e, dizendo adeus a Lisa, saiu.

Beppe pensou em soltar o microfone e correr atrás dela, mas isso teria causado uma enorme cena. Além disso, ele sabia que nunca iria alcançá-la antes que ela pulasse em um táxi. E mesmo se ele conseguisse, ela estava muito furiosa para conversar agora. Decidindo que a melhor coisa a fazer era lhe dar algum espaço, Beppe terminou a canção e saiu para fumar um cigarro. Ele precisava se acalmar e processar seus pensamentos e sentimentos para descobrir o que fazer.

Idiota! Imbecil irresponsável, egoísta e imaturo!

Gia bateu a porta do táxi quando entrou e mal conseguiu dizer ao motorista o seu endereço através dos dentes cerrados de raiva. Ela estava puta! Não conseguia se lembrar da última vez que tinha estado tão brava.

Como Beppe podia fazer isso? Olhar nos olhos dela e cantar "Se você não pode dizer não, basta pensar em mim..." na frente de um bar cheio de gente? E o que era pior: como ele podia sequer pensar que isso era certo? O que passava pela sua cabeça estúpida? Eles deveriam ser amigos. *Amigos*. A possibilidade de ser qualquer outra coisa morreu no momento em que Beppe passou dois malditos anos em Toscana e deixou-a para trás. E durante todo o tempo desde que ele tinha voltado, isso tinha sido suficiente. Ele dormiu com várias mulheres, ela teve alguns casos ocasionais e eles não se metiam um na vida do outro. Agora, de repente, Beppe decidiu que queria algo mais. Algo *mais*. Bem, adivinhe, *amigo*, você não terá qualquer outra coisa!

Eu te dei tudo, tudo de mim, e você jogou fora.

As mãos de Gia tremeram quando ela vasculhou sua bolsa para encontrar a carteira e pagar o táxi. Finalmente, conseguiu pegar uma nota de vinte euros e lançou-a para o motorista, pulando para fora do carro e batendo a porta atrás de si. O motorista soltou uma série de palavrões sobre como Gia maltratou seu carro pela segunda vez, mas ela estava muito irritada para se importar. Ela abriu a porta da frente e a trancou atrás de si, antes de se permitir desmoronar. Deslizando com um soluço contra a porta, Gia chorou lágrimas quietas, irritadas e confusas até ficar vazia física e emocionalmente.

Isso ajudou. A raiva diminuiu e Gia conseguia pensar com clareza novamente. Ela foi para seu quarto, tomou um banho rápido e se deitou na cama. Foi quando tudo voltou de repente, e qualquer chance de dormir foi embora. Desta vez, a fúria que brotava dentro dela estava mais controlada, mais determinada. Ela fervia sob a superfície em vez de explodir.

Gia amava Beppe realmente. Imaginar a vida sem ele doía. Mas isso era o que ela iria fazer. Cortá-lo de sua vida parecia ser a única maneira de seguir adiante.

Antes, agora e Sempre   121

Ela tentou brigar com ele, tentou falar com calma, tinha enterrado sua maldita alma na noite em que ele a beijou. Gia não aguentava mais. Se ele continuasse forçando, um desses dias, ela ia rachar e o deixaria voltar, e, quando ele fosse embora ou a machucasse — porque, tendo em vista o histórico de Beppe, era o que ele sempre fazia —, ele a quebraria em mil pedaços. Não haveria volta a partir desse ponto, não de novo.

Gia gostava de pensar em si mesma como uma mulher forte, mas ninguém era tão forte. Ninguém sobreviveu a um coração partido, *duas vezes*, pela pessoa que mais amava no mundo.

Com a decisão tomada, Gia ficou um pouco mais calma. Ela pegou o celular da bolsa para desligá-lo. Beppe poderia ligar e ela não queria ou precisava dessa distração. Antes que apertasse o botão de desligar, ela olhou para a tela e viu que tinha uma mensagem de texto.

Suspirando, abriu-a e, para sua surpresa, não era de Beppe, mas de Francesco.

Francesco: Você está acordada, não é?

Gia sorriu. Era meia-noite e quinze e a maioria das pessoas estava dormindo agora.

Gia: Sim. Como você sabia? Você está me perseguindo?

Francesco: Não, adivinhei. Alguém que gosta de trabalhar nos turnos finais não vai para a cama cedo em seu dia de folga. Você é uma coruja da noite, não é?

Gia: Eu sou. E acho que você também é. Você NÃO é uma pessoa matutina também?

Francesco: Nossa, não. Odeio manhãs. Eu prefiro passar a noite... não dormindo e compensando isso na parte da manhã.

Gia: Eu também.

Francesco: Que tal eu te levar amanhã nesse encontro que você me prometeu?

Gia: Não posso. Tenho um churrasco em família.

Francesco: Depois.

Gia: Não sei que horas vai acabar.

Francesco: A hora que for. Uma vez que somos ambos amantes da madrugada, vamos tirar o melhor proveito disso.

Gia parou de digitar no teclado, pensando. Será que deveria aceitar? Ela estava no estado emocional correto para ir a um encontro? Ela não conseguia se lembrar da última vez que tinha ido a um; fazia muito tempo. Talvez fosse isso que ela precisava. Talvez namorar alguém tão lindo e sofisticado como Francesco fosse bom para ela. Tirar Beppe da cabeça. E ela *tinha* prometido sair com ele, então, não poderia voltar atrás em sua palavra, certo?

Francesco: Chequei sua programação de turnos hoje cedo, então, a menos que você concorde em sair comigo amanhã, eu terei que esperar até quarta-feira, que é quando você tem um dia de folga. Eu não sou um homem paciente, Gianna. Eu quero te ver amanhã.

Gia: Ok. Vou te mandar uma mensagem quando estiver pronta para ir.

Gia esperava que tivesse feito a escolha certa. Francesco era a distração que ela precisava de seus problemas. Ela rezou para que seu frágil estado emocional não a estivesse levando na direção errada.

Antes, agora e Sempre   123

124   Teodora Kostova

Capítulo Quinze

Beppe não apareceu no churrasco. Aquilo não foi inesperado ou indesejado. Gia estava aliviada porque não teria que lidar com ele a noite toda. Ela tomou a decisão de colocar um pouco de espaço entre eles e a seguiria.

Além disso, ainda estava furiosa com ele.

Dividida entre a raiva pelo comportamento egoísta de Beppe e a tristeza de perder o melhor amigo, Gia sentia-se distraída a noite toda, vagamente consciente da conversa na mesa e do bom humor de todos, mas não podia fazer muito mais do que sorrir e acenar de vez em quando. Max a olhava com preocupação, mas ela o ignorou. A última coisa que precisava era de uma conversa de coração aberto com seu irmão. Sua mãe estava ocupada colocando a conversa em dia com a mãe da Lisa, Niki, e não se preocupou em questionar Gia sobre sua falta de bom humor.

Quando o jantar chegou ao fim, Gia se ofereceu para limpar tudo, para poder contemplar seus pensamentos deprimentes sozinha. Quando a mesa estava limpa, as sobras, guardadas, e a máquina de lavar louça, carregada, todos, exceto sua mãe e Niki, tinham ido embora.

Agora era a hora de ligar para Francesco e avisá-lo que ela estava pronta para ir. Ela estava? A última coisa de que precisava agora era sair. Mas tinha prometido, e, além disso, poderia ser bom ter um pouco de diversão em vez ir para a cama às nove de mau humor.

Gia mandou uma mensagem para ele dizendo que estava pronta. Ele respondeu quase imediatamente, dizendo que iria buscá-la em meia hora. Ele não mencionou quais eram seus planos, mas disse que ela deveria vestir algo confortável.

Pelo menos eles não iriam para algum restaurante elegante supercaro. Gia amava seu trabalho e uma boa comida, mas não dava a mínima para a atmosfera esnobe desses lugares. Ela não achava que boa comida devia ser pretensiosa ou ter preço alto. Mas trabalhar no restaurante fino de Francesco iria abrir muitas portas para ela no futuro e talvez então ela fosse capaz de fazer a diferença e ajudar a levar comida gourmet para todos, não apenas para

Antes, agora e Sempre 125

poucos privilegiados.

Gia abriu seu guarda-roupa e procurou seu jeans favorito, mas não conseguiu encontrá-lo em nenhum lugar.

Devo tê-los deixado na casa de Beppe.

Tal pensamento provocou uma dor aguda em seu peito e ela esfregou círculos com a palma de sua mão sobre o coração. Lágrimas indesejadas rolaram pelo seu rosto e sua tristeza ameaçou sufocá-la.

— Maldito seja, Giuseppe Orsino! — ela falou através dos soluços.

Alguns minutos depois, já recomposta, ela lavou o rosto com água fria. Isso ajudou um pouco, mas seus olhos ainda estavam vermelhos de tanto chorar. Então, ela vasculhou o armário de remédios até que encontrou o colírio. Em alguns minutos, seus olhos estavam brilhantes e claros. Infelizmente, as gotas não podiam fazer nada com a tristeza que pesava sobre ela, que ainda brilhava em seus olhos. Beppe estava sempre dizendo que seus olhos nunca mentiam. Assim como Gia tinha aprendido a controlar seus sentimentos e a escondê-los em uma máscara branca, Beppe nunca poderia ser feito de bobo.

Pare!

É assim que ia ser a partir de agora? Cada pensamento sobre Beppe tiraria seu equilíbrio e a transformaria em uma confusão soluçante? Ou pior, fatiaria seu coração como se alguém o esfaqueasse e torcesse a faca?

Não.

Ela tinha que parar de fazer isso consigo mesma. Gia precisava aprender como viver sua vida sem ele novamente. Ela tinha feito isso uma vez, poderia fazê-lo de novo. Dizendo a si mesma que ficar romanticamente distante manteria seguro seu coração estava errado. Se ela estava dormindo com Beppe ou não, não importava. Ele ainda era uma parte de sua vida, uma parte *dela*, e isso lhe dava muito poder. Ninguém deveria ter tanto poder sobre outra pessoa!

O alerta de chegada de mensagem de texto no celular arrancou Gia de seus pensamentos deprimentes. Era Francesco, ele tinha chegado. Gia mandou uma mensagem dizendo que já estava saindo e, dando uma última olhada no espelho para se certificar de que parecia de alguma forma apresentável, pegou sua bolsa e saiu.

Francesco a levou para o *Porto Antico*, onde uma banda local estava se apresentando. Invasori era uma banda de rock indie que estava caminhando rapidamente para ser reconhecida nacionalmente e chegar ao topo das paradas. Era uma noite agradável e as pessoas estavam espalhadas, bebendo, rindo, dançando ao som da música. As barracas de comida e *gelato* foram estrategicamente colocadas ao redor, e o cheiro penetrante do mar nas proximidades, juntamente com o cheiro picante de alimentos e doces, misturaram-se delicadamente para criar o aroma característico de Gênova.

Gia era grata pela música alta, pois não tinha que falar muito. Francesco pareceu sentir seu humor, mas, em vez de ficar irritado, tentou ajudá-la a relaxar e se divertir um pouco. Ele brincou com ela no pedido do sorvete, para que o compartilhassem. E Francesco parecia fofo e ainda mais jovem do que o habitual quando pegou seu *gelato* com uma colher de plástico que era pequena demais para suas mãos. Ele tinha trocado seus ternos caros por jeans casuais e camiseta, e seu cabelo escuro caía em seus olhos sem qualquer produto nele.

A noite com Francesco acabou sendo exatamente o que Gia precisava. Sua companhia era reconfortante e ela não sentiu qualquer pressão que o "primeiro encontro" normalmente implicava. Eles dançaram, tomaram mais sorvete e, quando Gia estava exausta por ficar em pé, Francesco levou-a para um local isolado, com alguns bancos. Ele a abraçou contra si e continuaram a ouvir a música.

Gia deixou tudo de lado e apenas *sentiu*. Ela sentiu o som grave da guitarra vibrando em seus ossos, sentiu a voz forte do vocalista preenchendo sua cabeça, sentiu os braços fortes de Francesco em torno dela, seu hálito quente perto do seu ouvido e sua pele quente das suas costas. Quando ele se virou para plantar um beijo no pescoço dela, Gia não resistiu. Ela se afundou na sensação da língua molhada dele em sua pele.

Beppe nunca antes havia pensado em si mesmo como do tipo perseguidor. As mulheres geralmente corriam atrás dele, e não o contrário. Claro que, com Gia, tudo era diferente. Ela nunca foi de seguir as regras, ela criava as suas próprias. Por mais que Beppe admirasse isso, ele realmente odiava essa qualidade dela nesse momento.

Ele tentou ligar, mandar mensagem de texto, ir à casa dela. Nada. Gia estava ignorando-o completamente. Com a exceção de entrar em seu quarto e exigir que ela o ouvisse, ele havia tentado de tudo. Ele sabia que tinha cometido um erro, sabia disso, porra. Tudo o que ele queria era uma chance de consertar isso. Ele rastejaria, pediria, se desculparia um milhão de vezes se ela ouvisse.

Eles haviam passado por tanta coisa, como poderia algo tão insignificante como Beppe ser um idiota completo e cantar uma canção inadequada fazer Gia expulsá-lo para sempre de sua vida?

No topo da pilha de burradas na qual sua vida estava se transformando, ele havia visto uma fotografia no jornal de Gia acompanhando Francesco Naldo em um evento de caridade. Ela estava deslumbrante em um vestido longo verde-musgo. O desgraçado tinha o braço ao redor da cintura dela e ambos sorriam encantadoramente para a câmera. Beppe tinha ficado puto da vida. Francesco era conhecido por sempre ir a tais eventos sozinho. O que diabos isso queria dizer, então? O relacionamento deles estava ficando sério? Fazia menos de três semanas desde que ele a tinha beijado pela primeira vez, como era possível?

Era por isso que Beppe estava à espreita do outro lado da rua do *Orchidea Nera* esperando o fim do turno de Gia. Ele não queria fazer uma cena no local de trabalho dela, por isso tinha se mantido a uma distância segura. No momento em que ela saísse por aquela porta, ele iria descobrir o que fazer, porque neste momento ele não tinha a menor ideia.

Beppe sabia que merecia a raiva dela e queria isso. Ele desejava qualquer coisa que Gia estivesse disposta a lhe dar. Mas o silêncio dela o estava matando. Mesmo quando ele estava na Toscana, eles tinham se falado ao telefone por horas toda semana.

Deus, ele sentia falta dela pra caralho.

Ele tirou o maço de cigarros do bolso de trás e acendeu um. Ainda nenhum sinal de Gia, embora fosse quase meia-noite. Beppe não se importava — ele ficaria lá até que ela aparecesse. O cigarro já estava na metade quando a porta de funcionários abriu e Gia saiu. A rua estava bem iluminada e, se Gia olhasse para cima, o veria. Ela não fez isso, e começou a vasculhar a bolsa, procurando alguma coisa. Poucos segundos depois, pegou o celular e começou a teclar nele. Ela parecia bem, mesmo depois de um longo turno. Seu cabelo estava amarrado em um rabo de cavalo, mas algumas mechas flutuavam em torno do seu rosto. Os dedos de Beppe coçaram para brincar com elas, dobrá-las gentilmente atrás das orelhas dela. Lentamente exalando a fumaça do cigarro que estava segurando desde que Gia tinha saído do restaurante, ele jogou a bituca no chão e pisou nela com o calcanhar.

Naquele momento, Gia levantou os olhos de seu celular e olhou diretamente para ele. Beppe congelou. Ele deveria acenar? Caminhar na direção dela?

Faça algo, seu idiota!

Ele não podia. Estava empacado. Ele tinha sentido tanta falta daqueles olhos castanhos brilhantes que, no momento em que os viu de novo, não queria fazer um movimento sequer e perdê-los. Mais uma vez. Gia franziu a testa, colocou o celular de volta em sua bolsa e lançou-lhe um último olhar, afastando-se na direção oposta.

Beppe não a seguiu. Os olhos dela tinham uma advertência clara: *não*.

Que porra ele deveria fazer agora?

Fugir de Beppe após ter evitado suas tentativas de entrar em contato por duas semanas foi difícil. Muito difícil. Tudo o que Gia queria fazer era atravessar a rua e se jogar em seus braços. Ela estava sentindo tanto a falta dele que seu peito doía toda vez que ela respirava. A única coisa que a impediu de ceder e envolver os braços em torno de Beppe foi o pensamento do que aconteceria uma vez que ela o soltasse de seu abraço. Ele nunca aprovou o relacionamento dela com Francesco. Se ele exagerou e a envergonhou na frente de todos por causa de um beijo, o que faria se descobrisse que seu relacionamento estava ficando sério? Ele a censuraria, repreenderia e desaprovaria tudo o que Francesco fez e sarcasticamente comentaria todos os aspectos de suas vidas. Gia sabia disso porque era sempre assim que ele agia quando ela tinha encontros com alguém. Beppe não podia suportar o pensamento de ninguém ficar perto dela e iria egoisticamente sabotar qualquer chance de ela desenvolver uma relação.

Até agora, Gia o tinha deixado fazer isso.

Não mais.

No fundo, ela sabia que, eventualmente, ela o perdoaria e o deixaria voltar para sua vida. Gia amava Beppe e ela sempre seria assim, não havia nada que pudesse fazer sobre isso. Mas, para sua própria sanidade, ela precisava de um tempo. Ela tinha que deixar seus sentimentos sob controle novamente e Francesco era uma parte vital disso. Gia gostava dele, muito. Em seu coração, ela sabia que nunca iria amá-lo, ou a qualquer um, tanto quanto ela amava Beppe, mas, ainda assim, Francesco era um ótimo cara e eles se davam muito bem. Ele era maduro, confiante, carinhoso e sabia o que queria da vida.

Ele nunca tinha pegado uma mala e ido embora.

Gia precisava dessa segurança mais do que precisava de um amor de fazer a terra tremer.

Capítulo Dezesseis

— Maldito filho da puta! — Beppe soltou uma série de palavrões que teriam feito um marinheiro corar. Ele jogou o jornal que estava lendo do outro lado da sala e saiu para a varanda, onde pegou o maço de cigarros do bolso da calça jeans e acendeu um com os dedos trêmulos. Inspirando a fumaça, Beppe sentiu o efeito calmante da nicotina conforme ela se espalhou por seu corpo.

Eles estavam no jornal novamente. Gia e Francesco. Ele a levou para mais um evento.

Beppe sabia, porra, ele simplesmente sabia, que o cretino queria Gia como sua namorada oficial, se não mais. Ele sentia isso em suas entranhas, que se torciam e empurravam e o faziam querer vomitar.

Não.

Francesco Naldo não ia ter a sua Gia. Ele era um trapaceiro, mafioso, uma farsa, um filho da puta ruim.

Beppe não conseguia descobrir por que Gia estava acreditando nas mentiras dele. Por que ela não conseguia ver a verdade?

O amor é cego.

Não!

Gia *não* estava apaixonada por Francesco, ela não podia estar. Não depois de apenas cinco semanas. Ela voltou sua atenção para Francesco para escapar da pressão que Beppe estava colocando sobre ela, nada mais. O rapaz estava convencido disso. Mas ele podia ver como ela conseguia se perder no charme de Francesco. O homem era mais velho, mais maduro do que os outros rapazes com quem Gia havia saído, era bem-educado, bem-sucedido. Ele também era um excelente chef, assim como o pai dela.

Por mais que lhe doesse admitir, Beppe entendia parte do fascínio de Gia por Francesco, pois ele a lembrava do seu pai. Ela foi a garotinha do papai e o adorava. A doença e a morte dele tinham sido extremamente difíceis para ela. Não era necessário um diploma em psicologia para descobrir que Gia estava à procura de um homem forte e mais velho para substituir o vazio que seu pai

Antes, agora e Sempre   131

havia deixado em seu coração.

Beppe não dava a mínima para os problemas dela com o pai. Ele não ia deixar Francesco tirar proveito de Gia e arrastá-la para um local tão profundo que ela nunca seria capaz de sair. A princípio, Beppe tinha medo de que Francesco fosse dormir com ela, usá-la, deixando-a magoada e deprimida depois que conseguisse tudo o que queria. Mas agora, seus medos estavam crescendo exponencialmente. Se Francesco estava apresentando Gia para o mundo como a única mulher em sua vida, Beppe não tinha mais a ilusão de que Francesco abriria mão dela facilmente.

Se ao menos ela tivesse falado com ele! Beppe não falava com Gia há mais de cinco semanas.

Esse tinha sido o tempo mais longo que ficaram sem se falar desde que Gia, com oito anos, deu a ele, aos seis, um curativo e o salvou da ira do pai naquele dia.

Sexta-feira era o aniversário dele. Todo ano ele fazia um grande evento. Beppe sempre pensava muito bem para organizá-lo. Este ano seria diferente, embora ele fosse sentir falta da Gia estar envolvida.

Ele tinha enviado um convite para ela na semana passada, mesmo que ambos soubessem que ela não precisava de um. Dentro, ele escreveu: *"Venha para a festa, cara. Não quero comemorar sem você. Por favor. Sinto sua falta"*.

Ele esperava que isso fosse o suficiente para fazê-la ir ao seu apartamento. Em seguida, ele diria o que ela quisesse ouvir para não o expulsar novamente de sua vida. Ele parou suas tentativas de entrar em contato depois daquela noite na frente do restaurante. O olhar que Gia lançara em sua direção o tinha machucado profundamente, e ela ter ido embora sem uma única palavra feriu seu orgulho e seu coração na mesma proporção. Beppe não queria mentir para ela e dizer que as coisas poderiam voltar ao ponto de serem apenas amigos. Ele não queria Gia como sua melhor amiga, não mais. Ele a queria como seu par, sua outra metade, sua alma gêmea, seu futuro. Mas, se mentir para ela e esconder seus verdadeiros sentimentos fosse necessário para trazê-la de volta para sua vida, ele o faria num piscar de olhos.

Beppe estava cansado de tentar preencher com sexo sem sentido o vazio que Gia havia deixado em sua alma. Ele nunca permitiria que ninguém o conhecesse como Gia o conhecia, e ele certamente não queria deixar que qualquer outra mulher entrasse em sua vida. Ou em seu coração. Beppe ainda saía com Max e seus outros amigos, mas não teve relações sexuais com ninguém em dois meses. Ele simplesmente não conseguia fazer mais isso. Gia era apenas parte da razão. Ele só não queria mais fazer isso *consigo mesmo*. Sexo sem sentido poderia ter saciado o seu desejo de ser tocado, beijado e amado, mesmo que apenas por uma noite, mas não tinha feito nada para aliviar a dor em seu coração. Apenas Gia poderia fazer isso. Sempre ela.

— Acorde, Gia — Beppe sussurrou, e Gia sentiu sua respiração tocar a pele abaixo da sua orelha.

— Vamos lá, querida, acorde.

Gia abriu um dos olhos, contra sua vontade, e notou que não havia nem amanhecido ainda.

Que diabos?

— Eu preciso que você acorde e não fique com raiva de mim. Eu prometo que vale a pena — disse Beppe e deu um de seus sorrisos de tirar o fôlego, que geralmente derretiam qualquer determinação de Gia em estar brava com ele. Geralmente. Não no meio do caralho da noite! Gia resmungou e tentou se afastar dele, colocando o cobertor sobre a cabeça e continuando a dormir. Beppe estava esperando por isso e parou-a no meio do caminho, enquanto, ao mesmo tempo, conseguiu circular seus braços em volta do corpo dela e a levantou para fora da cama, sentando-se com Gia em seus braços. Ela percebeu, pela primeira vez, que ele estava vestido com uma camiseta e um short, enquanto há apenas algumas horas, quando eles tinham ido para a cama, ele estava nu.

— Beppe, eu vou matar você — ela gemeu contra seu pescoço, o calor e o cheiro da pele dele já tendo seu efeito habitual nela.

— Não, você não vai. Agora, vamos lá, vista-se, porque nós temos que ir.

— Ir? Ir aonde? Que horas são? Você não tem que ir para a escola em algumas horas? — Gia animou-se um pouco, abrindo ambos os olhos e olhando diretamente para os olhos escuros e brilhantes de excitação de Beppe.

— São seis da manhã. Para a praia. Não, é sábado — Beppe respondeu suas *perguntas e sorriu tão largamente que Gia sentiu o desejo de dormir desaparecer. Ela queria se perder naquele sorriso, pegá-lo de alguma forma, engarrafá-lo e tê-lo à sua disposição sempre que precisasse. — Vamos.*

Certo.

Gia estava mentalmente começando a entender o que ele disse antes de sorrir tão encantadoramente; ele queria ir para a praia? Às seis da manhã em um dia frio de outubro?

— Por quê? — Foi tudo o que conseguiu dizer. Gia resmungou ameaçadoramente quando deixou o colo de Beppe e foi pegar um short e um casaco com capuz do seu armário. Quando estava vestida, Beppe ficou na frente dela — ele tinha acabado de completar dezesseis anos e Gia sentia que ele era muito alto para a idade, e sua diferença de idade de dois anos não importava para a diferença de altura — e disse:

— Lembra que você está sempre dizendo que gostaria de ver o nascer do sol? Mas que você provavelmente nunca iria, porque não consegue levantar tão cedo? Tipo nunca? — Gia assentiu. — Bem, hoje é esse dia. Nós vamos para a praia esperar o sol nascer. — O sorriso de Beppe ficou ainda mais amplo, se é que isso era possível, e seus olhos brilharam sob seus grossos cílios negros.

— Você não podia ter escolhido uma manhã durante os meses quentes de verão para isso? — contestou Gia, tentando franzir a testa, mas seu coração estava se derretendo por Beppe ter se lembrado.

— Vamos — disse Beppe, ignorando sua reclamação. Ele beijou o nariz dela antes de pegar sua mão e levá-la para fora da casa.

Eles levaram cerca de quinze minutos a pé até chegarem à praia. Gia acordou completamente com o frescor da manhã, mas ainda estava desejando poder voltar para a cama. Quando chegaram à praia, Beppe os levou para um lugar isolado, longe das espreguiçadeiras e dos guarda-sóis. Levou mais dez minutos de caminhada na areia úmida e pegajosa até chegarem ao local que ele havia preparado.

— Que horas você acordou hoje? — Gia perguntou, espantada com o cenário à sua frente. Havia um cobertor estendido na areia, outro dobrado em cima dela e uma cesta de piquenique.

— Eu não consegui dormir. — Ele puxou sua mão e fez um gesto para que ela se sentasse quando chegaram ao cobertor. Gia sentou-se e imediatamente sentiu

134   *Teodora Kostova*

o calor de Beppe atrás dela enquanto ele se acomodava. O rapaz posicionou Gia confortavelmente entre as pernas e envolveu o cobertor em torno de ambos. O calor da pele de Beppe e o cobertor quente relaxaram Gia. A única coisa que faltava nesse momento perfeito era...

— Café — disse Beppe, entregando-lhe a caneca que tirou da cesta de piquenique. Ele pegou uma para si também, e os dois saborearam suas bebidas quentes em silêncio por um tempo.

Os primeiros raios de sol começaram a aparecer no horizonte. A luz surgiu sobre a água, como uma alegre saudação de 'bom dia'. Gia respirou fundo, espantada não só pela beleza da paisagem à sua frente, mas com o que Beppe tinha feito.

Como era possível que este menino, este lindo e bem-humorado menino, de coração bom, ser vítima de abuso constante do pai? Ele tinha as cicatrizes e a prova física dos espancamentos, mas não havia se tornado uma vítima emocionalmente. Como poderia Beppe ser tão bom depois de tudo a que foi submetido em casa? Por que ele não estava revoltado?

— No que você está pensando? — Beppe sussurrou no seu ouvido e a pergunta a trouxe de volta ao belo momento.

— Eu estava pensando no quão perfeito você é, apesar de tudo que está acontecendo em sua vida. Quão forte você é... e... — Gia tentou continuar falando, mas o nó na garganta não a deixava. Beppe apertou os braços em volta dela e plantou um beijo abaixo do ouvido de Gia, e ela deitou a cabeça no ombro dele.

— E? — ele quis saber.

— E quão assustador é amar você tanto quanto eu amo.

— Eu também te amo — disse Beppe e apoiou o queixo no ombro de Gia. — Eu sempre amei. Isso é o que me impede de ficar louco. Enquanto eu tiver você, sei que vou ficar bem.

Gia sentiu-o sorrir contra seu ombro e sorriu de volta. Só então o sol apareceu no horizonte, o céu se tornando mais leve com tons de rosa, manteiga e lavanda. Ver este belo nascer do sol envolvida pelos braços de Beppe foi o momento mais perfeito da sua vida.

Gia queria ver Beppe. Muito. Ser assombrada pelas memórias de todas as coisas incríveis que ele tinha feito por ela quando eram adolescentes não estava ajudando. Ela estava sentindo tanto a falta dele que a sensação era como se houvesse um escudo em seu interior. Ela pensou que Francesco iria preencher esse vazio, mas ele não podia. Ninguém podia.

Quando recebeu o convite para a festa do Beppe, seus joelhos ficaram fracos e suas mãos começaram a tremer. Mesmo que Gia tivesse sido incrivelmente grosseira com ele, ignorando todas as suas tentativas de contatá-la e fugindo dele na rua, ainda assim ele lhe enviou um convite para sua festa e disse que sentia falta dela.

Gia precisava ir. Ela estava morrendo de vontade de estar perto dele novamente. Queria falar com ele e apenas estar *com* ele. Era hora de perdoar e seguir em frente.

Com a decisão tomada, os ombros de Gia despencaram de alívio. Ela estava carregando o peso dos seus problemas com Beppe por tanto tempo que não tinha percebido o quanto isso a estava afetando. Entre o trabalho e Francesco, ela não teve muito tempo para sentar e pensar sobre Beppe, e era exatamente isso que ela queria. Mas não mais. Gia pegou sua bolsa e saiu pela porta, indo ao shopping para comprar um presente para ele. Gia iria para uma festa de aniversário nesta sexta-feira.

Pela primeira vez em sua vida, Gia estava nervosa por ver Beppe. Ela não tinha visto ou falado com ele em seis semanas. Seis malditas semanas desde aquela noite no bar de karaokê. Sentia as pernas um pouco bambas quando entrou no saguão do prédio dele e esperou o elevador.

Relaxe. É só Beppe, pelo amor de Deus! Tudo vai ficar bem.

Ela entoou essas palavras repetidamente em sua cabeça, sem muito efeito, até que o som do elevador a assustou. As portas se abriram e ela deu um passo para dentro, pressionando o botão de subir. As borboletas no seu estômago estavam piorando e Gia quase mudou de ideia.

A música vinda do apartamento do Beppe podia ser ouvida logo que as portas do elevador se abriram no amplo foyer que separa as duas coberturas.

Limpando as mãos suadas no jeans, Gia ergueu o queixo e forçou suas pernas a andarem sem tremer até que alcançou a porta, a abriu sem bater e entrou, o barulho de pessoas e música atingindo-a. Uma garçonete vestindo quase nada e servindo coquetéis de champanhe gesticulou para que Gia deixasse o presente em uma mesa que estava quase gemendo sob o peso dos embrulhos. Gia balançou a cabeça e caminhou para a sala, ainda segurando seu presente. Ela queria dá-lo a Beppe pessoalmente e ignorou a careta irritada da garçonete.

Olhando em volta, os olhos de Gia imediatamente encontraram Beppe na mesa de sinuca com um casal de amigos. Ele estava incrível, vestindo um jeans que cabia nele muito bem, uma camisa de botão de manga curta e seus tênis habituais. O cabelo estava elegantemente desarrumado. Ele devia tê-lo cortado recentemente, porque a franja não estava caindo nos olhos, não mais, e os cabelos nas laterais foram cortados rente. Ele estava sorrindo para algo que alguém disse, os olhos escuros brilhantes e sua boca perfeita curvada nas laterais. Gia amava o desenho do seu lábio superior e sua mente vagou para o beijo que tinham compartilhado no clube.

Como se sentisse que alguém o observava, ele olhou para cima e a viu do outro lado da sala. Gia pensou que iria perder o equilíbrio e desmoronar no chão no momento em que os olhos dele arderam nos dela. Seus olhos se encheram de lágrimas e ela se sentiu estúpida e egoísta por se distanciar dele nas últimas seis semanas.

Beppe corajosamente cruzou a distância entre eles a passos largos, deixando de lado seus amigos e o jogo de bilhar. Ele parou bem na frente dela, ignorando completamente seu espaço pessoal, e a envolveu em um abraço. Gia queria ser forte, não queria se desculpar ou mesmo discutir qualquer coisa que tinha acontecido no mês anterior. Tudo o que ela queria era esquecer e seguir em frente, mas as palavras saíram antes que pudesse detê-las.

— Sinto muito — disse e retribuiu o abraço de Beppe, apertando os braços pequenos em torno dele tão forte quanto podia. O cheiro dele a atingiu e o calor do seu corpo a envolveu de uma maneira maravilhosamente familiar. Gia sentia o vazio dentro dela ser preenchido. Era tão bom ter Beppe perto novamente!

— Shh, está tudo bem. Você está aqui. Isso é tudo que eu queria no meu aniversário — disse Beppe e se afastou um pouco, colocando uma mecha de cabelo atrás da orelha dela. Ele a examinou, como se estivesse procurando

Antes, agora e Sempre

por algo em seus olhos que não era para ser dito em voz alta. — Vamos. — Ele a puxou pela mão e levou-a à cozinha, fechando a porta atrás de si. Gia inclinou-se sobre a ilha no meio do cômodo grande e cruzou os braços sobre o peito. Mesmo que estivessem sozinhos, ela se sentiu mais exposta do que nunca em sua vida. Os olhos escuros de Beppe tinham ficado cor de ônix e ele os estreitou, caminhando na direção dela.

— O que há de errado? Você parece desconfortável — perguntou ele, e seus lábios se curvaram em um sorriso. — Eu não consigo me lembrar da última vez que você esteve desconfortável na minha presença, se é que isso aconteceu alguma vez. Furiosa, sim; triste, feliz, cansada, emotiva, sim. Desconfortável, não.

— Bem, considerando que não nos falamos há seis semanas, acho que tenho o direito de me sentir um pouco tensa.

— Não, por favor, eu odeio isso! Sinto como se suas paredes estivessem voltando novamente e, desta vez, você não vai me deixar passar pelas rachaduras. — A voz de Beppe estava crua de honestidade, e Gia começou a questionar sua vinda. Ela tinha imaginado que a primeira conversa após a separação ia em uma direção completamente diferente, e essa... essa honestidade e esse sentimento expostos no rosto de Beppe estava fazendo-a querer correr, se esconder e chorar.

— Você nunca deixou o interior dos limites, Beppe, então, mesmo que as paredes voltem, você vai estar preso dentro, não fora.

O sorriso de Beppe foi brilhante e Gia não pôde evitar retribuir aquele sorriso lindo.

— Eu senti sua falta pra caralho! Nunca mais me afaste de novo! — Beppe passou os braços em torno de Gia e ela descansou a bochecha em seu peito, absorvendo sua presença calmante.

— Temos que conversar... — ela começou, mas Beppe afastou-se bruscamente e encarou-a com um olhar determinado.

— Só se você quiser, ok? Se você preferir apenas esquecer as últimas semanas, eu também vou.

— Não posso esquecê-las, Beppe. Coisas têm acontecido. Se queremos colocar a nossa relação de volta nos trilhos, você precisa saber sobre as coisas importantes que aconteceram na minha vida, e vice-versa.

— Tudo bem — Beppe concordou. Gia podia ver em seus olhos que ele sabia o que ela estava prestes a dizer, mas isso não tornava as coisas mais fáceis.

— Eu sou... Eu estive... — Parecia muito mais fácil pensar em dizer isso em voz alta do que realmente fazê-lo.

— Se encontrando com Francesco Naldo. Eu sei. — Além do maxilar travado, não houve outra reação de Beppe. Ele disse isso como se afirmando um fato, sem qualquer sentimento por trás. Por que Gia estava tão preocupada em lhe contar aquilo? Ele obviamente não se importava tanto assim.

— Sim.

— Ele é tudo que você imaginou que seria? — perguntou Beppe, sua voz monótona e sem emoção. Gia desejava que ele dissesse o que estava realmente pensando: estava chateado? Com ciúme? Infeliz? Irritado? A indiferença em seus olhos era cem vezes pior do que todos os itens acima.

— Nós estamos juntos há um pouco mais de um mês, então não posso dizer que já o conheço muito bem. — Beppe assentiu, permitindo que ela continuasse. — Mas ele é legal, atencioso e simpático. Sinto que talvez, com o tempo, vou ser capaz de baixar a guarda e deixá-lo entrar.

Ali. Algo brilhou nos olhos de Beppe, mas se foi tão rápido que Gia não conseguiu identificar o sentimento. Pelo menos ele mostrou algum sentimento.

— Beppe, diga o que você quer dizer e vamos seguir em frente. Eu sei que você odeia o fato de que estou namorando o Francesco; você odiou todos os caras que já namorei. Então vamos lá, tire isso do seu peito.

Beppe deu um passo para longe dela e cruzou os braços sobre o peito na defensiva. Ele não falou imediatamente, medindo as palavras. Isso era ruim. Beppe sempre dizia exatamente o que estava em sua mente, sem se importar com o que as pessoas pensariam. Pensar antes de falar não era um bom sinal.

— Não te incomoda que ele tenha conexões com a máfia? Que ele provavelmente lave dinheiro através dos seus restaurantes? — ele finalmente disse, os olhos escuros duros e inflexíveis.

— Ah, sério! Isso é tudo que você tem a dizer? Fofoca? — Gia revirou os olhos e tentou fazer pouco caso das palavras de Beppe, mas provavelmente não foi muito convincente porque ele estreitou os olhos para ela e pressionou.

— Então você quer me dizer que não há nenhuma verdade nisso? Que

Antes, agora e Sempre   139

você não ouviu quaisquer conversas sussurradas? Que ele não sai quando recebe uma chamada para conversar em particular? Que ele não tranca sempre a porta de seu escritório em casa?

— Ele é apenas uma pessoa privada, gosta de manter seu negócio e sua vida pessoal separados, não cabe a mim ouvir...

— Oh, meu Deus! — Beppe interrompeu suas tentativas fracas de explicação. Ele abriu os braços e a máscara que tinha mantido em seu rosto até então desmoronou. Gia viu raiva misturada com medo em seus olhos. — Como você pode ser tão ingênua! Você realmente acredita em qualquer coisa que ele diz? Uma coisa é ser privado em seus negócios, outra é ser completamente paranoico.

— Ele não é paranoico, ele é apenas...

— Pare de mentir para si mesma! Francesco Naldo está envolvido com a máfia. Ele deve o seu sucesso a eles! No fundo, você sabe disso, já viu coisas que está tentando ignorar ou racionalizar, mas sabe que todas as fofocas são verdade. Sabe que não é possível um cara normal, sem qualquer dinheiro ou conexões, se transformar em um sucesso da noite para o dia como ele fez. Você sabe em primeira mão quão difícil esse negócio é, Gia.

— Isso não prova nada. Você só está tirando conclusões da pouca informação que tem sobre ele. Ele é ambicioso e determinado. Não tenho nenhuma dúvida de que usou bem todas essas qualidades em seu negócio. — Gia manteve a voz baixa, porém firme. Ela sabia que não seria capaz de convencer Beppe de que Francesco não estava fazendo nada ilegal.

A verdade era que ela não tinha nenhuma prova concreta para provar isso, de um jeito ou de outro.

— Vamos fazer um acordo: você não vai falar merdas sobre Francesco, sem ter quaisquer fatos para apoiar suas teorias, e vou compartilhar com você, se vir ou ouvir algo significativo. — Gia sabia que Beppe estava preocupado com ela; se envolver com alguém com conexões com a máfia nunca era uma boa ideia, mas ela sentia que Francesco era um empresário trabalhador, inteligente e isso era o que o havia ajudado a colocar a empresa onde estava agora, não o dinheiro da máfia. Mas também sentiu necessidade de tranquilizar Beppe. Ela não queria ter que lidar com essa irritação o tempo todo. — Fechado? — Ela estendeu a mão para ele e sorriu. Beppe balançou a cabeça, mas seus olhos suavizaram e ele pegou a mão dela na sua.

— Fechado — ele falou suavemente quando esfregou seu polegar sobre a palma da mão dela. — Venha aqui. — Beppe a puxou para si novamente e a abraçou, apoiando o queixo no topo da cabeça dela. Gia sabia que esse não era o fim da discussão, mas, por enquanto, os dois estavam apenas felizes por estarem na companhia um do outro. — Você quer ficar aqui hoje à noite? Eu quero ter você aqui, te sentir perto e... eu... — A voz de Beppe vacilou e Gia sabia que ele estava tentando engolir um nó na garganta, assim como ela estava. Ela queria ficar e conversar com ele a noite toda, como costumavam fazer. Era sexta-feira à noite, e ela não tinha quaisquer planos com Francesco, pois ele estava fora da cidade para uma reunião e não estaria de volta antes de domingo à tarde.

A reunião o estava estressando. Havia algo acontecendo no negócio que estava fazendo Francesco agir de modo estranho, mas Gia achou que era normal. Ele compartilhava muito pouco sobre seus negócios com ela, mas mencionou que estava planejando algum tipo de expansão. Gia não o pressionou por mais informações, ele iria partilhar quando quisesse. Ela lhe deu espaço e esperava o mesmo em troca. Se Francesco fosse mais aberto com ela sobre sua vida, Gia temia que exigisse o mesmo e ela não estava pronta para isso ainda.

— É claro que vou ficar. Nós temos seis semanas para recuperar. Mal posso esperar para ouvir o que você tem feito. — Gia sorriu e piscou, sabendo que Beppe tinha entendido o que ela estava tentando dizer.

— Eu não tenho feito nada — disse ele, sério.

— Ah, fala sério, eu sei que você saiu com o Max algumas vezes, e sei o que acontece quando vocês saem...

— Eu não estive com ninguém em mais de dois meses — interrompeu-a Beppe. Ele estava claramente desfrutando da expressão atordoada de Gia, a julgar pelo seu sorriso.

— Sério? Isso deve ser algum tipo de recorde para você.

Beppe encolheu os ombros com desdém e se afastou completamente do seu abraço, indo para a porta.

— Por quê? — A pergunta inocente de Gia o fez parar no meio do caminho.

Antes, agora e Sempre   141

— Nenhuma razão. Só não tive vontade.

— Você não teve vontade de fazer sexo? Está brincando comigo?

Beppe virou e caminhou de volta para Gia tão rápido que ela o encarou e cambaleou para trás até que a parte inferior de suas costas bateu no balcão.

— Se você insiste em fazer perguntas de forma tão persistente, tem que estar disposta a ouvir a resposta verdadeira. Está pronta para isso, *cara*? Quer que eu te diga *exatamente* por que não tenho sido capaz de foder uma garota qualquer em dois meses?

Beppe encurralou Gia contra a ilha de cozinha, as mãos apoiadas sobre o balcão em cada lado dela. Seus rostos estavam a apenas milímetros de distância enquanto ele olhava nos olhos dela. Sua voz era baixa e predatória, e suas pupilas estavam tão dilatadas que quase tomavam toda a íris.

— Não. — A resposta de Gia foi tranquila, mas firme, e ela olhou para ele determinada a não desviar o olhar. Quaisquer que fossem suas razões, elas provavelmente tinham algo a ver com ela, e Gia preferia mastigar seu próprio braço a lidar com isso agora.

Beppe recuou.

— Bom. Então vamos voltar para a festa. Temos a noite inteira para discutir a minha falta de vida sexual. — Ele ofereceu sua mão a Gia, e ela balançou a cabeça para as intermináveis mudanças de humor dele. Então aceitou sua mão e o deixou levá-la de volta para a sala de estar.

Capítulo Dezessete

— Você o ama? — perguntou Beppe na escuridão. Eles ficaram de lado na cama, um de frente para o outro. O cabelo dela estava espalhado sobre os travesseiros e seus olhos castanhos refletiam a luz fraca vinda das janelas, dando-lhes um leve brilho. Beppe poderia observá-la para sempre. A ascensão e a queda rítmica do peito, o suave som que ela fez quando estava dormindo, a forma como o cabelo dela fez cócegas em seu nariz quando ele ficava de conchinha em suas costas.

Quando todos os convidados tinham ido embora, há cerca de uma hora, eles foram para o quarto e caíram na cama, exaustos. Tinha sido uma festa e tanto: eles dançaram, riram, comeram e conversaram com muitas pessoas. Beppe não conseguia evitar de sentir que Gia tinha sido a anfitriã da festa com ele, e a maioria dos convidados parecia ter pensado isso também porque todos vieram desejar boa noite e agradecer a noite maravilhosa antes de saírem.

E agora eram apenas eles dois, como tantas vezes antes. Eles procuravam o conforto que só o outro podia dar.

— Não — respondeu suavemente junto com a respiração. Exalando o ar, ela disse: — Bem que eu gostaria.

— Você queria poder deixar de me amar? — Beppe estava contente por estar de costas para a janela. Seu rosto estava mascarado pela escuridão, o que lhe deu a coragem de ter uma conversa que não poderia ter se ela pudesse ver seus olhos.

Gia olhou para baixo, não queria mostrar-lhe a verdade. Mas não havia como, Beppe já tinha visto o "sim" em seus olhos.

— Eu não estive com ninguém nesse tempo porque não suporto mais ser galinha. Não quero ninguém mais — disse Beppe, esperando que sua honestidade crua provocasse a mesma reação em Gia.

— Ninguém mais?

— Ninguém mais, exceto você. Deus, Gia, eu só quero você. — Uma vez que as palavras escaparam, ele desejou poder retirá-las. Era a verdade, mas não

Antes, agora e Sempre

adiantaria nada. Se Gia ficasse chateada o suficiente para ir embora e parar de falar com ele novamente, ele não tinha certeza se sobreviveria.

Gia ficou em silêncio. Beppe sabia que ela queria dizer alguma coisa sobre a sua confissão, mas não o fez. Ela fixou o olhar em um ponto acima do ombro dele e o manteve lá, desprovido de qualquer emoção legível.

— Por que você não quer ficar comigo, Gia?

— Porque eu não acredito que isso seja permanente.

— Isso?

— Sim, isso. Essa fase "Eu só quero você".

— Fase? Não é uma fase! Eu sempre só quis você, mas, quando voltei da Toscana, era você quem não me queria mais. Eu estava machucado e deprimido, e lidei da única maneira que sabia.

Gia balançou a cabeça, recusando-se a olhar para ele.

— Você não acredita em mim.

— Eu acredito que você acredita nisso.

— Essa é uma resposta muito politicamente correta.

Gia desviou o olhar para encará-lo e seus olhos suavizaram. Ela pegou a mão dele, trazendo as pontas dos dedos para os lábios. Um tremor percorreu o corpo de Beppe por causa do pequeno contato sensual.

— Estou cansada, Beppe. Vamos apenas dormir.

Beppe assentiu e deslizou para mais perto de Gia, envolvendo-a em seus braços e pressionando os lábios em sua testa. Ela se enrolou em volta dele e enterrou o rosto em seu peito. Beppe suspirou satisfeito; tinha sido um dia bem-sucedido. Gia tinha voltado para ele, e, mesmo que ela não estivesse pronta para aceitar ou acreditar em seus sentimentos, estava ali, em seus braços. Foi uma pequena vitória. Beppe pensaria sobre a estratégia de guerra amanhã. Hoje, ele desfrutaria da sua pequena vitória e dormiria com a mulher que amava desde que era um menininho assustado.

Logo, a respiração de Gia desacelerou para o sono, e seu corpo relaxou contra ele.

— Eu te amo tanto, Gia. Eu vou te provar isso — ele sussurrou contra o cabelo dela quando se afastou.

Gia entrou no *Staccato*, o novo piano-bar inaugurado há duas semanas, e olhou em volta, à procura de Lisa. Elas deveriam se encontrar às dez. Com tudo que estava acontecendo em suas vidas, elas não tinham conseguido passar mais do que dez minutos ininterruptos na companhia uma da outra. A noite das meninas estava muito atrasada. Gia mal podia esperar para falar com a amiga, a maravilhosa e calma Lisa, que sempre conseguia ter um efeito calmante sobre Gia. Lisa tinha o dom de fazer as pessoas se sentirem à vontade e descontraídas. Gia sentia que poderia dizer-lhe qualquer coisa sem ser julgada. Não é de admirar que esta garota incrível tinha ajudado tanto Max durante sua recuperação.

Os longos cabelos loiros de Lisa chamaram a atenção de Gia. Ela estava sentada em uma cabine privada em frente ao bar, e Gia foi em sua direção. O bar estava na moda, com sua iluminação baixa e música ao vivo, que não era muito alta ou intrusiva, e os coquetéis já eram o assunto da cidade.

— Oi, Lisa! — ela falou quando chegou à mesa. Lisa se levantou e as duas trocaram abraços e beijos. Ao sentarem, pediram suas bebidas à garçonete que apareceu naquele momento.

— Como você está, querida?

— Estou bem, eu acho. Estou muito preocupada com a Stella. A cirurgia dela é amanhã. — Os olhos verdes de Lisa refletiram sua preocupação, mesmo na baixa iluminação. Ela mordeu o lábio inferior para impedi-los de tremer.

Stella, a prima de Lisa e namorada de Max, tinha câncer no fígado. Ele havia reaparecido, apesar de duas cirurgias anteriores para erradicá-lo. Sua mãe, Helen, conseguiu que ela recebesse um tratamento experimental que ainda não tinha sido aprovado para uso geral e com um risco fatal. Mas era sua única chance de vencer o câncer de uma vez por todas. Max tinha voado para Londres para ficar com ela durante todo o processo. Mesmo que Gia sentisse falta dele, sabia que o irmão tinha feito a coisa certa ao ir atrás da mulher que amava.

— Eu sei, falei com o Max hoje cedo para desejar boa sorte. — Gia

Antes, agora e Sempre 145

alcançou a mão da amiga sobre a mesa. — Vai ficar tudo bem, Lisa. Sei que vai.

Lisa conseguiu dar um pequeno aceno de cabeça quando a garçonete apareceu com as bebidas.

— A Max e Stella e uma vida longa e feliz juntos! — Gia ergueu o copo alto com o de Lisa e ganhou um sorriso da amiga.

— Saúde! — disse Lisa, e elas brindaram.

Gia estava mais do que um pouco preocupada com Stella também, mas não quis demonstrar para a amiga, que, obviamente, precisava de uma distração desses pensamentos. Também estava preocupada com o que seu irmão estava fazendo. Outra pessoa que ele amava morrer de câncer em seus braços seria muito cruel para qualquer um aguentar, e Gia rezava para que a vida não fizesse isso com ele. Max amava incondicionalmente Stella e, se alguma coisa acontecesse com ela, Gia sabia que não haveria qualquer final feliz para o irmão.

Sacudindo a cabeça para afastar os pensamentos deprimentes, Gia sorriu para Lisa e conduziu as conversas para o mais longe de Max e Stella possível.

— Então, você começou o trabalho em tempo integral na galeria, hein?

— Sim. Vendi tantas pinturas durante os três meses que trabalhei em tempo parcial que me ofereceram uma posição de tempo integral. Eles também têm sido flexíveis com minhas horas, porque ainda tenho que ir às aulas. Mas posso trabalhar em casa ou agendar visitas com os clientes depois do horário. Os proprietários dizem que os clientes e os artistas me amam por algum motivo. Eles estão até mesmo me dando a oportunidade de manter meu olho aberto para algum novo talento não descoberto e apresentá-lo a eles. Isso é o que eu sempre quis: encontrar novos artistas e lhes dar a oportunidade de atingir um público mais amplo com a sua arte. É muito difícil brilhar neste meio, por isso muitas pessoas talentosas nunca têm sua arte vista ou valorizada... — Lisa discorreu com entusiasmo sobre a galeria e suas novas oportunidades por um longo tempo. Gia estava contente por ter sido capaz de distrair a amiga de seus problemas, pelo menos um pouco. No momento em que a segunda rodada de coquetéis chegou, Lisa estava sorridente e parecia ter relaxado. — Como está Francesco? Nunca mais vi vocês nos jornais. — Lisa deu um sorriso perverso.

— Ele tem estado estressado ultimamente e não tem ido a nenhum evento. Algo está acontecendo com seus negócios, mas não sei exatamente o quê. Prefiro não ser intrometida e perguntar. Se ele quiser compartilhar, o fará.

— Gia bebeu seu coquetel e tentou fingir que o comportamento de Francesco não a incomodava. Eles não tinham feito amor em um mês e, quando se viram recentemente, havia sido tenso e desconfortável. Francesco parecia estar distraído o tempo todo, e Gia não tinha certeza de como fazê-lo se reaproximar.

Com toda honestidade, ela não tinha encontrado em si a motivação para se esforçar por isso.

— Vocês estão juntos por quanto tempo? Três meses?

— Mais ou menos.

— Isso é muito tempo para mim. Ele deveria ser capaz de compartilhar se algo o está incomodando a tal ponto que afeta seu humor. Ele dá a impressão de que cuida de você... e quer que as coisas entre vocês durem. Não acha que ele deveria ser mais aberto?

— Ele é uma pessoa privada, é difícil para ele se soltar e falar sobre seus sentimentos. Ele não é assim, e eu respeito isso.

— É essa a razão pela qual você não quer saber mais sobre os problemas dele? — Lisa levantou uma sobrancelha cheia de conhecimento de causa e desafiou a amiga a responder com sinceridade.

— Que outra razão poderia haver? — Gia franziu o cenho e bebeu um pequeno gole do coquetel.

— Ah, eu não sei. Talvez você não se importar?

— Claro que me importo! Ele é meu namorado. Só estou tentando lhe dar algum espaço.

Lisa revirou os olhos e se inclinou sobre a mesa, encarando a amiga com um olhar duro.

— Para de besteira, Gia. Você não ama o Francesco e está se forçando a ficar neste falso relacionamento!

— Eu não o amo ainda, isso é verdade, mas não me apaixono com facilidade. Não estou me forçando a fazer nada. Gosto do Francesco, o respeito e acho que essa relação poderia dar certo com o tempo.

Lisa se afastou e cruzou os braços sobre o peito, estreitando os olhos para Gia.

Antes, agora e Sempre   147

— Você quer saber o que eu realmente acho?

— Você vai me dizer de qualquer forma, então, vá em frente.

— Eu acho que você está usando o Francesco como um escudo entre você e o Beppe.

Essa declaração estava tão perto da verdade que Gia mal conseguiu reprimir um suspiro. Ela queria concordar com Lisa, mas, em vez disso, revirou os olhos e tomou outro gole de bebida.

— Isso é ridículo. Se quisesse estar com o Beppe, eu estaria. Não é assim entre nós.

O olhar de Lisa suavizou e ela delineou a borda do copo de coquetel com os dedos. Isso foi o mais perto de se remexer que ela conseguiu.

— Olha, você deve ter suas razões para não querer um relacionamento com o Beppe; ninguém o conhece melhor do que você, e, se é isso que quer, ninguém vai discutir contigo. Mas eu vi vocês dois juntos. Sei que seu sorriso é maior quando ele está por perto e todo o seu comportamento muda. Você ri mais, é mais você mesma, mais relaxada. Não tenho certeza de que você sabe que seus olhos o seguem sempre que ele está por perto. E a maneira como o Beppe te olha, não tenho dúvida de que ele te ama mais do que apenas como uma amiga. Ele rasgaria suas roupas se lhe fosse dada meia chance.

Gia bufou.

— Isso é verdade para todas as mulheres atraentes, não só comigo.

— Você e eu sabemos que Beppe não tem feito isso há algum tempo. Ele está melhorando por você, Gia. Ele está mudando por você.

— Não acho que isso seja verdade. Sim, ele está cansado de sexo sem sentido, mas não acho que isso tem alguma coisa a ver comigo. Ele pode estar querendo algo mais de um relacionamento, da vida, mas não comigo.

— Por que não?

— Eu estive aqui durante os últimos três anos, Lisa. Isso não o impediu de galinhar. Mas, no momento em que estou em um relacionamento com potencial de se tornar sério, Beppe, de repente, decide que quer estar comigo. Você não acha que é um pouco de coincidência demais?

Lisa ficou em silêncio, provavelmente analisando os fatos frios e tentando se distanciar da ideia romântica que ela tinha de Beppe e Gia. Sim, eles eram ótimos juntos. Sim, Gia se sentia confortável e mais como ela mesma quando estava com Beppe, mas isso era porque eles se conheciam há dezessete anos e passaram por muitas coisas juntos. Não tinha nada a ver com eles terem sentimentos um pelo outro.

— Talvez você esteja certa, eu não sei. Isso é entre vocês dois. Mas acho que, quando você tem algo tão grande como o que você e Beppe têm, você luta por ele e não se contenta com migalhas que lhe são dadas por outra pessoa.

— Não estou me contentando, Lisa. Eu gosto do Francesco. Ele está em uma situação difícil agora, mas as coisas vão melhorar, sei disso. Eu realmente sinto que poderíamos ter um futuro, mas temos que ter paciência um com o outro. Eu não sou fácil também. Vai levar um longo tempo até eu compartilhar partes minhas com ele. Ele ainda não sabe tudo sobre mim, mas nós vamos chegar lá.

Lisa assentiu e levantou o coquetel. Elas brindaram em um acordo silencioso para mudar de assunto e falaram sobre algo muito mais agradável, como o novo filme de Channing Tatum e o novo álbum de 30 Seconds to Mars, pelo resto da noite.

150   Teodora Kostova

Capítulo Dezoito

— Estou tão feliz por vocês dois, Max! Diga a Stella que eu mandei oi e que falei para ela ficar boa logo!

Gia disse tchau para seu irmão superanimado. Ele havia ligado para dizer que a cirurgia de Stella tinha corrido bem e que os médicos previram um resultado positivo. Nada seria dado como certo pelo menos pelas próximas semanas, mas, de acordo com avaliações iniciais, as chances de recuperação total eram muito boas.

Gia não poderia estar mais feliz. Stella era uma pessoa incrível que tinha passado por muita coisa. Ela merecia uma pausa, a porra de um curativo em sua vida. Felizmente, ela tinha Max, que estava completamente apaixonado e precisava que ela melhorasse.

Apesar da preocupação com a prima, Lisa mencionou na outra noite que ela e sua mãe tinham reservado bilhetes para ir visitá-los em Londres em algumas semanas. Isso provou que Lisa acreditava firmemente na recuperação de Stella. Max precisava da crença de mais alguém além da sua. Talvez não fosse uma má ideia Gia ir com elas. Ela não seria capaz de suportar ficar muito tempo fora do trabalho, mas tinha certeza de que poderia ficar pelo menos alguns dias. Max precisava de todo o apoio de sua família, e Gia já o tinha decepcionado uma vez. Ela não tinha a intenção de fazê-lo novamente.

Pensando em como falar com Francesco sobre tirar uma semana de folga do trabalho, Gia distraidamente colocou seu celular de volta na bolsa e apressou o passo. Ela estava indo ao supermercado comprar alguns ingredientes para o jantar. Francesco deveria voltar de viagem esta noite e ela tinha dado um jeito de sair do trabalho mais cedo e surpreendê-lo, fazendo o jantar no apartamento dele e ajudando-o a relaxar. Ela precisava se esforçar mais nessa relação se tinha alguma intenção de fazê-la dar certo. Além disso, sentia falta dele.

Ele tinha viajado há cinco dias e, sempre que ela havia ligado no final do dia, ele parecia esgotado. Francesco contou que seus dias estavam cheios de reuniões após reuniões. Uma refeição caseira boa, um pouco de vinho e um banho lhe fariam bem. Gia queria ajudá-lo a relaxar e descontrair.

Antes, agora e Sempre   151

Quando atravessou a rua, seu olhar foi atraído para uma foto na primeira página de todos os jornais na banca pela qual ela estava passando. Era uma foto de Francesco nu dormindo pacificamente e enrolada ao seu lado estava uma mulher desconhecida. Gia parou, surpreendida pelo horror e pela traição que ela podia sentir se apossando dela.

Seu celular tocou na bolsa. Ela o pegou automaticamente, ainda atordoada, incapaz de tirar os olhos da foto.

— Gia, querida, nós precisamos conversar. Você ainda está em casa? — A voz de Francesco soava urgente.

— Não, eu não estou em casa, *querido*, estou a caminho do supermercado e imagine minha surpresa quando vi o seu corpo nu estendido em todos os jornais com uma mulher igualmente nua ao seu lado! — Gia agarrou o aparelho com tanta força que pensou que iria quebrá-lo. Ela se afastou da banca de jornal sentindo-se enjoada.

— Não é o que parece! Por favor, você precisa acreditar em mim! Três noites atrás, eu fiquei bêbado depois da reunião final e fui direto para o hotel, tomei um banho e desmaiei na cama. Essa garota e quem quer que seja que tirou a foto devem ter me seguido e tirado vantagem de mim!

Gia revirou os olhos e bufou.

— Quão estúpida você acha que eu sou, Francesco? Não me ofenda com uma explicação tão ridícula. É isso que você tem feito em suas viagens de negócios? Trepar pelas minhas costas? Se você queria transar com outras mulheres, tudo o que tinha que fazer era me dizer e eu libertaria seu pau!

— Ah, aposto que você teria adorado isso, não é? Que eu lhe desse uma razão para acabar? Há quanto tempo você está à procura de uma? — O tom de Francesco oscilou de um pedido de desculpas para uma voz cortante, a dor aparecendo claramente em suas palavras. Gia tinha realmente sido tão óbvia? Tão pouco envolvida em seu relacionamento?

Não! Essa não era a questão e ela estaria ferrada se permitisse que Francesco virasse o jogo nessa conversa e a fizesse se sentir culpada quando era ele quem estava estampado nu em todos os jornais!

— Bem, se eu estava procurando uma razão, acho que tenho uma agora — Gia retrucou, sem demonstrar nenhuma emoção.

— Não, Gia, por favor. Não desligue. Vamos conversar hoje à noite, quando eu chegar em casa. Por favor, você tem que acreditar em mim. Você está certa, se eu quisesse qualquer outra pessoa, teria rompido com você, mas não quero mais ninguém, querida. Eu te quero. Por favor, me deixe explicar pessoalmente. Não os deixe ganhar, isso é o que eles querem. Isso e o gordo cheque que tenho certeza que ganharam ao vender a foto.

— Eu acho que a foto é bastante autoexplicativa, você não precisa dizer mais nada e não acredito nem por um segundo que alguém poderia encenar isso.

— Mas...

— Tenho que ir, Francesco.

Gia desligou o celular e o colocou no silencioso. Ela não queria falar com ele, não agora, não hoje à noite, nem nunca. Lágrimas ardiam em seus olhos, mas ela se recusou a libertá-las.

Isso doía.

Quantas vezes Francesco a tinha traído? Quantas outras mulheres iriam sair do esconderijo para compartilhar sua história com o mundo? Ela havia confiado nele. Nunca lhe passara pela cabeça que ele poderia estar dormindo com outra pessoa. Talvez devesse ter. Seria ela parcialmente culpada? Francesco vinha se sentindo deixado de lado e Gia estava agindo como se não se importava com seu relacionamento. Isso, junto com o estresse do novo empreendimento dele, e não era de se admirar que ele buscasse conforto em outra mulher, mesmo que apenas por uma noite ou duas.

E, no entanto, no fundo, Gia não tinha certeza de que Francesco a *tinha* traído. Seria possível que ele estivesse dizendo a verdade? Que alguém armou a encenação por dinheiro?

A cabeça de Gia latejava por conta da confusão. Ela precisava de um tempo, de espaço e precisava pensar. Pegando seu celular de novo, viu que tinha cinco chamadas não atendidas de Francesco e três de números desconhecidos. E também havia uma ela queria atender: Beppe. Ele havia ligado há um minuto.

Gia ligou para o restaurante para avisar que não iria trabalhar. Eles nem sequer questionaram o porquê; já deviam ter visto os jornais.

Não era segredo que Gia estava namorando Francesco. Ela não tinha

Antes, agora e Sempre   153

nenhum amigo lá antes de sair com ele, mas, depois, a atmosfera na cozinha tornou-se hostil acima do limite. Isso não a incomodou muito; ela estava lá para fazer o seu trabalho, não para conversar com seus colegas, mesmo assim, não parecia justo. Ela nunca tinha bancado a namorada do patrão e sempre trabalhou tão duro quanto podia, sem esperar nenhum tratamento especial.

Gia levantou a mão para chamar um táxi, entrou e deu ao motorista o endereço de Beppe. A casa dele era o único lugar onde ela se sentia segura e que a acalmava o suficiente para organizar seus pensamentos.

Ela decidiu não usar sua chave, porque o concierge disse que Beppe estava em casa. Gia tocou a campainha e esperou. Beppe abriu a porta alguns segundos depois, vestindo nada além de um jeans. Seu cabelo não estava arrumado e espetava em todas as direções. A visão do seu peito nu fez o corpo de Gia começar a cantarolar. A pele dele era suave e dourada; seus mamilos perfurados estavam eretos e implorando para serem lambidos; suas tatuagens contavam uma história que apenas Beppe e Gia sabiam porque a tinham vivido juntos.

Beppe já devia saber o que ela estava passando porque, sem dizer uma palavra, se afastou para deixá-la entrar. Ela passou por ele e se dirigiu para o quarto dela. Ambos sabiam que Gia precisava de um tempo sozinha. Ela sabia que Beppe não iria perturbá-la ou pedir mais detalhes até que ela estivesse pronta para falar. E era grata por isso.

Foi uma batida na porta que a acordou. Gia devia ter caído no sono, exausta por tentar processar o que havia acontecido mais cedo. Ela poderia dizer pelas longas sombras na parede que deveria ser mais de seis da tarde.

— Entre — ela disse, com a voz rouca de sono. Beppe entrou, carregando uma bandeja com um sanduíche e uma garrafa de água.

— Está melhor? — questionou ele, sentando-se na cama e empurrando a bandeja na direção da amiga.

— Na verdade, não. Obrigada. — Seu estômago roncou e a lembrou de que ela não tinha comido nada hoje. Ela pegou o sanduíche da bandeja, mordeu o pão macio e gemeu com gosto.

— Você atendeu a ligação dele? — perguntou Beppe. Gia assentiu enquanto continuava a comer o sanduíche.

— Você acredita nele?

Beppe automaticamente acreditou que Francesco havia tentado negar que a tinha enganado. Claro que ele o fez. Isso era o que qualquer um faria, certo?

— Eu não sei — disse Gia e colocou o resto do sanduíche de volta no prato.

Depois de beber alguns goles de água, ela usou o guardanapo que Beppe tinha cuidadosamente trazido para limpar a boca.

— Ele quer falar comigo hoje à noite, explicar tudo pessoalmente. Eu não tenho certeza se consigo vê-lo.

— O que ele disse?

— Ele disse que alguém encenou a coisa toda. Afirma que ficou bêbado e foi para a cama sozinho. Estou achando difícil de acreditar que alguém iria passar por tudo isso. E para quê? Quinze minutos de fama e alguns milhares de euros? — Gia pegou o sanduíche novamente e voltou a comer.

Beppe passou a mão pelo cabelo e adotou uma expressão pensativa.

— Eu sei que você veio porque sente que é sempre bem-vinda e está segura aqui, o que é verdade. É por isso que não vou dizer o que *quero* dizer. Vou tentar e não trairei sua confiança em mim e na minha casa. — Beppe respirou fundo antes de falar: — Eu acho que você precisa falar com ele pessoalmente. — Gia o encarou. Mas, como sua boca estava cheia, Beppe tinha a vantagem de continuar sem ser interrompido. — Você não tem ideia do quanto eu quero dizer "dê um chute na bunda desse traidor", mas não vou. Eu conheço você, *amore*. Sei que, se não tiver essa conversa cara a cara, nunca vai saber com certeza se ele está mentindo ou não. Haverá essa dúvida em seu coração de que talvez você tenha agido precipitadamente, e você nunca terá um encerramento. Agora, não me interprete mal, não quero que corra para os braços dele e aceite tudo o que ele está dizendo como a verdade. Mas acho que você deveria falar com ele pessoalmente, e, se terminar o seu relacionamento for o que decidir fazer, então, deve fazê-lo pessoalmente. Bater o telefone na cara dele no meio da conversa não é a forma certa de fazer isso, *cara*.

— Eu não bati o telefone.

Antes, agora e Sempre   155

Beppe ergueu a sobrancelha zombeteiramente.

— Não dá para bater o telefone hoje em dia. Eu tenho que me contentar com tocar a tela com força.

Beppe riu e colocou a bandeja, agora vazia, na mesa de cabeceira.

— Por que você está dizendo isso? Achei que ia ser o primeiro a festejar meu rompimento. Você odeia o Francesco, por que o está defendendo?

— Eu não o estou defendendo. Isto não tem a ver com ele, Gia, tem a ver com você. Você precisa ter certeza de que está fazendo a coisa certa, ou vai ficar presa a isso, se perguntando "e se" para sempre.

Gia assentiu. Beppe estava certo. E não só isso: ele estava agindo de uma maneira não egoísta, tentando convencer Gia a se encontrar com Francesco e conversar, quando ela sabia que Beppe adoraria que o relacionamento deles terminasse. Às vezes, Beppe a fazia se sentir com dois centímetros de altura. Se os papéis fossem invertidos, ela não tinha certeza se seria capaz de ser tão gentil.

Só então o telefone fixo tocou e Beppe foi para a sala de estar atendê-lo. Gia o seguiu lentamente, mas parou no meio do movimento quando o amigo olhou para ela.

— Espere, eu vou perguntar a ela — disse ele, e afastou o receptor do ouvido. — É o concierge. Francesco está lá embaixo pedindo para ver você.

Gia sentiu o sangue correr para o rosto e os ouvidos começarem a zumbir. Francesco está aqui? Como ele sabia onde ela estaria?

— Não, eu não quero vê-lo. Diga a ele para ir embora.

— Gia...

— Não, Beppe. Não posso vê-lo esta noite. Preciso de mais tempo. Vou falar com ele, prometo, mas não hoje à noite. — Ela se encostou no batente da porta com os braços apertados em torno de si mesma de forma protetora.

Beppe balançou a cabeça lentamente e colocou o receptor de volta no ouvido. Seu olhar nunca deixou o rosto de Gia enquanto falava ao telefone:

— Diga ao Sr. Naldo que ele deve ir embora. Gia não quer falar com ele. — Beppe ouviu sua mensagem sendo repassada e começou a franzir a testa. — Não, não chame a polícia. Eu vou descer.

Ele desligou o telefone e passou as mãos distraidamente pelo cabelo.

— Polícia? O que está acontecendo?

— Ele disse que vai esperar por você no lobby mesmo se tiver que dormir lá, e o concierge quer chamar a polícia para expulsá-lo.

— Deus... — Gia sentiu o pânico se estabelecer em seu estômago, ameaçando trazer o sanduíche de volta.

— Não se preocupe, *cara*. Eu vou descer e explicar que você não vai falar com ele até que esteja bem e pronta, está bem?

Beppe estendeu a mão para dar um abraço reconfortante em Gia antes de se virar para ir lá em cima.

— Prometa-me que não vai bater nele.

Beppe revirou os olhos enquanto se dirigia para o seu quarto, onde abriu o armário e pegou uma camiseta.

— Beppe! — Gia o seguiu e insistiu que ele prometesse, porque sabia quão pavio curto Beppe poderia ser. A última coisa que ela precisava era de Beppe batendo em Francesco e fazendo dessa bagunça uma merda ainda maior.

— Eu não vou bater nele. Acho que você está me confundindo com o seu irmão. Ele é o grande mal-humorado, eu sou um raio de sol comparado a ele. — Beppe lhe deu um sorriso de mil watts e a beijou no rosto antes de descer as escadas. Gia o seguiu, ainda preocupada com o que iria acontecer uma vez que Beppe estivesse cara a cara com Francesco.

— Eu já volto — falou o amigo e fechou a porta atrás dele.

Gia foi deixada em pé no foyer, sentindo-se ansiosa e fraca por se recusar a lidar com seus próprios problemas. Beppe teve que, mais uma vez, limpar sua bagunça.

Antes, agora e Sempre   157

158   Teodora Kostova

Capítulo Dezenove

O olhar de Beppe furava as portas do elevador enquanto esperava para que se abrissem para o lobby. Ele temia o momento em que teria que ficar cara a cara com Francesco, o homem com quem Gia estava namorando. O homem que a abraçava durante a noite, depois de terem se esgotado no sexo. O homem que tinha sido capaz de deixá-la com ciúmes e com raiva por ter dormido com outra mulher.

O homem a quem Gia escolheu ao invés dele.

O *ping* das portas o tirou de seus pensamentos. Dando um último suspiro profundo para suprimir seu ressentimento e desconfiança de Francesco, Beppe saiu para o lobby, à procura do homem.

Francesco parecia mal. Estava vestindo um terno sem o blazer; as mangas de sua camisa branca, outrora engomadas, estavam enroladas até os cotovelos; as calças estavam vincadas e seus sapatos, sem o brilho habitual. O cabelo escuro caía-lhe no rosto e sua pele estava quase pálida. Os olhos deles se encontraram do outro lado do hall de entrada e o olhar de Francesco mudou instantaneamente de desesperado para friamente indiferente. Beppe não sabia o que o porteiro havia dito, mas Francesco não esperava que fosse *ele*.

Beppe sinalizou para que Francesco o acompanhasse até a outra extremidade do lobby, onde era um pouco mais isolado e longe dos ouvidos indiscretos da portaria. Os lábios de Francesco afinaram quando, relutantemente, seguiu o rapaz.

— Eu não sabia que ia ter que fazer isso através de um mensageiro — disse ele em uma voz baixa, como que treinada para não mostrar muita emoção.

— Isso é o melhor que você vai conseguir. É pegar ou largar. Eu não dou a mínima — contestou Beppe, cruzando os braços sobre o peito e tentando manter a indiferença em sua postura quando tudo o que queria fazer era agarrar Francesco pelos ombros e sacudi-lo, gritando "Como você pôde estragar a melhor coisa que aconteceu com você, seu idiota de merda?".

Francesco acenou com a cabeça e os músculos da sua mandíbula apertaram por reflexo.

Antes, agora e Sempre   159

— Tudo bem. Vou ser breve. Diga a Gia que sinto muito que ela teve que ser submetida a isso. Eu não tinha ideia de que essa história ridícula estava sendo publicada, caso contrário, teria colocado um fim. Nada disso é verdade. O casal responsável por isso será acusado de fraude, entre outras coisas. Meus advogados estão tratando do caso desde que eu descobri. — Francesco enfiou a mão no bolso de trás e tirou um pequeno envelope marrom, que entregou a Beppe. — Dê isto a ela. É a prova de que estou dizendo a verdade.

Beppe pegou o envelope, franzindo a testa, e acenou com a cabeça. No momento, ele não tinha certeza se acreditava em qualquer coisa que Francesco disse, porque ele tinha escondido seu rosto sob uma máscara branca que deixou Beppe completamente incapaz de ler suas emoções. Ele tinha a sensação de que, se Gia tivesse descido ao invés dele, a conversa teria sido completamente diferente.

Sentindo que tudo havia sido dito, Beppe girou nos calcanhares sem dizer adeus. Não era seu estilo ser intencionalmente grosseiro com as pessoas, mas Francesco tinha esse efeito sobre ele. Beppe precisava sair antes que fizesse ou dissesse algo do qual se arrependeria, ou pior, algo que decepcionaria a Gia.

A voz de Francesco o fez parar.

— Eu odeio o fato de que ela corre para você o tempo todo — disse Francesco, o timbre da voz tão baixo que era quase um sussurro. Beppe virou para encará-lo e viu a emoção não disfarçada nublando os olhos do homem.

— Ela não tem mais ninguém.

— Ela tem a mim.

A raiva de Beppe brotou por um instante, mas ele a controlou com um esforço considerável. O rapaz deu alguns passos para trás, para onde Francesco ainda estava de pé, grudado no chão.

— Você é a razão de ela correr para mim! E mesmo que não fosse, ela te conhece há o quê? Três meses? Eu a conheço há dezessete anos! — Beppe rosnou direto no rosto de Francesco, seus olhos mostrando uma raiva mal contida. O homem não reagiu com a raiva que Beppe esperava. Os olhos azul-claros de Francesco estavam inundados com tristeza e arrependimento.

— Sim, sou lembrado disso todos os dias.

— Eu duvido que ela fale muito sobre mim.

— Ela não precisa falar. Você está com ela o tempo todo. Ela não te deixa nem por um segundo. E ainda fala sobre você enquanto dorme. — Compartilhar um detalhe tão íntimo lembrou Beppe, mais uma vez, que o homem à sua frente tinha dormido com Gia, passado a noite em sua cama e a segurado durante seus pesadelos.

Ele queria arrancar a porra da cabeça dele.

— Se você não deixar, ela nunca será feliz. Vai passar a vida lutando contra os sentimentos que tem por você, dizendo a si mesma que é apenas amizade e o passado compartilhado. Não é. Nenhum relacionamento dela será completo porque o seu fantasma vai estar sempre pairando. E, a julgar pela maneira como me sinto, posso dizer com segurança que nenhum homem vai gostar disso. — Francesco baixou a guarda por um breve segundo e uma crua malícia floresceu em seus olhos.

Beppe foi incapaz de responder, pego de surpresa pela aversão dirigida a ele.

— Você pode dizer que são apenas amigos, mas não são — Francesco terminou seu discurso, ofegante, as cores voltando a tomar seu rosto.

— Você está certo. Não somos. Ela é a minha família — respondeu Beppe e se afastou, desta vez sem parar até entrar na segurança do elevador e as portas se fecharem atrás de si.

Gia ouviu a porta da frente ser aberta e correu para encontrar Beppe.

— O que aconteceu?

Beppe parecia que estava se esforçando para manter a calma e o controle quando tudo o que queria fazer era gritar e jogar coisas. Gia conhecia essa expressão muito bem.

— Ele disse que está arrependido de tê-la submetido a isso. E que é tudo mentira. Os advogados dele estão trabalhando no caso. E me deu isto. — Beppe estendeu a mão e Gia pegou o pequeno envelope.

— Só isso? Sem drama? Nenhum "por favor, querida, não me deixe"?

— Não. Sem drama. — Beppe passou por ela e foi para o sofá.

— Então por que você ainda parece que quer matar alguém? — Gia seguiu-o e sentou-se ao lado dele.

— Abra o envelope, Gia. Veja o que ele tem a dizer e vamos acabar logo com isso.

Gia revirou os olhos, mas decidiu não pressioná-lo. Ela rasgou a parte superior do envelope e tirou uma carta. Ela a girou nos dedos antes de começar a ler.

Gia,

Tenho a sensação de que você não vai me ver ou falar comigo, então estou escrevendo tudo isso esperando que você, pelo menos, leia antes de rasgar.

Eu sinto muito por tudo que aconteceu, mas, por favor, acredite que é tudo uma mentira. Sei que é difícil de acreditar, merda! Eu teria ficado louco se fosse o contrário.

Aqui está o que consegui descobrir até agora: a garota que tirou as fotos tinha um cúmplice, provavelmente o namorado. Ela subornou um dos funcionários do meu hotel e disse que era "uma surpresa especial" para mim, citando o nome do meu parceiro de negócios como se ele a tivesse enviado. Por isso, o funcionário lhe deu um cartão-chave. Ela deve ter dado a ele muito dinheiro, considerando que é um hotel cinco estrelas, mas provavelmente ela imaginou que conseguiria muito mais quando vendesse sua "história". Quando entrou no meu quarto, deve ter me visto dormindo na cama, despido, e se deitou ao meu lado. Poucos minutos depois, o namorado dela, vestido como alguém do serviço de quarto, bateu na porta e ela o deixou entrar. Foi ele quem tirou as fotos. Eles foram embora pouco depois.

A razão de eu saber de tudo isso é porque vi a filmagem das câmeras de segurança do hotel, e conversei com o gerente, bem como com todos os funcionários que estavam no turno naquela noite. Pedi uma cópia das fitas de segurança para poder lhe mostrar, mas o gerente do hotel se recusou, dizendo que precisa manter a privacidade das outras pessoas.

O casal sabia que haveria câmeras de segurança e tentará alegar que era, de fato, uma "surpresa especial" para mim e que o cara era realmente do serviço de quarto. Mas sei que isso não é verdade e já instruí meus advogados a irem atrás deles.

Também apresentei uma queixa na polícia, e o caso está sendo investigado.

Por favor, deixe-me falar com você pessoalmente. Sei que está magoada e vou fazer tudo o que estiver ao meu alcance para que você se sinta melhor. Vou lhe provar que tudo isso é uma grande mentira. Vou responder quaisquer perguntas que você possa ter.

Não deixarei ninguém desrespeitá-la por causa disso.

Me liga. Por favor.

Seu,

Francesco

Gia terminou de ler e franziu o nariz. Tudo parecia muito razoável, já que ela esperava uma grande proclamação melodramática da inocência dele. Mas, com a explicação de Francesco, a determinação dele em processar os envolvidos e de trabalhar com a polícia, Gia estava começando a pensar que talvez ele estivesse dizendo a verdade. Talvez fosse tudo uma farsa. Havia pessoas que fariam coisas piores por dinheiro.

— Você vai falar com ele, não é? — perguntou Beppe.

— Você não acha que eu deveria?

— Eu já te disse que acho que você deveria. Mas realmente não importa o que penso, a escolha é sua. — O tom de voz calmo de Beppe só confirmou a suspeita de Gia de que algo mais tinha acontecido entre ele e Francesco quando o amigo desceu.

— O que ele te disse? — Gia aconchegou-se mais perto de Beppe, envolvendo um braço em volta dos ombros, sentindo-o, e o observou franzir os lábios em uma linha fina quando seus olhos brilharam perigosamente.

— Nada. — Beppe se afastou de Gia e levantou. — Está tarde. Vou tomar um banho e ir para a cama.

Tarde? Não era tarde, não para os padrões de Beppe. Ele queria ficar longe dela.

Talvez ela devesse apenas ir para casa e lhe dar algum espaço. Essa seria a coisa decente e altruísta a fazer. No entanto, Gia nunca tinha sido altruísta. Ela sempre almejou a atenção de Beppe, sua proximidade, seu toque, mesmo

Antes, agora e Sempre 163

quando não era saudável para nenhum dos dois. Ela não podia se obrigar a sair do apartamento dele, embora soubesse que era a coisa certa a fazer. Isso lhes daria algum espaço. Em vez disso, ela assistiu TV e deu tempo a Beppe para tomar banho e ir para a cama. Em seguida, deitou na cama e se aconchegou em torno dele. O rapaz ficou tenso no início, mas logo suspirou profundamente e relaxou. Beppe cobriu a mão dela com a sua, entrelaçando os dedos, e logo adormeceu.

Capítulo Vinte

Duas semanas depois, Gia estava dançando com Beppe na pista de dança da sua boate favorita, a M.D.O. Quando dançava, ela esquecia de seus problemas diários e deixava a música alta assumir o controle. Dançar *com* Beppe era ainda melhor; ele se movia com muita graça e fluidez. Sentir o calor que emanava do seu corpo dava a Gia mais paz. Nada poderia fazê-la relaxar tanto quanto a proximidade de Beppe.

No dia seguinte à horrível história sobre a suposta traição de Francesco estampada nas primeiras páginas dos jornais, Gia o encontrou em um pequeno café e eles conversaram. Francesco parecia muito sincero e Gia sentiu que ele estava dizendo a verdade. Fizeram as pazes e a relação ficou ainda melhor do que antes. Os advogados estavam discretamente perseguindo o casal que enganou Francesco e ele estava certo de que, em mais algumas semanas, teria tudo o que precisava para fazer um comunicado oficial à imprensa sobre o evento infeliz. Ele foi aconselhado pela polícia a não comentar nada, uma vez que havia uma investigação em curso.

Naquele fim de semana, Francesco tinha viajado mais uma vez a negócios. Ele ofereceu levar Gia junto, se ela ainda se sentisse nervosa sobre sua viagem. Ela recusou porque, quando disse que acreditava que ele estava dizendo a verdade, quis realmente dizer isso. Ela não achava que ele iria traí-la no momento em que saísse da cidade. Gia não tinha essa dúvida antes, e não a teria agora. De alguma forma, toda essa confusão os tinha aproximado mais e a relação deles parecia mais forte.

Apertando os quadris contra Gia, Beppe a trouxe de volta ao presente. Ela girou em seus braços e ele a agarrou pela cintura, levantando-a. Rindo, Gia se contorceu para descer. Lentamente, Beppe a deslizou de volta para o chão, dando um beijo em sua bochecha. Ela estava tão feliz que decidiu sair com ele e os amigos naquela noite. Dançar até que seus pés doessem era exatamente o que ela precisava depois de uma semana estressante no trabalho. Francesco provavelmente tinha avisado à equipe para não mencionar a história da traição, mas Gia ainda podia sentir os olhares zombeteiros. Ninguém ousava dizer nada e desrespeitar o chefe, mas, mesmo assim, riam dela pelas costas. Isso era ainda

Antes, agora e Sempre 165

pior. Mas Gia manteve a cabeça erguida, mordeu a língua e fez o seu trabalho. Danem-se eles.

Beppe havia começado o novo semestre e ia para as aulas na maior parte da semana, então, entre isso e o horário de trabalho agitado de Gia, eles não se viram muito. Ela passou a noite na casa dele muitas vezes, mas não tiveram qualquer oportunidade de passar um tempo juntos. No entanto, Gia tinha notado uma mudança visível em Beppe. Ele definitivamente havia parado de ficar de sacanagem por aí. Ela não conseguia se lembrar da última vez que ele havia passado a noite com alguém. Beppe estava cuidando melhor de si, indo à academia do prédio com mais frequência e cozinhava quase todas as noites. Beppe estava finalmente começando a se respeitar e isso aqueceu o coração de Gia.

Era um novo capítulo em sua vida e ela estava orgulhosa dele.

Quando a música mudou, ela gritou no ouvido de Beppe:

— Eu vou ao banheiro. — Ele lhe deu o polegar para cima e apontou para a mesa deles, indicando que estaria esperando-a ali.

Andando entre os corpos suados na pista de dança, Gia encontrou o banheiro. Era um espaço luxuoso com muitas pias e cabines brilhantemente coloridas. Estava surpreendentemente limpo e cheirava muito bem. Não havia ninguém ao redor quando Gia utilizou a cabine, lavou as mãos e tentou arrumar o cabelo que estava bagunçado graças ao calor e ao suor. Desistindo, limpou as mãos e o rosto em uma toalha de papel e estendeu a mão para a porta. Só então, ela foi aberta por alguém de fora e Gia recuou assustada. Uma morena baixinha entrou. Ela olhou para Gia com um propósito, como se a conhecesse, mas Gia não se lembrava dela.

— Gianna Selvaggio, certo? — perguntou a menina.

— Eu te conheço? — Gia cruzou os braços sobre o peito, olhando a garota de cima a baixo.

— Não. Mas eu conheço o Francesco. Intimamente. — Seu tom era sugestivo, mas não desagradável. Gia não sabia o que ela queria, e, francamente, não se importava. Falar com uma das ex-amantes de Francesco não estava em sua lista de coisas a fazer naquela noite.

— Bom para você — devolveu Gia, e tentou passar pela garota.

— Espere. — A garota se moveu, bloqueando sua saída. — Eu preciso falar com você. Por favor, dê-me apenas dois minutos.

— Eu não te conheço e certamente não acho que você tenha algo a dizer que eu queira ouvir.

— Por favor. — A voz da menina era suave e até mesmo seus olhos tinham um apelo silencioso para Gia ficar. Suspirando, ela deu outro passo para longe da porta, para o caso de alguém querer entrar. A menina tomou isso como um convite para conversar. Ela verificou debaixo das portas das cabines para se certificar de que estavam sozinhas. Ciente disso, ela disse: — Meu nome é Carla. Namorei Francesco cerca de um ano atrás. — Ela hesitou e mastigou o interior da bochecha com nervosismo.

— Ok... — Gia falou, incentivando-a a continuar, mas ainda sem conseguir ver como isso tinha alguma coisa a ver com ela. Ela estava bem ciente das muitas namoradas que Francesco já teve, mas o que essa garota em especial queria com ela?

— Eu não queria fazer isso, mas você parece ser uma boa pessoa, Gianna. Então, eu finalmente reuni a coragem quando vi você aqui esta noite. Senti como um sinal de que eu deveria fazer isso. — Carla limpou a garganta e começou a brincar com o seu anel. — Notei que, quando o escândalo da traição aconteceu, você não terminou com o Francesco. Imagino que ele a ludibriou a acreditar que não fez...

— Ouça, *Carla*. — Gia pronunciou o nome como se a deixasse enjoada fazê-lo. — Eu não preciso da sua opinião sobre a minha vida pessoal. Você não sabe nada sobre o que aconteceu e não tem direito de me encurralar em um banheiro e me julgar por não terminar com o Francesco por algo que ele não fez.

— Não, não, não é isso que estou tentando fazer. — Os olhos de Carla se arregalaram em choque. Ela parou de se movimentar nervosamente e percebeu que deveria apenas dizer de uma vez. Ela podia ver que Gia estava perdendo rapidamente a paciência. — Eu queria lhe avisar para ter cuidado. Posso ver que ele tem realmente sentimentos fortes por ti. Você sabe que é a primeira garota que ele já apresentou como namorada, certo? Tudo o que estou dizendo é que o Francesco é um homem perigoso, com ligações perigosas... Tenha muito cuidado com quão profunda será sua relação com ele, porque você pode

Antes, agora e Sempre 167

não ser capaz de encontrar o caminho de volta.

— Ah, por favor! — Gia fez uma cara de nojo e se dirigiu à porta. Isso era ridículo.

— Ele me bateu. Várias vezes. Ele me colocou no hospital. Quando prestei queixa, ele riu na minha cara. Depois, os processos desapareceram sem deixar rastro. — A voz de Carla tremeu nas últimas palavras. Gia parou e se virou para olhar para a menina, que não devia ter mais do que vinte anos de idade. Medo e dor brilharam em seus olhos escuros. — Por favor, não diga a ele que eu falei contigo. Só te contei porque não podia ver outra mulher bonita e inteligente ser manipulada pelo Francesco. Você pode optar por acreditar em mim ou não, a escolha é sua, mas, por favor, não diga a ele o que eu disse.

Carla passou por uma Gia atordoada e caminhou para fora do banheiro feminino. Gia estava imóvel devido ao choque. A porta se abriu novamente momentos depois e algumas meninas, rindo, entraram no banheiro, quase derrubando-a. Elas se desculparam e irromperam em gargalhadas novamente, despertando Gia de seu torpor. Ela saiu do banheiro feminino e se encostou à parede, tentando recuperar a compostura para voltar para Beppe.

Um olhar seria tudo o que Beppe precisaria para saber que algo estava errado. Não havia nenhuma possibilidade de ela lhe dizer o que tinha acontecido, mesmo que soubesse que Carla deve ter mentido. Gia sabia que ele nunca ouviria a razão. Se Beppe descobrisse o que essa garota havia dito a ela, a relação de Gia com Francesco estaria terminada.

Os instintos protetores de Beppe iriam enlouquecer e ele faria o que fosse preciso para deixar Gia tão longe de Francesco quanto possível. Gia tinha testemunhado em primeira mão um Beppe bravo e determinado, e sabia do que ele era capaz.

Gia sabia como era um abusador, e Francesco não se encaixava no perfil. Nunca, em todo o seu tempo juntos, ele havia lhe dado qualquer indicação de que poderia ser violento; pelo contrário, às vezes, Gia achava que ele suprimia muitos sentimentos. Ele tentou lutar contra tudo por conta própria. Ele não era ruim, invejoso ou cruel. É verdade que também não era uma pessoa divertida e fácil de lidar, mas nem Gia era. Carla deve ter tido suas razões para encurralar Gia e dizer aquelas mentiras, assim como o casal que enganou Francesco. Quaisquer que fossem as razões, Gia se recusou a ser vítima de mais um golpe. Ela se endireitou e, com um sorriso determinado, voltou para Beppe e seus amigos para desfrutar do resto da noite.

Poucos dias depois, Gia estava jantando com Francesco na casa dele, conversando sobre sua última viagem. Ele finalmente havia compartilhado alguns detalhes sobre o seu negócio futuro: ele estava tentando abrir um pequeno hotel boutique, que também abrigaria seu quarto restaurante. O coração de Gia saltou de alegria por ele estar finalmente confortável o suficiente para se abrir com ela. As mentiras de Carla não estavam esquecidas, mas Gia estava certa de que eram exatamente isso: mentiras. Ela passou dias tentando se lembrar de qualquer coisa que pudesse apontar para um lado violento de Francesco, mas não foi capaz de encontrar uma única coisa. Ela também havia ficado hiperalerta nos primeiros dias que ele retornou de viagem, analisando e dissecando cada palavra sua e gesto, mas, ainda assim, não encontrou nada.

Carla estava de sacanagem.

— Gianna? Você está bem? — A voz suave de Francesco interrompeu seus pensamentos indóceis.

— Hummm? O quê? Ah, sim. Claro. — Ela estava tão perdida em seus pensamentos que não tinha ouvido uma palavra do que ele havia dito.

— Você parece ter algo a perturbando. Quer falar a respeito?

De jeito nenhum.

— Não, não é nada. Eu...

O celular de Gia tocou, interrompendo-a. Ela o pegou da mesinha de centro, onde sempre o mantinha.

Salva pelo gongo.

Era Beppe, e Gia deliberou se deveria atender ou deixar ir para o correio de voz. Ela sabia que Francesco não gostava do Beppe e do relacionamento dos dois. Falar com ele durante o jantar traria um estresse desnecessário para a noite. Mas havia essa sensação incômoda em seu interior, dizendo-lhe que Beppe sabia que ela estava com Francesco e não a estaria incomodando a menos que fosse algo importante.

— Ei, o que está acontecendo? — perguntou, atendendo antes que fosse para o correio de voz.

— Gia. É Paolo. Ele morreu. — A voz de Beppe estava rouca como se ele não conseguisse dizer as palavras. O coração de Gia apertou em empatia.

— Eu sinto muito, querido! Onde você está? Em casa? — Beppe resmungou um sim. — Eu vou para aí.

Ela desligou e foi ao quarto pegar a bolsa, esquecendo que Francesco ainda estava na sala com ela. Os passos pesados dele seguindo-a para o quarto a lembraram da sua presença, mas, naquele momento, ela não se importava; precisava estar com o Beppe, rápido.

— O que diabos está acontecendo?

— Era Beppe...

— Percebi. Você não chama ninguém de querido, nem a mim. E *eu* sou seu namorado. — A voz de Francesco era controlada e equilibrada, mas Gia podia sentir a raiva fervendo por baixo.

— Não tenho tempo para isso, Francesco. Tenho que ir. Conversamos depois.

Gia tentou passar por ele e sair do quarto, mas ele agarrou seu braço em um aperto firme e segurou-a no lugar.

— Eu odeio esse cara, porra — disse Francesco, com os dentes cerrados, seu hálito quente picando a orelha dela e, pela primeira vez, Gia estava com medo de que talvez Francesco não fosse capaz de controlar suas emoções. — Tudo que ele precisa fazer é estalar os dedos e você vai correndo. É patético pra caralho.

Gia arrancou o braço do aperto que a machucava e deu um passo atrás, sua própria raiva crescendo.

— O avô dele morreu. Era a única figura paterna que ele já teve, a pessoa que salvou sua vida. Então, não me diga que estou indo para lá por um capricho. Eu vou lá para apoiar o meu amigo mais próximo quando a única família que ele tem se foi.

— Isso é estranho. Beppe me disse que *você* era a família dele — Francesco rosnou, seu belo rosto se transformando em algo feio e cruel. Gia não tinha ideia do que ele estava falando, mas não se importava.

Era verdade. Ela era sua família.

— Talvez eu seja. E a palavra dele significa ainda mais do que se fôssemos realmente parentes, porque ele me *escolheu* para ser sua família.

Gia passou por Francesco e saiu da sala. Ele não tentou impedi-la de novo, mas suas palavras a fizeram abrandar o passo.

— Se você sair por aquela porta, estamos acabados. — Gia parou e virou para Francesco, que estava olhando para ela com tal frieza que congelou o sangue em suas veias.

— Você está falando sério? Vai jogar minha ajuda a um amigo em seu momento de necessidade contra mim?

— Não. Mas vou jogar seus sentimentos por ele contra você. Você nunca vai parar de correr para ele, não importam as circunstâncias. — Francesco não parecia mais com raiva, mas sim decidido e estoicamente calmo. — Ele ou eu, Gianna. Escolha.

Gia nem sequer pensou que seu ultimato merecia uma resposta verbal. Ela se virou e saiu pela porta da frente de Francesco, batendo-a atrás de si.

172   Teodora Kostova

Capítulo Vinte e Um

Gia entrou no apartamento de Beppe e o encontrou sentado na beira do sofá, com os cotovelos sobre os joelhos e as mãos puxando o cabelo. Sombras profundas o banhavam, pois a única iluminação no ambiente vinha de uma lâmpada pequena na mesa lateral.

Os olhos de Gia se encheram de lágrimas ao vê-lo.

Beppe parecia tão perdido! Nem mesmo quando o pai o espancava ele parecia tão desamparado. O coração de Gia estava envolto em tanta dor que ela não tinha certeza se ainda estava batendo. Mas ela precisava ser forte por ele, porque, a partir de hoje, ela era de fato a única família que lhe restava.

— Beppe? — Gia ajoelhou-se entre suas pernas e tentou chamar sua atenção. Ele não havia demonstrado nenhuma reação quando ela abriu a porta e entrou. Isso não era um bom sinal. — Olhe para mim, querido. — Ela cobriu seu rosto com a palma da mão e inclinou sua cabeça para que ela pudesse ver seus olhos.

Oh, seus olhos! Eles estavam tão cheios de angústia crua e derrota! Gia recuou até se sentar no chão.

Não havia lágrimas nos olhos de Beppe, mas o enorme tormento era esmagador.

Gia rapidamente se recuperou do choque inicial e mais uma vez foi confortar Beppe, colocando os braços em volta do seu pescoço. O que ela poderia dizer? Não podia prometer que tudo ficaria bem, porque não iria. Não lhe faria perguntas porque sabia que ele obviamente não estava no estado de espírito de respondê-las. Então, não disse nada. Tudo o que podia fazer era estar ao seu lado, apoiando-o em tudo que estava por vir.

Mas isso seria amanhã. Hoje à noite, havia apenas uma coisa na ordem do dia: levar Beppe para a cama e rezar para que, quando acordasse, ele estivesse pronto para lidar com tudo.

— Vamos, Beppe, vamos para a cama — disse ela e beijou sua têmpora. Beppe não respondeu, mas Gia o viu assentir. Segurando sua mão, ela o puxou

Antes, agora e Sempre 173

do sofá, levou-o para cima e o colocou na cama. Deitada ao lado dele, Gia fundiu seu corpo ao dele até que ele parou de tremer incontrolavelmente.

A luz solar vinda das janelas acordou Gia com um susto. Ela automaticamente olhou para o lado de Beppe da cama, mas ele não estava ali. Ela devia ter dormido muito pesado se não o sentiu sair da cama porque a perda de seu calor geralmente a acordava de imediato. Gia pulou da cama, ainda com a roupa amarrotada da noite anterior, e correu para o banheiro, mas ele não estava lá. Ela correu escada abaixo e o encontrou na cozinha fazendo torradas e ovos. O café estava lentamente sendo feito na máquina de café.

— O que está fazendo? Você está bem? — ela perguntou, sua voz aguda mais elevada do que o habitual, mas ela não conseguiu evitar.

— Bom dia — disse Beppe, e lançou-lhe um sorriso por cima do ombro. — Sente-se. O café da manhã estará pronto em um segundo.

Você tem que estar brincando comigo, porra.

— Eu não vou sentar! — Gia contornou a mesa e se inclinou sobre o balcão ao lado do fogão, onde Beppe estava fritando os ovos. — Ontem à noite, você parecia um maldito zumbi, e hoje está fazendo café da manhã como se nada estivesse acontecendo! Isso é algum tipo de segunda fase do choque da qual eu deveria estar ciente?

Beppe deu um sorriso ofuscante e beijou o nariz de Gia.

— Sente-se. Tome café. Você é muito mais agradável depois que toma café.

— Beppe! — Ela jogou os braços para cima, exasperada. O rosto de Beppe ficou sério e ele tocou com os dedos ao longo do lado do rosto dela, provocando um arrepio involuntário em Gia.

— Por favor. Sente-se e vamos tomar café da manhã. Prometo que conversaremos enquanto comemos.

Gia bufou e pegou uma caneca do armário superior. Ela a encheu com café e caminhou para a mesa, sentando-se com um grunhido infeliz.

Beppe serviu os pratos com torradas com manteiga e ovos e sentou-se ao lado dela.

— Sinto muito pela noite passada. Eu não deveria ter ligado, mas fiz sem pensar...

— Pare com isso agora! — Gia o interrompeu, batendo em seu braço. — Claro que você deveria ter me ligado! Se não o tivesse feito, eu ficaria muito, muito zangada.

— E qual é a diferença? Você parece muito irritada agora.

Gia suspirou e afundou na cadeira. Ela deu uma mordida no pão antes de falar novamente:

— Você me assustou ontem à noite, Beppe. Nunca te vi parecer tão perdido. Tão... infeliz e deprimido. Quer dizer, vi você no seu pior, mas nunca assim. Daí, quando acordei hoje de manhã e você não estava na cama, eu entrei em pânico. Dezenas de cenários horríveis saltaram na minha cabeça antes de eu te achar.

Beppe apertou a mão da amiga por cima da mesa e atraiu os olhos dela para os dele.

— Sinto muito.

— Pare de dizer isso! Eu devo ser a única a dizer isso e *te* confortar, não o contrário.

Beppe riu e soltou a mão de Gia, antes de voltar para seus ovos. Eles comeram em silêncio até que os pratos estavam vazios. Beppe arrumou tudo e, em seguida, pegando sua caneca de café, fez um gesto para Gia fazer o mesmo. Eles foram se sentar na varanda. Era uma bela, porém fria manhã de outubro, portanto, eles se envolveram no cobertor de lã que ficava sobre o banco de madeira.

— Como ele morreu? — perguntou Gia.

— Ataque de coração enquanto dormia. A melhor maneira de ir, eu acho. Apenas adormecer e nunca mais acordar.

— Quando é o funeral?

— Depois de amanhã. Estou indo para a Sicília hoje à noite.

Antes, agora e Sempre   175

— Eu vou com você — Gia afirmou com naturalidade e Beppe virou a cabeça para olhar embasbacado para ela.

— O quê? — ele perguntou, surpreso.

— Você não pensou que eu ia te deixar lidar com o funeral de seu avô sozinho, não é? — Gia encontrou seus olhos e não vacilou até que ele desviou o olhar primeiro. — Você achou — ela declarou, e tomou um gole de café.

— E o seu trabalho?

— Foda-se o meu trabalho, Beppe! Como você pode dizer isso? Se acha que meu trabalho ou qualquer outra coisa é mais importante para mim do que você, então, você é um idiota de merda!

Gia tirou o cobertor de si e virou para ficar em cima do banco, de frente para Beppe. Ele a encarou um pouco hesitante, olhando para baixo, traçando um padrão sobre o cobertor enquanto falava:

— E Francesco? Ele vai ficar puto por você fazer as malas e me seguir para a Sicília.

A verdade estava na ponta da língua de Gia, mas ela não podia dizer. Não queria que Beppe pensasse que ele era a causa do seu rompimento, quando, na verdade, tudo o que acontece em sua vida agora era sua própria escolha. Inferno, ela não tinha certeza se ainda tinha um trabalho.

— Eu não me importo com o que Francesco pensa sobre isso. Eu vou com você, e vou segurar sua mão durante todo o tempo, apoiá-lo quando você se sentir como se fosse desmaiar, conversar com os parentes irritantes em seu lugar e enxugar suas lágrimas quando você disser adeus a Paolo. Lide com isso.

Ela se levantou e bebeu o resto do café, e Beppe ergueu os olhos para ela. Pode ter sido a luz do sol, mas Gia tinha certeza de que viu umidade neles.

— Obrigado — disse ele, olhando para longe novamente.

— Nunca duvide de mim novamente, Beppe. Isso dói.

Gia foi para seu quarto e começou a arrumar a mochila.

Capítulo Vinte e Dois

Gia estava apavorada. Se ela não estivesse apertando a mão de um igualmente apavorado Beppe, provavelmente teria fugido.

O funeral de Paolo Salvatore foi realizado na *Duomo di Acireale*, uma impressionante catedral em estilo barroco do final do século XVI. Quando Gia e Beppe entraram pelas portas principais, viram o caixão aberto. Ele estava em cima de um altar ricamente decorado no final do corredor. Coroas de flores enormes cercavam o altar com lírios, rosas e cravos de todas as cores.

O cheiro de flores atacou os sentidos de Gia, tentando afogá-la em lembranças dolorosas, e ela foi subitamente remetida ao funeral do seu pai, há mais de seis anos.

Próximo a ela, Beppe deu uma fungada áspera e limpou as palmas das mãos suadas em seus jeans.

O simples pensamento de ver o corpo do avô fez Beppe tremer e Gia esquecer seu próprio medo, porque Beppe precisava dela. Gentilmente, ela o levou para um banco e eles se sentaram na última fila. A igreja ainda estava relativamente vazia e Gia sentiu que Beppe ia precisar de, pelo menos, alguns minutos para se recompor antes de falar com alguém.

Pela tradição siciliana, o caixão aberto tinha passado o dia inteiro e a noite na casa de Sergio Salvatore, onde amigos e vizinhos poderiam ir ver o corpo, levar comida para a família enlutada e lembrar-se de Paolo. Sergio, irmão de Paolo, era o parente mais próximo dele, então foi a pessoa que recebeu a honra de sediar o funeral. Beppe estava ciente desta tradição, que tinha deixado Gia de boca aberta e horrorizada, por isso ele se recusou a avisar seu primo Silvio — neto de Sergio, que havia encontrado o número de Beppe no telefone de Paolo e lhe tinha informado sobre sua morte — de sua chegada antecipada. Beppe sabia que, se o tivesse feito, teriam sido esperados na casa também.

Gia sentiu um tremor involuntário atingir sua espinha só de pensar em passar um tempo com um corpo morto.

Eles haviam passado o dia anterior no quarto de hotel, dormindo e relaxando depois do voo cansativo. O avião atrasou duas horas e não havia ar-condicionado na sala de embarque, o que tinha deixado Beppe, Gia e o resto dos passageiros que esperavam em um salão quente e abafado. Era outubro, mas ainda estava quente na parte da tarde, especialmente quando você estava preso em uma grande sala com janelas que parecia uma casa quente em vez de um saguão de aeroporto.

Estava ainda mais quente na Sicília. No momento em que as portas do avião se abriram, Gia e Beppe foram surpreendidos com a intensidade do calor e da umidade. Eles haviam alugado um carro no aeroporto porque acharam que seria mais barato do que pegar táxis, e consideravelmente mais rápido do que ir de trem e ônibus. A pequena cidade de Cefalu ficava a cerca de uma hora de carro do aeroporto de Palermo. No momento em que chegaram ao hotel, estavam completamente esgotados e não tinham energia para lidar com uma família siciliana barulhenta enlutada.

Por isso, aqui estavam eles agora, na igreja, com um medo de borrar as calças, a poucos passos de distância do corpo morto de Paolo.

Na noite anterior, Beppe tinha recontado histórias que seu avô lhe contara sobre sua família. Seu irmão Sergio era um chefe da máfia, um título que ele tinha herdado do tio, que não tinha filhos. Seu pai havia morrido quando ainda eram crianças — suspeita de assassinato, mas isso nunca foi provado —, então seu tio tinha ajudado sua mãe a criar os dois meninos. Sergio, sendo o irmão mais velho, assumiu o lugar do tio quando ele morreu. Em seguida, enviou seu irmão mais novo para estudar em Roma e lhe disse para não voltar. Sergio não queria que Paolo se envolvesse no "negócio" da família, e Paolo respeitou seu desejo. Sergio visitava o irmão mais novo sempre que podia, mas, antes de Paolo retornar para a Sicília, há três anos, fazia anos que ele não via Sergio.

Vozes soaram na entrada da igreja, e Beppe e Gia se viraram, vendo que pelo menos vinte pessoas entravam. As mulheres trajavam elegantes vestidos pretos, a maioria com chapéus pretos sobre o cabelo cuidadosamente arrumado. Os homens usavam ternos pretos clássicos, camisas brancas e gravatas pretas, apesar do calor. Mas as crianças não estavam vestidas de preto, ao contrário, vestiam um verdadeiro arco-íris de cores enquanto saltitavam rindo e gritando. Ninguém os repreendeu ou silenciou. Beppe tinha mencionado na noite anterior, quando conversaram sobre as tradições funerárias sicilianas, que os sicilianos não tinham vergonha ou medo da morte. Eles a aceitavam com orgulho, conversavam sobre isso abertamente e, embora sentissem falta de seus entes queridos, tentavam fazer do funeral mais uma celebração à vida do ente querido do que de luto. Isso explicaria por que todas as pessoas que acabaram de entrar, mesmo vestidas respeitosamente de preto, estavam sorrindo, gesticulando e conversando em voz alta.

A última pessoa a entrar era um homem alto, com um terno impecavelmente feito sob medida. Seu cabelo grisalho estava penteado para trás em seu belo rosto. Ele tinha uma aura de poder que fez as outras empalidecerem significativamente. Gia julgou que ele estava com quase setenta anos, mesmo que se movesse com a graça de um homem muito mais jovem.

Gia reconheceria a estrutura facial e o andar gracioso em qualquer lugar.

Sergio Salvatore ostentava mais do que uma semelhança impressionante com seu irmão falecido, e, consequentemente, com Beppe. No momento em que seus olhos se adaptaram à escuridão da igreja em contraste com a luz do sol do lado de fora, encontraram os de Beppe, e seus lábios se separaram em um sorriso genuíno. O prazer alcançou imediatamente seus inteligentes olhos escuros. Ele caminhou rapidamente na direção dos jovens.

— *Dio mio*! Giuseppe! Você parece exatamente como Paolo na sua idade! — Sergio exclamou, ainda sorrindo. Ele pegou um Beppe assustado pelos braços e o puxou para um abraço apertado. — Estou tão feliz por você conseguir vir. Paolo falava sobre você o tempo todo, então, sinto que já te conheço. — Sergio riu profundamente. Mantendo o braço em volta dos ombros do sobrinho, ele o virou para ficar ao seu lado, em vez de na frente. Beppe estava completamente sem palavras. Gia não tinha certeza do que o chocou a ponto de silenciá-lo novamente. Seria a semelhança de Sergio com seu avô? Ou o fato de ele ter acabado de descobrir que tinha uma família que ficou feliz em vê-lo? De qualquer maneira, dois pares de olhos pretos semelhantes olhavam para Gia: os de Beppe estavam nervosos e confusos, já os de Sergio, calorosos e curiosos.

— Bom, e quem é essa moça bonita aqui com você? — perguntou Sergio.

Uma vez que Beppe não podia ou não conseguia responder, Gia se levantou graciosamente, oferecendo a Sergio a mão e um sorriso.

— Olá, Sr. Salvatore, eu sou Gianna Selvaggio. — Por alguma razão, Gia se sentiu compelida a se apresentar com o seu nome completo, coisa que ela raramente fazia. Todo o comportamento de Sergio emanava poder, elegância e

Antes, agora e Sempre   179

força, e ela queria impressioná-lo.

— Senhor Salvatore? Que bobagem! Chame-me de Sergio. Se você está aqui com Giuseppe, para apoiá-lo durante este momento difícil, é da família. — Em vez de apertar-lhe a mão estendida, Sergio soltou Beppe e a envolveu em seus braços. Seu abraço era tão reconfortante que foi preciso um enorme esforço para ela não chorar. Isso estava sendo demais para ela: o estado petrificado de Beppe, a igreja, o funeral, o cheiro de velas queimando e flores...

— Sinto muito pela sua perda, Sergio — ela conseguiu murmurar em seus braços, forçando as palavras através do caroço subindo em sua garganta. Os braços de Sergio apertaram-na um pouco mais antes de soltá-la, como uma aceitação silenciosa de suas condolências.

— Venham, juntem-se a todos na frente. O serviço será iniciado em brève.

Sergio andou confiante e com passos largos em direção ao altar, esperando que Beppe e Gia o seguissem. Beppe olhou para trás, para a entrada, como se quisesse sair correndo.

— Beppe, olhe para mim. — Gia pegou seu queixo entre o polegar e o indicador e inclinou a cabeça até que seus olhos se encontraram. — Se você quiser ir, nós vamos. Você não deve nada a ninguém aqui. Nós podemos sair por aquela porta e enviar flores e um cartão de desculpas. — Beppe piscou e algumas das incertezas e do medo desapareceram de seus olhos. Ele queria fazer isso, só precisava de um pouco de incentivo. — Mas eu sei que, se sair, você nunca vai se perdoar por não se despedir e não fazer um esforço para conhecer seus parentes. — Beppe acenou com a cabeça, um pouco da tensão deixando seu corpo e a determinação tomando suas feições. — Você é o homem mais bravo, compassivo e nobre que conheço, Giuseppe Orsino. Eu sei que você pode fazer isso. — Gia envolveu suas mãos na dele e, ficando nas pontas dos pés, deu um beijo macio e carinhoso na boca de Beppe. O beijo suave o arrancou do seu estupor. Gia viu o choque estampado nos olhos dele. O olhar de Beppe estava mais uma vez profundo, caloroso, da cor de ônix, que Gia conhecia e amava.

Com um aceno de cabeça e um pequeno sorriso, ele se virou em direção ao altar, puxando Gia atrás de si. Ele os conduziu para frente e sentou-se ao lado de Sergio. O homem mais velho olhou de soslaio para eles e, com um sorriso puxando os cantos da boca, deu um tapinha no joelho direito de Beppe quando o sacerdote tomou o seu lugar e o serviço começou.

A cerimônia foi comovente. O sacerdote não leu longas passagens da Bíblia ou discursou sobre a vida e a morte. Ele havia conhecido Paolo pessoalmente e compartilhou suas lembranças, arrancando risos e algumas lágrimas das pessoas na igreja. No meio da cerimônia, Gia olhou em volta e notou que a igreja estava lotada. Paolo devia ter sido muito amado e respeitado na comunidade, que, de fato, só o conheceu por três anos.

Muitos dos reunidos se revezaram para falar sobre Paolo. Era óbvio, pelo carinho com que falaram, que ele tinha sido amado e faria muita falta. Sergio falou bem, relembrando histórias de quando eram crianças. Assim que terminou, seus olhos escureceram e ficaram mais duros. Ele não pôde compartilhar histórias da idade adulta por causa da sua separação. Sergio tinha realmente amado o irmão, isso ficou evidente quando ele falou que a decisão de mandá-lo embora pesava em sua consciência. A inclinação teimosa do queixo, no entanto, disse a Gia que, mesmo que se arrependesse de não estar com o irmão durante metade de sua vida, ele não se arrependeu de manter Paolo longe do negócio da família.

Ninguém pediu a Beppe para falar e ele não se voluntariou. Mesmo que estivesse lidando bem com a situação, a julgar pelo olhar quase normal em seus olhos, ele estava ainda muito tomado pela tristeza, muito emotivo para se levantar na frente de todas aquelas pessoas e falar sobre o avô. Mesmo com toda a sua bravata e extrovertida personalidade, Beppe era profundamente privado quando se tratava de seus verdadeiros sentimentos. Em algum nível, o menino tímido, quieto e com medo ainda estava vivendo em algum lugar.

Quando a cerimônia chegou ao fim, o padre anunciou que o caixão ficaria aberto por mais algumas horas para que as pessoas pudessem dizer adeus a Paolo se quisessem. Algumas pessoas se levantaram para sair e outras caminharam até o caixão para prestar suas últimas homenagens.

— A família se despediu ontem. Fique o tempo que precisar, Giuseppe. Estarei esperando por você lá fora — disse Sergio. Dando novamente um tapinha no joelho do sobrinho, ele levantou e se dirigiu para a saída.

Logo, a igreja estava vazia e restavam apenas eles dois. O silêncio era ensurdecedor. O aroma de flores e incenso fez Gia querer correr para fora para

Antes, agora e Sempre   181

que pudesse respirar ar puro. Ela se esforçou para não fazê-lo. Não deixaria Beppe ali, sozinho, mesmo que isso fosse lhe dar pesadelos durante os próximos meses.

— Beppe? — ela disse suavemente, esfregando o braço dele carinhosamente: — Vamos acabar com isso, meu bem. Eu vou com você e segurarei sua mão, assim como prometi.

Beppe hesitou por um momento, mas depois assentiu e se levantou. Seu aperto na mão de Gia a estava esmagando. Eles caminharam até o altar e olharam para dentro do caixão aberto.

Paolo parecia que estava dormindo. Seu rosto estava relaxado e tranquilo como se ele fosse dar um ronco alto a qualquer momento e acordar. Não era tão assustador como Gia havia imaginado.

Beppe ficou bem perto de Paolo, olhando para o rosto do avô. Uma única lágrima rolou pelo seu rosto e Gia a limpou, assim como ela havia prometido. Beppe olhou-a com os olhos vidrados, com o desespero e a tristeza emanando dele em ondas. Ele voltou seu olhar para o avô e falou pela primeira vez desde que entrou na igreja.

— Obrigado — disse ele. Como sua voz tremia, ele teve que respirar fundo antes de continuar. — Obrigado, vovô, por salvar minha vida. Eu nunca te disse antes e deveria tê-lo feito. Espero que você possa me ouvir. Quero que saiba que sou realmente grato por tudo que fez por mim. Você foi o melhor pai que eu poderia ter desejado. — Outra lágrima escorreu pelo seu rosto, seguida de outra até que ele estava chorando de verdade. Beppe piscou rapidamente e enxugou os olhos com as costas da mão. — Eu te amo — disse ele, antes de um soluço escapar e ele se virar para Gia e a esmagar em um abraço desesperado.

Ficaram assim por alguns longos momentos de agonia. Gia já não podia conter suas próprias lágrimas. Ela chorou com o rosto enterrado no peito de Beppe, seu coração se partindo mais uma vez por este belo, delicado e frágil homem que ela tanto amava.

Beppe se afastou um pouco, ainda mantendo os braços em volta de Gia. Ele olhou-a com uma intensidade e determinação em seus olhos que a assustou. Ela pensou que veria pesar, mas Beppe estava olhando para ela como se seu mundo tivesse virado de cabeça para baixo e ele tivesse acabado de ter uma epifania.

— Eu nunca lhe disse essas coisas quando ele estava vivo e vou me arrepender disso para o resto da minha vida. — Ele avançou o rosto para mais perto do de Gia até que seus lábios quase se tocaram. — Estou farto de ser um covarde.

Ele eliminou a distância restante e juntou seus lábios em um beijo feroz. Gia estava vagamente consciente de choramingar quando Beppe enfiou a língua em sua boca, explorando e reivindicando cada milímetro dela. Ela o encontrou no meio do caminho, enredando sua própria língua com a dele, chupando e mordendo os lábios até que seu corpo gritasse por falta de oxigênio. Não havia nada suave no beijo de Beppe; era áspero e possessivo, e isso enfraqueceu os joelhos de Gia.

— Não aqui — ela conseguiu sussurrar quando suas bocas se separaram. Gia não empurrou Beppe. O beijo foi incrível e maravilhosamente bom, mas foi mais do que isso; ele precisava dela. Neste momento, Beppe precisava estar perto de Gia de uma forma física para que pudesse começar a lidar com a dor.

Gia conhecia o sentimento. Ela procurou Beppe pelo mesmo motivo quando seu pai morreu. Também sabia que, se pudesse tirar pelo menos um pouco da dor de Beppe, faria isso em um piscar de olhos.

Descansando suas testas juntas, eles respiraram fundo e tentaram se acalmar. Juntos, se afastaram do caixão de Paolo e saíram da igreja.

Quando chegaram de mãos dadas ao lado de fora, o calor e a umidade imediatamente agrediram seus sentidos. Sergio estava esperando por eles, apoiado na porta traseira de seu carro.

— Vamos lá. Silvio vai nos levar para casa. A família mal pode esperar para te conhecer. Eles o teriam abordado ali mesmo na igreja se eu não tivesse proibido explicitamente — disse Sergio, sorrindo calorosamente para eles. Beppe deu a Gia um olhar de pânico. Ele não queria ir para uma casa cheia de pessoas que não conhecia; pessoas que ficariam em torno dele por horas. Não agora.

— Obrigada, Sergio, mas nós temos o nosso próprio carro e acho que seria melhor se voltássemos para o hotel — disse Gia, olhando incisivamente para Sergio, tentando transmitir através de seus olhos o quão frágil estava Beppe neste momento.

— Carro? Hotel? *Dio mio*! Eu não vou deixar o neto de Paolo hospedado

Antes, agora e Sempre   183

em um *hotel* e alugando um carro! — Ele falou a palavra hotel como se fosse uma maldição e parecia realmente incomodado com o fato de que eles tinham, se não intencionalmente, se distanciado de sua família.

— Sergio, por favor — disse Gia, soltando a mão de Beppe e aproximando-se dele. — Ele precisa de um pouco de espaço no momento. Colocá-lo em uma sala cheia de pessoas que ele não conhece não é uma boa ideia. — Gia deve ter conseguido soar autoritária e muito mais confiante do que se sentia porque os olhos de Sergio amoleceram em entendimento. Ele provavelmente se lembrou do olhar vazio de Beppe quando o conheceu hoje. Sicilianos podem ficar confortáveis com a morte e funerais, mas Beppe e Gia certamente não estavam.

Sergio assentiu e contornou Gia para ficar bem na frente de Beppe, colocando as mãos em suas bochechas.

— Eu quero que você saiba que tem família aqui, ok? Nós te amamos e sentimos como se já te conhecêssemos porque Paolo nos contou tudo sobre você. Ele era incrivelmente orgulhoso de você, sabe? E eu também sou. Se precisar de alguma coisa, qualquer que seja, nos procure, ouviu?

Beppe assentiu e seus olhos ficaram mais uma vez mais cheios de lágrimas. Sergio beijou a testa de Beppe e o soltou. Ele se virou para Gia e lhe deu um abraço, beijando sua têmpora.

— Quando vocês irão embora? — ele perguntou quando a soltou.

— Amanhã à noite.

— Nós adoraríamos recebê-los para o almoço, então. Por favor. — Sergio tirou um cartão do bolso interior do terno e o deu a Gia. Era um cartão branco luxuoso com o nome Sergio Salvatore e seu número de telefone escrito. Nada mais. Ele pegou uma caneta do bolso e escreveu algo na parte de trás do cartão. — Aqui está o endereço. Vamos almoçar ao meio-dia amanhã, todo mundo vai estar lá e eles adorariam conhecê-los.

— Vou ver o que posso fazer — disse Gia. Sergio assentiu e, sem outra palavra, entrou no banco de trás do carro.

Capítulo Vinte e Três

Eles não falaram durante a curta viagem de carro para o hotel. Se não fosse pelo suave "obrigado" de Beppe depois que se despediram de Sergio, teriam ficado todo o tempo em silêncio. Nenhuma palavra era necessária, no entanto. Ambos sabiam o que ia acontecer uma vez que estivessem dentro do quarto.

A porta se fechou atrás deles com segurança. Beppe perambulou atrás de Gia, que tinha entrado antes e foi tirar os sapatos. Ele pairou atrás dela, deleitando-se com cada curva deliciosa. O ar entre eles estalava com a tensão sexual. Ela virou lentamente e encontrou os olhos dele, e Beppe viu fome e necessidade queimando nos dela. Sem dúvidas. Sem hesitações. Ela o queria, *agora*, e nada importava além deste momento.

Beppe colocou as mãos nas bochechas dela e inclinou o rosto para cima antes de reivindicar sua boca em um beijo feroz. Sua língua deslizou imediatamente sobre a dela e Beppe não se satisfazia. Gia brincou com o piercing na língua dele, que rosnou, movendo a mão atrás do pescoço dela em uma tentativa de puxá-la para ainda mais perto, enquanto a outra mão segurou o queixo de Gia e forçou sua boca a se abrir mais. Ela se agarrou a Beppe, quando gemeu contra seus lábios e recebeu todos os deslizes de sua língua, cada mordidinha de seus dentes, cada roçar de seus quadris contra ela.

Beppe estava tão ligado e tão perdido em seu desejo por Gia que não tinha certeza se seria capaz de se controlar. Machucá-la com a sua paixão não era uma opção. Ofegante, Beppe utilizou os últimos resquícios da sua sanidade e se afastou. Um gemido de protesto irrompeu de Gia e seus olhos cheios de luxúria procuraram em seu rosto uma explicação.

— Eu quis você por tanto tempo... — ele começou, respirando com dificuldade. Seu coração batia tão rápido e tão forte que ele pensou que ela poderia ouvi-lo. — Eu não quero te machucar. Eu... eu não posso me segurar.

Um calor abrasador inflamou os olhos castanhos de Gia e, eliminando a distância entre eles, ela agarrou sua camiseta e o puxou para ela.

— Até parece que você não pode — ela disse e uniu suas bocas novamente.

Antes, agora e Sempre   185

Beppe rosnou profundamente em sua garganta e empurrou-a para trás sem quebrar o beijo, direcionando-os para a cama.

Quando a parte de trás de seus joelhos bateu no colchão, Beppe parou, puxou a camiseta sobre a cabeça e jogou-a no chão. Gia assistiu-o paralisada, com os olhos brilhando de admiração enquanto percorriam o corpo dele. Sua língua serpenteou para fora para lamber seu lábio inferior. Beppe abriu o botão da calça jeans, observando como os olhos de Gia seguiam cada movimento seu. Ele deslizou o zíper para baixo lentamente e empurrou o jeans por suas coxas e fora de suas pernas. Gia puxou o ar rápido e prendeu a respiração quando ele ficou diante dela apenas com a boxer de seda preta.

Ela o tinha visto de cueca muitas vezes antes, mas nunca olhou para ele assim. Finalmente, conduzindo o olhar de volta para o dele, Gia virou de costas. Ela ergueu o cabelo e lhe mostrou o zíper do vestido, o mesmo que ele ajudou a fechar de manhã. Uma necessidade urgente de tirá-la do vestido do maldito funeral o tomou, e Beppe puxou o zíper para baixo com tanta força que o tecido rasgou. Imperturbável, Gia contorceu-se para tirá-lo até que ele caiu em torno de seus tornozelos. Beppe ajoelhou-se e a ajudou a sair dele. Em seguida, jogou-o na lata de lixo. Ele nunca mais queria ver o vestido novamente.

Lentamente, Beppe deslizou as mãos por trás dos joelhos de Gia, por suas coxas e depois seus quadris, deixando uma trilha de arrepios no caminho. Ele enfiou os polegares nas laterais da calcinha dela, puxando-a para baixo enquanto roçava os lábios em sua pele sedosa. Ele olhou para cima a tempo de ver Gia jogar a cabeça para trás e assobiar suavemente. Ela cobriu os seios e, em seguida, trêmula, tirou o sutiã. Beppe entendeu o recado e, em pé atrás dela, removeu a cueca rapidamente.

Quando se virou para ele, o pouco controle que ainda restava a Beppe estalou. Ela era muito linda, mas essa não era a única razão pela qual ele a queria tanto. A necessidade crua e a completa submissão em seus olhos o deixaram sem fôlego. Ele fundiu sua boca com a dela, tomando-a em um beijo possessivo.

Sem quebrar o beijo, Beppe rodeou a cintura dela com os braços, levantou-a e a colocou na cama, caindo bem em cima dela. Ele a venerava com a boca, beijando seu queixo, seu pescoço, sua clavícula... Ele a cobriu com mordidinhas, lambidas e beijos até Gia se contorcer debaixo dele, incapaz de controlar seus gemidos guturais de contentamento. Beppe esfregou as pontas dos dedos sobre os mamilos de Gia, que arqueou o corpo na cama, seu toque enviando choques de prazer por todo o corpo dela. Seus lábios seguiram os dedos e, quando o piercing de prata em sua língua tocou seus mamilos entumecidos, Gia gritou de felicidade absoluta. Beppe se deleitava com a maneira como a deixava em chamas.

Suas mãos, boca e língua exploraram cada centímetro da pele de Gia, deixando marcas vermelhas no caminho. O fato de que ele tinha marcado o corpo dela e seria capaz de ver suas mordidas de amor e marcas do dia seguinte quase foi demais para ele aguentar. Como se estivesse lendo sua mente, Gia enterrou as mãos em seu cabelo e, sem muita suavidade, puxou-o de volta para cima. Ela tirou a boca da dele, mordendo os lábios a um ponto que Beppe pensou ter sentido gosto de sangue.

Ele não se importava. Ele era dela para o que ela desejasse, e ele aceitaria.

As mãos de Gia exploraram os músculos em suas costas, deslizando sobre cada traço e sulco. O toque dele deixou as terminações nervosas da jovem em frenesi. Ele se perdeu na sensação da suave língua dela tocando a sua, o corpo dela debaixo de si, as unhas arranhando suas costas, quadris e bunda. A alma de Beppe foi despojada de dor, sofrimento, tristeza e medo; seu amor por esta mulher incrível era a única coisa que restava queimando dentro dele. Foi incrível, algo que ele não tinha se permitido sentir em um muito tempo.

Beppe travou os olhos em Gia e, quando se conectaram visualmente, ele só queria se afundar nela e tomá-la como dele mais uma vez. Desta vez, ele não a deixaria ir.

— Eu não tive relações sexuais desde a última vez que fui testado e estou limpo — ele disse, mal conseguindo pronunciar as palavras.

— Estou tomando pílula. E não tive relações sexuais sem preservativo desde você. Fiz exames há dois meses... — Gia não pôde terminar a frase porque Beppe deslizou para dentro dela em um impulso profundo e lento. Ele sabia que ela teria insistido em um preservativo se tivesse qualquer sombra de dúvida sobre sua segurança.

Gia moveu seu corpo no ritmo do de Beppe, sincronizando perfeitamente seus movimentos. Eles começaram a respirar em conjunto. Era tão bom finalmente permitir que seus corpos e corações sucumbissem ao que eles realmente queriam. Beppe sentia cada célula, cada terminação nervosa do

Antes, agora e Sempre   187

corpo de Gia viva debaixo de si, mas, acima disso tudo, estava conforto e familiaridade, confiança e respeito. Quando se tornaram um, Beppe afundou na conexão emocional que compartilhavam, bem como na física.

Levemente beliscando o pescoço de Gia, Beppe trouxe os lábios dela a uma curta distância e sussurrou:

— Eu te amo tanto!

Ele não esperou por uma resposta — o olhar da devoção nos olhos dela disse tudo — e devorou sua boca em um beijo cheio de necessidade, amor, luxúria e esperança. Gia estremeceu contra ele, e Beppe engoliu seus gritos e gemidos em sua boca, com o coração batendo em seu peito quando o calor o queimou por dentro e a intensidade o deixou trêmulo.

Mais tarde, quando seu cérebro estava funcionando de novo, ele sentiu os braços de Gia enrolados em torno dele e os lábios dela beijando seu pescoço e queixo. Gia murmurou palavras suaves contra a pele dele, que Beppe não conseguia entender no estado em que ainda estava, mas que soavam muito parecidas com "Eu te amo. Sempre foi você" repetidas vezes.

O sol mal tinha subido quando os olhos de Gia se abriram. Ela poderia dizer que era cedo e que realmente deveria tentar dormir mais. Beppe acordou duas vezes no meio da noite para fazer amor de novo, e ela mal tinha dormido. Apesar de estar cansada, Gia saiu da cama o mais silenciosamente possível, olhando para Beppe, que ainda estava dormindo profundamente, se seu ronco suave era um indício. Seu corpo estava relaxado e seu rosto, calmo e desprovido de qualquer sofrimento ou dor.

Gia poderia ficar lá e se maravilhar com ele por horas, mas tinha que sair deste quarto. Tinha que pegar um pouco de ar fresco da manhã e pensar em como dizer a Beppe que a noite anterior não significava que eles estavam em um relacionamento.

Isso iria machucá-lo, mas ela preferia que ele soubesse agora do que manter a farsa enquanto ele ainda estava de luto por seu avô e cegá-lo para a verdade que viria mais tarde. O dia anterior havia sido emotivo e ambos tiveram o que precisavam um do outro. No entanto, Gia sabia que era apenas a necessidade humana de uma proximidade física que os levou a agir assim, enquanto Beppe interpretaria que o fato de ela ceder e fazer sexo com ele era algo muito maior.

Gia precisava consertar isso imediatamente antes que ela começasse a acreditar nisso também.

Beppe acordou com o aroma do café enchendo o quarto. Abriu os olhos lentamente, ajustando-os à luz do sol brilhante que vinha das janelas, e virou de costas para olhar ao redor.

Um movimento à sua esquerda na pequena sala de estar chamou sua atenção e, apoiando-se nos cotovelos, ele viu Gia colocando duas xícaras de café sobre a mesa pequena.

O quê? Ela tinha acordado e saído antes dele? Geralmente era preciso um trem de carga para acordá-la de manhã. Isso não era um bom sinal.

— Oi — disse ele, e não pôde deixar de sorrir quando os olhos castanhos de Gia encontraram os dele. Ela veio para a cama, sentando-se na borda.

— Oi. Eu trouxe um pouco de café. — Seu corpo estava rígido e sua voz, reservada, enquanto falava.

Não é bom.

— Eu vi. Obrigado. — Beppe tirou a coberta de seu corpo nu e ficou de pé, esticando os braços acima da cabeça, quando bocejou. Deus, todo o seu corpo doía e ele ainda estava exausto. Ele dormiu apenas algumas horas na noite anterior. Mas, maldição, valeu totalmente a pena. Ele deu a Gia um olhar por cima do ombro para ver se sua nudez a estava afetando como ele esperava. O olhar dela estava afastado e não direcionado para ele. Mas, a julgar pelo ligeiro rubor em suas bochechas e a forma como ela estava compulsivamente mordendo o lábio inferior, ela havia visto o suficiente.

Beppe virou, expondo sua nudez completa. Se manipular o desejo dela por seu corpo era o que levaria a tê-la presa sob ele de novo, então ele faria isso.

— Você se importa de se vestir? Nós precisamos conversar — disse Gia, fixando os olhos nos dele, propositadamente evitando as partes mais importantes do corpo dele.

— Por que eu preciso de roupas para conversarmos? — ele brincou, cruzando os braços sobre o peito e sorrindo.

— Você pode não se importar, mas eu sim. — Os olhos dela endureceram para um marrom dourado. Beppe soltou um suspiro quando seu sorriso se dissipou. Ele pegou a calça jeans e a camiseta do chão e foi para o banheiro; tomou um banho rápido, escovou os dentes e se vestiu, antes de sair para encontrar Gia sentada no sofá, tomando café. Ele se juntou a ela, mas sentiu que seria melhor se sentar na poltrona em frente, ao invés de ao lado dela. Ele poderia ler a vibração de 'recue' que ela estava emanando alto e claro.

Ele estava quase certo de que ela iria minimizar a noite anterior, explicar que não foi nada mais do que a união das necessidades físicas de ambos. Beppe estava pronto para isso.

— Ontem à noite... — Gia começou, os olhos focados na sua caneca de café. — Eu espero que você não ache que isso significa mais do que foi. — Ela reuniu coragem para encontrar os olhos dele, e o amor e a devoção que ele viu lá na noite anterior estavam cuidadosamente escondidos atrás de determinação tranquila.

— E o que foi isso exatamente? — Beppe não pôde evitar o sarcasmo escorrendo de suas palavras.

— Duas pessoas que necessitavam de proximidade física e libertação. Você precisou de mim, Beppe, assim como eu precisei de você quando o meu pai morreu.

— Sério? Isso é tudo o que foi? — Ele foi para a beirada da cadeira, apoiando os cotovelos nos joelhos e juntando as mãos entre eles.

— Sim — ela disse, com os olhos virados para longe dos seus.

Por que você está tão determinada a manter uma distância entre nós, meu bem?

— Tente ser mais convincente e eu poderei pensar em acreditar em você, *cara.*

Gia olhou para ele, a ira inundando seus olhos, como sempre acontecia quando ela queria se esconder atrás dela. Não desta vez.

— Deixe-me lhe dizer o que a noite passada foi, Gia: duas pessoas que estão desesperadamente apaixonadas uma pela outra tentando estar o mais perto possível uma da outra. Você precisou de mim dentro de você e não há nada físico nisso. Você precisava dessa conexão mais do que necessitava de ar.

— Eu não estou apaixonada por você — afirmou Gia, corajosamente levantando o queixo.

Beppe riu.

— Você realmente se convenceu disso?

— Sei que é difícil para o seu ego gigante acreditar, mas não estou apaixonada por você. Ontem foi um dia emotivo muito difícil para mim e me rendi às emoções. Foi isso. — Ela encolheu os ombros com indiferença, como se o que estava dizendo não fosse grande coisa.

— Eu não estou falando apenas de ontem! — Beppe explodiu, bastante frustrado com a teimosia de Gia e a vontade dela de colocar o amor deles de lado como lixo. Ele se ajoelhou entre as pernas dela e colocou as mãos sobre os joelhos. Ela olhou para ele desafiadoramente, mas não se afastou. — Não me lembro de uma época em que eu não te amei, Gia. Você já esteve aqui toda a minha vida. — Beppe levantou uma mão e deu um tapinha em seu coração com firmeza. — Nós crescemos juntos e não seríamos as pessoas que somos agora se não tivéssemos tido um ao outro. Você é uma parte de mim, da minha alma, da minha personalidade, quer você goste ou não. Nunca vou amar alguém tanto quanto eu te amo. Sei cada coisinha sobre você e eu adoro tudo: o bom e o mau. Não há nada que você possa fazer ou dizer que me faça parar de te amar.

Os olhos de Gia se encheram de lágrimas quando ela claramente perdeu a batalha interna para se manter cética.

— E se eu matar alguém? Será que você ainda me amará? Você vai me visitar na prisão? — As lágrimas escorreram pelo seu rosto e ela deu um pequeno sorriso da sua própria piada.

— Ah, querida, você nunca vai para a prisão. Eu te ajudaria a se livrar do corpo. Ninguém jamais saberia. — Beppe sorriu de volta, apertando as mãos de Gia nas deles e trazendo-as para seus lábios.

— Simples assim?

Antes, agora e Sempre   191

— Simples assim. Sem perguntas.

— Por quê? — A pergunta de Gia continha um significado mais profundo do que o assassinato hipotético que estavam discutindo.

— Porque eu sei que, se você matou alguém, a pessoa deve ter merecido. Deve ter sido uma questão de ou ele ou você. Eu ficarei feliz que fosse você de pé no final.

Gia sorriu por entre as lágrimas e tirou a mão da de Beppe para limpar o rosto. Beppe se levantou, pegou um pacote de lenços em sua bolsa e o trouxe para ela, retomando seu lugar no chão, entre as pernas. Ela não falou por um tempo, mas estava com as sobrancelhas franzidas, como sempre fazia quando estava pensando muito. Beppe lhe deu tempo para organizar os pensamentos e rezou para que suas palavras fizessem algum sentido para ela de uma vez por todas. Ele mentalmente implorou a ela para não rejeitá-lo. De novo.

— Eu não posso fazer isso — disse ela por fim, encontrando seus olhos e partindo seu coração com a dor refletida neles.

Capítulo Vinte e Quatro

— Por que não? Porra, por que não, querida? O que está te impedindo? — perguntou Beppe, controlando sua raiva e desespero com um enorme esforço.

— Eu não acho que você está pronto para sossegar e desistir de todas as outras mulheres por mim — disse Gia, claramente escondendo algo mais.

— Besteira! Eu nunca quis estar com outra pessoa que não fosse você! Fodam-se todas as outras mulheres, nenhuma delas significou nada para mim. Nem uma vez eu considerei qualquer uma delas para qualquer coisa mais do que um passatempo. Quando imagino o meu futuro, eu vejo você. Só você. Sempre foi você.

— Você pode pensar assim agora, mas como será em alguns meses? E em alguns anos, quando a emoção e a novidade se desgastarem?

— Querida, a vida com você *nunca* vai ser nada, exceto emocionante. Você é uma bola de fogo. Sua paixão nunca permitirá que nossas vidas se tornem maçantes.

— Beppe... — Gia começou, mas ele a cortou, sem querer ouvir mais nenhuma de suas desculpas. Ela queria isso tanto quanto Beppe, ele podia sentir em seu coração e em sua alma, então por que ela estava se negando a felicidade e a vida incrível que poderiam ter juntos?

— Você pode me rejeitar mais uma vez, mas eu vou continuar lutando por você. Se você não me tiver, vou morrer sozinho. Não há mais ninguém para mim, não há espaço no meu coração para amar mais ninguém, porque o meu amor por você está cimentado lá. Estará lá para sempre e é uma parte de mim.

— Pare de dizer essas coisas — disse Gia e ficou de pé. Ela foi até a janela, afastando-se de Beppe. Ele a seguiu, de pé bem atrás dela, para que ela pudesse senti-lo lá, mas não a tocou.

— Por quê? É a verdade. Ou eu estou muito perto de adivinhar a maneira como você se sente sobre mim? — Beppe sussurrou as últimas palavras em seu ouvido e Gia estremeceu.

— Eu luto com o que sinto por você todos os dias — ela sussurrou de

Antes, agora e Sempre 193

volta. Beppe colocou as mãos em seus ombros e a virou para encará-lo. O medo nos olhos dela lhe disse que ela havia admitido como realmente se sentia e que havia parado de esconder isso, pela primeira vez.

— Por quê?

— Porque eu te amo tanto que, se eu soltar as rédeas e deixar tudo sair, isso vai me consumir.

— Deixe acontecer — disse Beppe e roçou os lábios nos dela. Gia tremeu em seus braços e ele sentiu mais lágrimas rolarem pelo rosto dela. De repente, ela se afastou e caminhou para o outro lado do aposento, recostando-se na parede.

— Eu não posso.

— Correndo o risco de soar como um disco quebrado, eu pergunto: por que diabos não? — Beppe abriu os braços ao lado do corpo, frustrado e confuso. Ela admitiu que o amava e ele abriu seu coração, qual era o problema?

— Porque, quando você for embora, não vou ser capaz de lidar com isso. Desta vez, vai me destruir.

— Eu não vou deixar você, Gia! Você não ouviu nada do que eu disse? Eu te amo! Eu quero passar o resto da minha vida com você!

— Você já disse isso antes, mas foi embora mesmo assim. — O olhar de Gia estava tão cheio de dor e acusação que Beppe foi pego de surpresa.

— O quê? Você está falando de quando eu fui para a Toscana com o Paolo?

Gia assentiu. Beppe enterrou as mãos no cabelo, incapaz de acreditar no que estava ouvindo.

— Não posso acreditar que você está jogando isso na minha cara! Preciso lembrá-la de por que fui embora? Que quase morri porque meu maldito pai tentou me matar, antes de matar minha mãe e a si mesmo? — Dizer essas palavras que ele não tinha dito em cinco anos trouxe de volta uma enxurrada de lembranças horríveis, e a dor tomou conta dele. Beppe se curvou e caiu no sofá.

— Você não precisa me lembrar! Eu estava lá no hospital, enquanto você estava na cama, imóvel e pálido. Eu estava assistindo a vida se esvair de você e não podia fazer absolutamente nada a respeito! — Gia se afastou da parede e deu dois passos na direção de Beppe, a raiva emanando dela. — Não pense que você era o único que estava machucado, Beppe. Meu coração se partiu por você todas as vezes que te vi com uma contusão ou uma cicatriz, ou testemunhei em primeira mão o trauma que a sua família infligia em você. Mas, naquele dia, vendo-o na cama do hospital, sinceramente pensei que eu ia morrer. Se você não tivesse sobrevivido, não sei o que eu teria feito... — A voz de Gia falhou por um soluço irregular. Beppe se levantou e diminuiu a distância entre eles em dois passos largos, encostando seu corpo no dela e envolvendo-a com os braços. Gia tremia com os soluços enquanto Beppe murmurava palavras de conforto e passava levemente as mãos para cima e para baixo em suas costas, até que ela se acalmou o suficiente para parar de tremer.

Gia enxugou o rosto mais uma vez e se afastou dos braços de Beppe.

— E então você me deixou. E ficou afastado por dois anos.

— Eu tive que fazer isso, eu não estava pronto...

— Eu sei, não estou te culpando. Só estou te dizendo porque não posso permitir que meu amor por você me consuma novamente. É uma simples questão de autopreservação.

— Gia, eu nunca vou deixar você de novo. Por favor, acredite em mim.

— Não há nada que te prenda em Gênova, Beppe. Você tem toda uma nova família aqui na Sicília que quer conhecê-lo. Ouvi o que o Sergio lhe disse ontem. Você sempre almejou uma família normal, amorosa, e aqui você tem uma.

— A coisa mais importante da minha vida me mantém em Gênova: você. Quando digo que não vou deixá-la de novo, quero realmente dizer isso. Não conheço essas pessoas, e, mesmo que eles tecnicamente sejam meus parentes, você é a minha família, Gia. Eu não me importo onde vivamos enquanto estivermos juntos. Vou segui-la para qualquer lugar.

Beppe se aproximou novamente de Gia, a abraçou suavemente, beijou o topo de sua cabeça e suspirou. Embora ela tentasse se livrar de seu abraço, Beppe não a deixou ir.

Ele jurou que iria passar o resto da sua vida fazendo-a acreditar que ela era tudo o que ele queria.

— Quero acreditar em você, quero muito, mas é difícil. Passei os últimos quatro anos lutando contra os meus sentimentos por você e me convencendo de que nada iria acontecer entre nós. Não posso simplesmente deixar isso pra lá. Ainda não posso confiar em você com o meu coração.

— Mas você não vê? Você já o fez. Você me ama como um amigo, sempre está lá para mim quando preciso de você, me deixou fazer amor contigo. Você já está confiando seu coração a mim e até agora eu o mantive intacto. — Beppe sorriu suavemente e se inclinou, roçando o nariz de Gia com o dele. — Você tem sido sempre minha, Gia, mesmo quando tentou se convencer de que havia limites entre nós. Agora que essas fronteiras se foram, tudo que você tem a fazer é deixar o passado de lado e aproveitar o passeio. — Beppe aproximou a boca da de Gia e absorveu o gemido que tentou escapar de seus lábios, empurrando-a de volta para a cama, onde ele apagou a última de suas dúvidas.

— Por mais que eu gostaria de ficar aqui o dia todo, nós temos que levantar e ir — disse Gia e levantou a cabeça do peito de Beppe. Seu cabelo fez cócegas quando deslizou sobre sua pele e ele estremeceu quando todo o seu peito se arrepiou.

— Por quê? — Ele tentou lutar para mantê-la deitada em cima dele, mas ela resistiu, rindo.

— Porque nós precisamos ir para a casa do Sergio. Ele nos convidou para almoçar, lembra?

Beppe gemeu. A última coisa que ele queria era ir almoçar na casa de Sergio e ser o centro das atenções de estranhos.

— Mexa-se! — Gia deu um tapa forte o suficiente para doer na coxa dele. Beppe fez beicinho e esfregou o local atingido. — Nem tente fazer olhos de filhote de cachorro para mim. Nós vamos. Temos que sair em algumas horas e esta é a sua chance de conhecer a sua família até que possamos voltar por mais tempo. — Gia moveu-se apressadamente ao redor do quarto, recolhendo as roupas do chão, antes de desaparecer no banheiro.

Beppe estava tão distraído por seu corpo nu se movendo que ele só registrou o que ela disse depois que saiu do quarto.

— Espere! O quê? — Ele saiu da cama e a seguiu até o banheiro. — Você acabou de dizer que vamos voltar novamente algum dia?

— Claro. Eles são sua família. — Ela se ocupou arrumando as coisas do balcão e as guardando na mala. Beppe estava atrás dela e colocou as mãos em seus ombros até que ela encontrou seus olhos no espelho.

— Querida?

Ela revirou os olhos por causa da tentativa dele de enfatizar a situação.

— Eu quis dizer o que disse antes: você sempre sonhou com uma grande família cheia de amor. Você disse que não vai sequer considerar se mudar para cá permanentemente porque, aparentemente, está apaixonado por mim — disse ela e lhe deu o mais brilhante e sexy sorriso que se possa imaginar. — Então, eu pensei sobre isso. Não acho que você deva ter de escolher entre mim e seus familiares. Você pode ter as duas coisas. — Ela encolheu os ombros como se o que tinha acabado de dizer não fosse grande coisa e continuou a arrumar os produtos de higiene pessoal.

Beppe a girou e pegou-a pela cintura quando ela perdeu o equilíbrio.

— Tá vendo? Esta é apenas uma das muitas razões pelas quais eu te amo tanto — disse ele e colocou os dedos em seu cabelo bagunçado. — Você se esconde por trás da raiva, da hostilidade ou da indiferença, mas eu te conheço, Gia. Sei que você tem o maior, mais compassivo e carinhoso coração. Você simplesmente não o mostra para muitas pessoas. Estou muito feliz por estar entre os poucos sortudos.

Ele a beijou com ternura, deslizando a língua na boca dela, mas, em vez da habitual paixão que sempre acendia entre eles no momento em que seus lábios se tocavam, o beijo foi suave, cheio de amor e promessa.

O percurso para a casa de Sergio não levaria mais do que quinze minutos, de acordo com o GPS. Beppe e Gia guardaram sua bagagem no porta-malas e entraram no carro. Beppe ligou o motor e eles partiram, deixando o estacionamento do pequeno hotel. Tanta coisa aconteceu nos dois curtos dias de sua estadia ali, que Beppe se sentiu um pouco triste por estarem deixando-o para trás.

Entrelaçando os dedos nos de Gia sobre a alavanca de câmbio, seu coração aqueceu com o toque simples. Ele não conseguia se lembrar da última vez que se sentiu tão completo, tão feliz. Se não se conhecesse melhor, quase pensaria que seu avô estava cuidando dele.

Havia apenas uma coisa que precisava ser resolvida entre eles, e Beppe temia fazer a pergunta. Mas ele já tinha evitado o assunto tempo demais.

— O que vamos fazer com Francesco?

— Nós não temos que fazer nada — disse Gia e suspirou. — Nós terminamos na noite em que você me ligou para falar sobre o Paolo.

— O quê? E você não me contou?

— Você tinha muita coisa na cabeça. E, além disso, o fato de que eu deveria ter um namorado não te impediu de pular em mim ontem.

Beppe sorriu.

— Por que vocês terminaram? — perguntou ele, mesmo que suspeitasse da resposta.

— Ele me fez escolher. Você ou ele.

Filho da puta. Estúpido, cara de merda, filho de uma cadela.

Gia olhou pela janela lateral e não se virou quando Beppe apertou seus dedos.

— Nem sei se terei ainda um emprego quando voltarmos. E sabe de uma coisa? Não sei se quero trabalhar mais em seu restaurante. Estou muito cansada das falsidades da equipe e da pomposa comida caríssima. Tive muita sorte de poder trabalhar com Alfonso Morratti, o chefe de cozinha, e aprender diretamente com ele, porque ele é um dos maiores talentos no negócio, mas estou sinceramente farta de todo o resto lá.

— O que você vai fazer?

— Não sei. Acho que vou dar um tempo e pensar, descobrir o que quero fazer com minha carreira e minha vida. Estar com você, dizer tudo o que tenho mantido escondido por tanto tempo, foi um tipo de libertação. Sinto como se um enorme fardo tivesse sido tirado do meu peito e não está mais me arrastando para baixo. Já não me sinto obrigada a fazer escolhas que pareciam lógicas na época, mas que são completamente erradas para mim.

Beppe viu Gia virar para encará-lo com o canto do olho. Ele teve que lutar contra o desejo de encostar o carro, pegá-la em seu colo e beijá-la com todo o seu ser.

O GPS se intrometeu em seu pensamento, indicando que à frente deveria ser feita uma curva à esquerda. Como instruído, eles viraram em uma estrada estreita e, depois de dirigirem por cerca de um minuto, chegaram a um enorme portáo de segurança branco.

— Você chegou ao seu destino — anunciou orgulhosamente a voz anasalada do GPS .

— Cacete! — disse Beppe quando uma das câmeras de segurança ajustou seu ângulo em direção a eles e as portas se abriram lentamente.

200   Teodora Kostova

Capítulo Vinte e Cinco

O queixo de Gia caiu quando eles pararam em frente ao luxuoso portão de segurança de alta tecnologia. Parecia completamente impenetrável e aparentava ser uma parede impossivelmente alta e grossa em torno de toda a propriedade. À medida que a câmera de segurança verificava a elegibilidade deles para entrar, as portas vagarosamente se abriram e eles entenderam isso como um sinal para entrar.

— Então, você não estava brincando quando disse que Sergio era um chefe da máfia — comentou Gia, ainda incapaz de acreditar que tal residência com segurança máxima existia na pacata cidade de Cefalu.

— Honestamente, eu também não acreditava. Pensei que eram apenas histórias. Paolo contava várias. — Beppe dirigiu o carro lentamente para uma casa branca e imponente. A distância era de uns quinhentos metros, se não mais. Ao manobrarem até a calçada pavimentada, Gia se maravilhou com o gramado muito bem cuidado e as plantas ornamentais. Havia algumas árvores e um par de ilhas de jardim cheias de flores outonais desabrochando mais perto de casa.

— Então, você é como uma criança da máfia agora? Um herdeiro? — Gia provocou e as sobrancelhas de Beppe se franziram.

— Paolo sacrificou muito para se distanciar desse estilo de vida. Tenho que respeitar. Ele não iria querer isso para mim também.

— Mas ele voltou.

Beppe suspirou e começou a brincar com seu piercing na língua, um sinal de que estava frustrado. Gia sabia que ele acenderia um cigarro no momento em que saísse do carro.

— Vamos tentar sobreviver ao almoço. Não posso dizer nada sem ter pelo menos conversado com essas pessoas.

Beppe estacionou seu Ford Escort alugado junto à enorme garagem, que tinha pelo menos outros dez carros mais impressionantes, saiu do carro e procurou o maço de cigarros no bolso de trás. Acendendo um, ele colocou os braços em cima do carro e deu uma longa tragada. Gia circulou o veículo e se encostou na porta ao lado dele, lançando os olhos em direção à bela casa de Sérgio. A casa foi construída em vários níveis diferentes, todos complementando-se mutuamente e criando uma forma incomum. Os colossais pilares brancos na frente da entrada principal pareciam apoiar o peso da casa toda.

— Você acha que eles estão se perguntando por que estamos aqui ao invés de entrarmos? — ela perguntou quando a porta da frente da casa se abriu e Sergio caminhou com propósito em direção a eles.

— Vocês vieram! — Ele abriu os braços e abraçou os dois com um sorriso de boas-vindas no rosto. — Estou tão feliz! Venham, entrem. Todo mundo está morrendo de vontade de conhecê-los. — Ele não esperou por uma resposta; ao invés disso, praticamente arrastou-os para a casa. Beppe jogou o restante do cigarro no chão, pisando-o rapidamente, enquanto seguia Sergio.

No interior da casa, Gia viu que ela era tão grande quanto o exterior, exuberante, mas decorada em estilo contemporâneo, que se adequava perfeitamente à estrutura recém-construída da casa. À esquerda do amplo foyer estava uma escadaria que conduzia ao nível superior. O chão era de teca polida e as paredes, de um branco fresco, decoradas com elegantes peças de obras de arte. A impressão geral era de tirar o fôlego.

Sergio os levou a uma enorme sala de jantar formal, com uma longa mesa de mogno sólido que ocupava a maior parte do ambiente. Havia pelo menos vinte pessoas de todas as idades sentadas em torno da mesa, aproveitando o almoço. No momento em que entraram, a conversa parou e todos os olhos se voltaram para eles com curiosidade. Gia sentiu como se estivessem sendo estudados sob um microscópio. O que se seguiu foram alguns segundos de silêncio intensos que surpreenderam Gia, pois Sergio não parecia ser do tipo calado. Por que ele não estava dizendo nada? Ela virou a cabeça ligeiramente para olhá-lo e viu que ele estava sorrindo amplamente enquanto inspecionava a sala. Ele parecia... orgulhoso.

— Giuseppe, Gianna, *esta* é a família Salvatore — ele anunciou e começou a apresentá-los a cada membro da família.

Todos que ele conheceram pareciam muito acolhedores. Cada um se levantou e deu a ambos abraços e beijos, sorrindo calorosamente. A pessoa que deixou a melhor impressão em Gia foi o neto de Sergio, Silvio. Ele foi o último a ser apresentado antes que eles tomassem seus assentos. O homem devia ter a idade de Beppe, talvez alguns anos mais velho, e era impressionante! Alguns centímetros mais alto do que Beppe e um pouco mais forte nos ombros e braços, Silvio também tinha as características da família Salvatore: maçás do rosto definidas, como Beppe; uma boca sensual, mas bem masculina, com o V profundo de um arco do Cupido, que Gia amava; e cabelo escuro e ondulado. A única diferença notável era que, sob seus grossos cílios escuros, estavam os olhos azuis mais surpreendentes que Gia já tinha visto.

Silvio cumprimentou-os carinhosamente com um sorriso que iluminou seu rosto, e era como ver Beppe sorrir. Gia ficou paralisada enquanto observava os dois juntos, tão bonitos e tão iguais e sentiu que tinha tomado a decisão certa ao vir conhecer estas pessoas. Eles eram parentes de Beppe, não havia dúvida sobre isso, e Gia não desejava para ele nada mais do que se sentir como se fosse parte dessa família calorosa e amorosa. Era como se ele fosse um tubarão que tinha vivido toda a sua vida entre golfinhos, então, agora que conheceu seus companheiros tubarões, Beppe pertencia a algo.

Quando as apresentações terminaram e Beppe e Gia se sentaram, a conversa trivial foi retomada e todo mundo se voltou para suas refeições. Logo, Gia relaxou e sentiu a tensão deixar Beppe também. Ele entrou em uma conversa animada com Silvio, que estava sentado à sua esquerda. A morte de Paolo não parecia ser a razão pela qual tinha vindo. Levou menos de meia hora para eles se sentirem em casa, como se tivessem se sentado à mesa com todas essas pessoas muitas vezes antes.

Quando acabaram de comer, vários garçons vestidos formalmente apareceram para limpar a mesa de forma silenciosa e eficiente. Sergio tilintou sua taça de vinho com o garfo. Levantando-se, ele atraiu a atenção de todos, parecendo o patriarca da família que era. A sala ficou em silêncio enquanto ele falava.

— A família é algo sagrado, algo a ser valorizado e nutrido. Família é quando as pessoas que você mais ama no mundo se reúnem em um momento de perda e o apoiam através dos mais obscuros e difíceis momentos. Vocês todos aqui são a minha família e sou muito abençoado por ser capaz de dizer isso. Obrigado por estarem aqui comigo e por terem vindo dizer adeus ao meu amado irmão Paolo. *Salute*! — Ele ergueu a taça e todos o seguiram, elevando as suas em uníssono.

Antes, agora e Sempre   203

Gia sentiu a autoridade de Sergio quando ele fez o discurso. Todos os olhos na sala, mesmo os dos filhos, estavam fixos nele, e as pessoas prenderam a respiração enquanto ele falava. O homem era claramente um líder, o chefe respeitado desta grande família. Ela poderia facilmente imaginá-lo como o chefe da máfia implacável que Beppe alegou que ele era. Gia imaginou como os olhos escuros que estavam brilhando com amor caloroso e apreço por todos na sala poderiam facilmente ficar frios e mortais quando necessário.

A sobremesa logo foi servida: tiramisù de morango, que não era como nada que Gia já tinha experimentado. Fechando os olhos em êxtase quando a primeira colherada se espalhou por sua língua, Gia soltou um gemido involuntário de prazer. Quando abriu os olhos, Beppe estava olhando-a com desejo intenso e Gia pensou que ele poderia agarrá-la e beijá-la na frente de todos.

— O que foi? Este é o tiramisù mais incrível que já comi! — ela comentou, pegando outra colherada. Beppe riu e balançou a cabeça. — Não, sério, eu preciso dessa receita. Eu não vou embora sem ela, mesmo se tiver que roubá-la com uma faca de chef.

— Isso não será necessário, *cara*, mas admiro a sua determinação. — Silvio riu, inclinando-se sobre a mesa para atrair o olhar de Gia. — Acontece que o chef gosta de mim, então, acho que posso mexer uns pauzinhos para conseguir a receita para você. — Ele piscou para Gia quando colocou uma colherada de tiramisù entre seus lábios lindos. Gia encarou como a colher desapareceu dentro de sua boca e não conseguiu tirar os olhos quando ele pegou a colher em um lento movimento sedutor.

Entre os dois, Beppe rosnou profundamente em sua garganta. Ele realmente rosnou! Gia podia sentir a vibração correr através de seu corpo.

— Desculpe, cara, não quis dizer com desrespeito — falou Silvio, voltando os olhos risonhos para Beppe, claramente não pedindo desculpas. Os músculos da mandíbula de Beppe apertaram com força enquanto ele obviamente tentava controlar a vontade de fazer algo do qual pudesse se arrepender mais tarde.

— Continue assim, e não teremos nenhum problema — disse Beppe, lançando um sorriso falso na direção do primo. Silvio levantou as mãos em um gesto de derrota e continuou comendo seu tiramisù como se nada tivesse acontecido. De alguma forma, Gia sabia que este homem lindo, bem-humorado e fácil de lidar poderia facilmente se tornar mortal muito rápido. Sergio não poderia estar por perto o tempo todo.

Gia nunca tinha visto o ciúme de Beppe surgir tão rápido antes. Ele costumava zombar e ser grosseiro com os carinhas com quem ela saía, mas nunca exibiu nenhuma possessividade animalesca por causa dela. De uma forma muito egoísta, isso acabou com quaisquer dúvidas remanescentes que ela poderia ter sobre os sentimentos de Beppe. Ele a reivindicou como sua, e estava exibindo o fato abertamente.

Desta vez, ele não iria embora.

Gia sabia em seu coração que aquilo era verdade. Beppe estava com ela a longo prazo. Para sempre.

Quando o almoço acabou, Gia e Beppe precisavam ir embora se quisessem pegar o voo a tempo. Eles disseram adeus a todos e, em seguida, escoltados por Sergio e Silvio, deixaram a sala de jantar. Gia notou uma caixa de madeira do tamanho de uma de sapato que tinha aparecido nas mãos de Sergio. Ele a entregou para Silvio quando abraçou e beijou Gia em ambas as bochechas com amor.

— Cuide do meu menino, *cara*. E traga-o de volta para nós em breve! — Gia assentiu. Sergio virou para Beppe e abraçou-o por um longo momento, relutante em deixá-lo ir. Lágrimas brilhavam em seus olhos quando ele o soltou.

— Você é tão parecido com o Paolo! — Sergio respirou fundo, obviamente, tentando recuperar o controle de suas emoções. — Esta aqui é a sua família, Giuseppe. — Ele apontou para a casa. — Qualquer coisa que precisar, nós estamos aqui para você. Qualquer coisa, está me ouvindo? — Beppe assentiu, muito emocionado para confiar em si mesmo para falar. — Volte a qualquer hora, ok? — Beppe balançou a cabeça novamente e eles compartilharam outro longo abraço. Em seguida, Sergio pegou a caixa de Silvio, a tristeza emanando dele. Ele colocou cuidadosamente a caixa nos braços de Beppe. — Paolo queria que você ficasse com tudo que está dentro desta caixa. — Beppe hesitou, olhando para o objeto com desconfiança. — Leve-a — insistiu Sergio, e agarrou as mãos de Beppe, colocando a caixa nelas. — Ele a deu a mim para guardar cerca de dois anos atrás, caso algo lhe acontecesse. É sua agora. — Beppe assentiu distraidamente, franzindo a testa, os olhos fixos no objeto. Sergio puxou-o para outro abraço e, em seguida, bateu no ombro do sobrinho e sussurrou algo em seu ouvido.

Silvio se aproximou mais de Gia, abraçando-a e beijando seu rosto.

— Foi um prazer conhecê-la, Gianna — falou com um pouco de intensidade demais em sua voz. — Giuseppe é um homem de sorte por ter você. — Os dois sorriram com o comentário, mas havia uma sombra de tristeza nos olhos azuis cor de safira de Silvio. — Vou me afastar agora e ir dizer adeus a Giuseppe. Não o quero arrancando minha cabeça por te abraçar assim — ele comentou, alto o suficiente para que Beppe pudesse ouvir, e piscou. Ele caminhou para Beppe, colocando sua arrogância no lugar, e deu um abraço longo e carinhoso no primo. Eles trocaram algumas palavras em voz baixa e apertaram as mãos.

Beppe e Gia entraram no carro e foram embora, mas Sergio e Silvio permaneceram olhando-os no espelho retrovisor, até que o portão de segurança se fechou atrás deles.

Capítulo Vinte e Seis

Gia puxou a pequena mala para dentro de casa. Chutando a porta para fechá-la, se arrastou até a sala e caiu esgotada no sofá. Ela havia rejeitado a oferta de Beppe para ficar em seu apartamento hoje à noite porque precisava desesperadamente de algum tempo sozinha para descansar emocional e fisicamente.

Em cima da mesa, ela viu um bilhete. Sua mãe dizia que não estaria em casa na sexta-feira, somente na terça-feira da próxima semana. Um de seus colegas estava de licença, com gripe, por isso ela concordou em assumir suas excursões antes de tirar alguns dias de folga para voltar para casa.

Bom, ser guia de galerias e de um dos destinos turísticos mais procurados em Veneza tinha seus prós e contras. Elsa era muito bem paga e nunca ficava sem trabalho, mas estava constantemente longe de casa. Neste momento, Gia realmente sentia falta da mãe. Seria tão bom sentar com ela e partilhar uma garrafa de *prosecco* enquanto contava tudo o que acontecia em sua vida no momento. Sua mãe era uma boa ouvinte, sempre dava bons conselhos, sendo capaz de ver o quadro geral. Ela sabia como se distanciar o bastante de uma situação para dar uma opinião imparcial.

Suspirando, Gia vasculhou a mala, encontrou seu celular e ligou-o. Precisava mandar uma mensagem de texto para Francesco e dizer que não voltaria a trabalhar no *Orchidea Nera*. Ela não se importava se ele já tinha tomado essa decisão por ela; queria que ele soubesse que era a sua escolha. Fechar a página desse capítulo de sua vida iria ajudá-la a seguir em frente.

Seu celular mostrava que havia duas chamadas perdidas de Francesco, uma de sua mãe e uma de Max. Gia decidiu lidar com Francesco primeiro e depois passar para as chamadas agradáveis. Era tarde, mas ele era uma coruja, logo ela não achava que ele já estaria dormindo.

Gia: Eu não vou voltar para o trabalho. Sei que não dei o aviso de 3 semanas, então, sinta-se livre para reter o meu último salário.

Ela apertou enviar e relaxou. Pronto, estava feito. Todos os seus laços com Francesco e a empresa dele foram cortados.

Antes, agora e Sempre

O aparelho começou a vibrar e a tocar em sua mão, assustando-a. Era Francesco. Por que ele estava ligando? O que mais havia para dizer? Irritada, Gia recusou a ligação. Dois segundos depois, ele começou a tocar novamente.

Que diabos?

A curiosidade a tomou, então, ela deslizou seu polegar ao longo do visor para aceitar a chamada.

— Sim? — ela disse, tão friamente quanto possível.

— Gianna, você não tem que fazer isso, não tem que parar de trabalhar no restaurante por minha causa. Você é muito talentosa e eu odiaria te perder. — Francesco parecia calmo e sincero, porém, momentos da última conversa deles passaram pela cabeça de Gia e acenderam sua raiva.

— Estou saindo porque é o que eu quero, não por sua causa.

— Por favor, pense nisso. Tire alguns dias de folga e realmente pense nisso.

— Não há nada a se pensar. Eu tomei a minha decisão. Adeus, Francesco.

— Espere! Por favor, não desligue. Nós precisamos conversar...

— Não. Eu não acho que precisamos. Já dissemos tudo o que há para dizer.

— Não, não dissemos. Ao menos, eu não disse — falou Francesco, suavizando sua voz para um sussurro preenchido com pesar. Gia sabia que não havia maneira de consertar o relacionamento deles, nem mesmo em um nível de amizade, mas ela não desligou. Se Francesco queria desabafar, então tudo bem.

— Bem, fale — ela o encorajou, mantendo o gelo em seu tom.

— Não pelo telefone. Quero ver você.

— Francesco, não vai mudar nada. Nós não voltaremos a ficar juntos e não há nada que você possa dizer que vá mudar minha decisão.

— Ainda assim quero falar com você, Gianna, por favor. Deixe-me explicar por que agi como um idiota. Mesmo se você não quiser nada comigo depois, isso vai pelo menos me ajudar a ter um encerramento. Pensar em como as coisas terminaram está me matando.

Algo na vulnerabilidade na voz suave de Francesco tocou o coração de Gia e ela sabia que ia aceitar antes mesmo de dizê-lo. Talvez ele estivesse certo. Eles namoraram por um longo tempo, o mais longo relacionamento romântico que ela teve, com exceção de Beppe. Ela costumava se importar com esse homem. Talvez permitir que ele falasse os ajudaria a ter esse encerramento.

— Ok, amanhã...

— Não, preciso te ver hoje à noite. Posso estar na sua casa em quinze minutos.

Gia revirou os olhos. É claro que tinha que ser hoje à noite, quando ela estava emocionalmente esgotada e exausta fisicamente.

— Tudo bem, tanto faz. Vejo você daqui a pouco. — Ela desligou o celular, jogou-o na almofada do sofá ao lado dela e fechou os olhos, rezando para não cair no sono antes de Francesco chegar. Ela queria acabar com isso e seguir adiante. Amanhã seria o primeiro dia do novo começo que ela tanto precisava. Gia não havia percebido quão presa em um barranco ela havia estado antes de Beppe a fazer abrir seu coração para ele mais uma vez. O filme em preto e branco da sua vida tinha sido remasterizado digitalmente em cores maravilhosas, e Gia mal podia esperar para fazer parte disso.

A campainha da porta tocou e acordou Gia do sono leve ao qual havia sucumbido.

— Oi — disse Francesco quando Gia abriu a porta.

— Oi, entre. — Gia afastou-se da porta para deixá-lo entrar. Francesco não parecia bem. Estava vestindo seu terno habitual, mas não usava gravata ou blazer e parecia cansado e despenteado, o que era incomum para ele. Seus olhos estavam injetados de sangue, como se não tivesse dormido muito nos últimos dias. Seu cabelo normalmente bem penteado estava desarrumado e descuidado.

Gia realmente não queria pensar em sua aparência dura. Não queria pensar que poderia ser a causa dela. A culpa de repente pesou sobre si — ela não havia pensado em Francesco uma só vez nos últimos três dias. Será que ele havia investido mais no relacionamento deles do que ela pensava?

— Sinto muito pela maneira como agi na outra noite — disse Francesco quando sentou no sofá. Gia se juntou a ele, sentando-se no lado oposto, sobre

Antes, agora e Sempre 209

um estrado largo. — Eu sei que o Beppe é seu amigo e precisava de você, mas, por favor, tente entender. Você passa muito tempo com ele. Você corre para ele toda vez que ele chama. Sempre que quer compartilhar algo ou precisa de conselhos ou apenas quer conversar, você o procura. Você não dá a ninguém uma chance. Como é que vou competir com isso? Você nunca olha para mim do jeito que olha para ele e isso dói, Gianna. Realmente machuca. — Ele fixou seu olhar quase incolor em Gia e ela podia ver claramente a dor em seus olhos.

Ele estava certo sobre tudo. Ela feriu este homem em seu desejo egoísta de superar Beppe. Ela usou Francesco como um chamariz.

— Olha, Francesco, me desculpe, eu não fiz isso de propósito...

— Eu sei, deixe-me terminar. Eu me apaixonei por você, Gianna. Pela primeira vez em muito tempo, eu me apaixonei. Eu vi um futuro para nós como um casal.

Gia estava sem palavras. Francesco estava apaixonado por ela? Ele nunca dissera antes e ela certamente nunca tinha sentido isso.

— Não fique tão surpresa. Você é uma mulher incrível, bonita, inteligente, apaixonada, talentosa. Quem não gostaria de se apaixonar por você? Eu estava com medo de admitir isso porque conseguia ver que você não estava apaixonada por mim. Eu temia a rejeição.

Francesco se levantou e, em um movimento rápido, estava ajoelhado entre as pernas de Gia, agarrando-lhe as mãos.

— Nós ainda podemos fazer isso funcionar, Gianna. Podemos consertar isso. Sei que podemos. Não quero te deixar ir, quero passar o resto da minha vida contigo.

Um brilho frenético apareceu nos olhos de Francesco. Ele realmente acreditava que a relação deles tinha uma base forte o suficiente para superar o que aconteceu e começar de novo.

— Francesco... Não sei o que dizer, mas você está certo — Gia começou e a expressão de Francesco se encheu de esperança quando seus lábios se separaram em um sorriso. — Eu não estou apaixonada por você. — Quando Gia terminou a frase e esclareceu sobre o que ele estava certo, a luz no rosto de Francesco morreu e foi rapidamente substituída por algo frio e feio. — Sinto muito, mas isso é o que sinto. — Gia tentou puxar as mãos do aperto de Francesco, mas ele só as apertou ainda mais, esmagando seus dedos dolorosamente. Gia deixou escapar uma pequena arfada.

— É por causa dele, não é? Você está apaixonada por ele e é por isso que não pode me amar? — Francesco rosnou. Gia estava completamente apavorada. Os olhos pálidos e avermelhados dele estavam alucinados, e seu belo rosto estava tão torcido de raiva que ele não parecia em nada com o Francesco que ela conhecia e com quem havia se importado. Ela nunca o tinha visto assim. Ele era sempre muito controlado, polido e cortês, mesmo quando estava obviamente infeliz com alguma coisa.

— Francesco, me solta, você está me machucando! — Gia gritou, lutando para libertar as mãos, mas isso só o incitou a apertar ainda mais. A dor atingiu o dedo indicador de sua mão esquerda e Gia gritou em agonia. Francesco jogou as mãos dela para baixo violentamente, levantou-se e ficou acima dela, olhando-a com olhos selvagens.

— Você transou com ele, não foi? — ele gritou.

— Não te devo nenhuma explicação, seu imbecil! — Gia gritou de volta. — Nós terminamos, você mesmo disse isso! Eu podia foder com quem quisesse. — Gia tentou ficar de pé. Ela realmente não gostava de Francesco elevando-se sobre ela, mas ele a empurrou de volta para baixo com força suficiente para fazer seus dentes baterem.

— Sua puta! — Francesco berrou e bateu em Gia tão forte com as costas da mão que ela quase caiu do assento. Ela imediatamente viu estrelas. — Eu não posso acreditar que me apaixonei por você! Você não é nada mais do que uma prostituta barata, assim como todas as outras! — Ele levantou a mão novamente, desferindo um golpe no outro lado da face de Gia, que sentiu sangue pingar pelo seu queixo. Seus ouvidos zumbiam e ela sentiu náuseas. A única coisa que a deixava consciente e alerta era a ideia do que Francesco podia lhe fazer se ela desmaiasse. De jeito nenhum ela lhe daria essa satisfação.

Francesco agarrou o queixo dela em um doloroso aperto, forçando-a a olhá-lo. Havia pontos negros na visão dela e seu lábio cortado doía pra cacete.

— Eu te dei meu coração e você pisou nele. Você não é nada mais para mim, está me ouvindo? Nada! — Ele cuspiu a palavra como se fosse o mais baixo dos insultos.

O homem estava delirando! Havia lhe dado seu coração? Como? Ele

Antes, agora e Sempre

nunca disse nada e certamente não agiu como se estivesse apaixonado por ela!

Pela primeira vez em sua vida, porém, Gia decidiu que seria mais sensato manter seus pensamentos para si mesma. Francesco parecia que precisava apenas da menor provocação para machucá-la ainda mais.

— Você nunca vai trabalhar nesta cidade novamente, vou me certificar disso. A partir de agora, sua vida aqui vai ficar o mais difícil possível. — Seus lábios se espalharem em um sorriso mau e ele a empurrou para longe, fazendo-a cair do assento. A queda a forçou a se amparar em sua mão esquerda, já machucada. Uma dor agonizante atravessou seu dedo indicador e Gia gritou.

— Ah, e a propósito, eu comi aquela garota que estou processando. Ela foi realmente uma surpresa especial. — Francesco riu maldosamente.

Como se eu me importasse, seu babaca doente.

A próxima coisa que ela ouviu foi a porta da frente chacoalhando as paredes quando ele a fechou atrás de si. Graças a Deus ele foi embora! Ela honestamente pensou que ele ia continuar batendo nela; ele parecia instável a esse ponto. Reunindo toda sua força e determinação, Gia tropeçou para a porta e trancou tudo com os dedos trêmulos. O alívio a preencheu quando ela caiu no chão e os soluços começaram.

Capítulo Vinte e Sete

Gia acordou sentindo todo o seu rosto latejando com uma dor aguda. Os terríveis acontecimentos da noite anterior vieram à tona. Se não fosse pela dor, ela teria pensado que tinha sido um sonho.

Francesco estava completamente insano! Ir de "eu te amo" para "eu realmente te odeio, sua puta" em dez segundos era loucura. Como podia ter sido tão cega? Por que ela não tinha acreditado na menina que a havia advertido na boate? Por que não prestou mais atenção às pequenas coisas que ele fazia ou os olhares que lhe deu ao longo do tempo ou às coisas que ele disse?

Porque, de fato, ela não havia se importado o suficiente, foi por isso. Ela realmente não estava interessada em conhecer o verdadeiro Francesco. Ela havia sido descuidada e estúpida, e isso lhe havia custado.

Gia levantou na cama com cautela e imediatamente desejou não tê-lo feito. Sentia como se alguém tivesse batido em sua cabeça com uma marreta e a deixasse largada lá. Como ela conseguiu chegar à cama na noite passada era um mistério; ela não conseguia se lembrar de muita coisa depois de Francesco ter ido embora.

Com esforço, levantou e se arrastou para o banheiro. Hora de encarar seu rosto.

Estava medonho. As maçãs do rosto estavam machucadas e de um tom verde-azulado; o lábio inferior, dividido e inchado com o dobro do tamanho; e havia marcas vermelhas de dedo marcando sua mandíbula. O pior de tudo era que seu dedo indicador doía pra cacete. Gia tinha certeza de que não estava quebrado porque o inchaço tinha diminuído e ela conseguia movê-lo, mas estava definitivamente torcido.

Afastando-se do espelho, Gia decidiu que a melhor coisa a fazer era tomar um banho, limpar-se tanto quanto podia e pensar em todo o resto mais tarde.

Meia hora depois, com o corpo limpo e o cabelo lavado e penteado, ela estava deitada na cama com uma bolsa de gelo no rosto, tentando desligar seu cérebro e esquecer tudo o que havia acontecido na noite anterior.

Antes, agora e Sempre   213

Seu celular tocando lá embaixo a tirou de seu transe. Gemendo, ela levantou com relutância. Ainda segurando a bolsa de gelo no rosto, Gia desceu as escadas e se dirigiu ao barulho infernal. Encontrou o aparelho sob a mesinha de centro, pegou-o e olhou a tela.

Beppe.

Oh, meu Deus, Beppe!

Gia deixou cair a bolsa no chão ao pensar em Beppe e no que ele faria quando visse seu rosto. Isso desencadeou uma nova onda de dor em seu crânio. Ela silenciou o telefone, incapaz de falar com ele agora. Precisava de um plano e precisava dele rápido. Logo ele ligaria novamente e, se não o atendesse, ele viria à sua casa para vê-la.

Gia fez a única coisa que lhe veio à mente: chamou Lisa.

— Graças a Deus! — disse Gia, agarrando o braço de Lisa, puxando-a para dentro e fechando a porta. A expressão horrorizada da amiga teria sido cômica se Gia tivesse qualquer senso de humor restante agora. Beppe havia ligado novamente assim que Gia telefonou para Lisa, mas ela tinha conseguido convencê-lo de que não estava se sentindo bem. Gia havia insistido várias vezes que Beppe não deveria vir vê-la, no caso de ser contagioso.

— O que diabos aconteceu com você? — perguntou Lisa, horrorizada.

— Por favor, fale baixo. Minha cabeça está latejando. Venha, vamos fazer café e podemos conversar.

Lisa seguiu-a para a cozinha e sentou-se à mesa. Gia se ocupou em fazer o café enquanto contava a Lisa todos os detalhes horríveis. Lisa ouviu em silêncio, franzindo a testa profundamente. Quando Gia terminou, a amiga perguntou:

— Você chamou a polícia? — A raiva estava piscando em seus olhos verdes, transformando seu rosto normalmente calmo em algo muito mais perigoso. Gia balançou a cabeça. — Por que não?

— Pra quê? Ele não vai pagar por nada. Provavelmente tem metade do departamento de polícia na folha de pagamento. Vão arrastar isso por meses, a mídia vai explodir a história e meu rosto vai ser escancarado em toda parte.

Prefiro simplesmente esquecer e seguir em frente.

— Eu não me importo se ele tem o presidente na folha de pagamento. Precisamos ir para a delegacia agora e denunciar o filho da puta.

— Não.

Lisa fechou os olhos por um longo momento, visivelmente tentando se acalmar. Ela apertou a caneca de café em sua mão até os nós dos dedos empalidecerem de tensão.

— Gia, você precisa fazer isso — disse ela baixinho. — Se não por você, faça-o para todas as outras garotas que vierem depois de você. Ele vai fazer isso com elas também. Sei que vai ser difícil, mas você precisa mostrar a todos o merdinha abusivo que Francesco Naldo é.

— Você não entende, Lisa. Mesmo se eu o denunciar, nada vai acontecer. Conheci uma garota, Carla. Ela me encurralou em uma boate umas duas semanas atrás e me disse que namorou Francesco há cerca de um ano. Disse que ele bateu tanto nela que ela foi internada no hospital. Quando relatou à polícia, a denúncia simplesmente desapareceu.

Inesperadamente, as lágrimas fecharam a garganta de Gia. Ela odiava quão assustada estava. Francesco era com certeza instável mentalmente, mas escondeu isso tão bem que ninguém ficava sabendo até que experimentasse em primeira mão. E se ele fizesse alguma coisa com Beppe por despeito? E se ele voltasse atrás dela?

Lisa ficou em silêncio, digerindo esta nova informação. Gia podia ver em seus olhos que a amiga já havia descartado a ideia de envolver a polícia.

— E se a gente for direto para a imprensa? Podemos ir ao escritório da Rai Uno e contar o que aconteceu — Lisa sugeriu.

— Eles nunca vão acreditar em mim sem provas. Provavelmente vão persegui-lo por uma declaração e ele negará. Mas a primeira pergunta seria: "Você foi à polícia?" e nós estaremos de volta à estaca zero.

— Nós temos que fazer alguma coisa... — disse Lisa, pensativa.

— Te digo o que vamos fazer. Vou fingir que estou doente e não sairei de casa por uma semana. Pelo menos, até meu rosto sarar. Você ficará comigo, tanto quanto puder, me escondendo de Beppe e mentindo, se ele vier me ver.

Antes, agora e Sempre   215

— A determinação de Gia passou para Lisa porque ela endireitou os ombros e começou a acenar com a cabeça.

— Confie em mim, se você acha que isso é ruim, a merda vai se espalhar no ventilador se Beppe descobrir.

Lisa estava lendo um livro no sofá de Gia quando alguém bateu na porta. Ela havia ficado o dia inteiro lá, tendo ligado para cancelar sua aula de arte à tarde. Lisa nunca tinha feito isso antes, porque amava dar aulas e sempre levou muito a sério suas responsabilidades, mas não abandonaria sua amiga que precisava dela agora.

Lisa colocou um marcador entre as páginas, deixou o livro na mesinha de centro e foi atender a porta.

— Ah, oi — disse Beppe, um pouco surpreso ao vê-la.

— Oi, Beppe. Estou aqui porque a Gia está doente e me pediu para ajudá-la, enquanto melhora. Ela está muito, muito doente, vomitando e tudo — Lisa divagava, bloqueando a entrada. Ele lhe deu um olhar confuso quando passou por ela e entrou sem esperar sua permissão. A menos que Lisa o derrubasse no chão, não havia qualquer outra maneira de pará-lo. Ela precisava se recompor e rapidamente melhorar suas habilidades para mentir.

— Eu sei, ela me disse. Trouxe um pouco de sopa, legumes no vapor e purê de batatas para ajudar a melhorar o estômago. — Beppe foi para a cozinha deixar as sacolas e voltou alguns minutos depois, indo direto para o quarto de Gia. Lisa correu para interceptá-lo nas escadas, pulando para o primeiro degrau e virando-se para Beppe.

— Você não pode ir lá — disse ela, o pânico se estabelecendo em seus olhos. Beppe levantou uma sobrancelha em um questionamento silencioso. — É muito contagioso, você vai pegar. Ela me disse para não deixá-lo vê-la.

— Eu sei, ela me disse para não vir. — Beppe riu. — Ela deveria saber que eu não a ouviria — disse e piscou. Mais uma vez, ele passou por Lisa para subir as escadas.

— Espere, Beppe, não. Por favor... — Lisa estava desesperada. O que faria agora?

— Se é assim tão contagioso, por que você está aqui? Não tem medo de pegar também?

— Ah. — Ela não havia pensado nisso. — Hum... eu já tive, na semana passada. Então, sou imune agora. — Beppe não deu qualquer atenção à sua resposta. Ele continuou a subir as escadas e andou pelo corredor, parando na frente do quarto de Gia. Ele bateu, mas entrou sem esperar por uma resposta. Lisa invadiu o cômodo atrás dele, seu sangue correndo frio quando ela imaginou a cena que se desenrolaria.

Só que Gia deve tê-los ouvido e fugiu para o banheiro. Beppe bateu na porta do banheiro e tentou abrir, mas estava trancada.

— Querida, você está bem aí? Precisa de alguma ajuda? — ele chamou pela porta.

— Estou bem. Vá embora.

— Desde quando você tranca a porta do banheiro?

— Desde que algumas pessoas não têm respeito pela privacidade alheia e me flagram no banheiro!

Beppe riu e se virou para Lisa. O medo que sentia em seu coração devia estar estampado em seu rosto, porque o comportamento de Beppe mudou em um instante. Ele percebeu a inquietação de Lisa e franziu as sobrancelhas. Ela desviou os olhos em uma última tentativa de esconder como se sentia.

— Gia, abra a porta — disse ele calmo, mas com firmeza.

— Não! Vá embora, Beppe! Não quero que você pegue minha virose. Não quero que me veja assim.

Os olhos de Beppe não deixaram os de Lisa quando ele falou:

— Já te vi doente dezenas de vezes. Estive ao seu lado e você sabe que nunca fiquei doente. Então, abra a maldita porta.

— Não. — Essa única palavra na voz assustada de Gia levou Beppe ao limite.

— Lisa — chamou-a Beppe, sua voz cada vez mais baixa e fria a cada segundo. — Me diga o que diabos está acontecendo antes que eu derrube a

Antes, agora e Sempre   217

porta para ver por mim mesmo.

Lágrimas encheram os olhos de Lisa quando ela imaginou as consequências de Beppe ver o rosto desfigurado de Gia.

— Beppe, por favor, apenas vá embora. Estou te implorando. — As lágrimas transbordaram e a ira de Beppe borbulhou.

— Gia, você tem cinco segundos para abrir a porta ou eu vou derrubá-la — ele rangeu entre os dentes cerrados.

Ninguém se mexeu ou mesmo respirou por um momento interminável. A porta permaneceu fechada.

— Um.

— Beppe, por favor, apenas confie em mim. Você precisa deixar isso pra lá.

— Dois.

Lisa ouviu um soluço vindo do banheiro quando suas próprias lágrimas rolaram livremente por suas bochechas. Ela se preparou para o inevitável.

O fecho soou e Gia abriu a porta, saindo do banheiro. Beppe deu um passo para trás. A visão do rosto ferido de Gia quase o deixou de joelhos. Ele conseguiu recuperar o equilíbrio rapidamente e caminhou para ela, tocando suavemente seus hematomas.

— Ele fez isso com você, não foi?

— Beppe...

— Não se atreva a mentir para mim, Gianna. Não se atreva, porra. — Seus olhos embaçaram e sua mão tremia enquanto ele acariciava seu rosto.

Gia balançou a cabeça em resposta à sua pergunta.

— Eu vou matá-lo — afirmou Beppe com uma voz calma e letal.

Abruptamente, ele deixou Gia e saiu do quarto com um propósito. Segundos depois, ela ouviu a porta da frente bater.

Gia caiu no chão, os soluços rasgando-a enquanto Lisa se ajoelhou para segurar a amiga nos braços.

Capítulo Vinte e Oito

Beppe jogou o cigarro no chão e pisou-o com mais força do que o necessário. Chegara ao *Orchidea Nera* havia cinco minutos e ficara esperando a uma distância segura, escondido nas sombras. O lugar que escolheu para sua espera era estratégico o suficiente para que pudesse ver todo mundo entrando e saindo do restaurante, tanto da parte dianteira quanto das saídas traseiras.

Passava das onze da noite, então Francesco deveria sair em breve. Beppe teve sorte por seu instinto inicial ser verificar o restaurante. Lá, ele tinha visto o Porsche Carrera preto de Francesco parado no estacionamento dos empregados.

Beppe enfiou a mão no bolso traseiro para pegar outro cigarro, mas um movimento na parte de trás do restaurante chamou sua atenção. Bingo. Francesco saiu pela porta de trás, sozinho, o paletó pendurado no ombro e as chaves do carro na mão. Beppe atravessou o estacionamento sem qualquer cuidado.

A raiva percorreu o corpo de Beppe. Ele calmamente colocou o gorro de seu suéter sobre a cabeça, apenas no caso de haver alguma câmera de segurança ao redor. Prontamente, foi atrás de Francesco. Precisava atacar rapidamente e de forma eficaz; não havia tempo a perder. A qualquer momento alguém poderia sair do restaurante.

Francesco nem viu acontecer. Num segundo, estava abrindo a porta do carro, e, no seguinte algo bateu nele com força suficiente para sacudir seu cérebro. Ele deixou cair o paletó e as chaves, e mal conseguiu ficar de pé. Beppe apertou seu pescoço por trás e não permitiu que o homem caísse no chão; eles estavam apenas começando. Beppe esmagou sua cabeça no carro mais algumas vezes e, em seguida, desferiu um soco nos rins dele. Francesco gritou em agonia. Ele desmoronou no chão, o sangue fluindo de um corte sobre as sobrancelhas e a testa. Seu nariz estava quebrado e sangrando muito, seu olho esquerdo estava inchado ao ponto de fechar e já estava em vários tons de preto.

Bom. Agora sabe como se sentem as mulheres que você bate, seu merdinha.

Beppe chutou-o uma vez e depois outra. Ele deixou sair toda a sua raiva, todo o seu ódio por aquela merda de homem. Beppe tomou o cuidado de

Antes, agora e Sempre   219

não usar as mãos para socá-lo pele contra pele porque seus nós dos dedos certamente rachariam e sangrariam com a força do impacto. Não queria deixar qualquer evidência de sua presença ali naquela noite. Ele continuou a chutá-lo violentamente, se preparando para dar o golpe final no crânio de Francesco.

Um que certamente o mataria.

Com o pé suspenso em pleno ar em cima de um Francesco gemendo, Beppe parou. Não podia fazer isso. Não porque sentisse alguma compaixão pelo homem que impiedosamente tinha espancado uma mulher — e Beppe tinha certeza de que, se ele bateu em Gia, provavelmente abusou de muitas outras —, mas porque ele não seria capaz de enfrentar Gia e admitir o que tinha feito.

Beppe recolheu cuidadosamente o pé. Depois, se ajoelhou ao lado de Francesco e sussurrou:

— Eu não vou te matar porque você não vale a pena, seu filho da puta. Não me faça me arrepender. Não me faça voltar. — Beppe se levantou abruptamente. Mantendo a cabeça baixa, rapidamente deixou o estacionamento do *Orchidea Nera*. O ataque não durou mais do que cinco minutos, mas Beppe foi extremamente sortudo por ninguém ter saído pela porta dos fundos. No entanto, isso poderia mudar em breve e ele precisava fugir.

— O que vamos fazer? — perguntou Gia, depois de se acalmar o suficiente para falar. — Nós não conseguiremos detê-lo. Ele vai fazer isso, Lisa, vai matá-lo. — A adrenalina e o pânico ajudaram Gia a se levantar e encontrar forças para tirar o pijama e se vestir.

— O que você pensa que está fazendo? Nós não podemos ir atrás dele!

— O caralho que não podemos, Lisa. Eu conheço o Beppe. Ele está tão enfurecido agora que realmente vai fazer algum dano, mas Francesco é perigoso. Muito perigoso. Eu não posso deixá-lo ferir o Beppe.

Gia procurou sua bolsa e calçou o tênis. Lisa seguiu-a de perto, balançando a cabeça para enfatizar sem palavras que essa era uma péssima ideia. Uma vez fora, elas caminharam até a estrada principal, onde poderiam pegar um táxi. Gia avistou um vindo lentamente em sua direção e acenou, dando ao motorista o endereço do *Orchidea Nera*. Em poucos minutos, o restaurante ficou à vista, bem como o caos ao seu redor. Uma multidão estava reunida e uma ambulância e um carro de polícia estavam estacionados perto da entrada dos fundos. As luzes piscando criavam um efeito estroboscópico na escuridão e Gia sentiu a bile subindo por sua garganta. Ela agarrou sua barriga e se dobrou quando começou a ofegar. Ela tinha que dizer ao motorista para continuar dirigindo, porque não queria ser vista ali, mas não conseguia dizer uma palavra.

— Você poderia prosseguir, por favor? — Lisa falou para o motorista e sorriu educadamente. — Algo está acontecendo e, obviamente, ele está fechado. Nós vamos ter que mudar nossos planos. Apenas nos deixe na esquina da *XX Setembre*. — O motorista acenou e o táxi acelerou, passando pelo restaurante.

Grata por Lisa ter lido sua mente, Gia alcançou a mão da amiga no assento e apertou-a como um silencioso "obrigada". Seu instinto lhe disse que a ambulância era para Francesco, não para Beppe, mas e se estivesse errada? E se fosse para Beppe? Ela tinha que encontrá-lo. Tinha que vê-lo com seus próprios olhos. Tinha que saber com certeza se ele estava bem.

Chegando ao destino, Gia quase caiu do táxi na pressa de respirar ar fresco e se acalmar. Lisa pagou ao motorista e se juntou a ela alguns momentos depois. Havia pessoas ao redor, dando uma volta, rindo, conversando; todos alheios ao pânico interno do Gia.

— O apartamento do Beppe não é muito longe daqui. Vou lá ver se ele está em casa. Te envio uma mensagem de texto. Vá para casa e descanse um pouco, Lisa. Eu não posso me desculpar o suficiente por ter te feito passar pelo dia de hoje.

— Você não precisa se desculpar, Gia. É para isso que os amigos servem. Só espero que ele esteja bem. Avise-me no instante em que o vir! — Gia acenou com a cabeça antes de dar a Lisa outro breve abraço e elas se separarem.

Gia correu em direção ao prédio de Beppe. Sem fôlego e ofegante, entrou no saguão, acenando para o concierge sem parar para um bate-papo como sempre fazia, e foi direto para o elevador. As portas se abriram e Gia entrou, apertando o número de andar de Beppe e começando a vasculhar a bolsa para encontrar as chaves do apartamento dele. Quando as puxou para fora, um *ping* anunciou sua chegada. Gia estourou através das portas entreabertas, e, com as mãos trêmulas, girou a chave na fechadura e abriu a porta.

Antes, agora e Sempre   221

A luz na sala de estar estava ligada. Bom sinal. Gia jogou a bolsa no sofá e correu pelas escadas até o quarto de Beppe, dois degraus de cada vez. Ao entrar no quarto, ela ouviu o chuveiro ligado. O alívio percorreu Gia, deixando-a quase de joelhos.

Ela não tentou abrir a porta do banheiro, mesmo que Beppe nunca a deixasse destrancada, desde quando seu pai o jogara no vidro do boxe e derramara água sanitária sobre ele. Aquele era um instinto tão profundamente arraigado em seu cérebro como respirar.

Gia desceu as escadas, pegou o celular da bolsa e mandou uma mensagem para Lisa dizendo que Beppe estava em casa. Não disse que ele estava bem, porque não sabia disso ainda, mas, se ele foi capaz de tomar um banho, provavelmente estava fisicamente bem.

Depois que Gia enviou a mensagem e recebeu a resposta de Lisa, o som de água parou. Após alguns momentos, Gia ouviu a porta do banheiro ser aberta e também os passos de Beppe, conforme ele se movia pelo quarto. Ela se sentou no sofá esperando por ele. O que diria? Que estava com raiva por ele ter batido em Francesco? De jeito nenhum! Ela não se importava com aquele desprezível. Ele poderia cair morto, se dependesse dela. Mas estava com raiva porque isso poderia causar problemas para Beppe. Gia tinha certeza de que ele tinha sido cuidadoso para não deixar qualquer evidência. Beppe não era estúpido ou impulsivo, ele fazia tudo com cuidado extremo e cálculo, mas, mesmo se o problema não alertasse a polícia, poderia vir da parte de Francesco, ou de qualquer pessoa com quem ele tenha acordos.

O medo por Beppe estava acabando com ela. Gia puxou os joelhos até o peito, a fim de parar o tremor. Ela acabara de conseguir Beppe de volta, e eles tinha prometido um ao outro que seria para sempre. Ela não ia perdê-lo.

— Meu bem, o que você está fazendo aqui? — Beppe perguntou gentilmente, sentando-se ao lado dela. Gia saltou, assustada. Estava tão consumida por pensamentos sobre a segurança de Beppe que não o tinha sequer ouvido descer. Ele vestia uma calça de moletom preta e nada mais. Seu cabelo estava molhado e sua pele ainda brilhava do banho. Gia o inspecionou inteiro, desde o rosto, indo para suas mãos e para seu peito para ter certeza de que ele não tinha sofrido qualquer dano. Todas as suas velhas cicatrizes estavam lá, lembrando-a de tudo que ele já tinha passado, mas ela não encontrou novas feridas.

— O que estou fazendo aqui? Deixe-me ver... — Ela colocou o dedo indicador nos lábios, fingindo pensar, e imediatamente fez uma careta de dor. Esse maldito dedo ainda doía, e ela estava sempre se esquecendo de mantê-lo fora do caminho. — Você foge da minha casa, declarando que ia matar Francesco, e então, quando fui ao *Orchidea Nera*, vi ambulâncias, carros de polícia e uma multidão. Nunca lhe ocorreu que eu poderia vir te procurar?

Beppe ficou em silêncio por alguns instantes, mas seus olhos endureceram como que se preparando para a batalha.

— Eu não estou arrependido do que fiz — declarou sem rodeios.

— E o que você fez exatamente?

— Eu bati nele. Muito. Ele provavelmente vai passar algum tempo no hospital. — Os olhos de Beppe vacilaram sob o olhar zangado de Gia. — Eu não o matei. Mas ele com certeza merecia — ele sussurrou.

— Você é um idiota burro! Acha que eu queria que fizesse isso? — Gia pulou do sofá e começou a andar, incapaz de ficar parada. A realidade da situação se fechava sobre ela e Gia precisava encontrar uma solução rápida, ou Beppe acabaria em uma vala.

— Olhe para você, Gia! Ele bateu em você! Você não tem ideia do quão perto cheguei de arrancar a porra da cabeça dele! Ninguém coloca as mãos em você. Ninguém!

— Ele vai saber que foi você. Ele virá atrás de você, Beppe, ele vai... — Gia não conseguiu terminar a frase porque seu coração ficou alojado na garganta. A raiva que havia sentido há poucos momentos se acalmou, mas temor rapidamente tomou o lugar. Ela caiu de joelhos na frente de Beppe e soluçou. Em algum momento, ela ficou consciente de que Beppe tinha os braços ao redor dela, mas não foi capaz de retribuir.

— Eu não posso te perder... — ela conseguiu dizer em meio às lágrimas.

— Shhh, está tudo bem, querida. Eu vou consertar isso. Você não vai me perder.

— Como? Como você vai consertar isso? Mesmo que tenha sido cuidadoso, Francesco vai saber que foi você. Ele é louco, Beppe. Você deveria tê-lo visto quando me bateu. — Beppe enrijeceu, um grunhido escapando de sua garganta. Ele a puxou ainda mais perto. — Ele não é assim tão burro, se

Antes, agora e Sempre   223

consegue esconder a sua verdadeira natureza tão bem. Nunca suspeitei de que ele não fosse uma pessoa calma, atenciosa, carinhosa até. Deus, como pude ter sido tão burra?

— Você não é burra, querida. Uma pessoa não deveria precisar de um curso de psicologia para namorar alguém. Espera-se que o outro seja são como você.

Gia soluçou quando riu, e as lágrimas finalmente pararam. Beppe pegou um lenço e as enxugou. Ele segurou o rosto dela e encontrou seus lábios suavemente. Gia permitiu que o amor em seu beijo lavasse a sua dor, mas não poderia atenuar o medo.

— Nós temos que sair da cidade até que isso passe. Se não ficarmos aqui por algumas semanas e Francesco não puder encontrá-lo, talvez ele perca o interesse. Sei que ele tem problemas muito maiores do que isso agora. Além disso, nos dará tempo para pensar em como lidar com isso também — disse Gia, subindo no colo de Beppe. Ele rodeou a cintura dela com os braços e descansou a cabeça em seu peito.

— Não seria mais suspeito se nós fugirmos?

— Nós não estamos fugindo, vamos visitar o Max. Há semanas ele vem insistindo para que eu o visite. Stella está se sentindo muito melhor. Não tenho mais um emprego para me preocupar, e você poderia ligar para a universidade e dizer que algum assunto de família realmente importante apareceu e vai precisar deixar as aulas e exames para o próximo semestre. Diga-lhes que seu avô morreu e, como único herdeiro, você precisa lidar com esses assuntos. Isso pode convencê-los a te dar uma pausa.

Beppe assentiu.

— Acho que funcionará — disse ele e seus lindos e sexy lábios se separaram em um sorriso completo de tirar o fôlego. — Quando partimos?

— Depois de amanhã? — Gia sorriu de volta, o aperto em seu coração aliviando lentamente.

— Nós vamos para Londres, meu bem!

— Sim, vamos.

Capítulo Vinte e Nove

— Bem-vindos a bordo deste voo EasyJet saindo de Milão, Linate, para Londres, Gatwick. Meu nome é Paul Norman e serei seu comandante hoje. O voo deve levar uma hora e quarenta minutos e... — O piloto continuou a falar, mas a mente de Gia vagou para longe. Ela continuava revivendo os acontecimentos terríveis de poucos dias atrás. Tocando o próprio rosto distraidamente, lembrou de suas tentativas de cobrir as contusões com maquiagem. Mesmo que alguns dos hematomas e inchaços tivessem diminuído, essa ainda era uma tarefa difícil de fazer. Não ficava tão terrível como com um rosto limpo, mas toda a base do mundo não conseguia esconder tudo isso.

Quando tinha ligado para Max para lhe dizer que iria para Londres, ele ficou um pouco confuso por ser tão em cima da hora. Stella pegou o telefone e lhes garantiu que não tinha problema, mas Gia sabia que seu irmão suspeitava que houvesse algum motivo oculto para sua visita. Gia não disse que ele estava certo ou o que aconteceu com Francesco e Beppe.

A reação de Max quando viu o rosto machucado da irmã não era algo que ela estava ansiosa para ver acontecer.

— Gostaria de algo para beber, senhor? — Uma voz feminina paqueradora trouxe Gia de volta. Eles já estavam em pleno voo e a aeromoça começou a oferecer bebidas. Esta moça, em especial, no entanto, estava batendo os cílios falsos para Beppe em um convite aberto. Gia podia sentir a brisa de onde estava sentada.

— Sim, eu gostaria de uma Coca-Cola, por favor — respondeu Beppe, dando-lhe seu sorriso de capa de revista. — Gostaria de algo, *cara*? — ele perguntou, virando para Gia.

— Estou bem — disse Gia, com um pouco de exagero. — Mas obrigada por perguntar — acrescentou e, para marcar território, deu em Beppe um prolongado beijo nos lábios. Ela olhou na direção da aeromoça assim que se afastou. Beppe deu um sorriso genuinamente satisfeito e pagou por seu refrigerante. Quando o carrinho de bebidas se moveu pelo corredor, Beppe se inclinou para Gia e sussurrou:

Antes, agora e Sempre   225

— Eu adoro quando você fica com ciúme. — Seu hálito quente fez cócegas no ouvido da jovem e ela estremeceu involuntariamente.

— Eu não estou com ciúme — ela disse e se virou para olhar pela janela.

— Querida. — Ela não podia deixar de virar com a voz suave de Beppe. Eles estavam sozinhos em uma fileira de três lugares, mas ainda assim ele falou em voz baixa: — Você sabe que não tem motivo, né? Você é a única mulher que eu quero.

Gia assentiu. Ela sabia disso em seu íntimo — em seu coração, em sua alma. Ela viu nos olhos de Beppe e acreditou. Mas, ainda assim, podia sentir as garras feias do ciúme rasgando sua mente quando outra mulher queria seu homem tão abertamente. Beppe era lindo, nenhuma mulher de sangue quente conseguiria resistir a ele. Gia tinha certeza de que todas o imaginavam nu, e não havia nenhuma maneira de mudar isso. Sua arrogância, seu sorriso, seus olhos eram as coisas que outras mulheres sempre achavam atraentes em Beppe, mas isso não significava que ele se aproveitaria disso novamente.

Racionalmente, Gia sabia disso. Mas, em um nível muito básico e primitivo, ela queria arrancar os olhos delas e colocar um enorme sinal no peito dele dizendo "ele é meu, recuem, cadelas". E nas costas dele também.

Definitivamente nas costas.

— Querida?

Gia percebeu que tinha se afastado e não respondeu sua pergunta.

— Eu sei, Beppe. Mas não posso evitar mostrar minha reivindicação sobre você. A vadia estava lambendo mentalmente seu abdômen e não posso aceitar isso. — Gia deixou que seus lábios se curvassem em um sorriso e Beppe seguiu seu exemplo.

— Bem, ela só pode imaginar, enquanto você pode realmente fazê-lo — disse ele, e levantou uma sobrancelha sugestivamente.

— De fato, eu posso.

Beppe estendeu a mão para pegar a de Gia, entrelaçando seus dedos. Ela suspirou baixinho e deixou a cabeça cair contra o assento, fechando os olhos.

— Que diabos aconteceu com o seu rosto? — Max rugiu no segundo em que os viu. Seus olhos castanhos piscavam perigosamente e Gia podia ver que ele mal conseguia conter sua fúria ao ver os ferimentos dela. A cena teria atraído muito mais atenção se Stella não tivesse colocado a mão na dele e sussurrado algo em seu ouvido.

Max travou o maxilar, franziu os lábios em uma linha fina pálida e, puxando a mala de Gia para longe dela, caminhou em direção ao estacionamento sem dizer mais nada.

— Olá, bem-vindos a Londres! — disse Stella e deu um breve abraço em cada um deles antes de todos se viraram para seguir um Max furioso. Beppe conseguiu alcançá-lo e eles caminharam juntos na frente das meninas.

— Oi, *cara*, você está ótima. Estou tão feliz por você — disse Gia a Stella quando ela tentou andar o mais rápido possível sem torcer o tornozelo.

— Obrigada — disse Stella, dando-lhe aquele sorriso bonito e caloroso dela. — Estou tão feliz por vocês estarem aqui! Nós vamos nos divertir muito! — Seus olhos brilharam com entusiasmo e Gia não pôde evitar de sorrir de volta.

— Claro que isso será depois que conseguirmos acalmar o Hulk, certo?

— Sim. Definitivamente depois disso.

Elas riram e atraíram a atenção de Max quando ele virou por cima do ombro e as olhou. O trajeto até a casa de Stella levou cerca de uma hora e foi pura tortura. Gia tinha se recusado a dizer a Max toda a história, quando ele insistiu, porque tinha medo de que ele derrapasse o carro para fora da estrada por causa da raiva. Então, ao invés, eles continuaram a conversa leve, enquanto Max agarrava o volante com tanta força que Gia jurou que seu irmão ia arrancá-lo.

No momento em que colocou as malas dentro da casa de Stella e a porta se fechou atrás deles, Max rosnou:

— Comece a falar!

— Jesus, Max! Respire! Deixe-me mostrar o quarto a eles... Vocês ficarão em um quarto só? Porque nós temos dois vagos, mas apenas um deles é um quarto. O outro é utilizado como escritório para mamãe... — Stella divagou e nem sequer pestanejou sob o olhar gelado de Max.

Antes, agora e Sempre 227

— Um quarto está ótimo, Stella, obrigada — respondeu Gia, que podia sentir o calor correndo para seu rosto. Ela era uma garotinha agora? Ela tinha dormido na cama com Beppe centenas de vezes e agora estava corando?

— Vocês estão juntos agora? Tipo, fodendo e tudo? — perguntou Max, incrédulo.

— Max! — Stella gritou e olhou para o namorado, como se quisesse trancá-lo no armário para que ele parasse de falar. Gia olhou para Beppe, que franziu as sobrancelhas, e ela poderia dizer que ele estava farto do comportamento de Max. Stella deu um passo para mais perto de Max e estendeu a mão, os olhos amolecendo. — Sei que você está preocupado com a sua irmã, querido, eu também estou. Mas deixe-os descansar e tomar fôlego, ok? Eles não vão a lugar algum. Você pode sabatiná-los mais tarde.

Max levantou as mãos em sinal de derrota e saiu da sala de estar em direção, ao que Gia adivinhou, ser a cozinha.

— Sinto muito, gente, ele só está preocupado — disse Stella, voltando sua atenção para eles. Os dois deixaram de lado o comportamento de Max e ela continuou: — Deixe-me lhes mostrar o quarto, então. Sintam-se em casa. Podem usar todas as gavetas e o guarda-roupa. Coloquei toalhas limpas na cômoda ao lado da cama. Infelizmente, apenas o quarto principal tem suíte, então, vocês terão que usar o banheiro compartilhado, mas não se preocupem, não terão muita concorrência. Minha mãe sai para trabalhar cedo e volta tarde, mas, de qualquer forma, ela não passa muito tempo no banheiro. Então, vocês ficarão bem. — Stella continuou a falar sobre os arranjos da casa enquanto subiam as escadas em direção ao quarto.

Ao entrar no cômodo, Gia imediatamente se apaixonou. Era pequeno, porém aconchegante e claro. Tinha uma janela grande em uma parede, parcialmente coberta por belas cortinas de voile roxo e prata, um guarda-roupa de casal na parede oposta e uma enorme cômoda com seis gaveta ao lado da cama king size, que tinha uma cabeceira de madeira elegante da mesma cor castanha que a cômoda, o guarda-roupa e os criados-mudos. Uma estampa elegante combinando com as cortinas cobria os lençóis e algumas almofadas estavam espalhadas na cabeceira da cama.

O coração de Gia apertou, mas ela não sabia exatamente o porquê. Sentia-se em casa neste pequeno quarto e isso não fazia nenhum sentido. Era a primeira vez que colocava os pés na casa de Stella, mas se sentia bem acolhida e em paz, até mais do que em sua própria casa.

Sacudindo a cabeça para descartar esses pensamentos estranhos, Gia focou no que Stella ainda estava dizendo:

— Lisa, na verdade, a trouxe consigo quando elas vieram nos visitar e eu amei! — Tanto Stella quanto Beppe estavam olhando para uma pintura emoldurada, claramente pintada por Lisa. Gia tinha visto algumas das peças de Lisa e esta combinava com seu estilo, eram traços abstratos nas cores roxo suave, bege e vermelho de um homem e uma mulher se abraçando na rua sob a chuva. — Ela trouxe três telas. Nós as emolduramos enquanto ela estava aqui e penduramos. Tenho uma em nosso quarto e a última está na sala de estar, mas esta combinou com o esquema de cores e as características deste quarto, então, a deixamos aqui.

Stella e Beppe conversaram um pouco mais, porém Gia de repente sentiu-se tão sobrecarregada de exaustão que não quis nada mais do que não deitar-se na cama tão convidativa e tirar um cochilo. Ela deu um enorme bocejo.

Stella percebeu e começou a recuar para fora do quarto.

— Vou deixar vocês descansarem. O banheiro fica a duas portas no corredor, à esquerda. Sintam-se em casa e desçam quando quiserem. Vou manter Max distraído para que ele não bata na sua porta em cinco minutos — falou Stella, e piscou quando se virou para ir embora. Beppe e Gia murmuraram seus agradecimentos quando a porta se fechou atrás da amiga.

— Você está bem? — perguntou Beppe, sentando na cama ao lado de Gia e envolvendo um braço em volta dos ombros dela. A jovem assentiu. — Vamos tirar uma soneca. Precisaremos de toda a nossa força quando finalmente descermos e falarmos com eles.

— Oh, meu Deus! Acaba de me ocorrer que eles não sabem de nada! Não apenas sobre isso — ela apontou para o rosto ferido —, mas sobre tudo! Sobre a minha relação com Francesco, embora eu ache que mencionei para Max que estava namorando com ele, mas não entrei em muitos detalhes. Ou sobre a morte do seu avô, sobre a viagem para a Sicília... — Gia ficou mais e mais nervosa quando elencou mentalmente tudo o que tinham que compartilhar com Max e Stella. Era um monte de informações.

— Shh, está tudo bem, querida. — Beppe gentilmente colocou um dedo

Antes, agora e Sempre   229

sobre os lábios de Gia, silenciando-a. — Vai ficar tudo bem, eu prometo. Vamos para a cama. Lidaremos com tudo isso mais tarde. — Ele tirou os sapatos, as meias e a jaqueta, e Gia deslizou para cima da cama, deixando espaço suficiente para Beppe subir e aconchegar-se ao seu lado.

Quando Beppe e Gia finalmente desceram depois de um maravilhoso e muito necessário cochilo de duas horas, encontraram Max e Stella fazendo o jantar na cozinha. Ou melhor, Max cozinhava, e Stella cortava legumes e o fazia rir. Gia parou na porta por um momento, observando o casal. Ela admirava o que essa garota tinha feito por seu irmão. Aos olhos do mundo, ele era o único que tinha lutado por ela e a tinha apoiado ao longo do mais incerto e terrível momento de sua vida. Mas Gia sabia melhor. Vendo a postura relaxada de Max, seu riso fácil e o belo rosto radiante de amor, ela sabia que era tudo por causa de Stella. Max era uma pessoa forte, que conseguiu superar muita coisa em sua vida, muitas vezes sozinho, mas Gia sabia o quanto seu irmão precisava de alguém com quem compartilhar sua vida e seus sonhos.

Quando Stella o conheceu, Max estava estacado na vida. Ele havia decidido que talvez fosse apenas isso, talvez isso fosse tudo o que ele conseguiria e estava conformado. Ele tinha planos, como ir para a faculdade e, eventualmente, construir uma carreira que não exigisse que usasse shorts minúsculos laranja como uniforme ou servir coquetéis. Mas, a partir do momento em que colocou pela primeira vez os olhos em Stella, uma paixão por *mais* se acendeu dentro dele. Seus olhos agora queimavam com antecipação para o futuro — um futuro com Stella. Um futuro no qual ele a tinha como sua parceira de vida, alguém para compartilhar seus sonhos e torná-los maiores e mais grandiosos; alguém que o apoiava, e não tinha medo de falar. Alguém que nunca aguentava suas merdas; que acalmava seu temperamento impetuoso com apenas um olhar; alguém em quem ele confiava implicitamente e que o amava, não importa o quê.

— Ei! Vocês tiraram um bom cochilo? — perguntou Stella, notando Gia e Beppe quando eles entraram na cozinha.

— Sim, tiramos. Não tinha percebido o quanto eu precisava disso até minha cabeça bater no travesseiro — Gia respondeu, sentando na cadeira ao lado de Stella.

— Ela apagou rápido — disse Beppe, aproximando-se de Max para espreitar a panela que ele mexia no fogão.

— Não demorou muito tempo para você começar a ressonar perto de mim também — brincou Gia. Beppe olhou para ela por cima do ombro e piscou.

— O que você está fazendo? — Beppe perguntou a Max. — Não parece muito bom.

— Puxa, obrigado. — Max bufou, mas um sorriso ameaçou aparecer em seus lábios. — É chilli, homem. Não é bonito, mas é muito bom.

— Vou acreditar em você.

— Você vai ver. Vou colocá-lo sobre batatas assadas, complementa melhor do que arroz ou purê, na minha opinião.

Eles conversaram mais um pouco sobre a comida. Beppe estava brincando com Max, dizendo que ele tinha esquecido que era italiano, e recebeu um tapa com a espátula. Gia e Stella puseram a mesa, terminaram de fazer a salada e pegaram as bebidas na geladeira. Stella pediu desculpas por não terem abastecido o frigobar com vinho ou cerveja, mas não costumavam comprar álcool e haviam esquecido.

Só então Helen, a mãe de Stella, chegou em casa do trabalho. O coração de Gia aqueceu com a maneira afetuosa que a mulher cumprimentou a filha e ao Max, dando a cada um deles um beijo no rosto e um sorriso carinhoso. Ela acolheu Beppe e Gia e lhes assegurou que poderiam permanecer por tanto tempo quanto quisessem. Todos se sentaram para jantar e Gia não pôde deixar de pensar em quanto tempo fazia desde que ela, seu irmão e sua mãe tinham comido juntos como uma família. Isso era bom. Parecia certo. Gia estava feliz que tivessem decidido fazer essa visita, apesar das circunstâncias que os levaram a isso.

Com a boca cheia, Beppe murmurou seu contentamento com a culinária de Max, que sorriu amplamente. Até Gia teve que admitir que, embora a comida em seus pratos parecesse bastante... feia e sem sofisticação, muito longe do que ela estava acostumada, estava bastante deliciosa.

Quando terminaram, Helen lhes desejou boa noite e se retirou para seu

Antes, agora e Sempre   231

quarto. Max e Stella encheram a máquina de lavar louça de forma rápida e eficiente como uma equipe que faz isso todas as noites, e, em seguida, Stella fez chá. Eles se retiraram para a sala de estar, estendendo-se confortavelmente nos sofás para acomodar as barrigas cheias.

— Sua mãe não virá assistir um pouco de TV ou algo assim? — perguntou Gia, achando estranho que Helen tenha ido para a cama tão cedo; eram apenas dez da noite.

— Não, nós costumávamos ter apenas esta TV, mas mamãe ficou cansada da obsessão do Max por 'The Walking Dead' e comprou uma para seu quarto — explicou Stella.

— Ei! Minha obsessão por 'The Walking Dead'? E a sua obsessão por 'True Blood'? Você coloca todas as temporadas repetindo o tempo todo! — Max protestou.

— Ok, minha mãe ficou cansada de zumbis *e* de vampiros, e começou a assistir TV no quarto dela. Melhor?

— Muito melhor — respondeu Max e, sorrindo, baixou a cabeça e beijou Stella no nariz. Um silêncio desconfortável caiu sobre a sala e Gia sabia que era hora de começarem a falar.

— Então, por onde eu começo? — perguntou.

— Que tal, desde quando vocês dois estão fodendo? — perguntou Max, e Stella lhe deu um tapa na coxa. Ele nem sequer pestanejou para falar.

— Desde que nós fomos para a Sicília para enterrar o avô do Beppe — respondeu Gia, seus olhos inabaláveis quando encontrou o olhar de Max.

— Ok, então comece antes disso. Muito antes disso.

Capítulo Trinta

Era meia-noite quando terminaram de contar a Max e Stella tudo o que tinha acontecido. Beppe podia ver que Max mordeu a língua várias vezes durante a história, querendo fazer perguntas ou comentários. Ele se conteve, no entanto, e isso surpreendeu Beppe. Talvez houvesse esperança para seu amigo imprudente e impulsivo. Stella definitivamente era uma boa influência para ele.

— E aqui estamos nós. Eu honestamente não tenho ideia do que vamos fazer quando voltarmos para Gênova, mas tenho certeza de que vamos pensar em algo — disse Gia quando concluiu sua história.

— Vamos, eu prometo. — Beppe passou um braço em volta dos ombros dela, puxando-a para mais perto de si, beijando sua têmpora e apoiando o queixo em sua cabeça. Ele podia sentir o olhar de Max queimando nele, seu desejo de falar superando a contenção.

— Como você conseguiu parar? — perguntou Max com a voz rouca. Beppe encontrou seu olhar e soube exatamente o que seu amigo queria dizer.

— Honestamente, eu não sei. Acho que o meu amor por Gia é muito maior do que o ódio que senti por Francesco naquele momento. Eu não teria sido capaz de olhar nos olhos dela e lhe dizer que o tinha matado.

Max assentiu, os braços instintivamente apertando Stella, que estava sentada entre suas pernas. Ele sustentou o olhar de Beppe por alguns longos momentos. O que se passou entre eles não precisava ser dito em voz alta: Max não teria parado. Beppe podia sentir o corpo do seu amigo tremendo de raiva reprimida de onde estava sentado no outro sofá. Stella esfregou as mãos sobre as coxas de Max, seu corpo endurecendo como se pudesse dizer o que Max estava pensando.

— Ok, agora que você sabe tudo, podemos não falar mais sobre isso? Preciso de um tempo. Estou mentalmente exausta. Portanto, vamos passar para outra coisa — pediu Gia, consciente da tensão sombria que pairava no ar.

— Você está certa, Gia. Vocês vieram para relaxar, se divertir, ver e experimentar algo novo. Então, é exatamente isso que vamos fazer. Certo,

Antes, agora e Sempre   233

Max? — Stella inclinou a cabeça para trás, tentando fazer contato visual com o namorado. A tensão no corpo de Max drenou com a voz de Stella. Ele a beijou na ponta do nariz quando respondeu:

— Com certeza.

— Acho que vai ser bom para nós também — acrescentou Stella, sua voz cada vez mais grave.

Mais cedo, Stella havia compartilhado que, na semana anterior, recebera uma notícia incrível: sua cirurgia tinha sido bem-sucedida e seus tumores haviam desaparecido. Os médicos acreditavam que, em poucos meses, Stella estaria completamente livre do câncer, sem a necessidade de um segundo tratamento. Ela estava ótima, cheia de vida e de energia. Seu cabelo estava tão descontrolado como sempre, pois não foi afetado pelo tratamento. A injeção de produtos químicos direto no fígado não afetou o resto de seus órgãos nem teve os mesmos efeitos secundários da quimioterapia tradicional. Sua pele brilhava e suas bochechas estavam com uma cor rosa saudável.

Se Beppe não soubesse que ela estava lutando contra o câncer, nunca teria imaginado. Não só por causa de sua aparência, mas por causa da sua grande vitalidade e atitude positiva. Mas ele sabia que, quando Stella estava ao lado de Max à noite, era capaz de tirar a máscara que usava para o resto do mundo e revelar sua alma para o homem que amava. Ele sabia que, nesses momentos, a preocupação de que algo ainda poderia dar errado estava lá, em ambos.

Então, quando ela sugeriu que todos poderiam ter um pouco de diversão e novas experiências, Beppe concordou plenamente.

Beppe, Gia e Max estavam tomando café da manhã na cozinha no dia seguinte quando um grito de alegria atravessou o ar. Todos estremeceram quando o barulho ficou mais perto, e Stella irrompeu na cozinha, ainda de pijama. Seus olhos estavam vidrados de entusiasmo. Ela não conseguia ficar parada, saltava como se estivesse dançando em uma comemoração estranha e balançava os braços acima da cabeça.

— Querida! O que diabos está acontecendo? — Max conseguiu fazer-se ouvir por sobre a alegria de Stella. — Ganhou na loteria?

— Não! Melhor!

— Bem, se você já acordou e está de bom humor, deve ser. Eu honestamente não consigo me lembrar de você acordar assim alguma vez — comentou Max, e cruzou os braços sobre o peito, um sorriso lento puxando seus lábios.

— Ok, você não vai acreditar. Eu acordei com o rádio, certo? — Stella sentou-se ao lado de Max e de frente para Beppe e Gia, encontrando seus olhares confusos. — Quero dizer, meu despertador tem um rádio, que liga quando o alarme dispara. Enfim, hoje de manhã, quando acordei, eles tinham acabado de anunciar que estavam sorteando ingressos para o show de amanhã do 30 Seconds to Mars, no O2. Os ingressos estão esgotados há meses! Tentei comprar, mas acabaram em uma hora — ela divagou. — Mas adivinhem! — Ela não esperou que eles tentassem adivinhar. — Eu ganhei quatro ingressos! Conseguem acreditar? Eu ganhei!

Assistir Stella era exaustivo. Beppe já estava cansado. E mal eram dez da manhã.

— Mentira!! Oh, meu Deus, sério? Eu amo eles! — Gia exclamou ao lado do namorado. Ela começou a saltar em seu assento. Beppe se virou para ela, perplexo.

— Você gosta?

— Sim. Como não? A música é ótima e eles são tãããooooo gostosos!

Stella assentiu com entusiasmo, seu sorriso ficando mais amplo.

— Jared é um deus do rock! Nunca vi ninguém capaz de comandar a atenção do público como ele. E quando tira a camiseta encharcada, eu gostaria que minha língua fosse grande o suficiente para chegar ao palco e lamber...

— Ei! — Max deixou escapar, fazendo com que Stella fizesse um silêncio temporário. — Acho que você está esquecendo de algo... *nós*! — Ele gesticulou entre si e Beppe. — Nós estamos aqui e podemos ouvir tudo o que você está dizendo.

— O quê? — Ela piscou inocentemente. — Ele é gostoso. E é um astro do rock. Estamos autorizadas a babar por ele.

— Concordo. Com certeza deve haver uma exceção à regra, permitindo que as mulheres falem obscenidades sobre estrelas do rock na frente de seus

Antes, agora e Sempre   235

namorados — brincou Gia, com um sorriso insolente na direção de Beppe sobre sua caneca de café.

— É mesmo? — perguntou Beppe, mordendo a isca e adorando isso. — Então está me dizendo que dormiria com uma estrela do rock apenas porque ele está em uma banda?

— Bem, não haveria muito sono acontecendo — respondeu Gia, e Max engasgou com o café.

— Nojento. Minha irmã quer transar com uma estrela do rock e eu tenho que sentar aqui e ouvi-la fantasiar sobre isso.

— Vê? Isso é muito mais preciso — disse Gia, e Stella riu.

— Deixe-me reformular, então. Você foderia com uma estrela do rock, uma vez, duas, a noite toda, só porque ele está em uma banda. — Beppe relaxou o braço sobre as costas da cadeira de Gia e levantou uma sobrancelha para ela.

— Depende de em que tipo de humor estou, eu acho — respondeu ela, e encolheu os ombros como se estivessem discutindo se deviam comprar leite integral ou semidesnatado.

— Existe um tipo de humor "foder com uma estrela do rock"? — perguntou Beppe, incrédulo.

— Oh, sim — Stella e Gia disseram em uníssono e, percebendo o que tinham feito, explodiram em risos.

— Tudo bem, é isso. Vocês pediram — disse Beppe e se levantou. — Vamos, Max, vamos embora. — Max olhou para ele como se tivessem saído asas de sua bunda.

— Ir aonde?

— Elas querem estrelas do rock, então, terão estrelas do rock. Vamos lá, vamos fazer compras.

Beppe pegou Max pelo braço e o arrancou da cadeira, arrastando-o pela porta da cozinha.

Os meninos tinham sido extremamente sigilosos sobre sua ida às compras, escondendo-as no minuto em que passaram pela porta. Gia e Stella haviam tentado, mas não conseguiram extorquir nenhuma informações deles. Os dois estavam com os lábios selados.

— Você vai ver amanhã — Beppe dissera.

Bem, era quase hora de irem ao concerto e os meninos ainda estavam no quarto de Stella e Max se vestindo. Gia e Stella, prontas para ir, foram forçadas a esperar, zapeando entre os canais de TV de forma aleatória.

— Se alguém me disser que as meninas levam mais tempo para ficarem prontas, vou dar um chute em sua bunda — resmungou Gia, passando o controle remoto para Stella. Talvez ela pudesse encontrar algo para focar a atenção até as rainhas da beleza trazerem suas bundas para o piso térreo.

Dez minutos depois, a porta do quarto se abriu e Gia ouviu passos descendo as escadas.

— Graças a Deus! — ela resmungou e se levantou, ajustando a saia. — Vamos... — As palavras morreram em seus lábios quando ela deu uma olhada em Beppe vindo em sua direção — ... embora.

Gia estava tão acostumada com a imagem de Beppe que a sua beleza nem sequer a surpreendeu muito, afinal, ela olhou para a cara dele a maior parte de sua vida. O homem que estava à sua frente agora parecia Beppe e tinha sua arrogância, mas era cem vezes mais gostoso.

— Puta merda! — exclamou ela e continuou a olhá-lo.

Beppe estava vestindo uma calça de couro preta que deve ter custado uma fortuna, porque era feita do couro mais macio que Gia já tinha visto e moldava-se ao corpo dele. Seus pés estavam cobertos por botas pretas de roqueiro e, nos quadris, havia correntes de prata que balançavam sedutoramente com os seus movimentos. Beppe vestia uma regata preta que deixava todas as tatuagens em seus braços à mostra e tinha um dragão carmesim girando no peito no meio de um círculo de chamas. Ele usava também pulseiras de couro grossas e um anel de prata pesado em cada mão. O mais impressionante de tudo era que Beppe tinha arrumado o cabelo estilo estrela do rock e colocado delineador ao redor dos olhos. Se alguém podia usar isso, era Beppe. Seus olhos pareciam ainda mais escuros e brilhavam perigosamente.

Antes, agora e Sempre   237

Gia engoliu em seco e tentou falar, já que estava ali, sem palavras e babando por sabe-se lá quanto tempo.

— Você está... gostoso! Quero dizer... Jesus! Olhe para você!

Beppe sorriu e se aproximou dela, circulando sua cintura com os braços e sussurrando:

— Você está gostosa também. — Ele correu sua língua sobre a curva da orelha de Gia. Sua voz sexy e baixa de barítono enviou tremores por ela.

Gia e Stella haviam feito compras no dia anterior. Gia comprara uma saia preta curta e uma blusinha vermelha justinha que estava usando agora. Ela pensou que convinha à ocasião, mas, agora que tinha visto a roupa de Beppe, sentiu-se mal vestida.

— Acho que você transará com uma estrela do rock esta noite — Beppe soprou em seu ouvido e Gia gemeu de verdade. O som a assustou e ela rapidamente olhou em volta, para Max e Stella, mas eles estavam distraídos, abraçando-se e sussurrando.

Seu irmão também não estava nada mal. Ele vestia jeans skinny preto coberto de tachinhas de prata que se moldava ao seu corpo mais volumoso e uma camiseta preta desbotada que era clara na frente, mas tinha enormes e fortes asas pretas de anjo nas costas e 'Darkside' escrito em letras garrafais embaixo. Quando se virou para Gia, ele tinha um enorme sorriso estampado no rosto e estava usando delineador também. Estava impressionante em seus olhos castanhos e Gia teve que admitir que Max poderia usá-lo tão bem quanto Beppe. Stella tinha os braços em volta de seu pescoço, seu curto vestido preto subindo em suas coxas.

— Tudo certo! Concordamos que todos estamos gostosos, embora vocês tenham demorado muito mais tempo para conseguirem esse efeito — disse ela, apontando para Beppe e Max, que riram. — Agora vamos, eu não quero me atrasar! — Stella pegou sua bolsa no sofá e se dirigiu para a porta, com os outros logo atrás.

238 Teodora Kostova

Capítulo Trinta e Um

Max estacionou o Lexus de Helen no estacionamento da O2, pagando a exorbitante taxa de vinte libras pelas poucas horas de show. Depois de saírem do carro e se juntarem à multidão que ia em direção à arena, os resmungos sobre a taxa foram esquecidos porque a antecipação e o entusiasmo começaram a tomar conta deles. No caminho para a arena, o quarteto conversou com outros fãs, especulou quem faria a abertura e até mesmo se juntou para cantar com um grande grupo de fãs holandeses que estavam em Londres apenas para o show. Os caras bateram punhos e conversaram com outros homens vestidos em trajes de roqueiro como o deles. Gia e Stella tiveram que beijar seus namorados repetidamente, acariciá-los e agarrá-los para manter outras meninas longe; Beppe e Max as atraíam como moscas.

Ao todo, a experiência de caminhar para o local foi tão emocionante quanto a do próprio show. Lá dentro, eles tomaram seus lugares no setor 110 na parte inferior. Eram ótimos assentos, altos o suficiente para ver o palco acima do público em pé, e um pouco para o lado, que era um ângulo muito melhor do que de frente.

Quando entrou, Gia olhou ao redor e acima dela e ficou radiante que os lugares deles não fossem no nível superior. Os bancos no nível superior eram incrivelmente íngremes e quase atingiam o teto. Gia imaginou o mal-estar de vertigem que teria se estivessem sentados lá, e sentiu um arrepio mental.

Enquanto esperavam pelo início do show, eles pegaram algumas bebidas, conversaram e tiraram fotos. Lentamente, a arena lotou, e, de repente, já era hora da abertura, com uma banda de Londres chamada Moon Plague, que era muito boa. As batidas rápidas e cativantes misturadas com *riffs* de guitarra melódicos e a voz clara e forte do vocalista enchiam a Arena. Rapidamente o público ficou viciado na música e começou a bater palmas, a assobiar e a cantar, claramente curtindo a banda relativamente desconhecida. Moon Plague veio com tudo, usando efeitos pirotécnicos e de luz, fumaça e confetes.

— Vocês estão prontos para o 30 Seconds to Mars? — gritou o vocalista no microfone. A plateia foi à loucura; todos estavam definitivamente prontos. — Não consegui ouvir, Londres!

Antes, agora e Sempre   239

Gia pensou que os gritos derrubariam o lugar.

A banda desejou a todos uma boa noite e saiu enquanto a plateia gritava pela atração principal. Gia podia sentir a antecipação e a adrenalina correndo por cada pessoa, e sorriu. Stella tinha Max envolvido em torno de si quando saltou sobre seus pés, incapaz de ficar parada.

Gia sentiu os braços de Beppe esgueirarem-se em torno da sua cintura e puxá-la para perto. Ela instintivamente se inclinou para ele, saboreando sua aparência de estrela do rock. A forma como os olhos de Beppe brilhavam de entusiasmo e de segundas intenções enviou um arrepio pelo corpo de Gia. Ela se aproximou dele e se levantou na ponta dos pés para que seus lábios pairassem a apenas uma respiração de distância dos dele. O canto da boca de Beppe se curvou em um sorriso antes de ele acabar com a pequena distância e selar seus lábios. Gia sentiu o corpo dele derreter no seu, seus braços apertando-a e puxando-a para tão perto que ela mal podia respirar. Sua língua quente explorou a boca dela, lambeu seus lábios e Gia não conseguiu segurar o gemido de necessidade que escapou de sua garganta. Beppe estremeceu visivelmente e traçou uma linha de beijos, lambidas e mordidas ao longo queixo de Gia até a orelha dela. Ele chupou o lóbulo e, segundos depois, ela sentiu sua respiração em seu ouvido enquanto ele sussurrava:

— Eu te amo.

Sua voz entrecortada ficou presa e ele encostou a testa na sua têmpora, tentando se recompor. Gia nunca o tinha ouvido pronunciar essas palavras com tanta emoção; ele as dissera muitas vezes, sempre com sinceridade, mas havia algo diferente na maneira como ele as disse agora.

Havia algo mais, mas Gia não sabia o quê. Beppe já tinha confessado tudo o que sentia por ela, então, não existia segredos entre eles, mas aquelas três grandes palavras continham algo diferente esta noite. Gia virou no abraço apertado de Beppe, apenas o suficiente para olhar em seus olhos, tentando ler o que ele estava escondendo.

O sentimento cru que ela viu despojou-a de sua capacidade de respirar. Ela viu o menino sangrando na calçada, o adolescente assustado e o adulto perturbado, tudo em um homem bonito. Ela viu *Beppe*, todo ele, e Gia sabia que ele propositadamente manteve seu olhar fixo no dela porque queria que ela visse isso. Ele queria que ela visse que ele a amava com tudo o que tinha: o bom, o mau, o vulnerável, o fraco e o forte.

— Eu também te amo. Muito — ela sussurrou de volta, engolindo o nó na garganta. Beppe reforçou seu domínio sobre ela mais uma vez e Gia colocou os braços em volta do seu pescoço. Eles ficaram assim por um longo tempo, até os primeiros acordes de *Night of the Hunter* soarem e a Arena O2 explodir em vivas, gritos e assobios, trazendo-os de volta à realidade.

Jared explodiu no palco, cheio de energia, e começou a cantar e a tocar sua guitarra, enquanto corria para cima e para baixo. As pessoas ao redor deles começaram a saltar, cantando e tirando fotos. Beppe e Gia se juntaram a eles, sorrindo para Max e Stella, que já estavam fazendo o mesmo. As últimas notas da canção fluíram perfeitamente para a próxima: *Search and Destroy*. Ninguém tinha um segundo para tomar fôlego antes de começarem a cantar junto. O público deliciou-se com cada movimento de Jared. Perto do fim da canção, ele fez a plateia cantar a parte "a million little pieces" alto no início, ficando mais e mais suave até milhares de pessoas sussurrarem as palavras, deixando a Arena em suspenso. Gia nunca tinha visto nada parecido.

Satisfeito, Jared retomou sua rotina enérgica, correndo pelo palco, até que precisou fazer uma pausa. Em seguida, foi a vez de tocarem algumas músicas do novo álbum, começando com *Do or Die*. Em alguns momentos, balões gigantes, animais infláveis e chuva de confetes fizeram parte do show. O desempenho no palco foi tão intenso que, no momento em que terminou, abruptamente, chocou as pessoas, que se viram de volta para o mundo real. Enquanto a multidão voltava para a Terra depois do ato musical, uma única luz veio e Jared ficou sob ela, seu violão por cima do ombro. Ele perguntou à plateia o que queriam que ele tocasse e as pessoas começaram a gritar nomes de músicas para ele.

Beppe passou os braços por trás, ao redor de Gia, e beijou a lateral do pescoço dela. A jovem relaxou em seus braços e fechou os olhos, absorvendo o calor do corpo de Beppe quando a voz de Jared a atingiu. *Was it a Dream* começou a tocar e, em algum momento da canção, Beppe se inclinou para o ouvido de Gia e disse:

— Às vezes, eu me pergunto se te encontrar, te conhecer, te ter em minha vida não foi apenas um sonho e, de repente, vou acordar sentindo-me vazio e sozinho.

Gia virou a cabeça para olhar em seus olhos e segurou seu rosto. Beppe virou seus lábios para a palma da mão, beijando-a.

— Não é um sonho, querido — disse ela, fechando os olhos com o toque.

— Se não fosse por você, eu teria ficado completamente sozinho, Gia. Não sei se teria sobrevivido. Devo-lhe tudo e quero passar o resto da minha vida fazendo você feliz. — Beppe sustentou o olhar de Gia por um longo momento antes de dizer: — Casa comigo.

Em seus olhos, sua alma foi despida e fez Gia desejar deixar-se levar totalmente.

— Sim — ela disse quando a felicidade floresceu e explodiu dentro dela.

Beppe se inclinou e tocou seus lábios nos dela, selando suas promessas com um beijo doce e suave. O show continuou ao redor deles, mas a euforia que Gia sentia não era mais por causa da música. Ela tinha acabado de prometer se casar com o homem que ela amou desesperadamente por toda a sua vida e não havia sensação melhor no mundo. Beppe prometeu a ela o para sempre e ela acreditava nele.

Eventualmente, o show acabou e a banda desejou boa noite a todos. A arena, então, lentamente começou a esvaziar.

— Uau! Isso foi... uau. Sabia que ia ser bom, mas foi absolutamente incrível! Eu nunca vou esquecer esta noite — disse Stella, o sorriso nunca deixando seu rosto.

— É, nem eu — disse Beppe e piscou para Gia. Ela podia ver a pergunta não formulada em seus olhos, se estava tudo bem por ela se ele desse a notícia a eles. Gia assentiu e roçou os lábios nos dele. — Eu pedi a Gia em casamento e ela disse sim — Beppe anunciou, incapaz de manter a emoção longe de sua voz.

A mão de Stella voou para a boca antes que ela gritasse. Lançando-se para eles, ela tentou abraçar ambos ao mesmo tempo.

— Oh, meu Deus! Estou tão feliz por vocês! Vocês são tão perfeitos um para o outro! — Ela se emocionou, depois se afastou para dar espaço a Max.

Max deu um passo na direção deles, um pouco incerto sobre o que dizer ou fazer, a dúvida sombreando seus olhos.

242 *Teodora Kostova*

— Isso é pra valer?

Beppe e Gia assentiram.

— Eu amo a sua irmã desde que me lembro, Max. Sei que tivemos nossos altos e baixos, mas não há nada que eu queira mais do que passar a minha vida fazendo-a feliz. Nunca vou deixá-la outra vez — disse Beppe com determinação quando sustentou o olhar duvidoso de Max, que relaxou e sorriu lentamente.

— Estou feliz que você tenha finalmente criado juízo, homem. — Ele os envolveu com seus braços fortes e os apertou até Gia gritar para ele se afastar porque os estava esmagando.

Do lado de fora, a loucura continuava. As pessoas cantavam, gritavam, riam e conversavam, claramente ainda agitadas pelo show. Quando eles finalmente chegaram ao carro, Beppe e Gia se aconchegaram no banco de trás.

— Temos que comemorar! — disse Stella, virando-se no assento para olhá-los. — Vamos a algum lugar por alguns dias. Algum lugar romântico. O que acham?

— Acho que é uma ótima ideia — disse Gia, dando um beijo na bochecha de Beppe. — Sabe, quando a maioria das pessoas pensa em "romântico", elas planejam uma praia, mar, fogueiras e longas caminhadas sob o luar. Mas nós temos isso o ano todo, não é, querido?

— Sim, temos. Então, o que você quer fazer? Como imagina sua comemoração mais romântica? Não, espere, a segunda mais romântica, porque nós temos que guardar a mais romântica para a nossa lua de mel.

— Bem, acho que quero ir para uma casa de campo em algum lugar, sem ninguém por perto, sem estradas ou barulhos da cidade. Quero clima frio e neblina...

— Isso é fácil, estamos na Inglaterra, querida.

— E quero uma lareira; sem televisão, sem internet, sem telefones. Apenas nós — continuou Gia, sinalizando para todos no carro.

— Acho que isso pode ser arranjado — disse Max e lançou um olhar cheio de desejo na direção de Stella por um segundo, antes de se concentrar de volta na estrada.

Antes, agora e Sempre   243

Quando estavam de volta em seu quarto, Beppe beijou Gia como nunca havia beijado antes.

Compartilhar seu primeiro beijo *privado* como um casal de noivos enviou pequenos calafrios estranhos para a espinha de Gia. Ele era gentil, mas insistente, esgueirando um braço em volta da cintura dela e o outro atrás do pescoço, puxando-a para si, chupando e mordendo seus lábios e língua até Gia não conseguir respirar.

— Beppe — ela conseguiu sussurrar contra seus lábios, tentando separar as bocas por um segundo para tomar um fôlego.

— Não — ele disse e a atingiu de volta com outro beijo forte. — Liberte-se e me dê tudo de si, amor — ele murmurou entre mordidas e lambidas.

— Eu já dei — respondeu ela, e sem parar seu ataque em todos os seus sentidos, Beppe inclinou a cabeça para o lado e entrou na boca dela com a língua, explorando, pesquisando, exigindo sua rendição. Quando Gia gemeu e uma descarga de energia a atingiu, fazendo-a oscilar em seus pés, Beppe recuou com a intensidade do beijo, deixando os lábios brincarem com os dela e acariciando a língua dela com a ponta da sua.

— Não, você não deu. Mas vai, hoje à noite — ele instou, quando a empurrou de volta para a cama e eles caíram sobre ela, unidos pelos lábios novamente. Gia mal podia se mover sob o peso de Beppe, mas amava quão sólido e pesado ele era *lá*. Gemendo primitivamente, Beppe ficou de pé de repente. Gia gritou com a falta repentina de seu corpo. Ele começou a desabotoar as calças de couro. Apoiando-se nos cotovelos, Gia saboreou-o descaradamente, olhando para cada pedaço de estrela do rock que ele estava vestido, e Beppe olhou para ela através do cabelo que tinha caído sobre os olhos e recompensou-a com um sorriso diabolicamente sexy.

— Siga meu exemplo, *cara*. Quero você nua em dez segundos — insistiu ele, enquanto deslizava as calças pelas pernas.

— Mmmm, estrela do rock mandão, eu gosto — comentou ela e começou a tirar a saia.

— Devo pegar as algemas e o chicote, então?

— Talvez na próxima vez. Uma fantasia por noite — brincou Gia e piscou. Ela tirou a calcinha, a blusa e o sutiã, e descansou nua em cima das cobertas.

— Se você me chamar de Jared esta noite, juro que não realizo qualquer outra fantasia — Beppe brincou, subindo em cima dela, e Gia suspirou satisfeita quando sentiu o calor do corpo dele mais uma vez.

— Confie em mim, Beppe, não há nenhuma maneira de eu te confundir com *qualquer outra pessoa*. Nunca.

— Que bom — respondeu Beppe. Assim que a beijou novamente, todo o seu pensamento racional fugiu.

246   Teodora Kostova

Capítulo Trinta e Dois

Na manhã seguinte, com o laptop sobre a mesa e uma caneca de café na mão, Stella e Gia se sentaram juntas na cozinha, pesquisando casas em Cumbria. Os rapazes haviam lhes dado carta branca para planejar a aventura e tinham ido relaxar na sala de estar, assistindo a "filmes de ação clássicos".

Algumas horas e muitas risadas mais tarde, as meninas tinham uma casa de campo incrível reservada. Começando domingo, eles ficariam uma semana na pitoresca cidade de Windermere. Elas se espremeram no sofá entre Beppe e Max e começaram a conversar animadamente sobre a viagem, efetivamente estragando a maratona de Bruce Willis deles.

— Então nós temos dois dias até domingo. O que vamos fazer até lá? — perguntou Gia.

— Ir às compras — Stella respondeu. Revirando os olhos para as expressões horrorizadas de Beppe e Max, ela esclareceu: — Vocês têm que comprar roupas quentes, rapazes. Confiem em mim, vocês não têm nada apropriado para Cumbria no meio de outubro. Vamos lá, odeio fazer compras no sábado, por isso precisamos começar tudo hoje.

Dois casacos, cinco blusas, dois pares de botas, uma pilha de roupa de baixo térmica, chapéus, cachecóis e luvas depois, eles chegaram em casa exaustos e famintos.

— Ah, oi, gente. Eu estava prestes a ligar e perguntar se estariam em casa para o jantar. Estava pensando em pedir uma pizza — disse Helen, que saiu da cozinha segurando o telefone fixo. — O que acham?

Sua pergunta foi respondida com um coro de grunhidos e gemidos afirmativos; e o grupo comemorou a ideia de não ter que se mover e ter a pizza entregue.

— Tudo bem, então, pizza será — comentou Helen e um sorriso lindo iluminou seu rosto.

Beppe acordou cedo no dia seguinte. Todos haviam ido dormir cedo na noite anterior após a extravagância de compras e ele sentiu como se tivesse dormido demais, embora fossem apenas nove horas. O quarto estava escuro, e havia apenas uma pequena fresta da luz que vinha da janela atrás das cortinas. Beppe olhou para Gia, que dormia profundamente em seus braços. Ele estava encantado com quão bela e pacífica ela estava. Encostando-se mais e enterrando o rosto em seu cabelo, Beppe mais uma vez ficou maravilhado com o fato de que ela havia concordado em se casar com ele. Sua proposta tinha saído de seus lábios de forma muito inesperada, mas parecia tão certo naquele momento. Ele *havia* planejado propor antes de voltar à Itália, mas não havia decidido ainda o momento ideal. Pedir impulsivamente acabou sendo a melhor coisa que ele já tinha feito.

Mesmo que tenha acordado revigorado, o som da respiração de Gia e o calor suave de seu corpo embalaram Beppe a voltar a dormir.

Eu vou ter isso para o resto da minha vida foi o último pensamento que flutuou em sua mente antes de ele adormecer.

Cedo na manhã clara de domingo, depois de terem passado um sábado preguiçoso preparando a viagem, Max dirigiu o Lexus de Helen para fora de Londres e foi para Cumbria. Helen tinha generosamente insistido que levassem o carro ao invés de irem de trem, uma vez que seu trabalho era perto e ela geralmente ia caminhando. Ela não precisaria do carro durante aquela semana, de qualquer maneira. A viagem para Lake District levaria cerca de quatro horas e meia, de acordo com o GPS. Era domingo, e o tráfego estava leve, então eles conseguiram fazê-la com meia hora a menos e chegaram a Windermere em apenas quatro horas.

Max estacionou em frente à casa, que era no meio do nada, assim como Gia tinha desejado. Havia uma estrada de pista simples estreita que levava ao imóvel. Tudo ao redor, tanto quanto Beppe podia ver, era apenas montes, grama, árvores e algum animal selvagem ocasional. Ao sair do carro, Beppe percebeu que Stella estava certa: era frio. Muito frio! Ele jurou que havia gelo se formando em suas veias. Beppe estava ansioso para entrar e acender a lareira. A casa era um celeiro reformado e parecia que não tinha nada de especial olhando pelo lado de fora — um edifício cinzento, retangular com um telhado alto. Eles descarregaram as malas do carro e encontraram a chave, como prometido pelos proprietários, sob um enorme vaso de flores à direita da porta da frente. A parte interna do lugar havia sido recentemente renovada para um alto padrão, com piso de madeira sólida, paredes recém-pintadas e vidros duplos em todas as janelas. A casa foi decorada em estilo moderno e confortável. Características originais, como vigas, uma lareira embutida e portas baixas foram preservadas e davam ao local um charme incrível. Era aconchegante e Beppe mal podia esperar para se aconchegar no sofá macio com Gia, sua noiva. Ele estava tão feliz de chamá-la de sua noiva que sorriu para si mesmo.

Depois de colocar as malas nos respectivos quartos, Beppe e Max deixaram Stella e Gia desfazendo as malas e se familiarizando com o lugar enquanto foram ao supermercado local comprar alguns mantimentos.

Algumas horas e quatro sacos pesados da Tesco depois, todos estavam na cozinha ajudando a preparar o jantar. A cozinha era muito espaçosa, quase tão grande quanto a sala de estar, e tinha uma enorme mesa de jantar. Ela veio a calhar quando desempacotaram os mantimentos. Gia estava animada para fazer um risoto, enquanto os outros faziam as tarefas que ela lhes atribuía.

Beppe podia ver como os olhos dela se iluminaram no momento em que tinham começado a discutir sobre o jantar, mas, ao mesmo tempo, havia uma pontinha de tristeza e arrependimento. Eles não falaram muito sobre o assunto, mas Gia havia dito a Beppe que, além de agredi-la, Francesco prometeu tornar a vida de Gia muito difícil com relação a encontrar um novo emprego. Gia sentia falta de cozinhar e Beppe odiava não poder fazer nada para dispersar as nuvens negras em seus olhos castanhos.

Como se pegando sua linha de pensamento, Stella perguntou:

— Então, Gia, o que você vai fazer quando voltar para Gênova? Em relação a trabalho?

— Não sei ainda. Provavelmente tentarei encontrar emprego em outro restaurante; verei como será. Ficarei longe dos lugares chiques. Estou meio cansada dessa atmosfera. Sempre sonhei em um dia ter meu próprio restaurante, um lugar pequeno, aconchegante, onde as pessoas pudessem ir para encontrar amigos, relaxar e comer uma comida incrível a preços acessíveis. Vou tentar encontrar um emprego em um restaurante familiar para que eu possa ter uma

Antes, agora e Sempre   249

ideia de como esse tipo de lugar funciona, obter experiência e poupar algum dinheiro. Talvez um dia eu seja capaz de ter o meu. — O olhar sonhador e animado voltou para seus olhos e Beppe apertou seu joelho debaixo da mesa. Gia olhou para ele e sorriu.

— Isso é ótimo. Você é uma chef talentosa e é ambiciosa o suficiente para conseguir qualquer coisa que queira, Gia — disse Stella, terminando de cortar os cogumelos. — O que eu faço com isso?

— Aqui, coloque-os nesta bacia.

A conversa fluiu em torno da mesa e logo a cozinha estava repleta com um aroma de dar água na boca, de vinho, manjericão, cogumelos e queijo parmesão. O risoto precisava ser constantemente mexido durante meia hora e Gia ficou ocupada com essa tarefa, enquanto o resto deles limpou a mesa e a preparou para o jantar.

— Espere um minuto, nós nunca conversamos sobre o fato de que Beppe é uma espécie de herdeiro da máfia! — Max exclamou enquanto punha a mesa. — Quero dizer, eu estava tão sobrecarregado por toda essa história que nunca cheguei a perguntar sobre esse fato interessante. — Ele sorriu e, para o horror de Beppe, Stella se juntou a ele, claramente interessada.

— Ah, é! Como é isso, Beppe? Será que você teve algum tipo de cerimônia de iniciação na família? — Max riu e beijou o rosto de Stella.

— Não vou nem me dar ao trabalho de responder isso — falou Beppe, colocando os copos na mesa.

— Você devia ver o primo dele, o Silvio — disse Gia, com uma piscadela, enquanto mexia o risoto.

— Amor! Não os incentive!

— Ele é lindo, assim como Beppe. Só que tem os olhos azuis mais incríveis que já vi. Pensei que eram lentes de contato. Tal intensidade de azul não existe na natureza.

— Amor! — protestou Beppe novamente, mas Stella e Max já estavam vidrados na história e não havia como voltar atrás.

— E enquanto o rosto de Beppe é angelical, ele tem aquela *vibe* perigosa de *bad boy*...

— Ok! Chega de falar sobre o Silvio. Caramba! — exclamou Beppe e todos caíram na risada. Depois de mais algumas piadas sobre a máfia, o risoto estava pronto.

Quando terminaram de comer e de limpar a cozinha, eles foram para a sala de estar onde o fogo ardia na lareira. As chamas dançavam e estalavam, criando um clima romântico. Os dois casais reivindicaram um sofá cada, aconchegaram-se e continuaram a conversar. Beppe e Gia compartilharam histórias embaraçosas sobre Max quando criança, para deleite de Stella. Max se vingou com histórias igualmente embaraçosas sobre ambos ao se meterem em encrencas. Eventualmente, a conversa cessou e o único som que podia ser ouvido era o vento lá fora e o fogo crepitando.

— Acho que vamos para a cama — falou Beppe e levantou-se, oferecendo a mão a uma Gia sonolenta.

— Vá em frente. Há apenas um banheiro, de qualquer maneira. Nós vamos ficar aqui mais um pouco — disse Max e apertou os braços em torno de Stella.

Beppe deixou Gia usar o banheiro primeiro e, quando ela voltou, toda corada e úmida do banho, foi preciso todo o seu autocontrole para não tirar a toalha que cobria o corpo dela, jogá-la na cama e lamber cada centímetro da pele macia. Decidindo que seria melhor tomar um banho antes, ele beijou a noiva, demorando um pouco mais do que tinha planejado, e silenciosamente foi para o banheiro.

As vozes suaves de Stella e Max flutuavam para o andar de cima e, mesmo que Beppe não tivesse a intenção de escutar, ele ouviu parte da conversa no caminho para o banheiro.

— Você sabe que eu quero casar com você, certo? Não vou propor agora porque não acho que é o momento certo, não porque eu não quero... — disse Max antes de Stella interrompê-lo.

— Claro que sei, querido. E você está absolutamente certo, agora não é o momento. Além disso, nós não precisamos apressar as coisas. Amo o que temos agora. Eu não tenho nem vinte anos ainda, Max, não tenho pressa para casar.

— Eu só queria ter certeza de que, com toda a conversa sobre casamento agora, você sabe que eu pretendo casar e passar o resto da minha vida com você. Nunca duvide disso só porque não coloquei um anel em seu dedo.

Antes, agora e Sempre 251

— Eu não duvido, juro. Eu te amo.

— Eu também te amo.

Beppe não ouviu mais nada porque fechou a porta do banheiro atrás de si e adivinhou que falar não era mais o que iria acontecer.

Quando se esgueirou de volta para o quarto, Gia já estava dormindo. Beppe sorriu e acariciou seus cabelos, antes de colocar seu corpo em torno do dela, apagar a luz e suspirar. Ele tinha planejado algo especial para aquela noite, mas adivinhou que teria de esperar até de manhã. O mais silenciosamente possível, ele se virou e revirou a bagagem ao lado da cama até encontrar o que estava procurando, escondendo-o na gaveta de sua mesa de cabeceira.

Na manhã seguinte, Beppe acordou com a sensação de calor deliciosa em suas costas. Ele estava deitado de bruços, com as mãos enfiadas debaixo do travesseiro. Sentindo algo molhado, macio e quente traçando cada vértebra de sua coluna, ele percebeu que Gia havia montado em seus quadris e estava lambendo suas costas. Beppe sorriu no travesseiro. Ele não se moveu, deixando-a com seu plano de acordá-lo e curtindo cada momento maravilhoso. Lábios macios tocaram a lateral das suas costelas, suas omoplatas e acabaram por se instalar em seu pescoço. O cabelo dela estava fazendo cócegas em sua pele o tempo todo e Beppe estremeceu em êxtase, mas manteve os olhos fechados. Gia deve ter percebido que ele não estava mais dormindo, porque ele sentiu seu sorriso contra o lóbulo de sua orelha antes de ela suavemente beliscá-la, para depois sugar a parte macia entre os lábios.

Ela lentamente desceu pelas costas dele, deixando uma trilha molhada de lambidas e beijos sensuais, e, quando Beppe estava completamente relaxado, ela mordeu a parte esquerda da bunda dele, fazendo-o gritar e pular debaixo dela. Gia riu e colocou as mãos acima da cabeça, entrelaçando os dedos.

— Levou muito tempo para acordá-lo, então tive que tomar medidas drásticas, uma vez que você estava dormindo tão profundamente — ela sussurrou em seu ouvido e riu.

Ah, ela achava que isso engraçado, não é?

Em um movimento veloz, Beppe deixou Gia presa debaixo *dele*, excitada apenas por pensar que tipo de tortura ele iria submetê-la em troca.

252   *Teodora Kostova*

Gia estava nos braços de Beppe, suas costas no peito dele, enquanto seus batimentos cardíacos se acalmavam. Beppe brincou com sua mão, entrelaçando os dedos, acariciando cada um e deslizando o dedo sob a palma da mão. Gia ronronou de prazer, e seu corpo se acalmou completamente e relaxou.

Gentilmente, sem fazer movimentos bruscos e inesperados, Beppe estendeu a mão para a mesa de cabeceira, abriu a gaveta, tirou um anel e deslizou-o em seu dedo. Demorou um segundo para Gia perceber o que tinha acontecido. Quando o fez, ela pulou de pé, olhando a linda joia.

— Ai, meu Deus, Beppe! Quando você comprou isso? — ela perguntou, virando-se para encará-lo.

— Você gostou? — Beppe sorriu, ainda deitado, apreciando a animação de Gia.

— Eu amei, é lindo! Mas... como? Pensei que, quando você me propôs no show, foi um impulso do momento...

— Foi, mas isso não significa que eu não tinha planejado propor em breve, em todo caso. Venha, deite-se e vou te contar a história do anel. — Claramente interessada, ainda mais agora que o anel tinha uma história, Gia desabou sobre Beppe, expulsando o ar de seus pulmões.

— Lembra da caixa que Sergio me deu antes de sairmos da Sicília? — Gia assentiu. — Ele estava lá dentro, junto com um bilhete. Aparentemente, era da minha avó. Paolo comprou para ela em uma loja de joias antigas em Florença, dois dias depois de conhecê-la. Ele sabia que ia casar com ela no momento em que a viu. Quando viu o anel, ele lembrou de seus olhos verdes e comprou-o na hora. — Gia admirava o anel, que se encaixa perfeitamente bem em seu dedo elegante. Era uma aliança fina de ouro branco, incrustada com diamantes minúsculos ao redor, e, no centro, havia uma grande esmeralda de corte quadrado. Quando atingiu a luz, a pedra brilhou por dentro. — Ela me lembra seus olhos também. Eles são marrom cor de avelã a maior parte do tempo, mas, quando você está encantada por algo, tornam-se do verde mais puro que já vi.

Gia inclinou a cabeça para trás e encontrou o olhar de Beppe. Ele sorriu

Antes, agora e Sempre

e beijou a ponta de seu nariz.

— Notei que não havia inscrição no interior, o que é muito estranho e não é o estilo de Paolo, mas aí está. Eu tive sorte porque pude colocar a minha própria para você. — Gia tirou o anel de seu dedo e olhou no interior. Dizia: "Eu te amo, agora e sempre. B.".

— Beppe... Eu não sei o que dizer. Estou emocionada. Isso tudo é tão lindo: o anel, a história, a inscrição... Obrigada — Gia falou quando se virou e deu um beijo carinhoso nos lábios de Beppe. Ele a segurou ali, aprofundando o beijo e virando-os, de forma que ele caiu por cima dela.

— Há uma aliança de casamento correspondente, de ouro branco com diamantes por toda parte. Mas você vai ter que esperar um pouco mais por ela — disse Beppe, quando separou seus lábios. Ele deu pequenos beliscões e lambeu abaixo do pescoço e da clavícula de Gia até ela gemer e se contorcer sob ele. Ele começou a lhe beijar os braços, a barriga, até mesmo os dedos.

Ver o anel de noivado no dedo de Gia, pela primeira vez em sua vida, fez Beppe se sentir completo.

Capítulo Trinta e Três

— Uau! — Max exclamou quando entrou na cozinha usando um par de calças de pijama e mais nada. — Vocês acordaram cedo! Está tudo bem? — perguntou ao ver Gia sentada à mesa tomando um gole do seu café. Ela assentiu enquanto ele se dirigiu à cafeteira para se servir de um pouco do café recém-passado em uma caneca, antes de se juntar à irmã na mesa. — Onde está Beppe?

— Dormindo. Nós dois acordamos mais cedo, mas depois ele caiu no sono de novo. Eu não consegui. Stella ainda está dormindo também?

Max assentiu.

— Sim. Não quis acordá-la. Tenho muita experiência com mulheres mal-humoradas de manhã — ele deu um olhar aguçado para Gia —, então deixei-a dormir um pouco mais.

Eles tomaram o café em silêncio por alguns instantes antes dos olhos de Max dispararem para a mão direita de Gia quando ela a envolveu ao redor da caneca.

— Ele te deu o anel? — Max questionou.

— Você sabia sobre o anel?

— Não exatamente. Mas, quando fizemos compras antes do show, fomos para Westfield, e Beppe me abandonou em um provador com uma dúzia de pares de jeans para provar e três vendedores me bajulando. Não sei com o que ele os subornou, mas eles não me deixaram em paz e me mantiveram no provador por uma boa meia hora. Quando finalmente consegui sair, Beppe estava longe de ser encontrado, então fui pagar o jeans e o vi saindo da loja de joias do outro lado do corredor com um enorme sorriso no rosto. Quando veio me encontrar, ele não disse nada, então, não perguntei. Suspeitei que ele entrou para o comprar um anel, mas poderia facilmente ter sido qualquer outra joia; eu não tinha certeza.

— Ele não comprou o anel lá — explicou Gia. — Ele o gravou. Este anel era da avó dele, e Paolo queria que Beppe o tivesse. Paollo o comprou

Antes, agora e Sempre   255

em uma pequena loja de joias antigas em Florença. — Gia mordeu o lábio inferior para impedi-lo de tremer. Ela também não podia evitar as lágrimas de brotarem em seus olhos. Quando olhou para o anel, tudo o que viu foi o rosto de Beppe quando ele disse que a esmeralda o lembrava seus olhos. O anel era uma joia antiga e provavelmente tinha ornado as mãos de muitas outras mulheres, todas com sua própria história de amor, mas, para Gia, este era o seu anel. Ele era antigo e bonito, e carregava muita história nas profundezas da esmeralda requintada. Ele ostentava com orgulho alguns arranhões em seu aro, assim como a relação de Beppe e Gia.

Gia sentiu Max passar o polegar em seu rosto para enxugar as lágrimas que tinham escapado de seus olhos. Ele moveu a cadeira para mais perto para lhe dar um abraço e um beijo na têmpora.

— Estou muito feliz que vocês dois tenham conseguido encontrar o caminho um para o outro. Eu sempre soube que vocês se amavam, mas houve momentos em que eu sinceramente duvidei que conseguiriam. Vocês são muito parecidos, e isso raramente funciona a longo prazo, mas funciona com vocês dois. É como se fosse uma pessoa separada em duas partes iguais. Quando éramos crianças e apenas um de vocês estava comigo, eu sempre me sentia como se metade da pessoa estivesse faltando. No momento em que o outro chegava, tudo se encaixava. Pode parecer brega, mas vocês realmente completam um ao outro.

Gia sorriu por entre as lágrimas e fungou. Max a soltou e se levantou, voltando em alguns momentos com um pacote de lenços.

— Eu realmente espero que sejam lágrimas de alegria — brincou ele, entregando-lhe um lenço.

—São. De alegria e de surpresa. Você não costuma falar comigo assim. Nós costumávamos ser tão próximos antes, mas quando... — Gia não conseguia dizer as palavras "papai morreu". Ela ainda se sentia muito culpada por ter deixado Max sozinho durante esse período terrível.

— Shh, está tudo bem, irmã.

— Como você pode dizer isso? Não está bem! — Gia sentiu uma onda de autorrecriminação percorrer seu corpo. Ela saiu do abraço amoroso de Max e se levantou. — Eu te deixei sozinho para cuidar do nosso pai doente quando você tinha apenas quatorze anos, Max. Como você pode dizer que está tudo bem? — Pela primeira vez na vida, Gia permitiu que sua culpa e seu desgosto com o que tinha feito penetrassem plenamente a casca grossa que ela tinha construído em torno de seu coração. A dor que isso trouxe foi demais e ela sentiu o peito pesar dolorosamente. Gia nunca antes dissera a Max nada disso, mas, agora que tinha começado, não conseguiria parar. — Fui uma covarde egoísta. Eu não podia suportar ver o homem que idolatrava tão fraco, tão assustado e tão indefeso. Eu não podia suportar ver o papai definhando. Ele estava morrendo diante dos meus olhos e eu não conseguia lidar com isso. Quanto mais fiquei longe, mais difícil se tornou chegar até você ou ele. Ele deve ter morrido muito decepcionado comigo.

Gia afundou no chão, uma inundação de sentimentos escorrendo dela: amor pelo seu pai e pelo seu irmão, vergonha de si mesma e do que tinha ou não feito, a percepção de que nunca seria capaz de expiar seus erros. Ela conseguiu manter todos esses sentimentos trancados por tanto tempo que, agora que os libertou, não sabia como pará-los.

Os braços fortes de Max a envolveram novamente quando ele caiu no chão ao lado dela. Ele a abraçou e a embalou para frente e para trás, sussurrando palavras suaves em seu ouvido até que a escuridão na alma de Gia começou a clarear. Havia ainda um peso em seu coração, mas não era mais tão penoso. Gia não tinha certeza de quanto tempo chorou nos braços de Max, mas lhe pareceu horas.

— Melhor? — sussurrou Max, ainda segurando-a perto de si. Gia acenou com a cabeça, não confiando em sua voz para falar. — Você deveria ter me dito tudo isso há muito tempo, Gia. Carregar tamanha vergonha e culpa deve ter sido uma tortura.

— Eu ainda estou carregando. Como não o faria? Isso não muda nada...

— Isso muda tudo porque, agora que sei como você se sente de verdade, posso lhe dizer como está errada.

Gia começou a sacudir a cabeça freneticamente, disposta a não permitir que Max a inocentasse. O que ela tinha feito foi covardia e egoísmo, e não havia nada que ele pudesse dizer que fosse mudar isso.

— Ouça — Max ordenou, segurando suas bochechas e inclinando o rosto dela para cima até que seus olhos se encontraram. — Eu nunca te culpei por não me ajudar com o papai. Nunca. Eu estava contente por você ser tão

Antes, agora e Sempre   257

forte. Você continuou a viver sua vida e a lutar por seus sonhos, sem deixar que o câncer te impedisse. Sei o quanto você o amava e o idolatrava, e sei quão difíceis foram para você a doença e a morte dele. E, no entanto, você conseguiu se graduar com honras, encontrar um ótimo emprego e manter seus sonhos e ambições vivos. Eu, por outro lado, comecei a beber, a usar drogas e a bater nas pessoas por nenhuma razão. Quem você acha que fez as escolhas certas?

— Como seria diferente para você, Max? Você passou dois anos cuidando do nosso pai acamado sem nenhuma ajuda minha ou da mamãe. E, quando ele morreu, ainda assim nós não estávamos ao seu lado...

— Não. Minhas escolhas são minhas. Eu precisava de ajuda e não pedi. Tudo é culpa minha, Gia, não sua ou da mamãe. Você tinha seus próprios demônios para lidar.

Gia balançou a cabeça novamente. Ela não conseguia aceitar que talvez não tivesse sido capaz de ajudar seu irmão se ele tivesse pedido.

— A morte do papai foi difícil para todos nós, irmã. Que droga! Você e eu ainda temos a chance de uma vida feliz, mas mamãe provavelmente nunca mais vai se recuperar. Ela perdeu a alma gêmea dela, sua outra metade. Ela vai ser apenas uma metade até morrer. Você tem que se libertar dessa culpa e se perdoar, porque ninguém te culpa de nada. E posso te dizer que papai não morreu desapontado contigo. Ele estava orgulhoso de você até o último suspiro e tenho certeza de que, se pudesse vê-la agora, ele ficaria orgulhoso pra cacete da mulher que você se tornou.

Ao ouvir as palavras de Max, a dúvida e o alívio duelaram no coração do Gia. Ela queria muito acreditar nele, mas isso levaria tempo. Sua alma estava mais leve agora que ela havia confessado tudo. Descobrir que Max não a culpava por nada aliviou um pouco mais a sua culpa e vergonha. Gia esperava ser capaz de reconstruir a relação estreita que uma vez tivera com o irmão. Hoje definitivamente tinha sido o primeiro passo para esse objetivo.

O resto da semana passou voando. Apesar do frio, eles conseguiram visitar todas as atrações turísticas, a pequena aldeia, o museu e a galeria nas proximidades. Gia amou Wray Castle; o Museu da Vida de Lakeland, em Kendal; e o passeio entre os locais históricos em Ambleside. Eles também subiram a montanha mais alta da Inglaterra, Scafell Pike, mas estava tão frio e ventava tanto no dia, que eles não chegaram ao topo. No entanto, se encantaram com a bela vista de cima do Lago Windermere. Claro que, no dia seguinte, Gia sugeriu irem para o lago. Eles reservaram um passeio de lancha de duas horas ao redor do lago, e, mais tarde, almoçaram em um pub local, onde ouviram que uma empresa local oferecia passeios de lancha mais privados ao pôr do sol. Eles decidiram que tinham de ir nesse e concordaram que o dinheiro gasto tinha valido totalmente a pena. O pôr do sol sobre as montanhas pitorescas e a água azul cristalina de Windermere eram tão bonitos que tiraram o fôlego de Gia. Ela se aconchegou nos braços de Beppe e permitiu que os poucos raios restantes do sol aquecessem-na. Ela queria manter aquela imagem e a sensação de paz em seu coração para sempre.

No dia antes de voltarem para Londres, visitaram a aldeia de Near Sawrey, onde Beatrix Potter se casou e viveu com seu marido William. No dia anterior, Gia tinha encontrado um artigo sobre a escritora em um jornal local e isso despertara sua curiosidade. Ela pesquisou um pouco e pareceu um local romântico para visitar. Então, decidiu visitar a aldeia e achou que seria o final perfeito para sua escapadela romântica.

E foi. Near Sawrey era uma pequena aldeia com casas antigas espalhadas ao redor de vales verdes exuberantes. Eles viram os lírios d'água em Moss Eccles Tarn que Beatrix havia amado. Eram tantos que era impossível ver a água entre eles. Pela primeira vez desde o funeral de seu pai, Gia não sentiu náusea do cheiro das flores. De alguma forma, o cheiro dos lírios d'água misturado com o cheiro muito distinto da água fez cócegas agradáveis nos sentidos de Gia, em vez de deixá-la enjoada. Toda a atmosfera do lugar era única e irradiava tranquilidade, amor e esperança. Antes de partirem, Gia desejou poder pegar um pedaço daquela energia e usá-la quando precisasse.

Eles já estavam de volta a Londres há duas semanas quando Gia começou a ficar inquieta. Max e Stella os haviam levado para todos os museus, galerias e atrações turísticas possíveis; tinham mostrado a verdadeira Londres, os locais onde os turistas não costumam ir, mas eram tão parte dessa incrível cidade como a Abadia de Westminster. Eles até os levara ao Ritz para o chá da tarde tradicional que incluía scones, sanduíches e champanhe. Nem Max nem Stella fizeram com que eles se sentissem visitas indesejadas, mas já fazia quase quatro semanas desde que haviam deixado a Itália. Era hora de voltar. Gia adorou cada segundo que passou na Inglaterra com Stella e Max, mas se sentia em suspensão em uma bolha e mantida longe da vida real.

Mais tarde naquela noite, quando estavam aconchegados na cama, Gia decidiu que era hora de discutir a volta para casa.

— Beppe — Gia sussurrou, virando-se nos braços dele para encará-lo. Ela sabia que ele ainda não estava dormindo porque sua respiração não estava tão pesada como quando ele dormia. — Acho que deveríamos voltar para casa.

Beppe murmurou um "hmm" tranquilo, mas não abriu os olhos. Gia beijou seus lábios suavemente, sugando o lábio inferior e roçando os dentes sobre ele. Beppe puxou-a para mais perto e abriu a boca para aprofundar o beijo. Gia se afastou, determinada a falar sobre o retorno para Gênova antes que ela sucumbisse ao seu insaciável desejo por este homem.

— Beppe! — ela disse um pouco mais alto. — Não tente me distrair com beijos. — Beppe sorriu, mantendo os olhos fechados.

— Está funcionando?

— Não. Vamos lá, amor, vamos conversar sobre isso. — Gia apoiou a cabeça no cotovelo. Suspirando, Beppe virou e, finalmente, abriu os olhos.

— Se você quiser voltar, vamos voltar. Compraremos as passagens amanhã de manhã.

— Isso não é o que eu quero discutir. — Beppe imitou a pose e apoiou a cabeça na palma da mão, virado para Gia. Seu cabelo bagunçado caiu em seus olhos e Gia alisou-o para trás e acariciou sua bochecha. — O que vamos fazer sobre Francesco? — Eles haviam lido na internet que Francesco havia se recuperado o suficiente dos seus ferimentos para ser liberado do hospital há dez dias.

— Você acha de verdade que ele tem tempo e energia para arquitetar qualquer "vingança" contra nós?

— Não sei. Eu o namorava há três meses e nunca tive nenhuma pista de que ele era um psicopata. Não tenho ideia do que está acontecendo na cabeça dele, mas sei que não quero ficar olhando por cima do ombro o tempo todo.

— Então o que você acha que devemos fazer?

— Bem, sei que você não vai gostar, mas acho que você deve ligar para o Sergio e pedir ajuda. — Gia ainda não tinha terminado a frase quando Beppe franziu as sobrancelhas e começou a sacudir a cabeça.

— Não.

— Por que não? — Ela se sentou e cruzou as pernas sobre a cama. — Ele disse que você poderia chamá-lo a qualquer momento, para qualquer coisa...

— E o que devo dizer? Ei, Sergio, esse cara em quem bati pode ou não querer bater em mim de volta e eu gostaria de proteção vinte e quatro horas para que eu não mije nas calças cada vez que eu sair do meu apartamento?

— Não, espertinho. — Gia lhe deu um tapa no peito desnudo. — Enquanto estivemos juntos, eu vi e ouvi coisas, conversas sussurradas... Sei que você me alertou sobre a suposta associação mafiosa de Francesco, mas eu não queria acreditar, então meio que ignorei tudo que acontecia ao meu redor.

— Gia... — Beppe tentou interromper, mas ela colocou a mão sobre sua boca.

— Por favor. Deixe-me terminar — interrompeu-o ela. Quando ele assentiu, Gia tirou a mão. Ela suspirou quando disse: — Nunca te disse isso, mas lembra daquela noite que fomos para o M.D.O.? — Beppe assentiu. — Uma garota veio até mim no banheiro e me avisou sobre a parte violenta de Francesco. Ela disse que costumava sair com ele e que ele a espancou tanto que ela foi parar no hospital.

— Gia... — Beppe endireitou-se na cama, com os olhos brilhando perigosamente. — Por que você não me contou nada disso antes?

— Porque eu não acreditava nela. Pensei que ela estava com ciúmes de mim porque Francesco namorava publicamente comigo, enquanto com ela tinha sido escondido. E, além disso, eu não tinha visto qualquer tipo de violência em Francesco. Ele era sempre contido, educado e calmo.

Beppe abriu a boca para falar novamente, mas Gia não lhe deu a chance.

— Não estou dizendo isso para discutirmos ou para você dizer o quanto fui burra por não ver quem Francesco realmente era, apesar dos sinais de alerta.

— Eu nunca iria chamá-la de burra. Não coloque palavras na minha boca.

— Meu ponto é: Francesco tem um monte de segredos. Se ele tem quaisquer contatos com a máfia ou não, eu não sei. Mas ele tem muitos esqueletos no armário, como aquela menina Carla, e aposto que deve dinheiro a alguém de quem ele está com medo. Você pode pedir a Sergio essa informação, dizendo que tem razões para acreditar que Francesco está atrás de você e que quer que ele recue. Aposto que Sergio pode descobrir com quem ele está envolvido e usar isso para fazê-lo nos deixar em paz.

Felizmente, Beppe não rejeitou de imediato a sugestão de Gia novamente. Ele ficou em silêncio por um tempo enquanto pensava no que ela tinha dito.

— Ok. Se isso vai fazer você se sentir mais segura e parar de se preocupar, vou fazê-lo. Vou ligar para Sergio quando voltarmos para Gênova.

Gia se jogou em Beppe, incapaz de evitar de sorrir, e plantou pequenos beijos por todo o seu rosto. Ela sabia que iria dar certo.

Tinha que dar certo.

Capítulo Trinta e Quatro

Quando voltaram para a Itália, Beppe se recusou a deixar Gia voltar para a casa de sua mãe. Ele insistiu que, uma vez que estavam noivos agora, ela devia ir morar oficialmente com ele. Ele não passaria outra noite sem ela em sua cama. Gia não discutiu — ela já passava a maioria das noites na casa do Beppe. Agora que Max se mudou para Londres e Elsa estava trabalhando em Veneza com mais frequência, não havia nenhum motivo para ela ficar em uma casa vazia. Era uma casa cheia de memórias, mas não muito mais que isso.

No aeroporto de Gatwick, quando ela abraçou Stella e Max dizendo-lhes adeus, os fez prometer uma visita em breve, insinuando que poderia ser no Natal. Seria muito reconfortante ter toda a sua família junta durante as festas de fim de ano.

— E além disso, nós vamos ter mais um motivo para comemorar, certo? — Gia disse, piscando para Stella. Ela estava se referindo aos resultados finais da cirurgia da amiga, que deveriam sair uma semana antes do Natal. A jovem assentiu, a dúvida nublando seus olhos por um segundo, porém Max, ao sentir o desconforto dela, colocou os braços ao seu redor. Stella imediatamente sorriu para ele e a esperança inundou-a, deixando-a radiante.

Quando Gia entrou no apartamento de Beppe, tudo pareceu diferente. Ela sempre se sentiu confortável e em casa ali, mas agora parecia de alguma forma melhor, mais pacífico, mais como um lugar ao qual ela pertencia. Não tinha nada a ver com o fato de que ela estava agora noiva do Beppe e mais a ver com o estado mental dela. Estava mais calma, não tão atormentada por sentimentos do passado, e feliz que sua antiga vida monótona tivesse acabado. Gia estava ansiosa para começar sua nova vida, neste apartamento, com o homem incrível que rodeou sua cintura por trás e colocou o queixo em seu ombro.

— Bem-vinda ao lar, *bellissima* — disse ele, e plantou pequenos beijos ao longo do pescoço dela. Gia sorriu e virou a cabeça para que ela pudesse alcançar a boca dele. Começaram suavemente, mas, como de costume com Beppe, acabou ficando mais profundo, excitante e necessitado muito rápido. Antes que percebesse, ele a pegou nos braços e subiu as escadas para o quarto *deles*.

Antes, agora e Sempre   263

— Então, o que foi que ele disse? — perguntou Gia quando Beppe voltou para a cozinha. Ela havia feito o café da manhã, embora fosse quase meio-dia, e estava colocando ovos, torradas e três tipos de salame nos pratos.

— Ele disse que vai dar uma olhada e que não tenho nada com que me preocupar. Ele vai cuidar disso — respondeu Beppe, sentando-se e aceitando o prato que Gia trouxe para a mesa.

— Isso é bom. Viu? Não foi tão difícil pedir ajuda, certo? Sergio gosta muito de você, tenho certeza de que ele valoriza o fato de que você recorreu a ele. Eu sei que Paolo o teria.

Beppe assentiu e começou a comer seu café da manhã em silêncio. Gia não o pressionou mais — era mais do que suficiente ele ter ligado para Sergio. Para um homem orgulhoso e independente como Beppe, deve ter sido muito difícil fazer esse apelo, e Gia sabia que ele o havia feito por ela.

Depois de comer, Gia tomou um banho e se vestiu, preparando-se para sair.

— Aonde você está indo? Pensei que ficaríamos em casa, assistindo TV e fazendo sexo! — disse Beppe quando viu Gia completamente vestida descendo as escadas.

— Eu nunca disse isso.

— Fica subentendido. Estamos noivos e moramos juntos.

— Por mais que eu adore a sua lógica, telefonei para a Lisa e vamos nos encontrar para tomar café. Preciso falar com ela — disse Gia e riu, debruçando-se sobre o encosto do sofá para dar um beijo em Beppe. — Vou te compensar hoje à noite.

Beppe rapidamente estendeu a mão para puxá-la para mais perto quando ela começou a se afastar. Ele invadiu sua boca com a língua, a textura quente e molhada provocando arrepios na espinha de Gia e fazendo os joelhos dela falharem. Reunindo toda a sua força de vontade, Gia quebrou o beijo delicioso de Beppe e se afastou. Beppe gemeu e abriu os olhos vidrados. Deus, o homem era tão sexy quando estava excitado! Ele sorriu sedutoramente para ela, esticando o corpo no sofá e gemendo. Os músculos de seu peito nu e de seu estômago se contraíram e Gia ficou com água na boca quando imaginou lamber a pele dele.

— Pare! Preciso ir, odeio me atrasar — falou Gia, e deu mais um passo para trás.

— Seus olhos são de um lindo verde cintilante, amor. Você me quer tanto quanto eu te quero. A questão é: você pode resistir? Você pode esperar até hoje à noite? — Beppe sustentou o olhar de Gia, movendo lentamente as mãos para acariciar a frente do seu abdômen, os dedos ondulando sobre cada cume, até que chegou ao topo da calça jeans desabotoada. Então, trouxe as mãos para cima, cruzando-as atrás do pescoço. Ele fechou os olhos e rebolou os quadris em um movimento sem-vergonha sedutor que abalou a pouca determinação que Gia tinha.

— Desgraçado! — ela disse, caminhando ao redor do sofá. Ela selou os lábios nos dele e montou em seu estômago, sentindo as vibrações de sua risada em sua barriga.

Já quinze minutos atrasada, Gia tentou enviar uma mensagem de texto para Lisa se desculpando, mas, ao tirar o celular da bolsa, percebeu que estava sem bateria. Ela havia esquecido completamente de carregá-lo. Oh, bem, ela teria que se desculpar com Lisa pessoalmente, o café com bolo seria por sua conta hoje. Aumentando o ritmo, Gia meio que andou, meio que correu pelo parque. O café onde se encontrariam era do outro lado do parque e levaria pelo menos mais dez minutos para Gia chegar lá. Ela optou por caminhar em vez de pegar um táxi porque seria muito mais rápido atravessar o parque a pé do que dirigir pelo entorno dele com todo aquele tráfego.

Estava congelando — não como em Cumbria, mas ainda era metade de novembro e o inverno estava em pleno andamento — e não havia ninguém ao redor no parque geralmente cheio. Não era de se surpreender, dado que era um dia frio no meio da semana. Gia apertou o cachecol ao redor do pescoço e continuou andando rapidamente.

Ela não percebeu que alguém a estava seguindo até que fosse tarde demais. Uma mão forte agarrou sua cabeça por trás, cobrindo sua boca, enquanto outra

Antes, agora e Sempre   265

serpenteava em volta de sua cintura, puxando-a para trás. Então, ela sentiu a inconfundível picada de agulha penetrar a pele de seu pescoço e o mundo ficou preto.

Foi a dor em seus pulsos que forçou Gia a acordar. Sua cabeça parecia que estava recheada com algodão, os olhos não focavam claramente, e seus músculos doíam pra cacete. Ela teve que piscar algumas vezes antes que pudesse focar no ambiente. O quarto parecia algum escritório barato com paredes cinza sujas, carpete fino e uma mesa frágil. Por trás dessa mesa, Francesco estava sentado, ladeado por dois homens enormes. Gia estava amarrada a uma cadeira bamba, com as mãos atrás das costas e os pés para frente. Inteiramente acordada agora, o pânico se instalou e ela tentou se libertar das cordas, mas a dor aguda em seus pulsos forçou-a a parar.

— Deixe-me ir, seu doente desgraçado! — ela gritou, e sua voz saiu rouca. Sua garganta estava seca e cada palavra a arranhava dolorosamente.

— Ah, olha quem acordou — comentou Francesco, fixando os olhos frios nela. — Achamos que você ia perder o show e nós não queríamos isso. — Ele se levantou e foi em direção a ela. — Parabéns pelo noivado, a propósito. Vagabunda. — Seus lábios repuxaram para trás em um grunhido. — Que lindo anel — Francesco continuou, sua voz voltando a ser leve e agradável, como se eles estivessem discutindo a previsão do tempo. Ele brincou com algo entre os dedos e, quando os olhos de Gia conseguiram se concentrar totalmente no pequeno objeto, ela percebeu que ele segurava seu anel de noivado.

Não! Não é o meu anel!

— Você ficou noiva daquele merdinha alguns dias após terminar comigo? Você é um puta ainda maior do que pensei. — Seus olhos se tornaram quase incolores enquanto olhava para Gia com um desgosto peçonhento, antes de puxar o braço para trás e jogar o anel na parede oposta.

As lágrimas que Gia tinha conseguido segurar até aquele momento surgiram em seus olhos e escorreram pelo seu rosto. O cara estava louco, completamente maluco! O que ele faria com ela? E com Beppe? Será que ele tinha conseguido colocar as mãos em Beppe também? O pânico deve ter aparecido nos olhos de Gia porque Francesco sorriu, um sorriso maldosamente doentio. Gia nunca tinha visto essa expressão no rosto dele antes. Ela sentiu um arrepio de medo puro e genuíno correr por ela quando ele caminhou até a mesa. Francesco pegou um iPad e, arrastando outra cadeira barata de plástico, sentou-se bem em frente à Gia. Ela estremeceu involuntariamente.

— Sabe, não gosto quando as pessoas são ingratas. Eu poupei sua vida, liberei-a com apenas algumas contusões pequenas. Eu poderia facilmente tê-la matado. E como você me agradece? Você conta tudo para o seu namorado. Em seguida, o porco vem e me ataca por trás como um covarde. Ele me colocou na porra do hospital. Então, como isso é justo? — Francesco manteve o tom de conversa enquanto ligou o iPad e começou a digitar.

Uma histeria subiu no peito de Gia, sufocando-a. Francesco ia fazer algo com Beppe.

Não! NÃO!

O que ela poderia fazer? Argumentar com um maníaco não iria funcionar. Ela estava amarrada a uma cadeira inteiramente à mercê dele, como poderia pará-lo?

— Deixe-me lhe dizer o que vai acontecer nos próximos cinco minutos. —Francesco sorriu grotescamente e virou o iPad para que ela pudesse ver a tela, que mostrava a entrada do prédio de Beppe. Francesco deve ter plantado uma câmera em algum lugar do outro lado da rua. — Acabei de enviar ao seu precioso Beppe uma mensagem de texto dizendo que, a menos que ele esteja na frente do seu prédio em cinco minutos, você vai morrer. Estou disposto a apostar que ele irá. O que você acha?

— Não! Pare com isso! Por favor, não o machuque. Por favor! Farei o que você quiser... — argumentou Gia, sua voz falhando nas últimas palavras quando ela viu Beppe sair pelas portas de entrada, procurando desesperadamente ao redor.

Beppe. Meu Deus, Beppe. Eu te amo tanto...

As lágrimas escorriam pelo seu rosto, obscurecendo sua visão, mas ela não se importava. Ela continuou pedindo e implorando para Francesco parar seu plano louco de ferir Beppe e direcionar toda a sua agressividade e vingança para ela.

— A melhor maneira de te punir seria te fazer assistir ao homem que você ama morrer e você não ser capaz de fazer nada — Francesco rosnou.

O coração de Gia se partiu em um milhão de pedaços. Não. *Não!* Isso não estava acontecendo. Essa não poderia ser a última vez que ela veria Beppe. Ele ainda estava de pé na calçada, olhando para a esquerda e para a direita, o rosto contraído de preocupação. A mão de Gia coçou para tocá-lo, mesmo através da tela, para lhe dizer o quanto lamentava tê-lo arrastado para toda essa confusão. Por ser tão burra. Por namorar Francesco e nunca ter enxergado o maníaco bipolar que ele era. Por não jogar os braços ao redor de Beppe quando ele voltou da Toscana e lhe dizer o quanto ela o amava. Em vez disso, ela tinha perdido três anos de suas vidas tentando fugir de seus sentimentos por ele.

Isso tudo era culpa dela.

Um movimento na tela trouxe sua atenção de volta para o presente. Lisa, em toda a sua vibrante glória loira, tinha acabado de correr até Beppe. Eles estavam falando, gesticulando descontroladamente.

Deus, não!

Lisa deve ter esperado por Gia no café e, quando ela não apareceu ou atendeu o telefone, Lisa deve ter ficado preocupada e ido procurá-la na casa de Beppe. O horror deve ter aparecido no rosto de Gia porque Francesco virou o iPad um pouco em sua própria direção para dar uma olhada na tela.

— Oh, olha isso! Eu tenho dois por um em uma oferta sem sequer ter tentado! — Ele riu e Gia soube que, se ela ficasse livre, iria socá-lo, chutá-lo, arrancar os olhos dele, e não pararia até que um deles estivesse morto.

Francesco virou o iPad plenamente para Gia novamente, exatamente quando um carro guinchou em uma parada na frente de Lisa e Beppe. Beppe virou, e, um instante depois, empurrou Lisa para longe dele com tanta força que ela tropeçou para trás no chão. Foi quando Gia claramente ouviu quatro tiros.

Não! Não, não, não, não.... Beppe!

O carro fugiu e a câmera focou em Beppe, deitado na rua, imóvel, uma poça de sangue começando a se formar em torno dele.

— Nããão, por favor, nãããooo... — Gia gritou e lutou contra as cordas, ignorando a dor que atravessou seus pulsos. — Por favor... me diga que ele não está morto. Por favor. — Ela continuou a lutar e a chorar, sem nem se dar conta de que estava falando. O quarto virou um borrão ao seu redor, Francesco e seus homens desapareceram e tudo o que restava era a imagem de Beppe deitado na rua, em meio ao seu próprio sangue.

Gia bateu e lutou, mas foi tudo em vão. As cordas permaneceram apertadas, mantendo-a presa em seu próprio pesadelo. Completamente exausta e incapaz de falar ou pensar, Gia ruiu, permitindo que a escuridão a envolvesse mais uma vez.

Um cheiro terrível trouxe Gia volta à realidade. Ela se sacudiu, totalmente desperta, desorientada. Onde ela estava? Seus olhos focaram em Francesco à sua frente, fechando a tampa de uma garrafa pequena e entregando-a a um de seus capangas. Com uma lufada, todas as memórias de onde ela estava e o que tinha acontecido atingiram seu cérebro. A dor e o medo se transformaram em uma fúria agonizante.

— Beppe! — ela gritou, puxando as cordas com toda a sua força.

— Chega! — Francesco gritou no rosto dela. — Ele está morto. E é tudo culpa sua. — Seus lábios se espalharam em um sorriso desagradável. — Eu vou te deixar ir, porque, francamente, você está começando a me entediar. — Francesco sentou na cadeira em frente a ela, inclinou-se para a frente com os cotovelos sobre os joelhos e fixou em Gia um frio olhar *assassino*. — Como você pode ver, e eu espero que valorize isso, você está completamente ilesa, exceto pela ligeira vermelhidão em seus pulsos. Eu quis que fosse assim, não poderia arriscar que você fosse correndo para a polícia e lhes desse alguma razão para acreditar em qualquer de suas acusações. Eis o que vai acontecer quando eu remover as suas cordas: você vai pegar a sua bolsa e ir direto para a porta. Para onde você vai de lá, eu não dou a mínima. O que eu sei é que você não irá à polícia. Eu não quero você correndo por aí, espalhando boatos sobre mim.

— Boatos? Você acabou de matar alguém, seu filho da puta doente! — Gia gritou com Francesco, incapaz e sem vontade de controlar sua raiva.

— Interrompa-me novamente e vou reconsiderar meu plano. Os meus meninos ali adorariam brincar com você. — Gia ficou completamente rígida quando arriscou uma olhada para os lacaios de Francesco. Ela estremeceu com os sorrisos em seus rostos hediondos, como pit bulls famintos aguardando pelo comando do mestre. — Sua amiga, a menina, eu acho que você a mencionou antes. Lisa, não é? Seu *noivo* herói conseguiu empurrá-la para fora do caminho, então, ela está bem. No entanto, isso pode muito facilmente mudar, Gianna. Agora que você já viu do que sou capaz, recomendo fortemente que faça exatamente o que digo, a menos que queira a morte de outra pessoa em suas mãos.

Gia sentiu um alívio momentâneo ao saber que Lisa estava bem, mas foi rapidamente afastado pela ameaça de Francesco. Ela não tinha escolha a não ser concordar com os termos do desgraçado.

— Você não me viu desde a noite em que terminamos. A morte de Beppe é um incidente inexplicado, um que tenho certeza que a polícia vai se sentir obrigada a investigar. Mas não haverá nada para encontrar. Francamente, não me importa o que você vai dizer a eles quando te fizerem perguntas, contanto que não me mencione. Combine sua história com a de sua amiga Lisa. Alimente-os com a besteira que quiser.

Lágrimas escorreram pelo rosto de Gia quando ela percebeu quão doente, filho da puta e manipulador Francesco era. Ele havia planejado isso com tanto cuidado que ela não tinha nenhuma chance de conseguir justiça para a morte de Beppe.

Francesco levantou, pegou uma pequena faca de mesa e cortou a corda. Gia permaneceu na cadeira, sem se atrever a se mover, para o caso de ele mudar de ideia e atacá-la enquanto ainda segurava a faca.

— Giuseppe Orsino está morto e você vai ter que viver com isso pelo resto da sua vida. Essa é a única razão para eu não te matar. Viver será um castigo muito maior para você — ele disse, e pegou a bolsa dela atrás da mesa, jogando-a aos pés de Gia. — Vá! — ele gritou. Gia pegou a bolsa e saiu correndo.

Correndo, ela percebeu que estava em algum tipo de um prédio de escritórios, com fileiras de portas ao longo do corredor. Gia passou depressa por todas elas, sem parar até alcançar uma "saída de emergência" com enormes letras verdes. Ela empurrou o trinco, que abriu a porta, e o ar frio do mundo exterior a cumprimentou. Estava ficando escuro e muito frio. Por quanto tempo ela havia desmaiado pela segunda vez? Ainda estava no meio da tarde quando Beppe...

Não! Ele não está morto!

Gia tentou se convencer e estremeceu, percebendo que estava vestindo apenas seu suéter. Ela não sabia o que havia acontecido com seu casaco e cachecol; provavelmente ainda estavam lá com Francesco e ele certamente iria eliminá-los.

Olhando em volta, ela precisava encontrar pistas sobre onde estava. Era um estacionamento vazio e havia um portão que dava para a rua. Ela correu em direção a ele e o alívio a inundou quando viu os carros se deslocando na rua.

Gia estendeu a mão para chamar um táxi, e, em poucos minutos, um parou no meio-fio. Ela pulou dentro e disse o endereço de Beppe ao motorista, tentando manter a calma.

Por favor, faça com que ele esteja vivo. Por favor.

Antes, agora e Sempre 271

272   Teodora Kostova

Capítulo Trinta e Cinco

Gia saltou do táxi no momento em que ele parou na frente do prédio de Beppe. Havia uma fita amarela da polícia em torno do local onde Beppe tinha sido baleado. Gia mal conseguia colocar um pé na frente do outro. Ela caminhou para o saguão, tentando parecer calma, só um pouco preocupada com a fita da polícia, mesmo podendo sentir seu estômago revirar e mal suprimir a vontade de vomitar. Ela se lembrou do que tinha visto na tela do iPad e manchas pretas começaram a aparecer em sua visão. Ela respirou profundamente algumas vezes, para se acalmar, afinal, não podia deixar o concierge saber que ela tinha visto tudo. De acordo com as instruções de Francesco, ela deveria se fazer de boba.

— Senhorita Selvaggio! Meu Deus! — exclamou o concierge quando a viu e correu em direção a ela, o rosto contorcido em preocupação. — Eu estava rezando para você aparecer logo. Algo terrível aconteceu ao Sr. Orsino.

— Beppe? O que aconteceu? — Gia sentiu como se estivesse prestes a desmoronar a qualquer momento.

— Alguém atirou nele, senhorita Selvaggio. Bem aqui fora.

— Oh, meu Deus! — Gia levou uma mão trêmula à boca e começou a chorar. Pela primeira vez desde que tudo tinha acontecido, Gia se permitiu chorar e lamentar com nenhuma outra emoção mexendo com sua cabeça. O concierge — Gia não conseguia lembrar seu nome, por mais que tentasse — colocou o braço em volta dos seus ombros e conduziu-a a uma cadeira. Quando ela se sentou, ele lhe deu um lenço de papel e ficou sem jeito ao lado dela.

— Conte-me tudo, por favor — pediu Gia quando se acalmou o suficiente para falar.

— Eu não vi o que aconteceu. O turno era do meu colega, Bruno, mas ele teve que ir para casa porque estava muito angustiado depois do que aconteceu. Fui chamado para assumir o turno dele. Mas, do que ele conseguiu me dizer, o Sr. Orsino correu para fora à procura de algo quando sua amiga, a senhorita Elliot, se juntou a ele e logo depois alguém começou a atirar contra eles de dentro de um carro. No momento em que o carro fugiu, Bruno correu para fora

Antes, agora e Sempre   273

e viu o Sr. Orsino no chão, sangrando. Ele checou seu pulso e viu que estava fraco. Ele começou a fazer RCP enquanto a Senhorita Elliot, que está bem, a propósito, chamou uma ambulância. Eles chegaram poucos minutos depois e levaram o Sr. Orsino para o hospital. Não tenho ideia se ele sobreviveu, ele tinha perdido muito sangue. — O concierge engasgou com as últimas palavras, claramente abalado com o que aconteceu.

— Qual hospital?

Gia correu para o hospital e foi direto para a recepção.

— Estou procurando por Giuseppe Orsino — disse, e deve ter parecido bastante nervosa porque a recepcionista a olhou de cima a baixo por alguns instantes antes de dizer:

— Você é da família?

— Sim, sou a noiva dele. Me diga que ele está aqui, por favor. Me diga que ele está vivo. — Gia sentiu as lágrimas começarem a brotar em seus olhos. Os olhos da recepcionista suavizaram antes de ela falar novamente.

— Por pouco. Ele está em cirurgia. Coloque seus dados neste formulário e sente-se ali. O médico irá encontrá-la quando acabar. — Um onda de alívio inundou Gia quando ela balançou a cabeça, preencheu o formulário rapidamente e se dirigiu para a sala de espera.

Ele está vivo. Ele vai sobreviver, eu sei que ele vai.

Ele tem que sobreviver.

Lisa estava enrolada em uma cadeira na sala de espera. Seu pulso direito estava enfaixado e ela tinha um hematoma severo no antebraço. Gia foi imediatamente na direção dela, puxando-a para um abraço feroz enquanto ambas choravam.

— Você está bem? — perguntou Gia, olhando para o braço de Lisa com preocupação.

— Sim, não é nada, é só um arranhão — minimizou Lisa, quando enxugou os olhos com um lenço que segurava na mão. Ela pegou outro para Gia em seu bolso.

— Eu tentei te ligar, mas continuava indo para o correio de voz. O que aconteceu? — sussurrou Lisa, claramente consciente de que algo estava acontecendo.

— Não podemos falar aqui — respondeu Gia, lançando um olhar ao redor para indicar as muitas pessoas no local. — Vamos esperar pelo médico, eu não quero sair daqui e perder nenhuma atualização sobre Beppe. Vou te contar tudo depois, ok?

Lisa assentiu e descansou a cabeça no ombro de Gia, que colocou o braço em volta dos ombros de sua amiga e elas esperaram, enquanto orações silenciosas por Beppe preenchiam

— Senhorita Selvaggio? — uma forte voz masculina soou de algum lugar perto dela. — Senhorita Selvaggio — a voz repetiu, dessa vez mais alto. Gia forçou seus olhos a abrirem e, no momento em que viu o jaleco branco do médico, se lembrou de onde estava.

— Eu sou o Dr. Leverone. Eu operei seu noivo, o Sr. Orsino.

— Como ele está, doutor? — Gia saltou de pé e ficou um pouco tonta com o movimento súbito e a fraqueza. Ela não tinha comido nada em quase vinte e quatro horas. Lisa se juntou a ela e ambas esperaram ansiosamente as próximas palavras do médico.

— No momento, ele está estável — disse o médico e Gia sentiu seus joelhos fraquejarem com o alívio. — Ele perdeu muito sangue, portanto, foi preciso fazer uma transfusão. Estamos tratando um colapso pulmonar, e tivemos que colocar um marca-passo em seu coração.

A mão de Gia voou para a boca e ela sentiu como se o mundo se inclinasse fora do eixo. A próxima coisa da qual ela ficou ciente foram as mãos de Lisa ao seu redor, segurando-a antes que ela caísse, e ajudando-a a sentar na cadeira.

— Não vou mentir para você, Senhorita Selvaggio. As próximas quarenta e oito horas serão críticas. Vamos observá-lo de perto e fazer tudo o que pudermos para que ele se recupere.

— Posso vê-lo? — perguntou Gia e o médico deve ter visto o desespero em seus olhos, porque, depois de pensar por alguns segundos, disse:

— Por cinco minutos.

— Obrigada!

Gia seguiu o médico para a Unidade de Terapia Intensiva e seu coração quase saiu do peito quando ele abriu a porta do quarto de Beppe.

— Cinco minutos. Vou esperar aqui — repetiu o médico, e fechou a porta atrás de Gia.

Beppe estava deitado na cama, ligado a muitos tubos e máquinas. Gia foi imediatamente levada de volta para quando ela o vira pela última vez em uma cama de hospital, inconsciente e lutando pela vida. Ela tinha ficado tão assustada que o homem que amava seria tomado dela naquela época! Ela tinha ainda mais medo agora.

Não. Beppe é mais forte do que isso. Tenho que mostrar a ele que estou aqui, que ele tem que lutar para sobreviver, por nós.

Gia puxou uma cadeira até a cama e se sentou. Ela pegou a mão de Beppe suavemente na sua. Estava fria e ressecada ao toque. O rosto dele parecia magro e desprovido da habitual emoção e animação.

— Estou aqui, Beppe. Estou segura. Sei que você pode me ouvir, meu amor, e quero que saiba que estou bem. Você tem que melhorar para que possamos nos casar e fazer tudo o que planejamos, ok? — Sua voz falhou, mas, determinada a não chorar na frente dele, Gia piscou rapidamente e engoliu várias vezes até se recompor. — Eu te amo, Beppe. Por favor, não me deixe. — Gia alisou o cabelo da testa dele e se inclinou para plantar um beijo suave na bochecha dele.

Como era possível ela ter feito isso duas vezes em sua vida? Às vezes, a vida era uma vadia sem coração.

Só então a porta se abriu e o médico fez um gesto indicando que o tempo dela havia acabado. Apertando a mão de Beppe uma última vez, Gia virou e saiu do quarto.

— Obrigada por me permitir vê-lo. Eu vou estar na sala de espera. Por favor, avise-me se houver alguma mudança.

— Olha, você não poderá vê-lo novamente até que ele esteja fora da UTI e não há nenhum motivo para esperar aqui. Vamos te chamar no momento em que houver alguma notícia.

Gia começou a sacudir a cabeça antes mesmo que o médico acabasse de falar.

— Senhorita Selvaggio, escute-me. — O médico apertou seus braços levemente. — Você não fará nenhum bem a ele quando ele acordar se estiver exausta demais para ficar de pé. Vá para casa, descanse um pouco. Vamos lhe telefonar se houver qualquer mudança. Quando o transferirmos para a unidade de recuperação, você pode ficar com ele quanto quiser, ok?

Gia assentiu. O médico estava certo. Ela estava muito esgotada para ser de alguma ajuda aqui, mas não parecia certo ir para casa e deixar Beppe sozinho. A luta entre a dor, a exaustão e o medo devem ter aparecido em seu rosto, porque o médico pegou o receituário do bolso, escreveu alguma coisa e deu a folha a Gia.

— Aqui. Isso irá ajudá-la a dormir. Posso ver como isso é difícil para você. — Gia assentiu e, no piloto automático, pegou a prescrição e enfiou-a no bolso do jeans. — Eu não me sinto confortável deixando você ir para casa sozinha. Era sua amiga na sala de espera? Ela pode te levar para casa e ficar contigo?

— Sim, ela pode. Obrigada, doutor, por favor, me ligue assim que houver qualquer alteração.

O médico lhe assegurou que ligaria. Ele levou Gia de volta para a sala de espera, onde Lisa passou um braço ao redor dos seus ombros e levou-a para casa.

Gia acordou em sua própria cama ao som de uma suave voz feminina chamando seu nome. Ela abriu os olhos e encontrou Lisa sentada ao seu lado na cama, tentando acordá-la.

— O hospital ligou? Ele está bem? — Gia sentou-se muito rápido, e sua cabeça começou a zunir novamente.

— Não, querida, eles ainda não ligaram, o que significa que ele está bem. Mas há outra coisa. Dois detetives estiveram aqui cerca de uma hora atrás. Eles queriam falar contigo, mas eu lhes disse que o médico havia prescrito algo

Antes, agora e Sempre   277

muito forte para o choque. Eu disse que você estava medicada e dormindo.

— Merda! — Gia enterrou a mão nos cabelos, tentando fazer a cabeça parar de doer. — Eles falaram contigo?

— Sim. Eu disse a eles o que nós combinamos ontem.

Na noite anterior, elas haviam discutido o que dizer para a polícia depois que Gia contou à Lisa a verdade sobre o que tinha acontecido. Decidiram manter a história simples: elas deveriam se encontrar no café, mas Gia estava atrasada e, quando chegou, Lisa havia ido embora. Elas não conseguiram se falar porque o telefone de Gia estava descarregado. Gia tinha decidido ir às compras, uma vez que ela já estava fora de casa, mas não comprou nada, no caso de eles quererem ver o recibo. Lisa, por outro lado, havia decidido ir para a casa de Beppe para procurar por Gia. Quando chegou, ela viu Beppe na entrada do prédio. Ela se aproximou dele e, de repente, alguém começou a atirar neles. Beppe a empurrou e levou todos os tiros, enquanto Lisa sofreu apenas alguns machucados da queda.

— Obrigada, Lisa. Sei que você teve que mentir para a polícia por minha causa e eu realmente sinto muito... — Gia começou.

— Pare com isso, Gia. Nada disso é culpa sua. Nós estamos mentindo por causa do doente do Francesco, não por sua causa.

Gia assentiu. Ela queria que Francesco fosse para a cadeia por aquilo que tinha feito, mas sabia que isso nunca iria acontecer. Não importava. No momento, a única coisa importante era Beppe ficar bem. Ainda assim, Gia não conseguia afastar a sensação de que, mesmo que tivesse feito tudo o que queria, Francesco não o deixaria em paz. Ela não queria passar a vida com medo e constantemente esperando ser emboscada. Ela precisava fazer algo com relação àquele desgraçado porque ela preferia morrer a deixá-lo machucar Beppe novamente.

Lisa entrou no centro médico Giuseppe Mazzini cerca de meia hora depois que saiu do apartamento de Gia e Beppe. O apartamento *deles*. Lisa tinha que se acostumar com a ideia de que seus amigos estavam noivos. Ela ainda não os tinha visto felizes juntos; na primeira vez que tinha visto Beppe depois que voltaram de Londres, ele havia sido baleado bem na sua frente. Deus, ela tinha ficado totalmente apavorada! Lisa lembrou-se do pânico quando Beppe a empurrou para longe dele. Os tiros, Beppe caindo, o sangue...

Lisa começou a tremer novamente só de pensar nisso. Ela precisava se recompor antes de ver Gino. Não queria que ele a visse tão angustiada. Ela deveria ter esperado até que tivesse se acalmado, ou, pelo menos, até que seu braço tivesse sarado. Mas ela não podia esperar; ela precisava ver Gino. Lisa precisava senti-lo respirar, tocar nele para se certificar de que ele estava bem. Ele podia não estar falando com ela ou mesmo olhando-a, mas pelo menos ele estava vivo.

Lisa cumprimentou a recepcionista sentada atrás da mesa cara e assinou o livro de visitantes antes de subir as escadas para o quarto 256. Quando entrou e viu Gino na cadeira de rodas em seu lugar habitual perto da janela, Lisa suspirou de alívio. Ela tirou o casaco e colocou-o no sofá junto com sua bolsa. O quarto parecia tão imaculado como sempre: a cama arrumada perfeitamente, todas as superfícies espanadas e organizadas, as pequenas almofadas nos sofás de couro marrons afofadas e cuidadosamente escolhidas para combinar com o esquema de cores em vermelho, marrom e verde das cortinas, do carpete e do quarto. Lisa lutou contra a súbita vontade de pular na cama até que a coberta perfeita estivesse amassada ou correr ao redor do quarto e torná-lo tão bagunçado quanto possível.

Alguém vive aqui, caramba! Isso não é um museu!

Lisa sacudiu a cabeça para dissipar suas emoções desenfreadas antes que chorasse ou danificasse a propriedade. Esperando ter conseguido cobrir a ferida e as bandagens sob o suéter, Lisa caminhou para Gino, sentado perto da janela ampla, como em todas as vezes que ela tinha ido ali. Estava muito frio hoje para sua caminhada habitual pelo lago, então ela pegou o caderno de desenho e os lápis que mantinha lá e começou a desenhar, antes de falar.

— Oi, Gino — disse ela e olhou para ele. Seu cabelo escuro estava ficando muito longo agora, emoldurando-lhe o rosto e descendo pelo pescoço. *Ele precisa de um corte de cabelo*, ela pensou.

Ok, certo. Esse é o seu maior problema. Um corte de cabelo. Não o fato de que ele se recusa a tentar andar, falar novamente ou viver.

Seus olhos azuis não se afastaram da paisagem externa e ele não reconheceu

Antes, agora e Sempre   279

a presença de Lisa de forma alguma. Mas Lisa sabia disso. Ela tinha vindo vê-lo pelo menos duas vezes por semana durante os últimos seis meses, e ele nunca, nem uma vez, olhou para ela. Ela queria falar com seus médicos, perguntar-lhes se ele falava com *eles*, se havia começado a fisioterapia, se houve qualquer mudança em seu comportamento. Mas ela não podia; ela não era um membro da família e essa informação era confidencial.

Lisa suspirou, resignada a esboçar em seu caderno. Ela começou a conversar com Gino sobre coisas aleatórias, como os alunos da sua aula de arte, um livro que acabou de ler na semana anterior e a mulher estranha na TV que afirmou ter visto o fantasma de Michael Jackson. Lisa tentou manter seu monólogo tão longe dos acontecimentos dos dois últimos dias quanto possível. Ela se acomodou confortavelmente no parapeito da janela, posicionando a almofada que tinha colocado lá há um tempo embaixo dela, e colocou as pernas para cima, de modo que suas costas descansassem na moldura da janela e não no vidro frio. O lápis que estava usando precisava ser apontado e Lisa esticou o braço para pegar a caixa de lápis e procurar o apontador.

Uma ingestão de ar súbita seguida de um suspiro congelou-a no lugar. Quando Lisa virou lentamente a cabeça para olhar para Gino, seus belos olhos estavam focados nela pela primeira vez. Lisa não sabia se devia pular de alegria, jogar-se em seus braços ou permanecer imóvel. Seu coração estava acelerado no peito e ela não conseguia desviar os olhos do olhar de raiva de Gino.

Espere! O quê? Por que ele está com raiva?

Lisa olhou ao redor, procurando a razão por trás da raiva dele e seus olhos pousaram em seu braço. Quando tentou alcançar a caixa de lápis, a manga tinha subido e toda a glória horripilante de suas ataduras e feridas vermelhas profundas ficou à mostra.

Merda.

— O que diabos aconteceu com o seu braço? — perguntou Gino, e Lisa quase caiu do parapeito da janela.

— Giuseppe? — A voz forte e autoritária de Sergio soou no ouvido de Gia.

— Não, Sergio, sou eu, Gianna. — Gia tinha encontrado o celular de Beppe sob a mesinha de centro. Ele provavelmente tinha ficado tão preocupado com ela que o tinha deixado cair e corrido porta afora. A primeira coisa que ela fez foi apagar a mensagem de texto de Francesco. Era de um número desconhecido e Gia tinha certeza de que a polícia não conseguiria rastrear, mesmo se a descobrisse. A mensagem não provava o envolvimento de Francesco, de todo modo. A segunda coisa que fez foi ligar para Sergio. Ela esperava que ele conseguisse ajudá-la.

— Está tudo bem, *cara*? — A preocupação infiltrou-se na voz de Sergio e uma emoção inchou no peito de Gia, criando um nó na garganta.

— Não, não está, Sergio. Francesco Naldo mandou atirar em Beppe e deixá-lo para morrer na rua enquanto me sequestrou e me fez assistir a tudo em um vídeo. — Gia fungou e tentou segurar as lágrimas.

Uma série de palavrões irrompeu da boca de Sergio.

— Desculpe, cara. *Dio mio, figlio di puttana*! Pesquisei sobre ele, como Beppe pediu, e descobri que ele deve dinheiro a um monte de gente, mas não havia nada sobre ele ser violento. Eu estava prestes a chamar alguns amigos e tentar colocar uma coleira nele para que não incomodasse vocês novamente. Se eu soubesse o que ele faria... — A voz de Sergio tremeu e Gia o ouviu chorando. Pensando no que ela lhe disse segundos atrás, Gia percebeu que Sergio pensou que Beppe estava morto.

— Sergio, Beppe não morreu, mas está em estado crítico no hospital. Eles colocaram um marca-passo nele porque uma das balas danificou seu coração.

— Graças a Deus! — Sergio exalou em alívio.

— Sergio, há outra coisa. — Gia lhe contou tudo sobre Francesco: o ataque anterior a ela, que Beppe havia batido nele, como Francesco ameaçou prejudicá-los e a seus amigos se a polícia descobrisse.

— Não se preocupe, *cara*, eu vou cuidar disso — respondeu Sergio quando Gia terminou sua história. — Vou colocar Silvio no próximo voo. Ele vai proteger você e Beppe até descobrirmos o que fazer, ok?

Na manhã seguinte, ainda não havia nenhuma mudança na condição de Beppe. Gia ligou para o hospital porque não haviam entrado em contato. Eles lhe asseguraram que nenhuma mudança era uma boa notícia e, se ele ficasse estável por mais vinte e quatro horas, seria transferido para a unidade de recuperação. Lisa conseguiu convencer Gia a ir para casa e descansar um pouco, apesar dos protestos da amiga.

Silvio Salvatore bateu na porta de Gia em torno de dez da manhã, parecendo cansado, mas contido. Ela o convidou para entrar e arrumou seu antigo quarto para ele. Eles conversaram — Gia lhe contou tudo o que já havia dito a Sergio — e, mesmo que Silvio evitasse todas as suas perguntas sobre o que planejava fazer sobre Francesco, ela encontrou um conforto estranho neste homem que mal conhecia.

Eles comeram sanduíches que Gia preparou e beberam um pouco de café. Depois, Silvio disse que tinha algumas coisas para fazer. Gia estava com muito medo de perguntar que tipo de coisas eram. Ela soube instintivamente que Sergio provavelmente havia instruído Silvio a fazer algo com Francesco. Se ela fosse completamente honesta consigo mesma, não a importava o que era. Até onde sabia, o filho da puta merecia tudo que viria.

As mais longas vinte e quatro horas da vida de Gia passaram e Beppe foi transferido para a unidade de recuperação. Quando entrou no novo quarto, a maioria das máquinas tinha sido removida e havia uma pulsação rítmica constante. O sinal sonoro do seu batimento cardíaco foi a melhor coisa que Gia já tinha ouvido e ela não pôde deixar de sorrir. Ela tinha chegado tão perto de perdê-lo...

Gia sentou-se na cadeira ao lado da cama de Beppe com a intenção de permanecer lá até que ele abrisse os olhos, não importava quanto tempo levasse.

Silvio tinha voltado para casa na noite passada e parecia completamente normal. Por alguma razão, Gia esperava vê-lo machucado, sangrando e despenteado, mas ele estava em seu estado normal: perfeito e bonito. Ele lhe disse para manter a história que ela e Lisa haviam combinado quando a polícia falou com ela, e tudo ficaria bem. Gia ainda sentia que, se alguém decidisse cavar mais, iriam descobrir a verdade, e eles estariam em apuros ainda maiores.

— E se a polícia de alguma forma ligar os pontos entre mim, Francesco e Beppe? E se começarem a questionar Francesco? Ele é completamente louco, não tenho ideia do que ele vai dizer...

— Eles não vão encontrá-lo — afirmou Silvio com naturalidade.

— O que você quer dizer?

Silvio não respondeu. Ele sustentou o olhar de Gia sem vacilar, mas sem dizer mais nada. Gia não queria pensar no que isso significava. Fosse o que fosse, desde que Beppe estivesse seguro, ela não se importava realmente com o que havia acontecido com Francesco.

Ela assentiu em silêncio, dizendo a Silvio que entendia que não deveriam falar sobre isso. Silvio roçou os dedos em sua bochecha e os cantos de seus lábios formaram um sorriso suave. Em seguida, ele colocou a mão dentro do bolso da calça jeans e tirou algo, estendendo o punho fechado para Gia. Olhando-o com curiosidade, ela estendeu a mão. Gia engasgou quando o peso familiar de seu anel de noivado bateu na palma da mão. Sua mão começou a tremer quando ela tentou colocá-lo novamente, percebendo quão perto ela esteve de perdê-lo, juntamente com Beppe e tudo que importava em sua vida. Silvio tentou ajudá-la a colocá-lo, mas Gia recolheu a mão. Não queria deixar qualquer outra pessoa, exceto Beppe, colocar um anel em seu dedo novamente.

— Obrigada — disse ela quando o anel estava de volta em sua mão, onde pertencia. De alguma forma, por mais que soasse estúpido, o peso e a beleza da esmeralda e o fato de que ele tinha encontrado o seu caminho de volta para ela lhe deu esperança de que tudo ficaria bem.

Uma batida na porta trouxe Gia de volta para o presente e ela a abriu. Silvio estava ali e fez um gesto para que ela saísse. Gia olhou para Beppe, para se certificar de que estava tudo bem deixá-lo, e fechou a porta atrás de si.

— Vou voltar para casa. Não há mais nada que ponha vocês dois em perigo. A polícia não tem muito mais para investigar também. Acredito que em breve eles vão encerrar a investigação e não te incomodarão mais. — Gia assentiu. O caso de Beppe seria adicionado às centenas, se não milhares, de casos não resolvidos, colocado em uma caixa marcada e armazenado no porão da delegacia.

— Obrigada, Silvio — disse Gia e o abraçou. O homem grande endureceu sob seus braços e bateu em suas costas desajeitadamente até que ela o soltou.

Antes, agora e Sempre   283

— Não há nenhuma necessidade de me agradecer, Gianna. Você e Beppe são da família. Ninguém fere a minha família. — Ele fixou seus lindos olhos azuis nela e a intensidade neles disse a Gia que ele quis dizer cada palavra.

— Tenha uma boa viagem de volta para casa e dê a Sergio minhas lembranças — disse Gia quando conseguiu escapar da armadilha dos olhos de Silvio.

— Pode deixar. Nos mantenha atualizados sobre o estado do Beppe.

— Com certeza. — Silvio girou nos calcanhares e começou a se afastar, mas então ele parou e se virou, um sorriso lento aparecendo em seus lábios.

— Eu quase me esqueci. Eu nunca disse "parabéns". — Ele olhou diretamente para seu anel.

— Obrigada. — Ela sorriu suavemente.

— Beppe é um homem de sorte. Não admira que ele esteja determinado a sobreviver a isso e voltar ao normal. Ele provavelmente mal pode esperar para casar contigo.

— Eu é que sou sortuda — Gia sussurrou e olhou para o anel. Ela o torceu em torno de seu dedo, o que lhe deu o conforto e a segurança de que tudo ficaria bem. Esse anel era seu felizes para sempre.

Quando olhou para cima novamente, Silvio tinha ido embora.

Levou três dias para Beppe abrir os olhos. E, quando o fez, Gia estava bem ali ao seu lado. Ele tentou falar, mas sua garganta devia estar seca e dolorida. Gia tinha assistido episódios suficientes de ER e Grey's Anatomy e estava preparada. Ela lhe deu um pouco de água morna com um canudo e umedeceu seus lábios ressecados com um cubo de gelo.

Como Silvio havia previsto, a polícia lhe fez perguntas, mas ela desempenhara bem seu papel, contando-lhes a história acordada. Eles fizeram algumas perguntas mais rotineiras: se Beppe tinha algum inimigo, se estava envolvido em jogos de azar ou drogas, se devia dinheiro a alguém, e prometeram voltar quando Beppe acordasse para interrogá-lo também. Se Gia pudesse julgar pelo olhar em seus rostos, diria que eles não estavam muito otimistas ou muito interessados em resolver esse caso.

— Olá, meu amor. Bem-vindo de volta — disse Gia, acariciando a bochecha de Beppe. Ele olhou para ela com confusão em seus olhos, provavelmente sem lembrar muito do que havia acontecido. — Está tudo bem, você vai ficar bem, querido. Você está no hospital, mas em breve vou levá-lo para casa e brincar de enfermeira sexy com você. — Beppe tentou sorrir, mas seus lábios ressecados repuxaram dolorosamente e ele estremeceu. Gia pegou um bálsamo para os lábios em sua bolsa e o aplicou.

— Obrigado — ele conseguiu murmurar. Ele pegou a mão dela na cama e a apertou levemente. — Eu te amo.

— Eu também te amo, querido. Mal posso esperar para você sair dessa cama e começar a nossa vida juntos.

— Eu também — ele sussurrou e Gia inclinou-se para beijar o canto da boca dele.

Havia muitas perguntas em seus olhos. Em breve, ela lhe diria tudo, mas, por enquanto, Beppe parecia contente apenas por segurar a mão de Gia e tê-la por perto.

286   Teodora Kostova

Sempre
Parte III

288   Teodora Kostova

Capítulo Trinta e Seis

A Casa Salvatore estava agitada com os preparativos para o próximo casamento. Floristas, decoradores, garçons, chefs e fornecedores estavam correndo ao redor da casa durante todo o dia, transformando-a em um lugar de conto de fadas. Beppe olhou ao redor de onde estava sentado na varanda do seu quarto e ficou maravilhado com a sua vida abençoada.

Fazia pouco mais de um ano que Francesco havia enviado a mensagem de texto ameaçando a vida de Gia, e Beppe sentiu como se todo o seu mundo estivesse desmoronando. Ele realmente chegou a pensar que iria perdê-la para sempre.

Graças à coragem da sua noiva e a habilidade do médico, o seu mundo não tinha chegado ao fim — pelo contrário: hoje ele ia se casar com a mulher que amava, diante da sua família e dos amigos. Seus parentes o tinham aceitado de braços abertos e sem reservas. Ele e Gia haviam passado um mês na Sicília se familiarizando com as pessoas que compartilhavam seu sangue. Beppe estava orgulhoso de ter seus primos, tias e tios, junto com seus melhores amigos e suas famílias, testemunhando-o se casar.

Lembrando-se do hospital, Beppe recordou como Gia lhe dissera tudo o que tinha acontecido com Francesco, sobre a intervenção de Silvio e o que eles tinham dito à polícia. Eles também discutiram a história que Beppe devia contar quando os detetives o interrogassem. Ele lhes disse que tinha saído para comprar um maço de cigarros, encontrou Lisa na frente do prédio e alguém começou a atirar. Ele não tinha ideia do porquê. Assim como Silvio havia previsto, a polícia não encontrou nenhuma evidência forte o suficiente para continuar trabalhando no caso. Pessoas eram mortas todos os dias e eles precisavam passar para casos que tivessem mais chances de serem resolvidos.

Francesco nunca mais foi visto. As colunas de fofocas haviam especulado que ele tinha vendido tudo o que possuía e se mudado para uma ilha exótica. Sugeriram que a máfia de alguma forma estava envolvida. Talvez isso fosse verdade, talvez não fosse. De qualquer maneira, Beppe não se importava, desde que Francesco nunca mais voltasse.

Antes, agora e Sempre 289

Ajustar-se à vida com um marca-passo foi um desafio. Sob o olhar atento de Gia, Beppe parou de fumar de uma vez por todas e cuidou mais do seu corpo e bem-estar, afinal de contas, ele planejava fazer amor com aquela mulher por muitos e muitos anos. Eles se livraram do micro-ondas e pesquisaram equipamentos, itens domésticos e tudo que pudesse ter um campo magnético ou de qualquer forma afetar o marca-passo de Beppe. Gia diligentemente media o pulso dele todos os dias. Eles tiveram que prestar mais atenção a cada soluço, dor no peito ou sensibilidade no caso de ser sinal para quaisquer problemas em seu coração. Isso o irritava até dizer chega.

Ele se sentia como um velho doente, mas Gia garantiu, e lhe mostrou repetidas vezes, que ele não era. Tudo o que ele precisava fazer era cuidar melhor do coração, e, com o passar do tempo, isso se tornou rotina.

Uma batida soou na porta, trazendo Beppe de volta ao presente. Depois de Beppe falar "entre", Max entrou no quarto. Seu padrinho parecia moderno em seu smoking preto.

— Está na hora de ficar pronto, cara. O casamento começará em uma hora — comentou Max e bateu no ombro de Beppe, arrastando-o de volta para dentro do quarto.

Beppe ficou na frente do altar — ou melhor, do arco requintado de flores artificiais que ele insistiu que parecessem incrivelmente naturais — e esquadrinhou o ambiente ao seu redor. A maioria dos convidados tinha escolhido seus lugares e conversava animadamente entre si. As mesas, as cadeiras e o palco para a festa após a cerimônia estavam à direita, prontos e esperando os convidados tomarem seus lugares e se divertirem.

Tudo parecia festivo, simples e sofisticado. As peças do centro das mesas eram vasos de cristal com lírios flutuando neles — a única coisa que Gia tinha pedido especificamente. Se fosse como ela queria, eles teriam se casado em uma praia deserta em algum lugar, apenas os dois, mas Beppe havia insistido em lhe dar um casamento inesquecível, afinal, ela não teria outro. Ele queria partilhar este dia com a sua família e amigos. Como sempre, Gia concordou. Ela recuara e permitira que a família de Beppe organizasse tudo. Seu único desejo era que o centro de mesa fosse com lírios d'água.

O som suave de pessoas conversando, o som distante das ondas quebrando no Mediterrâneo, as gaivotas acima, e a brisa suave, tudo se juntou de uma maneira que faria Beppe sempre lembrar deste dia. A Casa Salvatore foi construída sobre uma elevação acima de uma praia privada para uso dos moradores. Era de tirar o fôlego, especialmente à noite, quando o reflexo das luzes da casa atingia a água e a areia.

A banda que eles haviam contratado para o dia tomou seu lugar no estrado por trás do altar e aquele foi o sinal para que todos parassem de conversar e começassem a murmurar animadamente. A noiva apareceria a qualquer momento. As primeiras notas de *Mirrors*, de Justin Timberlake, outra coisa que Beppe tinha insistido, começaram a soar, e o som potente dos três violinos silenciou todos os presentes. Beppe e Gia haviam se apaixonado pela música quando ela foi lançada, declarando que aquela era a música deles. Beppe achava que a história por trás dela era semelhante à deles e aquecia seu coração de uma maneira bonita cada vez que ouvia.

Awwws e ahhhs animados chegaram aos ouvidos de Beppe e ele virou, certo de que veria que Gia era a fonte de toda essa admiração. Quando deu um único olhar para sua noiva vindo pelo corredor, sua respiração parou, seu coração pulou para a garganta e os seus joelhos ficaram fracos. Gia estava linda em um vestido elegante que se moldava perfeitamente ao seu corpo. Era branco com bordados dourados no corpete e a parte inferior da saia refletia os últimos raios de sol, fazendo Gia brilhar. O vestido abraçava as curvas de Gia amorosamente, a saia cintilando apenas o suficiente para fornecer um toque de luz a cada passo que dava em direção a Beppe. Seu cabelo estava solto e fluía sobre seus ombros nus.

Quando ela chegou ao seu lado, Beppe não conseguia parar de admirá-la. Ele realmente precisava vê-la ali, de pé ao lado dele, para sentir que aquilo era real, que ele não tinha morrido na rua naquele dia e ido para o céu. Percebendo o seu nervosismo, Gia pegou sua mão para lhe oferecer o contato que ele tanto desejava, e, dando-lhe um último sorriso encorajador, virou-se para o padre.

No verdadeiro estilo de Hollywood, Beppe e Gia queriam dizer seus próprios votos. Quando chegou a hora, Beppé pegou a outra mão de Gia na dele e, olhando diretamente nos incríveis olhos castanhos que tanto amava, ele derramou a sua alma.

— Gia, não há nenhuma razão para eu dizer que vou te amar e cuidar de

Antes, agora e Sempre   291

você e te mimar pelo resto dos meus dias, porque isso você já sabe. Nasci para fazer isso. Mas, ainda assim, vou dizê-lo. — Gia sorriu e começou a chorar, tornando seus olhos do verde exuberante que Beppe tanto amava. — Olhando para trás, eu não consigo lembrar de um tempo em minha vida em que não te amei. Você é uma parte de mim, como minha própria alma, porque, quando eu estava quebrado, você me deu pedaços de si mesma e me deixou inteiro novamente. Você salvou a minha vida inúmeras vezes, mas foi mais do que isso: você fez valer a pena viver. Sinto-me honrado, emocionado e muito sortudo por você ter concordado em se casar comigo. Prometo que você nunca irá se arrepender.

As lágrimas escorreram pelo rosto de Gia, e Stella lhe entregou discretamente um lenço de papel. Beppe sabia que estava prestes a chorar também e ele nunca esteve mais feliz por tantas pessoas o virem chorar.

— Beppe — Gia começou, depois que limpou o rosto e encontrou sua voz. — Eu te amei a vida toda, embora tenha havido momentos em que tentei negar. Aqueles tempos eram como um buraco negro, me sugando e manchando a minha alma. Meu amor por você foi o que me salvou da escuridão. Sou incrivelmente abençoada por ter encontrado minha alma gêmea no menino magro e pequeno que estava sentado no meio-fio com medo de ir para casa. Sempre irei amar esse menino e o homem incrível que ele se tornou.

As lágrimas de Beppe fluíram livremente, e ele mal podia esperar para ter essa mulher incrível em seus braços. Ele a puxou e beijou seus lábios molhados de lágrimas.

— Ei, ei! Ainda não, homem! Nossa, ela ainda não disse que aceita — disse Max atrás dele, e todos riram.

Gia disse "aceito" cerca de dois minutos depois e todos aplaudiram, impacientes para começar a celebração. Beppe beijou sua noiva corretamente, deslizando a língua em sua boca e não parou, mesmo quando os assobios e os gritinhos começaram.

Quando a festa diminuiu e a maioria dos convidados tinha encontrado coisas melhores para fazer do que ficar obcecado sobre o casal feliz, Beppe sentiu que era hora de ficar a sós com sua esposa.

Deus, ele nunca se cansaria de dizer essa palavra.

Cerca de seis meses atrás, Beppe tinha mudado seu sobrenome para Salvatore. Esse era o nome de sua família, não Orsino. Marco Orsino só havia lhe trazido dor e tristeza, e Beppe se recusava a ter seu nome por mais tempo.

Sra. Gianna Salvatore. Soava bem.

Beppe encontrou Gia e pegou sua mão. Eles saíram calmamente da festa, e ele a ajudou a descer os degraus de pedra íngremes que levavam à praia. Era uma praia pequena, mas estava iluminada e tinha até mesmo um par de espreguiçadeiras e guarda-sóis. Beppe se deitou numa das espreguiçadeiras e acomodou Gia entre suas pernas, as costas dela em seu peito. As respirações logo se sincronizaram e eles relaxaram completamente, provavelmente pela primeira vez naquele dia. Havia sido uma bela cerimônia e uma festa divertida, mas, Deus, tinha sido cansativo!

— Eu não posso acreditar que estamos aqui, finalmente casados e felizes, depois de tudo o que passamos. Parece um sonho e eu estou com medo de acordar — disse Gia, sonhadora, observando as ondas quebrando na praia.

— Não é um sonho, *cara*. É real — sussurrou Beppe e beijou a têmpora de Gia. — Eu nunca estive mais feliz. — Gia cantarolou em acordo e ficou quieta. A imobilidade de seu corpo disse a Beppe que ela tinha algo em mente. — O que foi, amor? No que você está pensando?

— Há algo que tenho evitado discutir com você, pois não queria tirar o foco do casamento. — Ela fez uma pausa, como se ainda não tivesse certeza se deveria falar com ele sobre isso.

— O que é?

Depois de mais um minuto de silêncio, Gia respirou fundo e disse:

— Eu quero ter um bebê, Beppe.

Foi a vez de Beppe ficar completamente imóvel.

Um bebê? Ele sinceramente nunca havia pensado sobre isso. Era lógico. Gia tinha quase vinte e seis anos e acabara de se casar com o amor da sua vida. Por que ela não iria querer ter um bebê?

— Tudo bem — ele finalmente disse. Ele prometeu que iria fazê-la feliz pelo resto de suas vidas, e, se Gia queria um filho para ser feliz, ele lhe daria

Antes, agora e Sempre 293

um filho. A ideia má de que seu DNA não valia a pena ser espalhado tentou se instalar em sua mente, mas Beppe rapidamente a esmagou.

— Sério? — Ela virou e olhou-o nos olhos. — Você tem certeza?

— Tenho certeza.

Gia sorriu e o beijou, seu entusiasmo e felicidade lavando a dúvida em seu coração.

Treze meses depois, o especialista em fertilidade informou que eles não poderiam conceber um filho e explicou todas as outras opções.

Capítulo Trinta e Sete

— Me desculpem, Sr. e Sra. Salvatore, mas a notícia não é boa. O Sr. Salvatore tem contagem extremamente baixa de espermatozoides e, embora isso não o deixe infértil por si só, torna as chances de conceber naturalmente muito pequenas — explicou o Dr. Avellino com naturalidade. Suas sobrancelhas franziram com as últimas palavras, o que confirmou os temores de Gia de que ele estava tentando suavizar o golpe da má notícia. "Chances muito pequenas" realmente significava "nenhuma chance".

Deus, Gia não queria ficar neste consultório caro por mais tempo. Ela queria ir para casa e chafurdar na autopiedade até que o mundo não parecesse tão injusto. Beppe apertou a mão dela de onde ele estava sentado na confortável cadeira ao seu lado. Gia olhou em sua direção e sorriu, mas até mesmo ela sabia que aquela era uma tentativa patética. Os olhos de Beppe ficaram sombrios e cheios de preocupação por ela. Com base na sua força interior, Gia decidiu que, antes de se afogar no sofrimento, teria certeza de que seu marido soubesse que de modo algum isso era culpa dele.

O Dr. Avellino continuou falando e Gia estava vagamente consciente de ele listar possíveis soluções: poderiam tentar a fertilização *in vitro*, mas era extremamente improvável que funcionasse, eles teriam que pensar se a pequena chance valeria o esforço que o corpo de Gia teria que passar; poderiam usar um doador de esperma, e Gia estremeceu só de pensar sobre isso; ou poderiam adotar. Quando nenhum dos dois falou nada para manifestar interesse em qualquer uma das opções, o Dr. Avellino suspirou e lhes deu um punhado de folhetos com informações. Ele lhes assegurou que estaria disponível caso eles tivessem perguntas ou precisassem de mais aconselhamento. Eles se despediram e saíram do consultório.

Gia suportou a viagem de carro para casa enquanto a raiva, a impotência e a tristeza batiam em seu coração. Ela queria rastejar para a cama, puxar as cobertas e chorar.

Seus planos foram jogados pela janela quando Beppe pegou-a enquanto ela estava subindo as escadas para o quarto, plenamente consciente do que ela queria fazer. Havia um lado ruim de ser casado com alguém que te conhecia

Antes, agora e Sempre   295

tão bem: você nunca conseguia esconder nada.

— Fale comigo — pediu ele, enquanto entravam no quarto, e Gia começou a tirar os brincos, os braceletes e o cinto com muito mais força do que o necessário. Ele tinha as mãos nos bolsos do jeans e parecia tão desamparado que Gia queria ficar o mais longe possível dele.

Agora ela precisava ficar sozinha para lamentar pela criança que nunca teria.

— Não há nada para falar. Estou cansada. Quero ir para a cama e esquecer que este dia aconteceu. — Ela tirou o vestido e colocou seu pijama, morrendo de vontade de usar roupas macias, confortáveis e soltas.

— Não vou deixar você fazer isso, Gia — disse Beppe e seu rosto endureceu.

Gia não queria falar com ele porque poderia dizer algo de que se arrependeria, e isso não era justo. Estava tudo em sua cabeça, não era culpa de Beppe. Por que ele não podia deixá-la sozinha apenas por algumas horas?

— Você não vai me deixar fazer o quê, exatamente? Ir para a cama? — Gia esperava que o gelo em sua voz o afastasse, mas isso não aconteceu. Ele se aproximou dela e Gia instintivamente deu um passo para trás. Ela não o queria perto, ela queria desmoronar *sozinha*.

— Não. Não vou deixar você se esconder aqui até que enterre seus sentimentos tão profundamente que nada possa trazê-los de volta à superfície. — Ele se aproximou e a parte inferior das costas de Gia bateu no parapeito da janela. Não havia para onde correr.

— Eu não vou...

— Você vai, você sabe que vai. É o que sempre faz. Você enterrou sua mágoa e sua raiva tão profundamente quando fiquei na Toscana que precisei de três anos para desenterrá-la, e nem tenho certeza se teria conseguido se não fosse por Paolo morrer e você sentir pena de mim.

— Eu não sinto pena de você, eu...

— Pare! Pare agora mesmo! Fale comigo! — Beppe ordenou, seus olhos arregalados com determinação e amor. Não havia como escapar; ele a pegou entre si e a janela, e mais: a pegou em seu olhar tranquilizador e as defesas de Gia desmoronaram.

296   Teodora Kostova

Gia assentiu e desviou o olhar, engolindo com a garganta seca quando falou:

— Eu queria tanto ter um filho seu. Queria abraçá-lo e olhar em seus olhos e ver *você*. Queria criar algo que fosse uma parte sua.

Beppe elevou o queixo dela com o dedo até que ela encontrou seus olhos. Eram os mesmos olhos vulneráveis, escuros e bonitos que Gia viu anos atrás no meio-fio. Beppe tinha amadurecido e se tornado mais forte, mas seus olhos sempre a lembravam daquele garotinho.

— Sinto muito — disse ele.

— Não é culpa sua — disse Gia e balançou a cabeça. Ela ainda não notara que as lágrimas tinham começado a cair. — Estou tão cansada de a vida ser tão injusta, porra!

Beppe desviou o olhar e travou os músculos do queixo, e Gia sabia que ele estava se preparando para dizer algo que ela não gostaria.

— Talvez não seja tão ruim assim — ele finalmente disse, lançando os olhos para baixo e dando um passo atrás.

— O que você quer dizer?

— Não tenho certeza se quero alguém como eu correndo por aí. Não com o meu DNA.

Gia estava amedrontada. Como ele podia dizer isso?

— Não há nada de errado com o seu DNA, Beppe. Você é um homem incrível, apesar de tudo que já passou na vida. É um ótimo DNA, se você me perguntar. — Foi a vez de Gia se aproximar dele e oferecer apoio. Ela sabia exatamente o que ele quis dizer, sem ter que explicar para ela. — Você não é igual ao seu pai, Beppe, nenhuma criança que você criar será parecida com ele.

Beppe assentiu, sem estar completamente convencido, mas Gia deixou para lá. Ela diria isso quantas vezes fossem necessárias até Beppe acreditar.

— Então o que vamos fazer? — perguntou ele quando pegou a mão de Gia e a conduziu para se sentar na cama. — Você quer começar a procurar um doador de esperma?

— Não! Eu lhe disse: eu queria o *seu* filho. Se não posso ter isso, não quero estar grávida de outra pessoa. — Gia suspirou e caiu de costas na cama.

Antes, agora e Sempre 297

Sua cabeça latejava, e compartilhar aquilo com Beppe não tinha ajudado a aliviar sua tristeza e arrependimento. Ela sonhou que segurava o filho de Beppe em seus braços por tanto tempo que precisava de tempo para se adaptar à esta nova situação e reavaliar o que queria da vida. Mas, antes de tudo, ela precisava se lamentar por algo que nunca teve.

— Você quer que eu procure por adoção? — Beppe tinha acabado há pouco seu último ano na universidade e faria um Mestrado em Ciência do Direito no ano seguinte. Havia-lhe sido oferecida uma posição de estagiário no *Peretti e Zappone*, um escritório de advocacia local bem respeitado que se especializou em casos de violência doméstica e trabalhava muito com serviços sociais. Ele aceitara na hora. Com suas boas notas e a paixão pela profissão, Beppe poderia ter escolhido qualquer escritório de advocacia para fazer o estágio, incluindo alguns que ofereciam bônus muito maiores e escritórios mais espaçosos.

— Ainda não. Eu preciso de algum tempo.

Beppe assentiu e se deitou ao lado de Gia, movendo-os para cima da cama e cobrindo-os com o edredom.

— Vai ficar tudo bem, *amore*. Eu prometo — disse ele e beijou o topo de sua cabeça. Aconchegando-se, eles caíram em um sono muito necessário.

Capítulo Trinta e Oito

Dois anos depois

Gia entrou no *Enzo's* alguns minutos mais cedo, como de costume. Ela passou por Adele e Dario, que estavam ocupados na estação dos garçons, deixando tudo pronto para o movimento da hora do almoço, em trinta minutos. O *Enzo's* abria ao meio-dia todos os dias e enchia em meia hora.

— Gia! Enzo quer vê-la no escritório — Dario chamou-a quando ela passou rápido por eles, ansiosa para que tudo ficasse pronto a tempo. No escritório? Enzo nunca desperdiçava tempo no escritório logo antes de o restaurante abrir.

Gia bateu na porta e entrou depois de ouvir Enzo falar "entre". O proprietário do restaurante estava sentado atrás da sua mesa no pequeno escritório, teclando em seu laptop. Ele a olhou por cima dos óculos e fez um gesto para que ela fechasse a porta e se sentasse. Gia revirou os olhos e se soltou na cadeira. Ela tinha trabalho a fazer; agora não era o momento para conversar. Ela amava muito o velho homem, mas às vezes ele era tão chato e teimoso como uma mula.

— O que foi? — ela perguntou, depois que esperou por um minuto inteiro Enzo falar, mas ele continuou a escrever e ignorá-la.

— Deixe-me terminar isso, ok? — respondeu ele em seu estilo mal-humorado de costume. Gia tinha tomado um gosto imediato pelo grande homem ranzinza quando veio ao seu restaurante à procura de trabalho pouco mais de três anos atrás. No entanto, o sentimento não tinha sido mútuo.

— Enzo, podemos conversar mais tarde? O restaurante vai ficar cheio em cerca de meia hora e preciso preparar...

— Meu Deus! Você não está aqui há nem um minuto e minha cabeça já quer explodir! — Enzo tirou os óculos e fechou o laptop, esfregando os olhos. — Eu preparei tudo para o menu de almoço, não se preocupe. Agora, sente-se porque há algo importante que quero falar contigo e não vou deixá-la me apressar.

Antes, agora e Sempre   299

Gia revirou os olhos novamente. Como Enzo conseguia sempre fazê-la se sentir como uma adolescente impertinente? Ela era uma mulher de vinte e nove anos de idade, pelo amor de Deus! Ela se recostou na cadeira e cruzou os braços sobre o peito, levantando uma sobrancelha para ele. Enzo suspirou e recostou-se em sua própria cadeira.

— Você trabalha para mim há quanto tempo? Três anos? — Gia assentiu. — Eu admito que não queria contratá-la quando você entrou no meu restaurante na época, parecendo esperançosa e cheia de energia, esfregando o diploma elegante na minha cara. — Gia conseguia se lembrar do momento todo como se tivesse sido ontem. Enzo quase a tinha expulsado, mas ela já tinha se apaixonado pelo lugar.

— Sim, você deveria ter visto seu rosto. Você estava enojado como se eu tivesse lhe mostrado filé de salmão podre.

— Mas você não desistiu. Me incomodou por semanas e, no final, me intimidou a contratá-la.

— Ei! Eu não o intimidei. E, além disso, sou a melhor coisa que aconteceu para o seu restaurante e você sabe disso — Gia brincou. O *Enzo's* tinha se saído muito bem sem ela e teria continuado bom se ela não tivesse aparecido, porque a culinária do Enzo era de outro mundo. O restaurante era pequeno e aconchegante, e, com os clientes regulares e os novos, estava sempre cheio. O negócio era bom, mesmo no momento econômico atual, e tanto Gia quanto Enzo não tinham nenhuma razão para reclamar.

— Que seja — disse Enzo e riu, mas logo ficou sério novamente. — Você sabe que não tenho filhos e passei a te ver como minha filha; uma filha irritante.

— Enzo, você está tentando dizer que me ama? — Gia levantou uma sobrancelha novamente e deu a Enzo seu mais diabólico sorriso. — Porque me chamar em seu escritório para fazer isso é um pouco exagerado. — Enzo resmungou e Gia mal reprimiu sua risada.

— Se você calar a boca durante cinco segundos, posso conseguir chegar onde quero! — Gia fechou a boca e deslizou o dedo sobre ela, como se fechasse um zíper. Satisfeito, Enzo continuou: — Desde que você começou a trabalhar aqui, o restaurante tem melhorado. Você já demonstrou um conhecimento admirável, mas ao mesmo tempo tem mostrado vontade de aprender. Você e eu trabalhamos juntos melhor do que eu esperava. Temos a mesma visão para este restaurante. Eu adoro a sua paixão por ele e como você trabalha duro. Droga, nosso movimento cresceu tanto que tivemos que contratar outro garçom e uma equipe adicional para a cozinha!

Mesmo que Gia tivesse prometido ficar quieta, ainda assim ela não teria conseguido pronunciar uma palavra. Enzo nunca lhe disse nada parecido antes, embora ela soubesse que ele a apreciava e que eles tinham conseguido êxito juntos como uma equipe.

Enzo se levantou e foi ficar na frente de algo grande, coberto com um lençol branco, apoiado na parede à esquerda. Como Gia não o tinha percebido antes? Era enorme!

Enzo removeu o lençol e descobriu um novo letreiro com o nome do restaurante nele. Era exatamente o mesmo projeto do atual, mas havia uma enorme diferença: tinha o nome de Gia nele. Dizia *Enzo&Gia's* em grandes letras vermelhas.

— Ai, meu Deus! — Gia se levantou e foi olhar a placa, traçando as letras com os dedos. — Você tem certeza disso?

— Absoluta. Você ama este lugar tanto quanto eu, Gia. Você merece.

Gia se jogou em Enzo, envolvendo seu corpo grande em um abraço.

— Obrigada! Você não tem ideia do que isso significa para mim!

Enzo deu um tapinha nas costas dela e riu.

— Não me faça me arrepender! Foi extremamente caro!

Gia riu e abraçou o velho mais uma vez, antes de correr para o celular para ligar para Beppe e lhe dar a incrível notícia.

Cinco anos depois, Enzo Martelli faleceu, deixando para Gia o seu restaurante. Ela chorou por semanas, incapaz de ir ao restaurante e abri-lo novamente. Ela tinha aprendido a amar Enzo e o aceitou como uma parte de sua família. A morte dele esmagou o coração de Gia e trouxe de volta muitas memórias dolorosas de seu pai.

Sendo a mulher forte que era, Gia lamentou por Enzo, mas decidiu que era hora de seguir em frente. Ela sabia que ele ficaria extremamente decepcionado com ela se deixasse seu amado restaurante decair, por isso ela o reabriu, mantendo o letreiro *Enzo&Gia's*, e o restaurante continuou a ser um sucesso por muitos anos.

Capítulo Trinta e Nove

Quando Gia ligou para Beppe para dizer que Enzo tinha adicionado o nome dela ao letreiro do restaurante, Beppe ficou muito feliz por sua esposa. Ela adorava o lugar e o velho homem dono do estabelecimento. No caminho para casa, Beppe comprou uma garrafa de champanhe para celebrar.

Beppe tinha começado a trabalhar em tempo integral no *Peretti e Zappone* quando se formou, um ano atrás, e ambos os parceiros, Victor Peretti e Filippo Zappone tinham ficado bastante impressionados com o seu trabalho. Sua paixão e dedicação não passaram despercebidas e ele foi rapidamente promovido. Mas a promoção ou o pensamento de ser sócio um dia não eram o que o motivavam, e definitivamente não eram o que o inspiravam a trabalhar tão duro. Ajudar todas as pessoas, todas as *crianças*, seria sempre do que Beppe mais se orgulharia. Ele nunca desapontou ninguém — não importava se eles não tivessem dinheiro suficiente ou se telefonassem para ele no meio da noite.

Cerca de um ano atrás, Gia lhe pediu para iniciar o processo de adoção. Era um processo demorado e burocrático, por isso, se queriam adotar uma criança nos próximos três anos, tinham que começar logo. O serviço social havia visitado a casa deles e enviado seu relatório ao Juizado de Menores. Eles, por sua vez, os tinham considerado elegíveis para adotar. A decisão veio alguns meses atrás. Nada os impedia agora de se inscrever nas agências de adoção para que pudessem começar a procurar uma criança. Mas Gia não estava pronta. Ela evitava a conversa como uma praga.

Beppe não a pressionou. Ele, em particular, não precisava de uma criança para sentir sua vida completa. Ele tinha a mulher que amava e isso era suficiente. Estava feliz, mas havia prometido que faria o possível para *fazê-la* feliz, e, quando ela estivesse pronta para uma criança, ele iria virar o mundo de cabeça para baixo até encontrar uma.

Naquela noite, eles tinham bebido champanhe e feito amor até as primeiras horas da manhã, adormecendo nos braços um do outro. A felicidade durou algumas horas antes de o celular de Beppe tocar, assustando-os. Ele acendeu a lâmpada de cabeceira e verificou o relógio: eram cinco da manhã. O visor do celular mostrou um número desconhecido, e Beppe ficou tenso de

Antes, agora e Sempre   303

imediato. Isso não poderia ser bom.

— Alô? — disse ele, sentado na cama.

— Senhor Salvatore? — uma voz baixa de criança disse na outra extremidade.

— Dante? É você? — Dante era uma criança de seis anos, cujo pai tinha morrido no Iraque antes de ele nascer, e a mãe era viciada em drogas. Ela sempre conseguia se safar quando o serviço social a visitava e mostrava ser uma mãe perfeita para que nada pudesse ser feito. Mas Beppe não se deixava enganar. Ele olhou para o menino e soube que ele já tinha visto demais para sua idade. Sem o conhecimento da mãe, Beppe tinha dado a Dante seu cartão de visita e lhe disse para se manter seguro e ligar se precisasse de alguma coisa.

— Sim.

— Onde você está, querido? Onde está sua mãe? — Beppe perguntou, já tentando encontrar uma roupa para vestir. Gia abriu algumas gavetas em seu guarda-roupa e lhe entregou roupas de baixo, meias, uma calça jeans e uma camiseta.

— Estou na cabine de telefone na frente do nosso prédio. Mamãe está em casa, mas há algo errado, Sr. Salvatore. Ela está no sofá. Eu tentei acordá-la, mas não consegui.

Beppe podia ouvir o tremor na voz de Dante e sentiu quão assustado o menino estava. Como poderiam algumas pessoas serem tão irresponsáveis? Beppe estava determinado a levar a criança para longe da sua mãe inútil e colocá-la na prisão por negligência e abuso infantil.

— Ouça-me, Dante. Quero que você fique na cabine de telefone até eu chegar aí, ok? Já estou indo, não devo demorar mais do que dez minutos. Ok, querido?

— Ok — disse o menino, e fungou.

— Não tenha medo, Dante. Prometo que tudo vai ficar bem.

Quando Beppe fez essa promessa, ele não sabia que a mãe de Dante havia tido uma overdose e estava morta em sua sala de estar.

Beppe levou Dante ao seu escritório, colocou-o no pequeno sofá e o cobriu com um cobertor de lã que ele tinha para ocasiões como esta, deixando-o dormir um pouco. O menino estava esgotado quando Beppe o encontrou. O apartamento estava repleto de caixas velhas, cinzeiros transbordando e garrafas e latas vazias. Beppe tinha deixado Dante no corredor e verificado o pulso de sua mãe. Quando não o sentiu, chamou a polícia. Depois disso, foi um caos completo, com os serviços de emergência chegando e correndo de um lado para o outro. Beppe não queria que Dante visse o corpo de sua mãe ser transportado para fora do apartamento, então levou o menino para o seu escritório.

Fechando a porta silenciosamente atrás de si, Beppe preparou uma caneca de café e se dirigiu ao escritório de Victor Perreti. Ainda era cedo, sete da manhã, mas Beppe sabia que Victor sempre chegava às seis e permanecia ali até que todos já tivessem ido para casa, mesmo depois de ter tornado Filippo Zappone sócio para compartilhar a carga de trabalho. O homem tinha sessenta e sete anos, mas seu filho vivia nos Estados Unidos e sua esposa havia morrido há muito tempo, por isso Victor não tinha ninguém esperando por ele em casa. Em vez disso, ele dedicava todo o seu tempo ao escritório.

Beppe entrou na sala do chefe e foi recebido com um olhar severo.

— Desde quando o estilo casual é permitido em minha empresa, Giuseppe? — Victor levantou uma sobrancelha e Beppe corou. Ele tinha estado tão absorvido com Dante e tudo que estava acontecendo que esqueceu completamente de que estava vestindo jeans e camiseta.

— Eu sinto muito, Victor, por favor, deixe-me explicar — disse Beppe e sentou em frente a seu chefe, contando a história.

— Nós temos que chamar a Casia e trazer o serviço social. Sem os pais ou algum parente do sangue, o menino terá que ir para um orfanato.

— Eu sei. — Beppe assentiu e a tristeza envolveu seu coração. Aquele menino não tinha ninguém e, provavelmente, seria transferido de orfanato para orfanato até que alguém o adotasse. Então, de repente, ele teve uma ideia. — Deixe-me levá-lo, Victor.

— O quê? Ele não é um filhote de cachorro, Giuseppe! Você não pode simplesmente levá-lo! Existem leis e procedimentos, você sabe disso.

— Deixe-me falar com a Casia e conseguir uma colocação temporária em minha casa. Vou ter que falar com a minha esposa também, mas tenho certeza

Antes, agora e Sempre   305

de que ela não vai se opor. Já estamos aprovados e registrados para adoção, Victor. Podemos fazer isso legalmente.

Victor relaxou em sua cadeira e olhou para Beppe por alguns momentos. Beppe sabia que, se tivesse seu chefe ao seu lado, ele seria capaz de convencer Casia, do serviço social, a aprovar que Dante ficasse com eles. Victor pareceu tomar sua decisão, então, inclinando-se em sua cadeira, ele pegou o telefone e discou.

— Casia, *cara*, como você está? É Victor Peretti. Ouça, nós temos um pequeno problema e eu preciso que você venha ao meu escritório o mais rapidamente possível. Ah, e traga tudo o que você precisa para uma colocação temporária de um menor — disse Victor no receptor e sorriu para Beppe, que não conseguiu conter seu próprio sorriso.

Beppe conversou com Gia no celular algumas vezes, porque ela queria saber o que tinha acontecido depois que ele saiu de casa naquela manhã. No entanto, ele não lhe disse que, até o final do dia de trabalho, ele teria Dante morando oficialmente em sua casa.

Ele queria surpreendê-la.

Quando entrou em casa, com Dante a tiracolo, Gia encontrou-os no hall, e a confusão sombreou o seu rosto. Mas ela se recuperou rapidamente, por amor a Dante, e, ajoelhando-se ao nível de seus olhos, o abraçou e lhe assegurou que tudo ia ficar bem. Dante passou os braços ao redor do pescoço de Gia e lhe deu um abraço carinhoso. Gia afastou-se, sorrindo. Beppe sabia que, a partir do momento em que olhasse nos olhos cor de chocolate do garotinho, ela se apaixonaria.

Sete meses depois, a adoção deu certo e Dante Salvatore era oficialmente parte de sua família.

Capítulo Quarenta

Vinte anos depois

Beppe sentou ao lado de sua esposa na sala cheia da *Università degli Studi di Bologna*, esperando a cerimônia de formatura do filho começar. Ele estava muito orgulhoso de seu menino e do que ele tinha conquistado.

Os primeiros meses depois que haviam levado Dante para casa tinham sido difíceis. A criança estava assustada e não entendia o que havia acontecido com a mãe e por que, de repente, ele foi viver com essas pessoas que mal conhecia. Beppe e Gia tinham demostrado paciência e compreensão, leram vários livros sobre adotar uma criança traumatizada e até mesmo consultaram um psicólogo. Dante era um menino adorável e esperto. Uma vez que soube que podia confiar neles, o menino relaxou e abraçou a nova vida.

Ajustar-se à vida com uma criança tinha sido difícil para Beppe e Gia também. O horário de trabalho ficou agitado e eles tiveram que contratar uma babá para pegar Dante na escola e ficar com ele até que um deles chegasse em casa. Eles tentaram passar tanto tempo juntos quanto possível, e Gia insistira em ter os fins de semana de folga, o que não foi bem aceito por Enzo. No entanto, uma vez que o velho olhou pela primeira vez para Dante, ficou enfeitiçado e não conseguiu negar nada à criança. Beppe não trabalhava nos fins de semana, então, tal como todo casal que trabalha, eles tentavam recuperar histórias para dormir e passeios no parque perdidos durante a semana.

Dante cresceu e se tornou um jovem confiante, inteligente e amoroso. Gia e Beppe ficaram extremamente felizes e orgulhosos. Eles se consideraram muito sortudos pelo rapaz ter caído de paraquedas em suas vidas e em seus corações.

Beppe virou para olhar para a sua Gia, sentada ao seu lado, e ficou maravilhado com quão linda ela ainda era e quanta sorte ele tinha. Sentindo os olhos sobre si, Gia virou e sorriu para ele, pegando seu rosto com a palma da mão e dando-lhe um beijo nos lábios. Enquanto esperavam que o filho jogasse o capelo no ar, Beppe sentiu como se, finalmente, a vida já os tivesse atormentado o suficiente.

Antes, agora e Sempre 307

Como se, finalmente, eles fossem autorizados a ter seu felizes para sempre.

FIM

Agradecimentos

Meus leitores são os melhores. (Só queria dizer isso antes de escrever qualquer outra coisa.)

Cada pessoa que leu *Num piscar de olhos* mudou a minha vida. Eu nunca esperei nada de *Num piscar de olhos* e muito menos ter tantas pessoas entrando em contato e dizendo o quanto o adoraram, oferecendo ajuda e apoio incondicionais sem nunca esperar nada em troca. Isso significa o mundo para mim e eu quero dizer um grande OBRIGADA a cada um de vocês.

Eu também nunca esperei escrever uma continuação, mas vocês sempre me perguntavam sobre Beppe e Gia, bem como sobre Lisa e Gino, e senti a necessidade de escrever essas histórias também.

Agora e sempre foi um esforço em grupo. Foi um livro extremamente difícil de escrever porque grande parte da história é muito pessoal para mim, mas, graças a um grupo de apoio maravilhoso, pessoas pacientes apareceram e fizeram o melhor que podiam.

Minha editora, Veronica Leigh Bates, que tem sido minha amiga muito antes de se tornar minha editora, investiu muito tempo e esforço neste livro e merece um grande OBRIGADA, V! Eu amo seus conselhos!

Minhas leitoras beta incríveis:

Kathryn Grimes: obrigada por sua positividade, incentivo, centenas de textos em *caps lock* e pontos de exclamação. Ganho o dia cada vez que vejo uma mensagem sua!

Kellee Fabre: você foi a primeira a escrever um comentário sobre Agora e sempre. Kellee e eu nunca vamos esquecer como me senti quando li! Você e sua história de amor na vida real me inspiram!

Charmaine Butler: obrigada por ter tempo para ler e me dar *feedback*, Char, mesmo que tenha coisas muito mais importantes para fazer, como se casar!

Kelly Schwertner: obrigada por apoiar a mim e a Kelly, incentivando a mim e as minhas fantasias de cowboy, lendo, revisando e respondendo meus e-mails loucos!

Amber Noffke: obrigada pelas edições surpreendentes, por confiar em mim e por ser minha amiga, sem quaisquer rodeios.

Kameron Mitchell: obrigada pelos violinos, por insistir que Lisa precisava de mais tempo no livro, por criticar a minha escrita e aguentar minhas loucuras.

Todas vocês arrasam! Sem esses *feedbacks*, este livro teria sido uma sombra do que é agora, e eu sinceramente não sei se teria tido coragem de publicá-lo. OBRIGADA!

Meu marido, sempre sofredor, e meu filho, que suportam o drama interminável que envolve o processo de escrever um livro sem (muitas) queixas, e que me amam, mesmo quando eu os ignoro por causa das pessoas fictícias que me atormentam. OBRIGADA!

Eu só preciso dizer como estou feliz que o relacionamento e a comunicação entre autores, blogueiros e leitores tenha evoluído para um nível tal que todos nós agora somos uma grande comunidade. Eu realmente acredito que isso tornou o mundo literário melhor.

Por fim, obrigada a VOCÊ que está lendo isso. OBRIGADA por comprar meu livro e tirar um tempo para lê-lo. Eu realmente espero que tenha gostado!

Sobre a Autora

Teodora Kostova vive em Londres com seu marido e seu filho. Ela tentou a sorte em vários tipos de trabalho, como jornalista, editora e tradutora, assistente pessoal e designer de interiores, mas, no final, tudo o que ela queria era escrever. Quando está procrastinando, ela gosta de ir ao cinema, ler, comer comida italiana, assistir True Blood e levar uma surra do filho em todos os jogos de Nintendo Wii.

CONTATOS

Email: t.t.kostova@gmail.com

Blog: http://teodorakostova.blogspot.co.uk/ http://heartbeatseries.blogspot.co.uk/

Twitter: @HYPERLINK "https://twitter.com/Teodora_Kostova"Teodora_Kostova

Facebook: https://www.facebook.com/teodorakostovaauthor

Entre em nosso site e viaje no nosso mundo literário.
Lá você vai encontrar todos os nossos
títulos, autores, lançamentos e novidades.
Acesse www.editoracharme.com.br

Além do site, você pode nos encontrar em nossas redes sociais.

https://www.facebook.com/editoracharme

https://twitter.com/editoracharme

http://instagram.com/editoracharme